武魂之門

翼之梦 著

重庆出版集团　重庆出版社

图书在版编目（CIP）数据

战魂/翼之梦著. —重庆：重庆出版社，2009.4
ISBN 978-7-229-00486-6

Ⅰ.战... Ⅱ.翼... Ⅲ.长篇小说-中国-当代
Ⅳ.I247.5

中国版本图书馆 CIP 数据核字（2009）第 029846 号

战魂——武魂之门
ZHANHUN—WUHUN ZHIMEN

翼之梦　著

出 版 人：罗小卫
责任编辑：刘　嘉
责任校对：郑小石
装帧设计：重庆出版集团艺术设计有限公司·钟丹珂　刘　尚

重庆出版集团
重庆出版社　出版

重庆长江二路 205 号　邮政编码：400016　http://www.cqph.com
重庆出版集团艺术设计有限公司制版
重庆市伟业印刷有限公司印刷
重庆出版集团图书发行有限公司发行
E-MAIL:fxchu@cqph.com　邮购电话：023-68809452

全国新华书店经销

开本：787mm×1 092mm　1/16　印张：15　字数：320 千
2009 年 4 月第 1 版　2009 年 4 月第 1 次印刷
ISBN 978-7-229-00486-6
定价：26.80 元

如有印装质量问题，请向本集团图书发行有限公司调换：023-68706683

版权所有　侵权必究

目录
Contents

第一章	神秘游戏 \ 1
第二章	武魂新手 \ 7
第三章	一流装备 \ 13
第四章	出手相救 \ 19
第五章	力克狼王 \ 25
第六章	恶魔凝儿 \ 30
第七章	最佳拍档 \ 36
第八章	神弓利箭 \ 42
第九章	冒险旅程 \ 47
第十章	情窦初开 \ 52
第十一章	血豹亡魂 \ 57
第十二章	闯关之路 \ 63
第十三章	最后关头 \ 68
第十四章	真武大陆 \ 74
第十五章	又见师兄 \ 78
第十六章	雌雄双煞 \ 83
第十七章	凝儿离去 \ 89
第十八章	智闯重围 \ 95
第十九章	发财大计 \ 101
第二十章	一箭之地 \ 107
第二十一章	牧场夜战 \ 113
第二十二章	经商之道 \ 119

目录 Contents

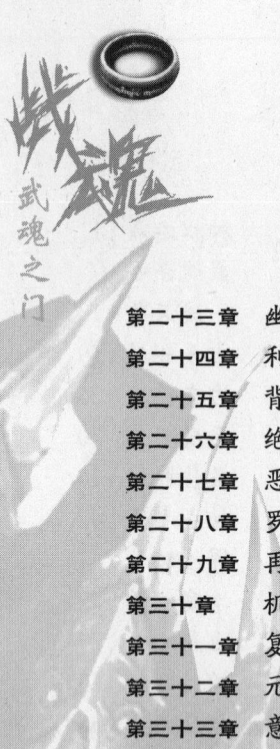

第二十三章　幽州马贵 \ 125
第二十四章　利害相连 \ 131
第二十五章　背信弃义 \ 137
第二十六章　绝处逢生 \ 143
第二十七章　恶师来临 \ 149
第二十八章　罗氏传人 \ 155
第二十九章　再见凝儿 \ 161
第三十章　　机缘巧合 \ 166
第三十一章　复仇开始 \ 171
第三十二章　元气显灵 \ 176
第三十三章　意外之喜 \ 182
第三十四章　智者千虑 \ 188
第三十五章　灵魂力量 \ 193
第三十六章　成双结队 \ 200
第三十七章　盗中之盗 \ 204
第三十八章　偷梁换柱 \ 210
第三十九章　未雨绸缪 \ 216
第四十章　　前生今世 \ 221
第四十一章　屠狼行动 \ 227

第一章
神秘游戏

"罗慎行!"

漫不经心地走在回寝室路上的罗慎行听到后面传来这声大喊,立即条件反射地双腿并拢大声回答道:"在!"

回答之后他才醒悟过来。"今天的军训项目已经结束了,我为什么还要这么老实地回答他,真是愚蠢,一定是这几天的军训把我训练得麻木了。"所以他慢慢地扭过头来,冷冷地看着快步向他走来的宋健秋教官。

今天是罗慎行军训的第三天,和其他同学不一样的是罗慎行喜欢军训。在高考结束等待录取通知书的日子里,罗慎行就下定了决心——如果考不上大学的话,他就参军。从大头兵做起,然后当班长、当排长、当连长,在有生之年一定不断地努力向上攀登,决不辜负家乡父老的期望。

他听说成才的路有三条:上学、当兵和蹲监狱,考不上大学的话当兵也是个不错的选择。不过老天开眼的是他竟然考上了,而且还是首都的一所重点高校。

本来这一切都很美好,但是千不该、万不该,今天下午军训的科目站队列时他不合时宜地说了一番话,当时他左面的一个同学在烈日的曝晒下已经摇摇晃晃了,他的同情心便不合时宜地发作了。然后大声报告道:"教官,他已经站不住了。"

负责他们训练的宋健秋教官大声道:"我看得见,不用你来告诉。而且站队列的时候应该目视前方,不能分心,你难道忘了吗?"

罗慎行没想到他这么不近人情,难道要让人晕过去你才开心吗?所以立刻反驳道:"教官,我没有分心,我这是眼观六路,耳听八方。"训练中的同学们以为他是在说笑话,齐声哄笑起来。

宋教官黑着脸走到他面前道:"这是在军训时期,你们现在应该以军人的标准来严格要求自己,哗众取宠的行为不应在这里出现。"

罗慎行不服气地道:"教官,难道士兵们在战场上也只能目视前方吗?他的后面来了敌人怎么办?我说的眼观六路、耳听八方是中国武术中最基本的常识,难道这也错了吗?"

宋教官冷笑道:"这么说你懂武术了?"

罗慎行连忙摇头道:"不懂,一点儿也不懂。"简直是开玩笑,竟然当众问这么敏感的问题——难道你不知道真人不露相的道理吗?

宋教官看看罗慎行,突然左肩一耸,身上发出强大的气势向他压来。罗慎行下意识地向后一错步,右手拇指向内曲起,其余四指并拢护在胸前,右拳虚握守在下丹田。但摆出这个姿势之后他就后悔了——宋教官决不会在大庭广众之下对我下手,他这样的动作分明是在试探我,我怎么就上当了呢?

宋教官露出一丝笑意,对罗慎行身边的另一个同学道:"就你扶着那位同学去休息。"然后仿佛什么事儿也没有发生一样,看也不看他地回到前面继续今天的训练。

罗慎行知道自己不小心之下露了自己的底,唯一希望的就是宋健秋眼光比较差,没看出来。所以今天军训结束后他急匆匆地就往寝室跑,而且挑选的是一条比较偏僻的小路,没想到还是让教官给追上了。

"他一定是来找麻烦的。"罗慎行回头看着一脸严肃表情的宋教官暗自揣测道。不过看他浓眉大眼、一脸正气的样子不应该是这么卑鄙的小人啊?

宋教官看着他一脸戒备的神情,露出嘲弄的笑意道:"不错啊!你今天摆出的架势有模有样的,倒真像是那么回事。"

罗慎行谨慎地道:"教官,你说的是什么我听不懂啊。"

宋教官盯着他道:"你练的是哪门的拳法?"

罗慎行眨眨眼睛奉承道:"您的眼光真准,就连我练过两天太极拳都让您看出来了,真是高明,实在高明。"现在他只有承认自己练过武术了,要不然绝对蒙混不过去的。

宋教官摆出他今天露出的那个架势道:"这招是太极拳吗?"

罗慎行立刻道:"对,这就是太极拳里的'如封似闭',没想到您也练过。"

宋教官的右掌沿着一条优美的曲线向外旋,左拳由虚握变成鹤啄式,然后淡淡地问道:"那接下来这招呢?"

罗慎行的脑袋"嗡"的一声,然后结结巴巴地道:"单……单鹤亮翅。"师傅明明告诉过他只收了自己一个徒弟,但是宋教官的这招"单鹤亮翅"可是如假包换的行意门拳法。刚才罗慎行把宋教官摆出的"因物像行"称为"如封似闭"就是为了掩人耳目,不想让人知道他是行意门的弟子,没想到遇到行家了。

太极拳里的"如封似闭"与行意门的"因物像行"在招式的外形上基本相同,不是行意门人绝对辨认不出来,练过太极拳的人只会错误地以为他的招式摆得不到位而已。而最重要的是"因物像行"可以演化出九种攻击的招数,"单鹤亮翅"就是其中之一。

宋教官看着他惊讶的样子道:"我问过你的同学,他们说你是洛阳人。"

罗慎行傻傻地点点头。

宋教官追问道:"洛阳老君观的清阳道长你认识吧。"

罗慎行知道自己的底细全让他猜到了,现在再矢口否认的话就没意思了。可是不等他回答,宋教官继续道:"清阳道长是行意门北派的掌门人,而我是南派行意门的传人,按辈分来说清阳道长是我师叔。"

罗慎行惊呼道:"行意门还分南北两派?"这可真是意外的消息,以前他只知道少林寺分为南北少林,没想到自己所在的小小的行意门也流行这个。

以前他总觉得行意门只有我们师徒两人实力太单薄了点,今天竟然冒出个南派行意门来,希望南派别像北派一样只有两个人支撑门户就好了——人多力量大嘛,起码打架的时候也可以多几个帮手。

2

即使退一步说,同门师兄弟多的话,互相切磋的对手就多了嘛,而他从小到大只有一个切磋的对手——他师傅。咳!每次都被他打得屁滚尿流,真的好惨。

所以罗慎行满心期待地问道:"宋教——不、不、不,是宋师兄!你们南派一定有很多人吧?"

宋师兄微笑道:"也不算多,也就一百多人。"

"哇!这么多。"罗慎行惊喜得险些流出口水,其实也不能全怪他,自从七岁那年清阳道长收他为徒开始,罗慎行就总怀疑他的行意门掌门人的身份是假的。当然他的怀疑总会招来一阵不必要的折磨。

所以后来他一直坚定地认为——我是行意门的救星,当年如果不是我抱着"牺牲我一个,振兴行意门"的伟大信念奋不顾身地入派的话,行意门就只剩下我师傅一个人独挑大旗了。

宋师兄淡淡地道:"人多了也不见得是好事。"然后沉默一会儿突然问道:"小师弟,你玩过网络游戏吗?"

罗慎行摸不清他说这句话的意思,只好小声地道:"玩过,玩得不好,也不经常玩,只是偶尔的玩一两次。"他可不能让师兄以为北派行意门未来的掌门人是个贪图玩乐的纨绔子弟,这关系到他未来的形象问题。万一日后南北行意门发生争斗的话,宋师兄把他当年沉迷网络游戏的糗事翻出来作为打击的手段怎么办?防人之心不可无啊!

宋师兄露出会心的笑容道:"当年我玩游戏的时候也不敢让家里人知道。"

罗慎行对他的坦白的话大生好感,原来宋师兄也和我一样是个游戏迷呀!看来真是"不是一类人,不入行意门。"既然遇到志同道合的自己人,他立刻亲热地道:"师兄啊,你以前玩的都是什么游戏?现在还玩不玩?我可是高手,有机会切磋一下。"

宋师兄摇摇头,从上衣的口袋里掏出一个电子卡,犹豫了一下才递给他道:"四元桥附近有一家虹馨网络俱乐部,那里只接待会员,记住,不要对任何人说起这件事。"

罗慎行欣然地道:"放心啦,我不会告诉别人你偷偷地玩游戏的事,谁让咱们是师兄弟呢!不过为什么要到那里去?现在无论哪家网络俱乐部都可以玩网络游戏。"

宋师兄低声道:"只有虹馨才有一款最新的游戏,不对外公开的。"

罗慎行兴奋地道:"这么说游戏还没公开上市?"有个同门师兄就是好,竟然可以玩到还没上市的最新游戏。现在他更加怨恨师傅的死脑筋了,如果他肯多收几个徒弟的话,说不定会占到更大的便宜。

宋师兄摇头道:"这款游戏永远也不会公开上市,别多问了,现在就去吧。"

罗慎行愕然道:"现在?"

宋师兄严肃地道:"游戏已经开始一个月了,你自己努力吧。军训就不用参加了,我会为你办好相关的请假手续的,但是十二天后军训结束时你必须回来上课。"

罗慎行失望地道:"只有十二天的时间,太短了吧。哦!我知道了,军训结束后你就要自己玩这个游戏了,谢谢师兄给我这个机会。"

宋师兄深吸一口气道:"这个电子卡是唯一的,你去了就知道了。我是怕影响你的学业,正式开学后你选业余的时间再玩吧。就这样,有事儿我会主动联系你的。"说完转身潇洒地走了。

"师兄真的好大方,而且看到师兄恋恋不舍的样子就知道这个游戏一定很精彩。"罗慎行沉浸在美妙的幻想之中,直到他的身影消失不见了才徒劳地大叫道:"师兄,那个游戏叫什么名字啊?"

抬起手腕看看花了二十块买来的电子表,现在才下午四点,距离食堂开饭还有整整一个小时。这实在让人无法忍耐,他狠了狠心终于决定不等食堂开饭了。

罗慎行嘴里叼着面包,仰头四下观望着。

自从他乘车来到四元桥之后他已经寻找了半个小时了——师兄也真是的,连地址也不说得详细点,你不知道我是第一次到首都吗?四元桥这么大你让我到哪里去找那个"虹馨网络俱乐部"啊!

如果这是在洛阳就好了,即使你说出哪里一个老鼠洞罗慎行都能找出来。咳!人生地不熟的真难啊。

罗慎行苦恼地在一幢没有霓虹灯招牌的大厦的台阶上坐下来,狠狠地嚼着面包。不会是师兄耍我吧?他正在化悲愤为食量的时候,从大厦里走来一个人道:"这里不允许停留,请快点离开。"

罗慎行歪着脑袋回头看了他一眼,在他身后站着的是一个身材魁梧、穿着黑西服的青年,正居高临下地以不屑的目光看着自己。

罗慎行慢条斯理地把嘴里的面包咽下去,从容地站起来道:"不好意思,我这就走。"俗话说强龙压不过地头蛇,没必要的麻烦还是不惹的好。

他伸个懒腰走下台阶,同时好奇地回头看了一眼,想弄清楚为什么这栋外表一般的大厦的台阶不许人坐,难道这里的主人把大厦买下来之时顺便连台阶也买下来了?

那个青年见他回头张望,立即以怀疑的眼光盯着他。

罗慎行故意不看他,把目光投向大厦的墙壁上被他的身体遮挡住一半的镀金牌匾上,牌匾被他的身体挡住了左半边,但露出的部分清晰地写着"络俱乐部"。这个牌匾只有一尺见方,而且挂在不显眼的地方,罗慎行一直是在抬头向上看,所以刚才走到这里时也没发现。

罗慎行的心脏猛烈地跳动起来,急忙向右挪了挪脚步,谁知那个家伙也顺着他的方向挪动脚步,所以他看到的牌匾依然是"络俱乐部"几个字。

罗慎行立刻向左移动脚步,这回终于看清了左面的几个字"虹馨网",和右面的几个字连起来就是他苦苦寻找的"虹馨网络俱乐部"。

他惊喜地大叫一声,向台阶上冲去。

那个青年眉头一皱,伸手拦在他面前,罗慎行轻巧地向旁边一闪躲了过去。同时从身上取出师兄交给自己的电子卡,在他面前一晃道:"看清楚这个。"

那个青年果然愣住了,恭敬地道:"您是会员吗?"

罗慎行昂起头道:"你看不像吗?"

那个青年客气地道:"对不起,请随我来。"

4

这栋三十几层楼的大厦只有一个旋转门作为出入口,进入大堂之后罗慎行才发觉这栋外表毫不起眼的大厦里面的装潢简直可以用奢华来形容。

大厅的地面是暗花的米白色大理石,六根同样颜色的欧式大理石柱把地面与天顶衔接了起来,大厅的墙壁上是一幅幅造型优美的石膏浮雕。巨大的水晶吊灯与墙壁的射灯恰到好处地照亮了大厅的每一个角落。

真没想到网络俱乐部也可以建得如此的华丽,看来费用一定不小。罗慎行不由得担心地摸摸自己干瘪的口袋,心中的底气有些不足。

那个青年把他送到门口之后便退了回去,罗慎行看着正对着门口的吧台,挺胸抬头地笔直走去,同时叮嘱自己:"这只是小场面,别紧张,腿也不要抖。"

吧台里的两个相貌清秀的女招待惊讶地看着他,其中一个有着美丽的丹凤眼的女招待道:"欢迎光临,先生,晚上好。"

罗慎行摆出少年老成的样子把电子卡递了过去,"他们一定是没见过像我这么年轻的客人,所以才这么惊讶,这可是全托师兄的福。"但是不久以后他就知道了,她们惊讶是因为从没见过穿着大学生训练用的军装来的客人,简单地说就是他的穿着太没品位了。

那个丹凤眼接过他的电子卡在电脑上划了一下目无表情地道:"您的房间是0317号。"然后把卡还给他。

罗慎行小心翼翼地把卡放好问道:"是不是在三楼?"

那个丹凤眼点点头。

罗慎行不放心地问了一句道:"这里的消费是每小时多少钱?"如果消费太高的话,他就有可能辜负师兄赠卡的美意。

那两个女招待很明显地忍着笑道:"会员的费用已经在卡里付过了,而且还有免费赠送的盒饭。"

罗慎行舒了一口气道:"太好了。"然后急匆匆地向电梯跑去,在他的身后传来她们放肆的笑声,不过他没听到。

当罗慎行进入0317号房间的时候,才明白这家网络俱乐部与其他的有何不同,房间里有一张舒适的单人床,一台大屏幕电脑就摆在床边,而且电脑上还连接着十几条导线和一个全息头盔,电脑的键盘上放着一份说明书。

说明书上简单地介绍了那十几条导线和头盔的使用方法,其余什么也没有。罗慎行耸耸肩按照说明书的要求把导线固定在自己的脚踝、膝盖、双肩、双肘、双手和后背上,然后戴上头盔。

直到现在为止他都不知道游戏的名字是什么,但是这样豪华的网络俱乐部,与众不同的电脑操作方法引起了他强烈的兴趣。

罗慎行不知道当他启动电脑的时候会发生什么惊人的事,但是他敢肯定谁也不会错过这个机会。

罗慎行按下了电脑的启动键。按照说明书的要求把电子卡在电脑键盘上的一个感应器上刷了一下,然后他戴的头盔的透明显示屏突然变得漆黑一片。

接着一股令人麻酥酥的弱电流从电脑上通过导线传到他的体内,他浑身一颤,身体不由自主地生出抵抗力,幸好触电的感觉很快就消退了。

然后他的眼前逐渐亮起来,无数壮观的美景伴随着一阵低沉的鼓声从眼前闪过,宽广辽阔的草原、黄沙飞扬的沙漠、波涛汹涌的大海、被战火摧毁的城镇,尤其是慷慨激昂的擂鼓声让人热血沸腾。

就在他对眼前的美景失神地观看时,一个柔和的女性声音道:"CPC220319528号请输入你在游戏中的名字,在游戏中这个名字将终生伴随你。"

罗慎行回想起刚才看到的一头在高崖上仰天啸月的恶狼的画面脱口而出道:"月夜之狼,我的名字叫月夜之狼。"

那个女性声音道:"月夜之狼,欢迎你来到武魂。"

然后眼前的画面变成一座巨石建造的大门,门上两个龙飞凤舞的阴刻大字"武魂",大门慢慢地向两边拉开,罗慎行还没看清门里的情景,他的意识仿佛就被抽离了自己的身体从敞开的门中飞了进去,接着出现在一个圆形的祭坛上。

现在他终于知道了这个游戏的名字:"武魂"!

第二章
武魂新手

　　罗慎行好奇地观看着周围的景象，他记得在以前的网络游戏中有的主角出场时除了一条短裤外，全身都是赤裸裸的。所以低头向自己的身上看去，果不其然，自己身上也只有一条短裤而已，罗慎行惊呼一声急忙双手捂住自己的要害部位。

　　在以前的网络游戏中，他都是通过荧屏来观看游戏的画面，所以感到赤裸裸的也没什么，可是今天轮到自己的时候感觉实在不舒服。尤其是想到其他的玩家也都是和自己一样处在这样的环境中，大家都看得到自己的青春玉体，这下可就亏大了。

　　他抬头向周围望去，发觉其他人都在忙忙碌碌地走来走去，根本没人在乎自己，这才放下点儿心——其实他们刚来的时候不也和我一样嘛，都是难兄难弟，大家谁也别笑话谁。

　　罗慎行匆匆溜下祭坛，沿着街道两边的店铺东跑西颠地寻找卖衣服的商人。幸好他出生的这个城镇不大，在东北角的一个小湖边找到了服饰店。他兴冲冲地推门而入大声道："老板，你有生意上门了。"

　　那个脑大肚圆的NPC笑眯眯地道："欢迎来到龙门镇最大的服饰店，你需要什么？"

　　罗慎行暗笑道："我找遍了整个镇子才找到你这里，你这里当然是最大的服饰店了，因为只有一家嘛。"指指自己身上道："衣服，到你这里来还能买什么？"

　　NPC指着墙上挂着的一件蓝色武士服上衣道："这是新手能穿得的最流行的款式，六千金币，可以使你的物理防御力加三。裤子也是一样的价格。"

　　罗慎行皱眉道："有黑色的没有？我不喜欢蓝色。"

　　NPC摇头道："现在武魂里还没有出现黑色的衣服，当你寻找到合适的材料时你可以请人把它染成黑色。"

　　罗慎行心动道："行，就是它了。"刚说完突然想到自己的物品栏在哪里呀？以前的游戏中很简单就可以查阅自己的物品，但是现在自己——他刚想到这里，面前凭空出现一个物品柜。

　　在祭坛的时候他只想到寻找服饰店，还没想起自己的物品栏的问题，如果自己的物品栏有现成的衣服的话自己何必赤身裸体地丢人现眼呢？

　　罗慎行对NPC道："你稍等，我先看看自己都有什么？"然后满心期待地打开自己的物品柜，但是里面空荡荡的——什么都没有。他简直不敢相信自己的眼睛，所以急忙把柜门关上然后再次打开，结果还是一样。

　　他想一定是另外有一个装钱的柜子，哪怕是小小的钱包也好，于是他站在那里不停地想着：麻袋、褡裢、荷包、储蓄罐，结果一样也没出来。罗慎行终于无奈地问道："武魂里的人除了这个物品柜之外还有没有别的东西可以装钱？"

NPC指着物品柜道："据我所知，所有人的物品和钱币都是在这个物品柜里，按理说你也决不会例外。"

罗慎行失望地道："难道其他人刚出生时也和我一样吗？"

NPC立刻闭上了嘴，摆出无可奉告的架势。

罗慎行心中一动道："我猜你也是一个游戏的玩家，只是你的使命就是当商人而已。"

NPC还是一语不发。

罗慎行理解地道："其实你不说我也知道了，通过你的表情就可以猜出来，所以我不会为难你。"停了一下之后凑近他道："你能不能先赊给我一套，最便宜的那种就可以。"

店老板摇摇头。

罗慎行摊开双手道："那就没办法了，看来我只有先出城打怪物，慢慢地攒钱了。"说着收回物品柜向外走去。

当他走到门口的时候，店老板突然道："从东面出城，那里的小鸡比较多，你打它们可以轻松一点。不过你可不要以为我是在帮你，我这样做是为了等你多挣点钱好销售我的衣服而已。"

罗慎行感激道："谢谢，不过我除了物品栏之外还有什么功能？"

店老板叹息道："看来你什么都不知道，你还有一个状态栏，那里可以查阅你的各种详细资料。"

罗慎行恍然大悟道："看来和别的游戏没什么区别嘛。"同时打开自己的状态栏，在他的基本资料的那页上清楚地显示出他的个人情况：

月夜之狼：

性别：男

身高：175公分

体重：69公斤

体力：70

智力：82

意志力：85

威望：12

罗慎行惊讶道："这上面的身高和体重资料都和我自己的一样啊！"

店老板盯着他的资料道："其他的资料也和现实生活中的你一样，你进入游戏前你身上的传感器就会自动检查你的情况并载入到游戏中。就连你的容貌也是全息头盔模拟出来的，与你本人的容貌可以达到95%的相似程度。"

罗慎行疑惑地问道："那智力和意志力之类资料又是从何而来的呢？"

店老板道："你没听人讲解过这个游戏吗？你的这些资料都是通过身上的传感器输入到电脑中分析出来的。这里很公平，你平时的身体状况将决定你在游戏中的基本条件。"

罗慎行这次真的吓了一跳,难道开始游戏前导线传到自己身上的电流就把自己的情况都摸清了?不过威望这一项也太低了。

店老板似乎看出了他的疑惑,淡淡地道:"你的基本素质非常好,但你在生活中一定是个地位不高的人,我很奇怪你为什么有机会进入到游戏中。"

罗慎行尴尬地道:"何止地位不高,简直就是没有地位。"

店老板指着他的意志力那一项道:"你的意志力很高,这才是决定你今后发展前途的关键因素,你要好好把握。但是你记住千万不要在游戏中死去,否则你会错过很重要的东西,那是很遗憾的事情。去吧,祝你好运。"

罗慎行知道店老板说出这番话已经是破例了,要不然他只需回答有关服饰方面的事就可以了,真没想到自己在游戏中交到的第一个朋友竟然是店老板。

不过经过他的解释之后罗慎行对这个武魂终于有点了解了,设计这个游戏的人绝对是个天才,仅凭把游戏玩家的意识融入到游戏之中这一点就已经是科技上的重大突破,而且是划时代的突破。

罗慎行昂首沿着大街向城东阔步走去,对街上身穿武士服或铠甲甚至身穿艳丽性感服饰的美女等玩家装作视而不见。服饰店老板的话给了他信心——我的意志力很高,那我就决不能让他看扁了,我要以实际行动来证明我的意志是坚定的,即使赤身裸体走在大街上也毫不在乎就是最好的证明。

出了城之后罗慎行狂跳不已的心脏才逐渐平息下来,现在他真的怀疑自己刚才怎么有勇气走出来,不过现在好了,最艰难的日子已经过去了,因为他看到了一群鸡。他的双眼立刻发出了光芒。

鸡啊!鸡,你们就是我的金币、你们就是我的衣服、你们就是我的武器。

不能再犹豫了,罗慎行毫不客气地挥拳向离他最近的一只鸡打去,当他的第一拳命中目标后,那只鸡竟然飞起来在他身上重重地啄了一下,他身上轻轻的一麻,罗慎行怒从心头起,左右两拳连续开攻,接着又踹了一脚,那只鸡挣扎片刻倒在地上,然后地上出现了一个金币。

罗慎行激动地捡起自己打猎赚到的第一笔收入,小心地放进物品柜里。然后打开自己的状态栏查看自己的生命值,果然不出所料,他现在的生命值只有三十点,而且被那只鸡攻击过后竟然失去了十四点,也就是说他勉强经得起一只鸡的两次攻击,不过可喜的是他的生命值正在慢慢地回升着,看来买药的钱都可以省下了,真是天无绝人之路。

他又看看其他方面——攻击力三十、防御值二十、速度二十、级别是零,经验值是十五,还有八十五点经验值升级。这些方面可都是电脑设定的固定资料,与他本身的体质无关。

还好,以他目前的功力对付这群鸡还是绰绰有余的,他高喝一声冲向鸡群。

经过一阵天昏地暗的厮杀,罗慎行的经验值飞速上升——新手升级都很快,第一级升级要求的是一百点经验值,但第二级就要求一百五十点经验值,每升一级要求比上一级高 50%的经验值。罗慎行的级别很快达到了第七级,现在他的生命值已经达到五十八点(每升一级加四点生命值),攻击力达到三十七,速度值达到二十七,防御值达到二十七,这三项都是每升一级加一点。

罗慎行看看自己的物品柜,现在他已经有了四百七十二个金币,应该回城买把兵器了。工欲善其事,必先利其器,这个道理他还是懂的。

罗慎行凭着刚才寻找服饰店时的记忆,来到了武器店中。武器店的老板是个高高瘦瘦的老者。这次罗慎行谨慎了许多,先四处张望了一下道:"老板,有没有价格比较合理的长剑?"

NPC 道:"你想买什么价位的?"

罗慎行估算了一下自己的家底道:"两百个金币左右的。"

NPC 摇头道:"我这里最便宜的铁剑是五百个金币。"然后他看着罗慎行失望的神情道:"还有一种木头剑,只要一百金币,不过这种剑从来没人买过。"

罗慎行咬咬牙道:"就买一把木头剑。"

NPC 再次提醒他道:"你真的要买木头剑?其实你只要多打一些小怪兽就可以有能力买一把铁剑了。"

罗慎行紧闭双唇坚定地摇摇头。

NPC 不再坚持,接过他的一百金币之后递过一把木头剑。

罗慎行骄傲地把木头剑扛在肩上,离开武器店来到服饰店,服饰店的老板微笑着看着他道:"这次收获如何?"

罗慎行刚想回答时,从门外走进一个和他一样只穿短裤的玩家,一进门就大叫道:"真他妈的气死我了,明明说好了在我出生的时候来接我,结果却让我白等了半天。老板,把你们最好的衣服拿来。"看来他一定是有同伴早就进入了武魂里,与他约好了时间见面却让他空欢喜一场。

罗慎行回想起自己刚刚出生时的狼狈样子,偷偷地在心里笑道:"等你打开物品柜却发觉一个金币都没有的时候就更有趣了。"

店老板指着向罗慎行推荐过的那套蓝色武士服道:"这套武士服是最合适的,上衣六千金币,裤子也是六千金币。"

那个人不屑地道:"没有更好的吗?"

店老板道:"铠甲需要达到三十级才能穿,武士服是新手所能穿的最高级别服饰了。"

那个人召唤出自己的物品柜,取出一万两千个金币道:"先来一套。"

罗慎行惊讶得下巴都要掉下来了,都是一样穿短裤的新手,差距咋就这么大呢?

罗慎行连忙自卑地把扛在肩上的木头剑藏在身后,眼巴巴地看着这个"财神"的儿子买了武士服之后又掏出大把的金币购买了鞋子、头巾、护腕、手套。现在他的眼睛都快红了,真恨不得冲上去抢过一些来。

在他得意扬扬地离开之后罗慎行咬牙切齿地问道:"凭什么他那么有钱?我却穷得穿不上裤子?"

店老板淡淡地道："你嫉妒了？"

罗慎行丧气地垂下头道："我就是感到不公平。"

店老板道："历朝历代都有不得志的人，但也不断地出现出类拔萃的精英，同样都是人为什么会有这样大的差距？你明白这是为什么吗？"

罗慎行恭敬地向他弯腰施礼道："谢谢您的提醒，我会努力的。"

店老板露出笑容道："你是个聪明的孩子，不需要我多啰嗦。让我来看看现在你还有多少钱？"

罗慎行打开自己的物品柜道："三百七十二个金币。"

店老板道："虽然不多，但是你有这样的成果也算不错了。"然后取出一套布衣道："这套布衣一共两百个金币，你现在只能穿草鞋，草鞋是五十个金币，剩下的一百二十二个金币可以到薛娘子那里购买四个补血丹。然后你到北城门外去杀山羊吧。"

罗慎行掂着从薛娘子那里买来的救命用的补血丹，信心十足地步出了北城门。现在他有衣服、有武器，虽然都是最便宜的甚至丢在大街上都没人要的下等货，但毕竟是他辛苦努力才得到的。

"总有一天我会让武魂里的人都知道月夜之狼的大名，而且这一天不会很遥远的。"罗慎行愤愤不平地看着街上衣着光鲜的行人默默发誓。

当罗慎行来到北城门外的时候，他突然发现刚才在服饰店遇到的那个家伙正在努力地追杀一只山羊。他手中的宝剑让罗慎行的妒火又燃烧起来，真是没天理，这个家伙的服饰足以保证他在受到山羊的攻击时不会造成致命的伤害，而他手中的剑绝对是可以增加攻击力的上等货。

很快一只山羊在他的剑下倒下来，然后爆出了四个金币。那个家伙对金币看也不看就向另一只山羊攻去。地上零零散散的还有一些金币，看来都是这个家伙留下的战绩。

罗慎行勉强控制着自己不去看那些金币，并不断地勉励自己："你是有骨气的人，你不应该去捡别人的东西。"罗慎行看着所剩不多的山羊，抽出木剑向一只山羊砍去。

山羊"咩"的叫了一声，一头向罗慎行拱来。他灵巧地向旁一闪身躲了过去，然后木剑刺向山羊的颈部。山羊痛苦地一甩头再次向他拱来，他不清楚山羊的攻击力有多大，只好利用自己敏捷的身法与它周旋。

很快那个家伙又干掉了一只山羊，同时向罗慎行嘲弄地笑了笑。罗慎行又急又气——如果自己有一把锋利的宝剑，这只山羊早就被摆平了。就在这时那只山羊开始疯狂地向他攻击，他要躲过它十次的攻击才有一次反击的机会。

渐渐地罗慎行觉察出有点不对劲，他现在的攻击力是二十七，而那个家伙是个新手，他的宝剑的攻击力即使加七的话也只能与自己打成平手而已，但是他现在已经杀死第四只山羊了。而且自己的命中率也比那个家伙高，竟然杀不死一只山羊，这实在没有道理。

就在那只山羊再次向罗慎行拱来的时候，他突然发现这只山羊的眼睛是金色的，难道这是只头羊？罗慎行的心脏开始剧烈地跳动起来。

他飞快地向后退着,与山羊保持一定距离。山羊则向下低着头以锋利的尖角对准他,一步一步地逼来。他镇定地举起手中的木剑,遥遥地对准山羊的眼睛。

山羊突然停下来,以左前蹄在地上刨着。

罗慎行知道它的攻击即将开始了,自己前几次的攻击都是对准了它的身上,但是他发觉它对自己的头部保护得很小心。而它最脆弱的部位就应该是它闪着金光的双眼,他只有一次机会,头羊的致命一击绝不是现在的自己所能抵挡的。

如果自己失败的话,就会很没面子死去,而且还会错过很重要的东西,虽然不知道具体是什么,但一定很关键,因为这点是服饰店老板千叮咛、万嘱咐的。

山羊猛地一躬身,头上的尖角仿佛两把锋利的尖刀刺向罗慎行的小腹。罗慎行的左脚抬起以右脚尖为轴向右旋去,同时手中的木剑闪电般插入山羊的左眼。他平时练习行意门拳法的效果终于在今天展示出来了。

山羊痛苦地惨叫一声,用力地一摆头,罗慎行的木剑脱手而出。就在木剑脱手的瞬间,罗慎行右膝一弯向前冲去,双手紧紧地抓住山羊的两支角,以膝盖狠狠地撞击它的面门。

山羊痛苦地"咩、咩"连声,终于在罗慎行的膝盖都撞痛了的时候颓然倒下。然后系统提示道:"头羊被打爆,月夜之狼增加五点威望。"

罗慎行失望地喃喃道:"这么辛苦地打败头羊就只增加五点威望,武魂系统也太寒酸了。"罗慎行的话音刚落,系统继续道:"月夜之狼增加一万二千五百点经验值,级别上升到十一级。"

然后地面上爆出一堆的金币、两颗宝石、一枚黑色的戒指,戒指上面雕刻着一只紧闭的眼睛和一把长刀。这时那个看笑话的家伙见罗慎行竟然打爆出这么多的东西,双眼放光地直接走来。

罗慎行手疾眼快地把宝石、戒指和那把刀都收了起来,然后才慢慢地把金币装起来——这个家伙对金币不感兴趣,他一定是奔其他的东西来的。

罗慎行捡起自己的木剑傲然地对那个家伙点点头后往城里溜去,现在是回城检验自己胜利果实的时候了。

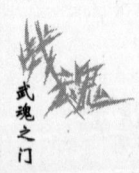

第三章 一流装备

罗慎行一口气跑回城里,来到了服饰店才长出一口气,店老板看着他兴奋的样子微笑道:"有什么好消息?"

罗慎行炫耀地打开自己的物品柜,摆出一个请的姿势。店老板毫不客气地打开柜子惊讶道:"你在哪捡到的?"

罗慎行险些被他的话气晕过去,愤愤地道:"你看我是捡别人的东西的人吗?这是我自己打出来的,是头羊爆出来的。"自己辛辛苦苦劳动的成果竟然被人说成捡便宜得到的,他的得意心情一下子就被店老板的话给击灭了。

店老板眨眨眼睛道:"你一个人打败的?"

罗慎行摆出不屑回答的样子,店老板耸耸肩笑道:"算我说错了,不过这实在有点儿让人难以置信,你遇到头羊却能活着回来真不容易,呃!我的意思是看来你的运气一定非常好。"说完拿起宝石道:"这两块宝石你现在用不上,你可以先在客栈租一个房间,把你暂时用不上的东西存起来,这样你受伤的时候就不至于掉落东西了,而且每次下线的时候就在房间里下,可以恢复你的一部分体力。"

罗慎行不解地问道:"不是只有死人的时候才掉落东西吗,难道受伤的时候也掉?"

店老板严肃地道:"我再提醒你一次,在武魂中你要像对真正的生活那样谨慎地对待,现实生活中你不可能死去再重新复活,在武魂中虽然可以重生,但是你将会付出沉重的代价。"

罗慎行苦恼地道:"为什么我看不到游戏里的动物生命值,而且其他玩家的名字也看不到?"

店老板道:"你在生活中可以看到哪种动物的生命值?你又可以看到哪个人的名字?你说来听听。"

罗慎行摇摇头。

店老板道:"我已经告诉你了,武魂的游戏是完全仿照现实生活的,所有的一切都是玩家自己去摸索,这对每个人都很公平。如果你想知道别人的名字这很简单,你直接问就可以,至于动物的生命值你多打几次就知道了。"

然后拿起那把刀道:"你到武器店那里鉴定一下这把刀的属性,如果合适的话你就可以装备上了,戒指你到珠宝店去鉴定,你先去办这几件事吧。"

罗慎行道:"不鉴定不可以吗?这样比较节省。"

店老板责备道:"武魂里的物品只有经过鉴定后才可以使用,否则物品中的附加属性根本不能发挥作用,难道你连这么一点小钱儿都舍不得吗?而且你以后再打出同样的物品就不必再鉴定了。"

罗慎行将信将疑地跑到客栈租了一个小房间,把那两颗宝石留在房间里,然后来到武器店。NPC 接过刀之后,用手在刀背上抚摸一下道:"天煞刀,攻击力加 20%,承受力六十三,你在到达十五级之后可以使用,鉴定费一百八十金币。"

罗慎行心痛地掏出一百八十个金币递给 NPC,把刀放回自己的物品柜,现在他已经不自卑了——有一把攻击力加 20%的刀在自己手上,虽然现在使用不了,但是再有四级自己就可以使用了。别的兵器虽然有加攻击力的,但是这把天煞刀是加 20%的攻击力,自己的攻击力值越高,这把刀的攻击力就越大。

最重要的是头羊爆出了五千个金币,这可是一笔不小的财富,自己再努努力的话就可以买一件武士服的上衣了。

罗慎行扛着木剑在一群身着高级武士服或铠甲的玩家中间傲然走进珠宝店,掏出戒指放在柜台上道:"鉴定戒指。"

一个留着山羊胡子的 NPC 接过戒指道:"鉴定费四千五百个金币。"

罗慎行惊呼道:"你干吗不去抢劫?一个戒指才多少钱,你光鉴定就要四千五百个金币。"随着他的声音,珠宝店里的其他玩家都围了上来。

一个穿着铠甲的男人道:"兄弟,是不是手头紧张?你把戒指卖给我,我给你五万个金币。"

罗慎行直觉到这里一定有什么秘密,要不然大家在听到戒指的鉴定费之后不会露出这种贪婪的目光,他立刻道:"对不起,这是非卖品。"然后立刻痛快地拿出四千五百个金币交给 NPC。

NPC 接过金币之后才道:"魔眼戒指,无辅助能力。"稍微停顿一下后继续道:"可以观察对手的资料,无级别限制,不可脱落。"他刚说到无辅助能力的时候,珠宝店里的其他玩家都发出一阵嘘声,嘲笑罗慎行没有及时把戒指卖掉,但 NPC 说到可以察看对手资料的时候每个人都不出声了。

当 NPC 的鉴定结果公布的时候,戒指上原本闭着的眼睛慢慢张开了,从眼睛的黑色瞳孔中焕发出诡异的光芒。

珠宝店内死一般的静寂。

刚才那个穿盔甲的玩家再次道:"兄弟,十万金币。"

罗慎行的心脏立刻剧烈地跳动起来,但另一个声音立刻道:"十五万。"

罗慎行的心都快蹦出来了,他努力控制自己的笑容,装出一副漠然的样子把戒指戴在左手的无名指上道:"实在抱歉,不卖。"然后镇静地走出珠宝店,他刚走出门口就仿佛被猎犬追击的兔子一样向服饰店飞奔。

进入服饰店之后,罗慎行开心地一阵傻笑,等店老板露出不悦的神色时才举起左手道:"魔……眼戒指,是魔眼戒指。"

店老板淡淡地道:"哦。"

罗慎行炫耀道:"可以观察对手的资料,很神奇吧!"

店老板露出开心的笑容道:"算你小子命好,这个戒指你知道该怎么用吧?"

14

罗慎行贼笑道："那还用说。"说完一溜烟地跑了出去，向北门直冲而去，远远地传来一句："你等我的好消息吧。"

现在他的级数已经达到十一级，对付这些羊还是绰绰有余的。但是罗慎行不想到南门去，南门虽然有狼，可以加快练级的速度，不过罗慎行的木剑攻击力太差了，花钱买铁剑的话又不值得，反正到了十五级之后就可以使用天煞刀了。罗慎行这次下了狠心，把自己的几百个金币全买了补血丹，准备大干一场。

当他来到北门的时候，那个"财神"的儿子还在那里杀羊，不过现在罗慎行对武魂里的有钱人见多了，仅仅珠宝店里就有肯出十五万金币买自己戒指的大款，相比之下"财神"的儿子有点儿小钱也算不了什么。

罗慎行想起自己的戒指，不由自主地向那个家伙看去，那个家伙的资料立即展示在他的面前。

罗慎行看看他的资料暗暗道："原来这个家伙叫霄龙。"其实他最关心的是这个叫霄龙的家伙还有多少钱，看完之后他咧咧嘴，霄龙的物品柜里竟然还有三十多万个金币。而且霄龙的练级速度可够快的，现在已经达到八级了。

罗慎行对他友好地点点头，然后挥舞着木剑连击四下把一只羊砍死，罗慎行已经尝试着观察过羊的资料了，羊的生命力是一百六十，攻击力是二十。而且羊的刷新速度快，三分钟刷新一次。罗慎行也不理霄龙嫉妒的眼光，追在羊屁股后开始疯狂屠杀，当他的级数达到十四级的时候，杀这些羊已经是三剑一个了。

霄龙见罗慎行与自己展开竞争，狠狠地挥动着自己的上等宝剑猛砍，现在他使用宝剑后攻击力甚至比罗慎行还高一点，升级的速度也比罗慎行快，不过他只管杀羊，对于掉在地上的金币根本就不屑一顾。

罗慎行则杀一只羊捡一次金币，有的时候看到霄龙不注意时就偷偷地把他的金币也放入自己的口袋——没办法呀，自从罗慎行看到他的物品柜里有现成的三十多万金币，自己现在仅有一千多个，就迫切地想赚钱。而且不捡白不捡，反正霄龙也不在乎。

当罗慎行还有七十多点经验值就会升到十五级时，霄龙已经达到了十二级，霄龙吞了一颗补血丹之后冷冷地道："穷鬼，捡便宜捡够了没有？"

罗慎行头也不抬地道："没办法，小弟实在太穷了，反正你有的是钱也不在乎这几个。"同时手中的木剑上下翻飞，迫不及待地想升到十五级。

霄龙冷"哼"一声道："我不要的东西也轮不到你来捡，快点儿还给我。"

罗慎行惊讶地道："不会吧！这几个小钱你这么认真干什么？"

霄龙举着宝剑向他走过来道："你最好交出来，否则把你刚才打爆的东西给我。"

罗慎行鄙夷地看了他一眼道："原来是这样。"说完把自己物品柜里的将近两千个金币全取出来扔在地上道："只有这些，都给你。"

霄龙在金币上踢了一脚道："你捡的金币比这个多，你别想藏起来。"

罗慎行沉下脸道："霄龙，你别欺人太甚。这些金币中大部分都是我自己打的，我不想惹麻烦所以给了你，是想大家都退一步留下以后见面的余地，别以为我怕你。"

然后愤怒地转身砍向羊群。

霄龙恼羞成怒，一步一步逼上来道："穷鬼，我看你是不识抬举。"说完挥剑向罗慎行砍去。

罗慎行眼看自己还有十几点经验值就要升级了，也顾不上面子拔腿就跑，霄龙见到罗慎行逃跑，在后面挥舞着宝剑紧追不舍。

罗慎行一边跑一边砍羊，他砍的都是被自己砍去大半生命值的羊——因为只有把羊砍倒之后才会长经验值。砍到第八只的时候马上就要升级了，罗慎行停了下来道："霄龙，你他妈的太过分了。"说完砍倒第八只羊，一阵白光闪过，系统的声音响起道："月夜之狼升为十五级。"

罗慎行把木剑抛在地上，从物品柜中拿出天煞刀道："霄龙，这事儿我有错在先，是我不该贪小便宜，但是你再敢无理取闹的话，我可不会客气。"说完示威性地晃晃手中的天煞刀。

霄龙泄气地看着罗慎行，尤其是他手中那把光华夺目的天煞刀，恨恨地道："你等着。"转身向城里走去。

罗慎行把木剑捡起来放回自己的物品柜，但是自己丢在地上的金币已经因为超时被系统自动收回了，罗慎行心痛地叹息一声，向南门走去。

与北门郁郁葱葱的草原相比，南门显得荒凉而悲壮，地面上的白骨显示这里已经是玩家需要以命相搏的地方，狼群可不像羊和小鸡一样善良，狼是嗜血的野兽——不论是在生活中还是在游戏里，它们都会主动攻击人，当玩家的级数低时，狼群就变成了想要升级的玩家致命的诱惑。

最残酷的是武魂里的系统中根本没有回城符这项保命的设置，也就是说每个玩家在遇到危险时只能凭借自己的两条腿跑回城里。

罗慎行小心地取出补血丹预备着，对现在的他来说，一颗价值三十金币的补血丹实在太奢侈了。他步步为营地向着远处的森林慢慢走去，同时四下里观察有没有狼从自己身后冲出来的可能。

罗慎行刚走到森林的边缘时，就听到从森林里传来狼群的嗥叫声，他只觉得头皮发麻，差点儿就要转身逃跑。

但是杀狼的诱惑实在太大了，不仅是因为杀狼得到的经验值高，而且狼被杀死后有可能爆出低级装备，这些低级的装备对别人来说没什么吸引力，但对于罗慎行来说那代表着可以省下一大笔经费。

当他进入到森林一公里远的地方时，一株大树后露出了一头狼的脑袋。罗慎行抽出天煞刀，小心翼翼地向狼逼去。就在他距狼还有二十多步远的时候，另外两头狼从左右两个方向把罗慎行围在了中央。

罗慎行向对面的那头狼看去，那头狼的生命值是二百六十，攻击力竟然是七十。现在罗慎行的生命值只有九十，防御力是三十五，一头狼的三次攻击就足以把他消灭。

罗慎行看看自己的攻击力，只有四十五，加上手中攻击力加20%的天煞刀，自己也要五刀才能干掉一头狼。想到这里他向左边的那头狼看去，这头狼和对面的那头一样,他不甘心地向右侧的那头狼看去。

这头狼的生命值只有九十,一定是被哪个玩家打伤了。罗慎行的心又不争气地狂跳起来,这头狼只需两刀就可以宰掉。

但是另外的两头狼正虎视眈眈地盯着自己,只要那头受伤的狼把自己拦住一小会儿,另外的两头狼就可以把自己当做一顿美餐。

罗慎行慢慢地往后退,生怕把狼惹怒了,但他每退一步狼便向前进逼一步,其中对面的那头狼已经露出了锋利的犬齿。

罗慎行突然转身就跑,后面的三头狼凄厉地嗥叫一声在后面疯狂追赶。罗慎行敢发誓自己从来没有跑得如此迅速过,但是狼的速度偏偏比他要快一点,很快狼的脚步声就变得清晰可闻了。

罗慎行就在一头狼的喘息声在自己的身后响起时突然向上一跃,当初他在学习行意门的功夫时虽然没达到穿房跃脊如履平地的程度,但是他的跳跃功夫已经远远高出同龄人。

他现在赌的是服饰店老板的话——武魂游戏是完全仿照现实生活的。如果真是这样的话,那么那头受伤的狼一定跑不过没受伤的两头。如果不是这样的话,那就证明店老板的话是夸大其词,自己死了也就没什么大不了的。

当他凌空跃起的时候,两头狼带着风声从他的脚下窜了过去。罗慎行大喝一声,"天煞刀带着凌厉的刀光砍向落在后面的那头狼,那头狼惨叫一声,脖子上喷出血花。罗慎行不敢迟疑,天煞刀从下往上反撩,再次从那头狼的脖子上划过。

那头狼抽搐了一下倒在地上,罗慎行甚至不敢看那头狼爆出了什么东西,撒腿向前逃去。另外的那两头狼听到同伴的惨叫声后发狂了一般,速度比刚才还快了一点儿。其中一头狼凌空向前一扑,罗慎行的后背立时火辣辣地疼痛起来。

罗慎行左手掏出两颗补血丹扔进嘴里,反手一刀劈在那头狼的前爪上,然后猛然转身,天煞刀连续两刀准确地斩在狼背上。

另一头狼把头一低向罗慎行的双腿咬去,罗慎行向上一跳从那头狼的背上逃了过去,然后继续向前跑。现在他才放下点儿心——那头前爪被砍伤的狼一定没自己跑得快,现在的问题是如何以最小的代价把这头没受伤的狼除掉。

想到这里他突然停住脚步,转身面向那头气势汹汹的狼,那头狼被他突然转身的动作惊吓得停住了脚步,并抬头向上看着,生怕罗慎行故伎重施从自己的头上跳过去。

罗慎行大喝一声天煞刀直刺过去,那头狼向上跃起扑向罗慎行的面门。罗慎行左膝向下一屈跪在地上,天煞刀以四十五度角向前方斜举,锋利的刀刃把那头狼由下颌到后胯准确地剖开。

那头狼扑通一声摔倒在地,罗慎行刚想冲过去再补一刀时,那头狼已经爆出一小堆金币和一双靴子。此时最后的那头狼见事不妙刚想逃跑时,罗慎行已经衔尾追了上去,两刀把它砍死。

这头狼除了爆出一小堆金币外什么也没有,罗慎行把金币捡起来,又收起了那双靴子,但是最早杀死的那头狼的地方竟然有一个护腕。罗慎行知道自己这次没白来,本想再接再厉多打几头狼，但是靴子和护腕的属性还没弄明白，而且这两件饰物极可能提高自己的能力，为了长远打算只好回到了小镇中。

店老板见到他已经使用天煞刀了，笑眯眯地道："进步得很快嘛，这次有什么要我帮忙的？"

罗慎行拿出靴子和护腕道："帮我鉴定一下。"

店老板伸出手道："鉴定费物品价值的1%，虽然咱们是朋友，但是系统有规定，这个费用可是省不了的。"然后道："这是狼皮靴子，速度加十五；护腕是狼牙护腕，攻击力加十。你这次的收获不错，狼皮靴子很平常，但狼牙护腕是很少出现的物品。你的鉴定费一共是一百六十五个金币。"

第四章
出手相救

罗慎行心痛地道:"这么贵啊!"旋又惊喜道:"你说鉴定费是物品价值的1%,那我的魔眼戒指的鉴定费是四千五百个金币,那它的实际价值不就是四十五万个金币吗?"

店老板淡淡地道:"你很惊讶吗?武魂里随随便便就拿出上百万金币的玩家有的是,只是这个戒指却是无处可买的。"

罗慎行欣然地抚摸自己的戒指道:"原来还是个有价无市的宝贝,我就觉得那些人的样子不正常嘛,区区十五万个金币就想买走,真是欺人太甚。"然后把鉴定费交给店老板。

罗慎行戴上护腕之后把草鞋脱下来,换上狼皮靴子道:"草鞋你还回不回收?"

店老板道:"回收,价格是一个金币。"

罗慎行大叫道:"当初我可是花了五十金币在你这儿买的,贬值得太厉害了吧!"

店老板道:"你的那把木剑好像是花一百金币买的,现在的回收价格应该也是一个金币,这个贬值得更厉害。"

罗慎行泄气地道:"也对,还是卖给你吧,一个金币也是好的。"然后沉默一会儿问道:"别的玩家是不是在游戏之前就存好资金了?"

店老板道:"你早该猜出来的,绝大多数玩家都是在游戏开始之前就在自己的账号里存储了一大笔资金,而且游戏里的资金与我们现实生活中的货币是五比一,你应该明白这代表什么了吧?"

他本以为罗慎行会很丧气,但是罗慎行反倒开心起来,兴奋地在屋中踱了两步道:"这么说来我并不是天生就是穷人,而是因为他们提前花钱存入了资金,怪不得呢!"

店老板道:"你不羡慕吗?"

罗慎行愕然道:"我羡慕?怎么会呢!我凭借自己的能力在游戏里闯荡,他们却花钱来补充,这一点他们远远比不上我。"

店老板微笑道:"你想得倒坦然,其实还有一样是提前存储好的,那就是威望。"

罗慎行惊讶地问道:"这个凭什么来决定?"

店老板道:"其实这是个公开的秘密,武魂游戏的玩家有很多都是有身份的人,他们在进入游戏之前就会把个人的资料登记进去,然后根据每个人的身份给与不同的威望值,所以我见到你的威望值只有十二点时就知道你在生活中地位不会很高。"

罗慎行耸耸肩,自己的这个账号是宋师兄的,输入的一定也是宋师兄的身份。如果以自己的身份进入游戏的话只怕连一点威望值也没有,而且现实生活中的自己根本没机会加入武魂这个游戏,这样一来自己的心理便平衡了许多。

店老板看着他耸肩的样子以为他不高兴了,压低声音道:"在武魂里,只要你表现得出色一点儿,一样有机会发展的,甚至比生活中发展的机会更大。"

罗慎行以为他说的是被哪个大人物看上,然后平步青云呢。所以不屑一顾地摇摇头道:"我可没兴趣。"

店老板叹息道:"还是年轻气盛,随你的便好了,年轻人的路的确应该自己走。一会儿我就要下线了,你也要注意休息的时间。"

罗慎行离开服饰店,把木剑以一个金币的价格卖给了武器店的老板,又用自己的金币全数买了补血丹,再次向南门走去。现在他有信心与狼群周旋了。

这次他的速度优势显现出来了,当他打不过撒腿飞奔的时候,狼群的速度与他相比就差了那么一点点儿而总也撵不上他,罗慎行却可以伺机反扑把追得最近的狼趁机除掉。而没有必要的时候罗慎行绝对不凭借加补血丹来与狼硬拼,他实在是舍不得每颗三十金币——相当于现实生活中六元钱的代价来与狼耗费。

每次迫不得已地服用一次补血丹的时候,罗慎行总是不由自主地想起这就是六元钱,而且想到自己的魔眼戒指时,他就会提醒自己这是一个最少价值九万元钱的宝贝,这个价格都够购买一枚钻戒的了,真是太奢侈了。

但是这次杀狼的收获也明显地显示出戒指的作用。森林里有很多的狼都是被别人打伤的,罗慎行通过魔眼戒指只要找到其中受伤比较严重的就可以捡一个现成的便宜。不仅金币捡得容易,而且经验值升得也快,因为最后一个把狼杀死的人才可以得到经验值,早先把狼打伤的人就都为罗慎行作贡献了。

但是这段时间杀狼只掉出一些金币而已,装备一件也没出现。很快他的级别就升到了二十级,而且补血丹还剩了四颗。但是他一直没敢往里走,只是在森林边缘的两公里左右徘徊,生怕走得太远了回不来。

现在他的体力已经感到吃不消了,就在他准备返回龙门镇下线时,森林的深处传来一阵急剧的脚步声,同时还有人气喘吁吁地喊道:"快点儿,狼群追上来了。"

罗慎行急忙躲在了一株大树的后面,准备见事不妙的时候好及时脱身逃跑。他刚躲好,三个人仓皇地跑出来,后面是一大群足足有五十头狼追在他们后面咬。罗慎行抬眼望去,只见这三人中跑在最前面的是一个穿着盔甲容貌秀丽的少女,手中持着一把宝剑,她的级别已经达到三十五级,但是身上的补血丹却一颗也没有了,而且生命值也不到正常的一半了。

再看看其他两人也都是如此,怪不得他们这么慌乱地往外跑呢。在他们的后方负责断后的那个身材魁梧的男人也穿着盔甲,但是他的速度明显慢了一点儿,不断有狼往他的身上扑。

那个人的级别已经将近四十级,盔甲和身上饰物的总防御力达到八十,不过狼的每一次攻击都会使他损失几点生命值,照这样下去不等他逃回龙门镇就要一命呜呼了。但是那个人却死守不退,手中巨大的宽刃剑在狼群中不断地劈砍,同时不断地招呼其他人快跑。

前面的那两个人一边呼喊他的名字,一边无奈地往后退。罗慎行终于忍不住从

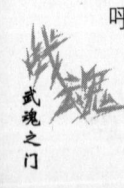

树后面站出来道:"接着。"然后把两颗补血丹抛向跑在最前面的少女。

那个少女欢呼一声也不问补血丹的来历直接吞了下去返身向狼群冲去,剩下的那个人"呼"的一声冲到罗慎行面前伸出手来。罗慎行心痛地咬咬牙把仅有的补血丹都拿出来给了他。

当这个人服下补血丹之后仿佛变了一个人一样,抽出刀冲入狼群中。他们三人一阵狂劈乱砍把几十头狼砍翻在地。以他们的攻击力来说对付几十头狼简直不在话下,只是他们不知为什么弄得弹尽粮绝。

当狼群摆平之后,那三个人又走了过来,为首的少女道:"谢谢你。"

罗慎行摆摆手,把狼群死后掉落的金币都捡了起来,其中还有两个戒指和一个狼牙护腕,然后转身向龙门镇的方向走去。那个少女追上他道:"谢谢你。"

罗慎行道:"我知道,我已经把你们打出来的东西收走了,算是我的补血丹的报酬,所以你们不用再谢我了,这是公平交易。"

那个少女道:"这些东西根本就不值钱,你救了至少两个人的命。这份恩情我们一定要报答。"

罗慎行看了她一眼道:"阿婉,我再说一遍,我捡的东西足够我买一千颗补血丹了,算起来我还要感谢你们,所以你们不要再客气了。"他说的可是真心话,因为他刚才至少捡起了三千个金币,这可是一笔大数目。

阿婉惊讶地道:"你怎么知道我的名字?"

罗慎行耸耸肩道:"我可以看到你的资料。"

阿婉惊呼道:"你就是那个得到魔眼戒指的人?"

罗慎行道:"运气好而已。"

那个断后的人道:"我叫轩辕,虽然你可以看到我的名字,但还是自我介绍比较好,我们三人是逍遥帮的成员。兄弟,你叫什么名字?"

罗慎行道:"月夜之狼。"

另外那个容貌清秀的年轻人道:"我叫红尘刀客,谢谢你兄弟。"这三个人中只有红尘刀客穿的是武士服,但是罗慎行看他的资料时显示他的级别已经达到三十六级,而且金币也有二十万个,只是不知他为何不买一套盔甲穿上。

罗慎行道:"我很容易满足的,得到了你们的东西已经是很好的报答了,再说客气话就没意思了。"

轩辕道:"月夜之狼,交个朋友如何?"

此时他们已经走到了森林的边缘,罗慎行道:"这还是第一次有人称呼我在游戏中的名字,就冲这点我交了你们这几个朋友。"然后身体一晃道:"我有点儿支持不住了,到现在为止我还没休息呢。先下线如何?有什么事情回来再聊。"

轩辕看着他有些苍白的脸色道:"我们也要下线了,回来在哪儿会面?"

罗慎行道:"服饰店。"然后在原地下线了。他现在也忘了服饰店的老板关照过他应该在客栈下线的事儿,只知道自己再不下线就要在游戏中睡过去了。

当他摘下全息头盔和连接身体的导线的时候,他发现自己的手都要麻木了,看看电脑上显示的时间才知道自己已经在游戏中度过了十九个小时。

罗慎行按照行意门特有的调息方法把双掌用力地搓几下后在自己的脸上以逆时针的方向反复摩擦几下，又以同样的方法摩擦自己的丹田，然后闭目做了三十六次深呼吸。

当他做完这一切之后，发现桌子上放着一份盒饭和一瓶矿泉水，他知道这是免费供应的，所以毫不客气地狼吞虎咽下去，然后舒服地伸个懒腰倒头睡去。

当他被送盒饭的开门声惊醒来的时候，已经过去了六个小时。服务员送来的还是老一套，一份盒饭和一瓶矿泉水，罗慎行在房间里练了一套活动身体的拳法之后，慢慢地把盒饭吃下去。

时间已经是晚上七点，罗慎行又打坐一会儿，才重新接通电脑进入游戏中。

当罗慎行回到服饰店的时候，轩辕、阿婉和红尘刀客已经在店里面等候了。罗慎行先向店老板打个招呼，但店老板却神情木然地简单回了个礼，罗慎行这才想起店老板对自己说过他要下线了，现在的这个店老板一定是电脑仿照真人设定的NPC来应付场面的。

轩辕看着罗慎行笑道："兄弟，你这次休息的时间可够长的。"

罗慎行苦恼地道："我也不知道为什么会这么累，以前我玩游戏的最高纪录是四十八个小时不下线，这次只玩了十九个小时就受不了了。"

红尘刀客惊讶地道："你持续玩了十九个小时？你没夸大吧？"

罗慎行道："有什么不对吗？"

轩辕道："我们在游戏中基本上都是玩十二个小时左右，时间再长的话体力和意志力都会急速下降，你比正常人多玩了大约七个小时。即使是我的话最多也就坚持十五个小时，你说我们能不惊讶吗。"

阿婉取笑道："你的级别虽然不高，但是你一定是武魂里最拼命的玩家，干脆你改名叫拼命三郎得了。"

罗慎行知道这有可能是因为自己从小练武的成果，立即转移话题道："上次你们怎么会弄得那么惨？是不是遇到狼王了。"

阿婉气愤地道："应该是，但是我们也不知道哪个是狼王，当我们的生命值急剧下降时才知道围攻我们的狼群中应该有狼王，我们如果不是逃得快的话，说不定就要死在森林里了。"

红尘刀客道："当时我们的级别比较高，而且衣服的防御值也高，所以带的补血丹比较少，没想到一时大意险些送命。"然后心有余悸地道："武魂的系统设置也太卑鄙了点儿，连狼王都没有特殊的标记。"

罗慎行想起自己遇到的那只头羊道："其实应该有标记的，只是那个标记非常不明显，很容易被人忽略而已。"

轩辕苦笑道："狼王周围的狼太多了，尤其是狼王混在狼群里，我们根本没有精力在狼群中寻找那个只有不明显标记的狼王。"

阿婉道："如果你不怕冒险的话，你加入我们的队伍中就可以找出狼王了。"她的

22

话出口之后,轩辕和红尘刀客都以期待的眼神看着他,显然他们三人早就商量好了。

罗慎行道:"我现在的级别只有二十,和你们组队的话基本上就等于白得经验值却起不到什么作用。"但是对于这个提议颇为心动,有三个三十多级的高手与自己在一起练级,而且自己的魔眼戒指可以寻找出最有价值的狼王,这样的组合一定很快就可以在武魂中崭露头角。

轩辕看出他的疑虑道:"其实我们的提议是强人所难,我们并不在意你与我们分经验值,因为那是你凭自己的能力赚到的,我们唯一的顾虑是你的安全,以你现在的生命值来说根本经不起狼王的一次攻击。"

罗慎行狠狠心道:"我不怕狼王,而且我可以提前避开它。"

阿婉兴奋地道:"就这么定了,先给你买衣服和饰物。"

罗慎行摇头道:"不用了。"然后取出在森林里捡到的那个狼牙护腕道:"我已经有一个狼牙护腕了,你们有谁需要这个?"

红尘刀客道:"这个护腕我们曾经打出了一个给了阿婉,轩辕在我们当中是主攻的,不如给他吧。"

轩辕冷冷地看了红尘刀客一眼道:"我不能要,月夜之狼的级别低,他戴上之后可以多一些攻击力。"

阿婉从罗慎行的手中接过护腕道:"要你戴上你就戴上,月夜之狼已经是我们的同伴了,他的东西也就是我们的。"然后把护腕递给轩辕。她已经看出红尘刀客的目的,只有轩辕先收下月夜之狼的东西,月夜之狼才会接受大家的帮助。

红尘刀客见轩辕收下护腕,拍拍手道:"好了,现在该给月夜之狼买装备了。"

罗慎行再次拒绝道:"我不需要。"

阿婉不悦道:"轩辕已经收下你的护腕,你再拒绝我们的帮助就是看不起我们了,是不是这样,轩辕?"

轩辕露出笑容道:"我们也是为了自己着想,你的自保能力越高我们的负担越小,而且我们还指望你帮大家找出狼王呢。"

罗慎行知道他们是想帮自己换一套好一点的武士服,但是他对自己的这套布衣有些舍不得,只好道:"衣服不用换了,我先买几件饰物。"通过这段时间杀狼,现在他积攒了一万多个金币足够买一些增加防御值的饰物了。

阿婉道:"你不换衣服?"

罗慎行道:"我觉得这件衣服很好,我打算一直穿着它。"然后花了四千个金币在服饰店的 NPC 那里买了一副防御值加二的手套。如果不是要和轩辕他们组队的话,即使打死罗慎行也舍不得花这么多钱买饰物。

他们一行人又来到珠宝店把罗慎行捡的那两个戒指鉴定了一下,只不过是两个普通的新手戒指而已,罗慎行悻悻地以两百个金币把它们卖给了珠宝店的 NPC。然后心痛地花六千金币买了一个防御值加三的项链。

轩辕看到罗慎行心痛的样子对阿婉和红尘刀客点点头,然后搂着罗慎行的肩膀到薛娘子那里开始买救命的补血丹。

当轩辕他们打开他们的物品柜时,罗慎行惊讶地发现他们的物品柜都是空的,除了金币之外什么都没有。

轩辕开心地笑道:"这次我们有经验了,没有用的东西都卖了,有用的都放在客栈里,我们要尽量携带最多的补血丹,我看这回还有谁能把我打跑。"说完对薛娘子道:"先给我来一千颗补血丹。"

薛娘子道:"你的体力最多只能承担八百一十二颗。"

轩辕失望地道:"那就先来八百一十二颗。"然后对罗慎行道:"兄弟,我看看你能带多少?"

罗慎行看看轩辕魁梧的身体壮着胆子道:"我来八百颗。"

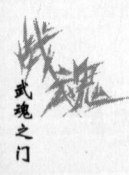

第五章
力克狼王

罗慎行本以为薛娘子会告诉自己承担不了，但是在阿婉付过两万四千个金币之后，八百颗补血丹轻松地装进罗慎行的物品柜。

阿婉兴奋地道："再来一百颗。"

这一百颗又是轻松地装了进去，轩辕惊讶地看着罗慎行道："兄弟，你的力气够大的，比我带的补血丹还多。"

红尘刀客道："看看到底能装多少？再来一百颗。"

但是这次薛娘子提示道："最多还能承担五十四颗。"

阿婉夸张地道："哇！九百五十四颗，好大的力气。"

罗慎行自我解嘲地说道："一定是因为我比较怕死，所以才会多装一点儿。"

罗慎行看看自己的资料，果然不出所料，自己的速度值本来应该是四十，而且自己的狼皮靴子加的速度值是十五，自己的速度值一共应该是五十五才对，但是现在速度值已经变成了二十五。背负九百五十四颗补血丹的代价是自己损失了三十点的速度，这次遇到狼群时不能以速度的优势取胜了。

阿婉背了七百三十颗补血丹，而红尘刀客则背了八百四十颗，罗慎行看过他们的资料之后才发现轩辕和阿婉是因为身上穿的盔甲的重量影响了他们的载重量，要不然凭借轩辕的身体一定能比罗慎行背更多的补血丹。

罗慎行加入逍遥帮之后，四个人一共背了三千三百三十六颗补血丹，慢慢吞吞地向南门走去。来到森林之后，轩辕、阿婉和红尘刀客三人本想以品字型把罗慎行围在中央，防止他受到意外的攻击。但是罗慎行觉得丢脸，执意要阿婉在中央，而自己则取代了阿婉的位置。

随着他们往森林里的深入，狼群逐渐多了起来。不过这次他们的战斗顺利得很。罗慎行发现，在轩辕他们以前的战斗中经常出现的狼，明明只剩下十几点生命值，自己只需轻轻一击就可以把它消灭，但是它却浑水摸鱼对他们不断攻击。因为他们根本分不清哪头狼是被打伤的，哪头狼是生力军，以至于白白损失自己的生命值。

现在有了罗慎行这个大行家，专门挑被轩辕他们打伤的狼攻击，基本上没有出现落网之狼。现在罗慎行的级别还没达到三十级，升级需要的经验值比较少，而且和他们组队的时候大家平均分配经验值，所以他的级别快速地往上升着。

很快他们就来到了森林的深处，罗慎行估计至少走了十多公里。现在罗慎行的级别已经升到二十六级，阿婉和红尘刀客各升了一级，只有轩辕还是三十九级多一点儿，他要升级要求的经验值实在太多。

当眼前出现一片怪石嶙峋的戈壁时，轩辕沉声道："就在这附近，大家小心了。"

随着他的声音,戈壁滩上传来让人毛骨悚然的狼嗥声,然后上百头狼从四面八方把他们围在中央。

阿婉急忙道:"月夜之狼,你快看看哪个是你的首领?"

罗慎行愕然道:"我的首领?"

阿婉皱起好看的鼻子道:"你的名字不是有个狼字吗?狼王不是你的首领是什么?快点!狼的刷新速度是十分钟,如果不能除掉狼王的话,狼群就会把我们累死。"

罗慎行向狼群中仔细地打量着,但是狼群不住地移动着,他看了半天也没发现哪头狼的生命值有异常,突然有一头狼把头伏在地上的一个裂缝中,"呜呜"地低声嗥了一声。

罗慎行急忙向它望去,突然发现它的生命值达到两千四百。他惊喜地道:"就是它。"

轩辕、阿婉和红尘刀客立即把他围在了中央,轩辕道:"兄弟,你盯住它的位置,走。"自己挥舞着宽刃剑看着狼群向狼王的方向移去。

罗慎行知道这时不是逞英雄的时候,只好在他们的身体空隙中把天煞刀刺出,争取消灭一个算一个,同时眼睛死死地盯着那头狼王。

狼王似乎发觉了今天的敌人来者不善,不断地在狼群中东窜西跳企图掩饰自己的身份,但是攻击敌人的欲望促使它慢慢地向红尘刀客的方向挪去。

就在狼王准备跳起攻击红尘刀客的时候,罗慎行大声提示道:"左侧第三头。"

红尘刀客大喝道:"收到。"然后长刀闪电般向狼王劈去。但是狼王被红尘刀劈中头顶之后却不退反进,长嗥一声双爪扑在了红尘刀客的胸前。

红尘刀客被它的一扑击去了一百二十点生命值,急忙掏出四颗补血丹扔进嘴里。狼王一击得手后又退回狼群中,绕向阿婉的方向。

罗慎行灵机一动道:"全队顺时针移动,以轩辕的方向对着狼王。"在他们四个人中,轩辕的级别最高,攻击力也最强,以他来对付狼王是最合适的决定。

轩辕、阿婉和红尘刀客立即醒悟过来,以罗慎行为中心开始顺时针地移动。当轩辕的位置移动到面对西北方的时候,罗慎行道"正前方。"

轩辕大声道:"稳住阵形。"然后宽刃剑向前疾刺,准确地刺在狼王的胸前,然后手腕向上一翻,在狼王的胸前至下颌开了一道口子。同时红尘刀客把面前的一头狼踢飞之后,长刀斜挑而至,把狼王的前爪划伤。

狼王连受重击,愤怒地嗥叫一声退入狼群中,指挥其他的狼向上围攻。

轩辕大声问道:"兄弟,你能盯住它吗?"

罗慎行傲然道:"只要它不逃跑,今天就死定了,咱们向东南方向移动。"

此时被他们杀死的狼爆了一地的金币,还有十几件饰物,但是他们的全部精神都放在狼王的身上,即使最贪心的罗慎行也顾不上往地上看一眼。

时间一点点儿地过去,很快被杀死的狼又在原地刷新出来,一百多头狼围在他们的四周疯狂地扑咬着。

突然狼王低嗥一声,狼群开始围着他们几个人绕起圈子来,轩辕和阿婉他们保持站立的姿势,但是罗慎行却要盯着狼王,只好和它们一起转圈子,不一会儿的工夫他就开始眼花缭乱起来。

红尘刀客道："咱们也转,和他们以同样的速度转,这样它们就影响不了我们了。"

罗慎行道："那样就上了狼王的当,我们应该冲进狼群中主动攻击。"

轩辕道："月夜之狼的建议有道理,咱们直接奔狼王的方向冲,今天一定要打倒它。"然后率先向狼群冲去。

他们往前冲,狼群就绕着圈往后退不和他们接触,狼王在旋转着的狼群中突然绕到阿婉的对面,前爪在地上一扑,凌空跃起向阿婉的咽喉咬去。

就在狼王跃起的瞬间,罗慎行敏锐地发现狼王的胸前有一小片半月形的白毛。他来不及招呼其他人,就在阿婉的剑砍在狼王的身上却没把狼王打退时,罗慎行的天煞刀犹如一支从地狱射出的利箭在阿婉的腋下穿出,准确地刺入狼王胸前的白毛中。

狼王的血盆大嘴就在阿婉的咽喉前停了下来,闪着寒光的利齿几乎贴在她娇嫩的脖子上,阿婉这时才发出惊恐的叫声。当轩辕和红尘刀客听到阿婉的叫声紧张地转过身来时,就发现狼王的尸体化作一团白光,然后系统的声音响起道:"狼王被打爆,月夜之狼增加五点威望。逍遥帮增加五万点经验值,月夜之狼升一级。"

接着地上出现了一个由四只狼牙和一面浮雕着狰狞的狼头形象的银牌组成的项链,一把造型奇特的弓,和三块宝石以及一堆金币。狼群见到狼王被杀后攻势立即瓦解了,只有三三两两的散乱攻击而已。

到现在为止罗慎行还没发觉有别的玩家使用弓箭,而且武器店也不出售弓箭,这张弓一定很稀有。

轩辕激动地道："打爆了,还不捡起来!"然后一剑把一头早被打伤的狼砍死。

但是他的话说完之后没有一个人上前把东西捡起来,轩辕不悦地道："再等就要消失了,你们犹豫什么?"

罗慎行迟疑了一下上前把金币捡了起来,然后退到了一边。

轩辕看看罗慎行、又看看阿婉只好自己走上前把项链、弓和宝石收了起来,然后问道："我还有七百五十个补血丹,你们还有多少?"

阿婉道："我还有六百五十个。"

红尘刀客道："我有七百一十三个。"

罗慎行惭愧地道："我还有六百二十四个。"当初他带的补血丹最多,但是现在他剩得最少,这里最省的人就是级别最高的轩辕。

轩辕欣然道："看来我们还可以再多打一段时间,真是多亏月夜之狼了,要不然阿婉这一次一定挂掉了。"

阿婉心有余悸地拍着胸脯道："狼王可够狠的,直接奔我的脖子来了,下次见到狼王的时候我一定先把脖子护住。"

罗慎行耸耸肩道："侥幸而已,我恰巧见到了狼王的死穴,下次我们就可以针对这一点攻击了。"然后微笑道："要不是有你们带着,我连狼王的影子都见不到。"

轩辕不屑地道："没有你的话大家也不敢面对狼群,谁知道狼王是其中的哪一头?上次我们三个可是被狼王神出鬼没的攻击打怕了。"

红尘刀客思索了一下道："这些狼的智慧决不比现实生活中的狼逊色,我们也要小心了,既然它们有死穴,那么我们说不定也有死穴,武魂是很公平的。"

轩辕道:"这样看来阿婉的脖子一定是防护力最弱的地方,所以狼王才会向那里攻击,阿婉以后可得小心了。"

红尘刀客笑道:"也就是游戏里的狼敢攻击阿婉的脖子,如果是色狼的话早就被我们的阿婉扭断手腕了。"

轩辕低声地咳嗽一声提醒红尘刀客避开这个话题,然后大声道:"争取今天把月夜之狼的级别升到三十级,这样以后我们就可以通过队里的频道随时联系他了。"

红尘刀客会意道:"武魂的系统也真是的,偏偏要三十级才可以与队友沟通,其他的游戏只要十级就可以了。"

罗慎行仿佛没有看出他们的神色,因为他知道轩辕他们三人的威望值都在四十以上,显然在生活中的地位比自己高许多,既然他们不愿意讲出来,自己又何必自讨没趣呢。

四个人略微沉默一会儿,开始了疯狂的屠狼行动。这次他们一直没有离开这个戈壁滩,等到两个小时之后新的狼王刷新出来时,便直接攻击狼王。

但是从第二次开始狼王爆出来的物品便差了许多,只是一些戒指和宝石之类的,样式也很普通。每次都是罗慎行收起金币,轩辕则把其余的物品收起来。

当第五只狼王被消灭之后,轩辕把狼王爆出来的物品收了起来道:"时间差不多了,我们该回去了。"现在他的级别已经超过四十级,阿婉已经达到三十八级,红尘刀客的级别现在是三十九级,而罗慎行则已经达到三十一级。

当他们回到客栈之后,轩辕拿出第一头狼王爆出的项链、弓和几颗宝石道:"兄弟,这是你的那一份。"

罗慎行急忙推辞道:"我用不上,你们留着吧。"

轩辕道:"我们几个更用不上,你拿着它们在这里好好地闯荡一番吧,我们几个今后有很长一段时间不能上线了。"

罗慎行愕然道:"为什么?"他刚刚结交了几个朋友,没想到这么快就要再见了。他初闻轩辕的话时心中立即涌起强烈的失落感。

阿婉道:"我们几个有各自的事情需要处理,我们早就约好了在分手前要一起打狼王,没想到你帮助我们达成了这个心愿。但是以后我们有时间的话大家一定会再次相聚的,真的很高兴认识你。"

红尘刀客道:"下次见面时说不定你的级别比轩辕这家伙还要高,我们可是很期待逍遥帮出个武魂高手。"

轩辕把东西塞到他手中道:"好好努力,兄弟。"然后拍拍他的肩膀,在原地下线了。阿婉和红尘刀客同声说了一声再见也下线离开了。

罗慎行惆怅地在客栈中发了一会儿呆,然后把宝石放进自己的房间,带着项链到珠宝店去了。

珠宝店的 NPC 接过项链之后道:"两千个金币。"

这次罗慎行没有表示惊讶,老老实实地把两千个金币递了过去。NPC 收到金币之后才说道:"恶狼项链,增加 10% 的生命值,增加十五点的防御值,可升级。"

罗慎行惊讶地问道:"可升级?什么意思?"

NPC道:"可升级就是可以升级。"

罗慎行眼睛向上翻做出要晕过去的表情,知道在他这里问不出什么关键的问题,只好把自己现在戴着的项链摘下来,把恶狼项链戴上去。又以四千个金币的跳楼价把花六千个金币买来的那个项链卖给了NPC,然后狠狠地吐了口口水,偷偷骂了声"奸商"离开了珠宝店。

当罗慎行来到武器店的时候,一个穿着银白色盔甲的短发少女也走了进来,少女明亮的大眼睛瞟了罗慎行一眼对NPC道:"收到什么新武器没有?"

这里的NPC还是那个高高瘦瘦的老者,老者听到少女的话急忙回答道:"暂时没有。"老者的话一出口,罗慎行就知道他和服饰店的老板一样都是真人扮演的NPC。

少女失望地"哼"了一声,转身就向外走。但是这时罗慎行把自己的弓拿了出来对老者道:"鉴定。"

老者眯着眼睛打量了一眼道:"鉴定费两千七百个金币。"

罗慎行刚想掏金币的时候,走到门口的那个少女立即转过身来,大声道:"我买了。"

罗慎行无动于衷地把金币递给老者,老者继续道:"风神弓,增加攻击力30%,承受力九十五,需要四十级以上使用。"

那个少女惊叹道:"好宝贝,我终于找到你了。"同时从老者的手中拿过风神弓爱不释手地抚摸着。

罗慎行干咳一声道:"对不起,这把弓不卖。"

少女美丽的大眼睛一瞪,板起脸道:"谁说的?"

罗慎行指指自己的鼻子道:"我。"

少女露出狡黠的笑容道:"商量一下,卖给我好了。"

罗慎行坚决地道:"不卖。"

少女用鼻子"哼"了一声道:"不卖不行。"

罗慎行从没见过这么不讲理的人,而且还是个少女,真想生气却无从发作,只好耐心地道:"真的不卖,你把它还给我。"

少女急忙把风神弓搂在怀里道:"不还,你有能力就抢回去。"

罗慎行沉下脸道:"我可是武魂第一高手,你别逼我动手。"

少女的嘴角露出一丝笑意,腻声道:"真的吗?我怎么不知道?"

罗慎行听到她甜腻的声音,心中一阵狂跳,勉强镇定地道:"那当然。"

少女的大眼睛弯成美丽的月牙儿,忍着笑问道:"你叫什么名字?"

罗慎行道:"月夜之狼。"

少女终于忍不住了,娇声笑道:"我可听说武魂第一高手的名字是冰雪凝儿,什么时候轮到你了?"

罗慎行心中一动暗骂自己该死,然后向少女的资料看去,骇然发现少女的名字就是冰雪凝儿,最恐怖的是冰雪凝儿的级别已经达到四十九级。罗慎行的脸立刻红了起来——头一次吹牛就被人识破了,这次丢人可丢大了。

第六章
恶魔凝儿

冰雪凝儿见罗慎行不说话了,得意扬扬地道:"武魂第一高手,你怎么不说话了?"说话时双肩不住地耸动着,显然是勉强压抑着笑意。

罗慎行尴尬地道:"现在还不是,但总有一天我会成为第一高手的。"说完转身向外走去,他实在没勇气再面对冰雪凝儿嘲弄的笑容。而且自己和冰雪凝儿的级别差得太多了,即使想动手的话也打不过。

尤其是见到武器店的NPC对她的态度就知道冰雪凝儿在这里比自己混得熟,否则冰雪凝儿绝对不可能从 NPC 的手中拿过属于自己的风神弓。说不定冰雪凝儿是哪个大人物的女儿,所以这口气还是忍了吧。

冰雪凝儿急忙道:"哎!别走啊,还没给你钱呢。"

罗慎行头也不回地道:"算我借给你使用的,当我成为第一高手的时候我就会向你要回来。"然后匆匆地到薛娘子那里把补血丹补充到最大量,准备孤身一人到南门去杀狼,虽然杀不了狼王,但是杀普通的狼也可以升级嘛。

但是他刚从薛娘子的药店出来,就看到被银白色盔甲包裹得身材婀娜的冰雪凝儿扛着风神弓俏生生地背对着门口站着。

罗慎行抱着多一事不如少一事的想法——惹不起总躲得起,低着头从冰雪凝儿的身边想偷偷地溜过去。

但是罗慎行经过冰雪凝儿的身边正庆幸她没发现自己的时候,一个冰冷坚硬的物体搭在自己的肩膀上。

然后冰雪凝儿清脆的声音响起道:"月夜之狼,大家都是老朋友了,干吗连个招呼都不打?你也太没礼貌了吧!"

罗慎行停住脚步把搭在自己肩膀上的风神弓托起,苦笑着道:"你好。"

冰雪凝儿昂起头道:"你的脸色怎么这么难看?是不是故意摆给我看的?再说了,我没有名字吗?"

罗慎行努力挤出一点儿笑容,再次打招呼道:"你好,冰雪凝儿。"

冰雪凝儿满意地点点头道:"这回还差不多,你要干什么去?"

罗慎行道:"当然是练级,除了这个我还能干什么?"

冰雪凝儿欣然道:"正好,我也要练级,一起走吧。"

罗慎行急忙摇头道:"还是分开走吧,咱们的级别差太多了,练级的对象一定也不同,我还是不拖你的后腿了。"说完就想溜。

冰雪凝儿不依不饶地道:"别急,你想到哪里去练级?说不定我会找出一个适合你的地方,这一片儿我很熟的。"

罗慎行心中一动，冰雪凝儿能够练到四十九级一定有什么练级的窍门，或者是有一个练级的秘密地点可以迅速升级。所以他的脚步停了下来道："我要去杀狼。"

冰雪凝儿皱眉道："这可不好，你杀狼的话不是同类相残吗。"

罗慎行没想到自己的名字先是被阿婉取笑，现在又被这个冰雪凝儿抓住话柄。只好装作听不懂的样子虚心请教道："你有什么好地方？"

冰雪凝儿用手指轻轻敲着风神弓道："从西门出去是鹿园，那里的鹿很可爱，不如到那里看看。"然后对罗慎行道："跟我来。"

罗慎行满心欢喜地追在她身后，边走边猜测杀鹿能得到多少经验值和金币。很快他两人就来到了西门外的灌木丛地带，冰雪凝儿指着远处的鹿群道："你看多漂亮。"

在鹿群附近有不少玩家在追赶着，但是鹿的速度明显很高，许多玩家只有连起手来把鹿围在中央才能对付。

罗慎行打量着一头鹿，看到鹿的生命值是二百二十、攻击力是六十、速度值是七十，看来不难对付，只是速度有点儿让人为难，因为他背了九百多颗补血丹之后现在的速度只有三十六，即使累死也追不到一头鹿——除非他肯把补血丹抛掉一大部分。

罗慎行不由自主地看看冰雪凝儿，如果让她出手的话从远处攻击一定很有效。但是冰雪凝儿悠然地看着远处，仿佛没发觉罗慎行正以期待的目光看着自己。

罗慎行终于忍不住提示道："以你现在的攻击力来说，两箭就可以杀死一头鹿。"

冰雪凝儿叹息道："多可爱的鹿，你怎么忍心杀死它们呢？"

罗慎行几乎怀疑自己听错了，脱口而出道："难道你没杀过小鸡和羊，从一开始就杀狼这样的猛兽？"

冰雪凝儿嗔道："要你来管？"然后看着罗慎行道："你想杀猛兽是吧！我带你到一个好地方，让你杀个够。"

罗慎行嘀咕道："真的还是假的？"

冰雪凝儿左手叉腰摆出小泼妇的架势，用风神弓指点着他道："你说什么？你竟然敢怀疑我的一番好心？"

罗慎行的胸口被她点得隐隐作痛，只好投降道："我就是随口说说而已，开玩笑的，你别介意。"

冰雪凝儿不屑地昂起头道："一点儿原则都没有！"领着罗慎行穿过鹿园向西方走去，他们越走越远，逐渐看不到其他的玩家了，灌木也开始稀疏起来。

罗慎行疑惑道："你这是要到哪儿去？"

冰雪凝儿压低声音道："马上就到了，你小声点儿。"神情显得有些紧张，连脚步也放慢了。

罗慎行刚想再问这里有什么野兽时，从一片灌木丛中慢慢悠悠地走出一只黑熊。

冰雪凝儿惊喜道："来了。"

罗慎行惊讶地道："你要打它。"

冰雪凝儿一本正经地道："就是它了。"

罗慎行看到黑熊的生命值是一千二百，而攻击力是一百零五，速度是五十，立刻打退堂鼓道："那你自己打吧，我给你压阵。"

冰雪凝儿"哼"了一声道："你说什么？你让我打？你还是不是男人？"

罗慎行看着黑熊向自己的方向走来，一边往后退一边道："当然是男人，只不过我这个男人的级别低了点儿，所以战略性的撤退也不算丢人。"

冰雪凝儿手疾眼快地伸手抓住他的胳膊恶狠狠地道："今天你要是敢走，明天你就要变成武魂里的通缉犯，你可要想清楚。"

罗慎行不屑地道："你少来吓我，我可不信，再见。"他刚说到这里，冰雪凝儿用力把他往前一推，罗慎行身不由己地向黑熊冲出。

黑熊见到罗慎行冲过来，笨拙的身体立即变得敏捷起来，扬起熊掌就在罗慎行的大腿上狠狠地拍了一下。

罗慎行感到自己的大腿都要断了，痛苦地惨叫一声转身就逃，同时掏出一把补血丹塞进嘴里。

冰雪凝儿大声道："你绕着圈子跑。"

罗慎行也知道这是唯一的办法，黑熊的速度比自己高了那么一点点儿，以直线跑的话一定跑不过它，利用黑熊转身不灵活的劣势绕着圈子跑是最佳的选择。

罗慎行边跑边对站在一旁看热闹的冰雪凝儿道："你快点儿攻击呀！"

冰雪凝儿这才醒悟过来，轮起风神弓追在黑熊的屁股后面一下一下地砸着。但是黑熊认定了罗慎行这个猎物，对来自冰雪凝儿的攻击根本不理会，熊掌不断地落在罗慎行的大腿和屁股上。

冰雪凝儿边打边兴奋地道："真过瘾，哎！你跑慢点儿。"

罗慎行气急败坏地吼道："你倒是用箭啊！"

冰雪凝儿一边挥弓猛砸一边回答道："买不到箭，只能用这个方法了。"

幸好冰雪凝儿的级别已经达到四十九级，而且风神弓也可以增加30%的攻击力，再加上她身上其他附加攻击力的饰物使她的攻击力已经超过一百。当冰雪凝儿在黑熊的屁股上砸了十多下之后，黑熊"轰"的一声倒在地上。

罗慎行双腿一软坐在地上直喘粗气。

冰雪凝儿满意地看着自己的战果，欣然道："不错不错。哎呀！终于打死一只猛兽了，值得庆祝一下。"

罗慎行挣扎着站起来，把黑熊爆出来的三百多个金币装进自己的口袋，刚才他在黑熊的攻击下服用了上百颗补血丹，那可价值三千多个金币啊！而黑熊只爆了三百多个金币，只能弥补自己十分之一的损失。

但是冰雪凝儿却毫发无损地杀死一只黑熊，轻松地得到经验值，这世道也太不公平了。罗慎行越想越气愤难当，愤怒地站起来道："再见，以后永远不要再见。"

冰雪凝儿撇嘴道："生气啦？真小气。"然后冷冷地道："你走吧，我以后也不想见你。"说着走到黑熊的尸体旁取出了一颗熊胆。

罗慎行见到熊胆的时候惊讶地道："我怎么找不到？"

冰雪凝儿把脸扭到一边不理他。

罗慎行涎着脸道："你刚才取的是什么？"

冰雪凝儿白了他一眼道："想知道吗？"

罗慎行用力地点点头。

冰雪凝儿道："你再帮我杀一只熊我就告诉你，要不然你就走吧。"

罗慎行想了一下道："我猜你取的是熊胆。"

冰雪凝儿皱起鼻子道："是熊胆，那你怎么取不到？"

罗慎行道："有可能是我的级别不够，所以取不到。"

冰雪凝儿道："算你识相，当你的级别超过四十的时候，你就可以选择一样生活技能，我的生活技能就是采集。所以除非你和我一样学的是采集的技能，要不然你还是取不到熊胆。"

罗慎行还是头一次听说生活技能，兴致盎然地问道："都有哪些生活技能？"

冰雪凝儿举起熊胆晃了晃，罗慎行立刻识相地道："没问题，不过可不可以由你来做诱饵，我来攻击。"

冰雪凝儿道："那一人一次，换着来，但是熊胆归我。"

罗慎行痛快地道："成交。"

冰雪凝儿满意地道："这才对嘛，男子汉就应该痛痛快快的。"然后选了一片草地坐下来道："生活技能一共有采集、铸造、合成三大类，在这里面又有详细的划分，比如采集技能就分为动物采集、植物采集和矿物采集。"然后悻悻地道："我选的就是动物采集。"

罗慎行不解地问道："你怎么不选择别的技能？"

冰雪凝儿哭丧着脸道："都怪他们那些混蛋。"

罗慎行愕然道："他们？他们是谁？"

冰雪凝儿恨恨地道："当初他们带我组队练级，我觉得也挺好的，自己不出力就可以轻松地升级，多舒服。所以到了四十级的时候他们告诉我采集是最轻松的生活技能时，我就傻乎乎地相信了。"

罗慎行臆测道："我猜一定是因为他们没人愿意学习采集的技能，所以才让你干这个差事。"

冰雪凝儿叹息道："后来我才明白，采集技能是最没用的，但是他们又不想浪费打出来的野兽身上的宝贝，所以才让我来干这个苦差事。真他妈的缺德。"

罗慎行没想到这样一个秀雅可爱的女孩子也会讲粗话，不由微微一愣。

冰雪凝儿瞪眼道："看什么看？没听过女人骂街啊？"

罗慎行赶紧低下头道："我没这个意思。"

冰雪凝儿自怨自艾地道："上周我出国耽误了几天，没想到他们几个竟然冲过了五十级跑到龙门镇之外，把我抛下了，我好可怜。"

罗慎行惊呼道："原来已经有人冲过五十级了！"

冰雪凝儿摆出一副少见多怪的表情道："早就有人冲过五十级了，没见识。"

第六章　恶魔凝儿

罗慎行不屑地道:"你不是说自己是武魂第一高手吗?怎么会有人比你还高?"

冰雪凝儿调皮地吐了吐舌头道:"我说的是我在龙门镇是第一高手,是你没听清。"

罗慎行忽然想起一件事道:"你不会是今天才第一次杀野兽吧?"

冰雪凝儿羞红了脸道:"谁说是第一次?前两天我还一脚踢死一只鸡呢。"

罗慎行越听越担心,忍不住问道:"难道你以前连武器都没有?"

冰雪凝儿愤怒地道:"谁说没有?"然后打开自己的物品柜取出一把双刃巨斧道:"你看看这是什么?"

罗慎行再也忍不住,放声大笑起来,这把斧子比冰雪凝儿的个子还高,他真怀疑冰雪凝儿能否挥动这把大斧。

冰雪凝儿挥拳在罗慎行的头上痛擂两记,愤愤地道:"不许笑。"

罗慎行用手捂住嘴瓮声瓮气地道:"不笑了。"

冰雪凝儿把巨斧放回自己的物品柜道:"哼!你以后就会知道它的用处了,当初他们也以为这样大的斧子不实用才给我的,现在他们已经后悔莫及了。下线的时候他们已经多次叮嘱我要好好地保管这把开天斧,生怕我弄丢了。"

罗慎行疑惑地问道:"下线的时候叮嘱你?你没和他们组队吗?用队伍里的频道不是随时都可以联系吗?"

冰雪凝儿不屑地道:"离开新手村之后队伍里的频道就自动关闭了,连这个都不知道!"

罗慎行道:"那他们为什么不回来取?"

冰雪凝儿哂道:"离开龙门镇就再也回不来喽,除非他们被人杀死。"说着还用手在自己的脖子上比了一下,做出砍头的姿势。

罗慎行猜测道:"以前他们杀野兽的时候你肯定只在一旁观看,没亲自动过手。"

冰雪凝儿不悦地辩解道:"虽然没动手,但是我在一旁给他们喊加油,为他们打气,这也是很辛苦的工作。而且他们打出来的东西都是我负责捡起来的。"

罗慎行知道她所说的负责捡起来一定是挑最好的自己留起来,因为冰雪凝儿身上的盔甲和饰物都是服饰店和珠宝店所没有的高级装备,而这些装备只能在高级猛兽或低级的兽王身上爆出来。

冰雪凝儿继续道:"在龙门镇里有很多好东西是外面很少有的,就像我刚才取出的熊胆,在外面的价格不仅贵得吓人,而且很难买到。"

罗慎行的眼睛几乎要放出金光,兴奋地道:"如果在这里打出一大批熊胆,然后到龙门镇之外贩卖一定可以赚到很多。"

冰雪凝儿责备道:"鼠目寸光,你知道熊胆这些药材的用处有多大吗?贩卖!我看应该把你卖了。"

罗慎行讪讪地道:"你不说我怎么知道。"

冰雪凝儿站起来道:"告诉你也没有用,你到不了五十级的话一切都是妄想。我只能告诉你龙门镇外的世界很精彩,也很恐怖。"然后对罗慎行道:"你还不快点儿去当诱饵。"

罗慎行愕然道:"不是轮到你了吗?"

冰雪凝儿挥起拳头道:"你免费听了我这么多的宝贵消息,难道你就不能主动为我做点什么吗?"然后软语娇声商量道:"这次你先来嘛,让我学习一下当诱饵的经验,下一次我当诱饵好不好?"

罗慎行被她忽嗔忽喜地弄得神魂颠倒,热血上涌道:"没问题。"

有了第一次就有第二次,随着罗慎行的补血丹的减少,他的速度逐渐快了起来,渐渐地黑熊已经追不上他了。冰雪凝儿不住口地称赞罗慎行有进步,这样罗慎行更加飘飘然,以为自己真的大有长进。

到罗慎行下线时为止,罗慎行一共当了十三次诱饵,而冰雪凝儿只当了两次而已。临别前冰雪凝儿还依依不舍地与罗慎行约定在薛娘子的药店会合。

下线之后罗慎行才痛苦地想道:"自己的意志也太不坚定了,被冰雪凝儿的几句好话就迷得晕头转向了,自己的那九百多颗补血丹啊!基本上全打水漂了。"

第七章
最佳拍档

罗慎行再次上线的时候,先躲在武器店的门口向外张望了一会儿,直到确认冰雪凝儿没在附近时,才躲躲闪闪地来到薛娘子的药店买了三百颗补血丹,加上原有的五十颗,一共背了三百五十颗补血丹——这是他经过实际经验总结出来的数目,当他背着三百五十颗补血丹时自己的速度比黑熊要高一点儿,这样就可以保证自己以最小的代价取得最大的成果。

这次没有了冰雪凝儿这个"吸血鬼"纠缠,罗慎行的升级速度明显高了起来,唯一可惜的是熊胆没法取出来,但是为了自己升级着想也只有忍痛割爱了。

当罗慎行兴致勃勃杀死第六只黑熊时,一个银白色的人影立即冲上来把熊胆取走,罗慎行斜眼看去果然是冰雪凝儿这个"吸血鬼"阴魂不散地追来了。

冰雪凝儿阴沉着脸,仿佛没有看到罗慎行一样,气呼呼地仰脸望天。

罗慎行也不知道该如何与她解释,只好也装作没看见的样子继续寻找下一头黑熊。冰雪凝儿仿佛吊靴鬼一样在罗慎行的身后不远不近地跟着,当罗慎行打爆黑熊的时候,她就上前把熊胆取出来,然后依旧摆出不认识罗慎行的架势。

罗慎行也乐得她不打扰,悠闲地杀着黑熊,现在他的速度已经高于黑熊,黑熊的攻击很少能够给他造成伤害了。

很快罗慎行的级别就达到了三十五级,就在罗慎行打算尝试一次对付两头黑熊的时候,从龙门镇的方向来了一群人,说说笑笑地往他们的方向走来。

罗慎行也没在意,突然来的那群人中有人大声道:"就是这小子。"

罗慎行抬头看去,发现说话的那个人竟然是霄龙,这家伙现在已经换上了盔甲,如果不是他曾与罗慎行发生过口角的话,罗慎行一定不会认出他来。

霄龙怪笑道:"小子,今天终于遇到你了。"

罗慎行惊讶地道:"你不会这么记仇吧?你的气量也太小了。"按理说罗慎行没找他的麻烦就不错了,没想到霄龙竟然无耻地找上他来了。

霄龙傲然道:"你怕了?怕了就把东西交出来。"

罗慎行忍无可忍,脱口而出道:"我就是把东西扔了也不会给你这个王八蛋。"

与霄龙一起来的几个人围了上来七嘴八舌地道:"小崽子,你他妈的骂谁呢?"说着有人就把武器抽出来准备动手。

冰雪凝儿冷冷地看着罗慎行,嘴角露出一丝笑意。

罗慎行往后退了一步道:"霄龙,想仗着人多取胜啊?"

霄龙看看他身上穿的布衣道:"你要是有种不跑的话,咱们单挑。"

罗慎行看看他的资料,发现他的级别只有三十级多一点儿,想必刚刚换上盔甲,

于是冷笑道:"行啊。"

与霄龙一起来的人围成一个圈子,把霄龙和罗慎行围在中间,冰雪凝儿自己主动退到了圈外。

霄龙道:"你输了就老实地把东西交出来。"

罗慎行反问道:"你输了呢?"

霄龙道:"我输了就放过你。"

罗慎行冷笑道:"我输了就要交出属于自己的东西,你输了就什么事儿都没有,你拿别人当傻子啊?"

霄龙得意地道:"现在你只有接受这个条件,要不然我们以后见你一次杀你一次,直到你离开武魂为止。"

罗慎行咬牙道:"霄龙,总有一天你会为自己说过的话后悔。"

在生活中罗慎行也见过这样的流氓,那是罗慎行上高中一年级的时候,不过那群流氓说的话是:"你要是不交保护费,我们以后见你一次打你一次。"

但是从小练武的罗慎行用拳头回答了这几个流氓,当他把那几个流氓打得鼻青脸肿之后,那几个流氓招来了更多的同伙进行报复。这次罗慎行下了狠心,次次攻击他们致命的地方,事后有两个流氓的胳膊被打断,一个流氓的腿骨骨折,至于下阴被踢肿的人罗慎行就不得而知了。

这一仗奠定了罗慎行的学校霸王的地位,但是他也因此受到学校的一次记大过的处罚,差点儿就被开除,不过从那以后再也没人敢惹他了。

没想到在游戏中也遇到了这样的麻烦,罗慎行有信心把霄龙打得老老实实,如果他再不服气的话自己就要见他一次打他一次,即使他们的人再多也没关系——霄龙总会有落单的时候。

霄龙抽出他花了一万四千个金币买来的攻击力加十的宝剑迎面向罗慎行劈去。罗慎行举起天煞刀相迎,同时以左脚尖为轴向右转身抬腿踢向霄龙的左胯。

霄龙猝不及防结结实实地挨了一脚,身不由己地向右跌去。罗慎行大喝一声,天煞刀劈向霄龙的肩膀。

霄龙惨叫一声,失去了大半的生命值,霄龙一边往嘴里狂塞补血丹一边惊恐地大叫道:"杀了他。"

围在周围的霄龙的同伙立即就冲了上来,七八件兵器一齐往罗慎行的身上招呼过去。就在这时冰雪凝儿娇喝道:"滚!不要脸的东西。"然后轮起风神弓砸在离自己最近的一个家伙的背上。

四十九级的冰雪凝儿本身的攻击力就达到了六十九,再加上风神弓的加30%的攻击力和身上其他饰物累加的攻击力,一共一百多点的攻击实实在在地打在那个家伙的背上。

那个倒霉的家伙一个前趴摔在罗慎行的脚下,罗慎行喜出望外抬起右脚踏在他的背上,把天煞刀逼在他的脖子上道:"我杀了你。"

这一惊人的变化让霄龙的同伙都惊呆了,其中一个人急忙叫道:"哥们儿,别冲动,有话好好说。"

冰雪凝儿大声道："有什么好说的,夜狼,把他宰了,然后一个不留。"

罗慎行听到她管自己叫夜狼时险些摔倒在地,自己的名字明明是很威风的月夜之狼,却让她叫得仿佛是夜郎自大的那个夜郎。

被罗慎行踩在脚下的家伙惊恐地道："别……别这样,大家都是玩游戏的,这么认真干什么？"

罗慎行淡淡地道："对呀,反正是玩游戏,杀了你也不犯国法。"

冰雪凝儿附和道："我只看过杀野兽,还没见过杀人呢,夜狼,先杀一个再说,看看他能掉出什么装备？"

另一个人道："在龙门镇杀人是要扣两级的,而且还要被全镇通缉,大家各退一步,万事儿好商量。"

冰雪凝儿道："那我来杀,反正我都四十九级了,掉两级也没什么。"霄龙一伙听到冰雪凝儿已经四十九级了,都大眼瞪小眼地不敢置信,不过看到冰雪凝儿身上象征高级玩家的银色盔甲和一弓便把自己的同伴打个大跟头的实力谁也不敢怀疑她的话。

罗慎行道："本来我也不想把事儿闹大,但是霄龙你自己说,你为什么要一再找我的麻烦？"

霄龙见众人的目光都看向自己,知道自己同伴的性命就在自己的手中,只好咬牙道："是我看到夜狼打爆了头羊,想抢他的东西。"他听到冰雪凝儿称罗慎行为夜狼,就以为这是罗慎行在游戏中的名字,所以也简单地称为夜狼。

冰雪凝儿用风神弓指着他们道："你们都听到了！这事儿是你们先挑起来的,说吧！该怎么解决？"

罗慎行道："我看把这件事向全镇公布出去,让大家以后防备着点儿。"这样的提议无疑是判处了霄龙一伙的有期徒刑,只要霄龙他们还在龙门镇就要受到大家的耻笑与戒备,从此以后只怕霄龙他们都要没脸见人了。

被踩在地上的家伙道："你们这么做也太狠了,换一样行不行？我们可以做出点儿补偿。"

罗慎行颇为意动地张嘴就想答应,但冰雪凝儿不屑地道："谁要你们的补偿？这样吧,从今以后不许在我们的面前出现,只要是我和夜狼出现的地方你们就必须避开。否则见你们一次就杀你们一次。"这话是霄龙刚说过不久的,没想到这么快就轮到他们自己身上。

霄龙喜出望外,连声道："好的、好的。"说完与同伙狼狈地离开了。

他们走后,冰雪凝儿与罗慎行举起右手对拍了一下庆祝自己的胜利。冰雪凝儿开心地道："我刚才的那一下打得真帅,不过你那一脚踏得也很及时,真是配合默契。"

罗慎行道："要是在游戏之外,我一个人打他们一帮游刃有余。不过多亏你及时相救,要不然我的级别比他们中的两个人低不少,一定打不过他们的。"

冰雪凝儿怀疑地道："在游戏外你真的能打过他们吗？"

罗慎行昂起头道："绝对没问题,我可是高手。"

冰雪凝儿满面狐疑之色道："真的还是假的？你可别吹牛。"

罗慎行道："我曾经一个人打过十二个流氓，大获全胜。我可不是和你吹，除了我师傅外我还没遇到过对手。"

冰雪凝儿恶心他道："哇！英雄啊。"然后夸张地绕着罗慎行走了几圈道："身材很普通嘛！也没什么出奇之处。"

罗慎行知道她一定是因为自己对她说过自己是武魂第一高手的事儿留下了后遗症，所以冰雪凝儿才会怀疑自己。但是这种事很难证明，而且自己也没有炫耀的必要，如果不是在游戏中的话自己绝不会说出自己会武功的事来。

冰雪凝儿道："过了五十级就可以证明你有没有撒谎了，那时可千万不要在我的面前丢人哦！"

罗慎行苦恼地道："为什么非得过了五十级？五十级之后到底有什么秘密？"

冰雪凝儿调皮地道："不告诉你。走了，现在你应该杀熊去了，我今天还没得到几个熊胆呢？"

经过刚才的风波之后，冰雪凝儿和罗慎行的关系亲近了许多，当罗慎行遇黑熊战斗的时候，冰雪凝儿也会主动地上前攻击几下，这样一来罗慎行获得的经验值快速提高起来。

而黑熊被打爆之后，罗慎行就把金币捡走，冰雪凝儿则毫不客气地取走熊胆，两人默契的配合之下，在冰雪凝儿快要下线的时候罗慎行已经升到四十级。

冰雪凝儿比自己升级还要快乐，兴奋地拉着罗慎行回到龙门镇，找到了在武器店后面的一个小房间。

冰雪凝儿打开房门叫道："龙婆婆，我来了。"

罗慎行随着冰雪凝儿走了进去，看到房子中站着一个白发苍苍的老婆婆，想必她就是那个龙婆婆了。

冰雪凝儿亲热地拉住龙婆婆的手道："龙婆婆，他要学习生活技能。"

龙婆婆似乎也不忌讳自己是真人扮演的NPC，慈祥地对罗慎行道："年轻人，是你要学习生活技能？"

罗慎行恭敬地道："是的，婆婆。"

龙婆婆点点头道："你想学哪方面的？想好了没有？"

罗慎行还没来得及回答，冰雪凝儿抢着道："当然是学习合成技能，唔！就学合成药剂的技能好了。"然后才对罗慎行道："夜狼，你也是这么想的，对不对？"

罗慎行担忧地道："你是不是想让我帮你合成你采集的药材，所以才让我学习合成技能？"他这句话可不是无的放矢，冰雪凝儿的心思他已经逐渐摸透了——这个大眼美女做每件事都是先为自己考虑，这一次一定也不例外。

冰雪凝儿仿佛被踩了尾巴的小猫，愤怒地尖叫道："什么？我在你心中就是这样自私的人吗？"然后揪住罗慎行的衣襟用力地晃动道："枉我对你这么好，既帮你杀野兽，又帮你对付欺负你的人，现在我给你指出一条光明大道你竟然还怀疑我的动机，你说！你还有没有良心？你还有没有人性？你说呀！"

龙婆婆笑眯眯地看着罗慎行仿佛受气的小媳妇般被冰雪凝儿摇来晃去，显然对冰雪凝儿的行为司空见惯了。

罗慎行被她摇得头都晕了，只好赔笑道："我不是那个意思。"

冰雪凝儿寒着脸道："那你是什么意思？"

罗慎行厚着脸皮道："我的意思是我学会合成技能的话就可以帮助你合成药材了，这样我就可以略微地报答你的大恩了，这多好啊！我总算找到报答你的机会了。对！我就是这个意思。"

冰雪凝儿"扑哧"一笑道："一点儿原则也没有，不过这可是你自己说的，我可没强迫你，以后你也别怨我。"这句话终于露出了狐狸尾巴。

龙婆婆的眼睛露出笑意道："你决定了吗？"

罗慎行惶恐地道："决定了、决定了，就学合成技能。"

龙婆婆递给罗慎行一本书道："书的前面有字迹显示的技能是你可以学习的，后面空白的地方是要等你的技能提高之后才能逐步显示的。"

冰雪凝儿开心地道："这才乖嘛，从今以后我采集、你合成，至少不怕受伤了。"然后夺过罗慎行手中的书道："我先看看。"但是她打开后发现书里面一个字也没有。冰雪凝儿惊呼道："龙婆婆，你拿错书了，这上面一个字也没有。"

罗慎行把头凑过去道："这不有字吗？"然后低声道："白药：炼制的材料有红花、三七……嗯？这怎么和云南白药的材料是一样的。"

冰雪凝儿羡慕地道："为什么你可以看到，我却看不到？"

龙婆婆道："每个人只可以看到自己的技能的书，别人的书是看不到的。"然后对罗慎行道："这本书里的配方都是按照真实的中药药方的比例构成的，但是这些配方都是已经公开的，不涉及侵权的问题。你先到药房租一个铺位练习合成技能吧。"

罗慎行马上被迫不及待的冰雪凝儿拉到了薛娘子的药房，扔给薛娘子五百个金币道："快！我们两个开房。"

冰雪凝儿说完之后立即羞红了脸补充道："是开练药房。"然后在强忍着笑的罗慎行胳膊上狠狠扭了一记道："不许胡思乱想。"

罗慎行立刻诚惶诚恐地道："我没乱想，我知道你说的开房不是那个意思，我也没那个意思。"

冰雪凝儿大叫道："你还说！"

罗慎行嘿嘿笑道："其实说了也没什么，反正在网络里又不能真的做那种事。"

冰雪凝儿沉下脸道："你说什么？这种话你都说得出口？我真错看你了。"

罗慎行见她翻脸了，尴尬地道："我就是开个玩笑而已，你别介意。"然后在自己嘴上轻轻打了一巴掌道："看你还敢不敢乱说！"

冰雪凝儿"哼"了一声道："以后不许有这种龌龊的念头，更不许说这种下流话，你记住没有？"

罗慎行忙不迭地点头道："没问题，没问题。"

冰雪凝儿这才满意地道："以后不许违抗我的命令，更不许讨价还价，我让你向东

你就不能向西,我让你打狗你就不能骂鸡。你记住没有?"

罗慎行愕然地张大了嘴,冰雪凝儿皱眉道:"你要是不愿意就算了,我可不稀罕。"

罗慎行知道不平等条约又像枷锁一样套在自己的脖子上了,最可气的是自己根本没有反抗的勇气。

第八章
神弓利箭

　　冰雪凝儿舒适地靠坐在一张软椅上,还跷起了二郎腿仿佛监工一样监督罗慎行练习合成技能。罗慎行则愁眉苦脸地一遍又一遍把初级合成技能所需要的那些草药翻来覆去地合成着。

　　随着罗慎行合成的技巧越来越熟练,在龙婆婆那里取来的书上显示的配方逐渐多起来,地上也逐渐放满了合成出来的丹药。

　　终于冰雪凝儿娇慵地打了个哈欠道:"我累了,你先慢慢练吧,不过你可不许偷懒哦!等我再上来的时候你至少要把合成技能练到一半以上。"说完手脚麻利地把罗慎行合成出来的丹药都装进自己的物品柜施施然地下线去了。

　　罗慎行眼巴巴地看着她把自己的劳动果实没收了,无奈地叹息一声继续埋头苦练。现在他已经对合成技能产生了兴趣,尤其是这些药剂的合成材料与真实生活中的中药配制方法完全是一样的,而且其中几样治疗内伤的药方是清阳道长曾经给罗慎行使用过的,罗慎行亲身体验过那种神奇的疗效。

　　随着药方的逐渐显现,罗慎行的惊讶有增无减。当冰雪凝儿回来的时候,罗慎行正在辛苦地练习着,但随着药方的难度加大,合成时失败的次数也增加起来。

　　冰雪凝儿满意地夸奖道:"好乖的孩子。"说完还拍拍罗慎行的脑袋以示鼓励。

　　罗慎行哭笑不得地道:"您老人家满意就好。"

　　冰雪凝儿毫不客气地把合成的丹药收起来道:"现在是不是可以使用贵重药材了?这些贵重药材合成的丹药才是最实用的,你以前练出来的那些只能应付小场面,关键时刻就不济事了。"

　　罗慎行伸出手道:"我现在合成的水平有限,浪费了你的材料可别怪我。"

　　冰雪凝儿叹息地道:"浪费是免不了的,谁让你这么笨呢,不过蜀中无大将、廖化做先锋,现在也只有先将就着用你了。"

　　罗慎行赌气道:"那你还是另请高明吧,别让我这个废物浪费了您的宝贵资源。"

　　冰雪凝儿递上一个迷人的笑容道:"生气啦?真没出息。"然后拉住罗慎行的胳膊道:"姐姐逗你玩呢。"

　　罗慎行气笑道:"真是被你打败了,算了,我大人有大量,不和你一般见识。"

　　冰雪凝儿欣然道:"你先合成,我给你讲故事听。"说着把自己的物品柜打开,取出到处搜刮来的熊胆、鹿茸及虎骨等贵重药材。

　　罗慎行惊讶地道:"这么多!"

　　冰雪凝儿得意地道:"这只是一小部分而已,我在客栈的仓库里还存了一大批,等我们过了五十级之后就可以派上大用场了。"

罗慎行趁机要挟道:"我免费帮你合成丹药,不过你得告诉我过了五十级之后的情况,你看这样公平吗?"

冰雪凝儿敲打着他的脑袋道:"你说你丢不丢人?竟然堕落到和一个美女讲条件!你还有没有廉耻?"她以前遇到的男人都唯恐对她巴结不及,对她的一颦一笑莫不奉为圣旨,只有罗慎行这个家伙敢与她讨价还价,甚至敢违背约定抛下自己去偷偷地杀熊练级,不过也正是这一点让冰雪凝儿对罗慎行的兴趣更加浓郁起来。

罗慎行搔搔脑袋道:"话不能这样说,我这是尊重你才和你讲条件,要不然事事都如你的意,你还有什么意思?"

冰雪凝儿认真地想了一会儿道:"有道理,真没看出来你傻乎乎的还能讲出点儿道理来。不过我的这个消息可是很有价值的,你光合成丹药就想交换有点儿太便宜你了。"然后皱眉道:"我得仔细想想,要不然我可亏大了。"

罗慎行主动往圈套里跳去道:"想不出来没关系,你先记着这笔账,以后想好的时候再对我说。"

冰雪凝儿狡猾地笑道:"成交。"说着用曲线优美的下颌指了指地上那些药材道:"你一边听一边合成,这样两不耽误。"

罗慎行痛快地道:"好的。"现在他可不敢违背冰雪凝儿的指示,所以立即开始了合成的工作。

冰雪凝儿手托着下颌道:"其实武魂的系统要求玩家必须达到五十级只是为了让大家能够在新手村里面适应武魂的环境,所以才有生命值、速度值、攻击力等等与其他游戏差不多的设定,当玩家达到五十级之后,这所有的一切都没有意义了,那时的玩家必须经过关口到达真正的武魂之中。"

罗慎行惊呼道:"经过关口进入真正的武魂之中?"

冰雪凝儿不悦地道:"不许插嘴,继续合成。"

罗慎行忙不迭地道:"知道了,下次不敢了。"

冰雪凝儿的眼中射出渴望的光芒道:"这个关口是为了淘汰不适合这个游戏的玩家,因为真正的武魂中要求玩家必须是强者,只有闯过关口之后,你才可以体验到什么是真正的身临其境,在那里你的一切能力都与你自己的真实身体条件相符,没有半点投机取巧的余地,所有的一切都要你亲自去争取。"

罗慎行心动道:"那你……"忽然想起冰雪凝儿的警告,又把自己的话咽了回去。

冰雪凝儿瞪眼道:"说话吞吞吐吐的,你到底想问什么?"

罗慎行试探着道:"你原来的几个同伴不是已经闯过去了嘛,你只要问问他们就可以知道关口是什么了。"

冰雪凝儿不屑地道:"说你笨,你还真笨,如果真是这样的话我还会烦恼吗?他们几个也曾问过其他的玩家才知道不同的玩家遇到的关口也是不同的,哎!愁死我了。"

罗慎行思索了一下道:"但是组成队伍之后的玩家在过关口时是可以一起过去的,对不对?"

冰雪凝儿笑眯眯地道:"这回你聪明了许多,就是这样。"

罗慎行被她的笑容弄得毛骨悚然，担忧地问道："你不是想与我组队闯关吧？"

冰雪凝儿绷起俏脸道："你不愿意吗？"说完看着罗慎行愁眉苦脸的样子大叫道："你知不知道有多少人想与我组队闯关我都没同意？只要我大声招呼一声，保证护花使者挤破房子。"说完愤愤地在罗慎行的胳膊上狠狠扭了一记。

罗慎行痛得呲牙咧嘴地甩开她的魔爪道："没问题，我的意思是我高攀了。"但是心里不以为然地暗暗抨击道："到现在为止我也没见到哪个人对你献殷勤，你的护花使者看来只有我这个免费的苦力了。"他刚想到这里，随着"啪"的一声，一颗即将合成的熊胆还魂丹失败了。

罗慎行做贼心虚地偷偷瞄了冰雪凝儿一眼，发现她正气呼呼地鼓起香腮生闷气，一双美丽的大眼睛死死地盯着合成失败后散落在地上的丹药粉末。

突然冰雪凝儿怒喝一声："你把它给我舔进去。"

早就做好了心理准备的罗慎行夺门而出，然后撒腿就跑，冰雪凝儿在后面穷追不舍，一边追一边恶狠狠地娇喝道："狼崽子，你最好求神保佑别让我抓到你，要不然你死定了。"

罗慎行暗暗后悔自己的名字，被她称为夜狼倒也罢了，现在竟然被诬蔑为狼崽子，这样的奇耻大辱看来一辈子也洗不清了。就在这时追到他背后的冰雪凝儿挥起风神弓在他的屁股上狠狠砸了一下，罗慎行仿佛一个断线的风筝向前飞扑在地上。

冰雪凝儿上前踏在他的背上道："当初我打狗熊的时候就是这么打的，今天我要打断你的狼腿、扒下你的狼皮、狼头砍下来当球踢，让你知道我的厉害。"

跌得七荤八素又被冰雪凝儿的话吓得心惊胆战的罗慎行灵机一动道："我找到箭了。"

冰雪凝儿道："你现在终于知道你自己贱了，我看你是不打不老实。"同时脚下用力地踩了一下。

罗慎行趴在地上挣扎道："我说的是你的风神弓使的箭。"

冰雪凝儿将信将疑地道："你在施展缓兵之计？"

罗慎行急忙道："我说的是真的，绝不是拖延时间。"

冰雪凝儿心动道："你最好别骗我，那个下场可是很惨的。"然后拎着耳朵把罗慎行从地上拽起来。

罗慎行知道自己的话一定打动了冰雪凝儿，这个时候再不提出要求自己就是最大的傻瓜了，所以他慢条斯理地拍拍自己身上的尘土道："书本上的学到的是知识，把知识灵活地运用到生活中那叫智慧。"

冰雪凝儿抬腿在他的屁股上踹了一脚道："少啰嗦。"

罗慎行急忙道："我有条件要说。"

冰雪凝儿冷冷地道："不许讨价还价，难道你忘了吗？我的耐心可是有限度的。"同时用手轻轻地抚摸着风神弓，威胁的意味不言而喻。

罗慎行想起自己答应过的那个不平等条约，一边暗自叹息自己倒霉一边往武器店走去。冰雪凝儿则威风凛凛地扛着风神弓在后面监督着他。

来到武器店之后，冰雪凝儿疑惑地问道："我怎么不知道武器店里有箭出售？"

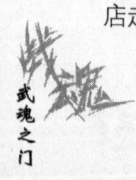

罗慎行得意地道："这就是智慧。"然后对武器店的老者道："来一支短矛。"当初他在武器店里看到过短矛,但是这种短矛只适合投掷用,自己也是在生死关头才想起这种短矛虽然比风神弓要求使用的箭要略长一点儿,但是将就着用还是没问题的,而且短矛的分量要比箭重,威力一定更大。

冰雪凝儿见到老者把短矛拿来之后,兴奋地比量一下道："好像真的可以用啊！"

武器店的老者微笑着看看罗慎行伸出大拇指,冰雪凝儿不屑地道："他那叫狗急跳墙,看来人的潜力是被逼出来的。"然后把短矛搭在风神弓上对准了墙上的一面盾牌道："中。"

老者刚想阻拦时,那支短矛已经闪电般射了出去,但是短矛的落点离那面盾牌至少有两尺远,随着"啪"的一声射入墙壁中,只有短矛的后半段露在外面。

罗慎行、老者和冰雪凝儿正惊讶地看着风神弓与短矛结合后的威力时,系统的声音响起道："玩家冰雪凝儿故意损坏系统的设施,处以五万金币的罚款,并赔付维修的费用三万金币。"

冰雪凝儿笑逐颜开地道："就是它了。"

罗慎行道："你被罚款了。"

冰雪凝儿不以为然地道："不就是罚款吗！小意思。"然后对老者道："先给我来二十支短矛。"

罗慎行把射入墙壁的短矛拔出来心痛地道："一共是八万金币,足够买两千多颗补血丹了,让你一箭就给射没了。"

冰雪凝儿娇媚地白了他一眼道："啰嗦,把短矛带上,我们要出发了。"然后夺过他手中的短矛。

罗慎行道："干什么去？"

冰雪凝儿神气活现地昂首向外走去道："当然是杀熊去,在我威力无敌的神弓面前那群笨熊一定要倒大霉了。"

罗慎行想起她刚才的箭法苦恼地摇摇头把短矛放入自己的物品柜追着她去了,但是这二十支短矛的分量抵得上六百颗补血丹,严重地影响了他的速度,当他赶到杀熊的地区时,冰雪凝儿已经等得不耐烦了。

罗慎行看着她手中的风神弓道："你的那支短矛呢？"

冰雪凝儿苦恼地道："被我射丢了,我也没想到只是射偏了一点点儿它就跑没影了,刚才那头熊就差一点我就射中它了,真可惜。"然后若有所思地道："一定是刚才我离它太远了,我刚才离它有十步远,这次我要在离五步的距离再射。"

罗慎行简直要把下巴惊掉了,离一头体型庞大的黑熊十步远的距离都射不准,那还不如用风神弓直接砸它算了。

冰雪凝儿丝毫没有发觉罗慎行惊讶的表情,伸手要过一支短矛搭在弓上慢慢的向一头黑熊走去,准备进入五步的射程之后一举歼敌。但是那头黑熊见到她走近之后突然向她扑了过来。

冰雪凝儿尖叫一声扭头就跑,慌乱中那支搭在弓上的短矛离弦而出,带着尖锐的破风声迎面射向了罗慎行,罗慎行挥刀格挡时啪的一声天煞刀被短矛打断,罗慎行急忙一歪头,那支去势未尽的短矛擦着他的面颊射向远方。

冰雪凝儿见自己险些闯了祸,愤怒地转回身抡起风神弓狠狠地砸向那头黑熊,边砸边骂道:"都怪你不好,我打死你。"十几下狠砸之后那头倒霉的黑熊低嚎一声倒在地上。

冰雪凝儿连熊胆也顾不上取,仿佛做错事的孩子般低头走到罗慎行面前小心翼翼地道:"你没事吧?"

罗慎行阴沉着脸道:"没事。"

冰雪凝儿指着那头死去的黑熊道:"是它故意吓我,真的,你都看到了我不是有意的。"说完看看罗慎行依然黑着的脸道:"你一定生气了,要是我的话我也会生气,但是我只会生一小会儿的气,然后我就会很宽容地原谅对方。"

罗慎行知道自己想借机要挟一点条件的念头又白费了,谁又能和这样一个可爱的女孩子真正地生气呢?只好抛掉手中断掉的天煞刀道:"好了,别再装可怜了,我没生气。"

冰雪凝儿长出一口气道:"一个大男人本来就不应该这么小气,其实刚才也怪你自己,你干吗要用刀来挡呢?你直接躲过去不就得了,你知不知道这样很危险的?"

罗慎行不平地道:"弄了半天还是我错了?"

冰雪凝儿瞪眼道:"不是你错难道还是我错了?"

罗慎行道:"你马上就要达到五十级了,即使被黑熊打一下也不会有事的,你为什么还要被它追得到处跑呢?如果你冷静一点的话直接就可以把它杀死了。"

冰雪凝儿惊呼道:"什么?我要五十级了?"急忙打开自己的状态栏观看,发现自己还有五十多点经验值就要荣升到五十级了,那代表着只要再打一头黑熊就可以升级了,连声道:"惨了、惨了,都怪你。"

罗慎行叫屈道:"你到五十级是值得高兴的事,我还不知道要多少时间才能达到,你想炫耀的话也不要对我这种可怜人卖弄。"

冰雪凝儿皱起可爱的鼻子道:"我到了五十级之后谁来和我一起闯关?你简直要害死我了,当初你为什么不拦着我?"

罗慎行满不在乎地道:"到了五十级之后你先等着,等别人到了五十级之后你和他们组队不就可以了。"

冰雪凝儿愤怒地揪住罗慎行的耳朵,附在他耳边大声道:"到了五十级之后只有两个小时的准备时间,过了两个小时再不闯关的话就会被系统视为闯关失败,就要被踢出武魂系统了,你知不知道?"

罗慎行感觉自己的耳朵都要被她震聋了,幸灾乐祸地道:"谁让你当初非要让我当诱饵,现在傻眼了吧!哎呀!轻点打!"

冰雪凝儿收回拳头,悠然道:"现在有一个简单的方法可以补救,你想不想知道?"

罗慎行皱眉道:"简单的方法?"

冰雪凝儿坏笑道:"我这也是智慧。"然后温柔地掐住罗慎行的脖子道:"我把你杀了,这样我就可以被系统扣两级,你看怎么样?"

第九章 冒险旅程

罗慎行感到冰雪凝儿的手越来越用力,急忙奉承道:"真是个不错的想法,不过杀了我之后谁陪你去闯关?"

冰雪凝儿用让人毛骨悚然的温柔声音道:"谁让你这么不争气到现在才四十级,看来我应该考虑与别人组队闯关。"

罗慎行立即表白道:"我是你闯关时最合适的队友,而且我很努力的,我一定很快就会达到五十级。再说你不是还有几十点经验值才会升级吗,只要你从现在起不杀生,完全可以等到和我一起闯关。"

冰雪凝儿做出思量的表情道:"你说的也有点儿道理哦,不过我怎么知道你要等多少时间才能达到五十级?我的耐心可是有限度的。"

罗慎行不知死活地道:"你可以监督我,这样我会更有动力。"

冰雪凝儿勉强地道:"看来我只有先相信你一回了,这样吧,为了你的前途考虑,我决定冒险与你一同闯到黑熊的老窝,那里有一头熊精……"

她刚说到这里,发觉事情不妙的罗慎行惊呼道:"你让我一个人去杀熊精?"即使在以前自己杀熊的时候冰雪凝儿也是在一旁瞧热闹的时候多,现在她不可以获得经验值自然有更加充足的理由拒绝动手了。

冰雪凝儿更正道:"不是你一个人,我也和你一起去,所以你应该说我们两个人一同去杀熊精。"然后把风神弓递给他道:"现在你可以使用风神弓了,不过你可别妄想挟带私逃,这可是我借给你使用的。"

罗慎行接过本来属于自己的风神弓夸张地搂在怀里道:"好宝贝,你终于回来了。"然后在弓背上亲了一下。

冰雪凝儿皱眉道:"好恶心。"

罗慎行兴奋了一阵之后取出一支短矛道:"让你见识一下真正的神弓手是如何大显神威的。"说完搭在风神弓上对准了五十步外一头正在觅食的黑熊,他也担心自己的准头太差所以对准了黑熊的腹部,右手一松,短矛离弦而出准确地贯入黑熊的腹部。

黑熊连声惨叫都未发出便摔倒在地,冰雪凝儿拍手欢呼道:"射中了。"然后急忙冲上去把熊胆取了出来。

罗慎行一箭成功之后信心大增,这时冰雪凝儿把射入黑熊体内的短矛也取了回来道:"一击毙命,就这样好好干。"

罗慎行不解地道:"风神弓的辅助能力不是增加30%的攻击力吗?黑熊的生命值是一千二百,我的攻击力加起来也不过一百,怎么会一击毙命呢?"

冰雪凝儿摇头道:"你问我我问谁去?不过风神弓一定是极品装备,它的增加30%

攻击力指的一定是以弓本身进行攻击的时候,加上短矛之后攻击力才真正显示出来。"

罗慎行道:"弓箭在古代关防最松懈的时候也属于禁品,看来还是有道理的,它的威力实在太惊人了。"

冰雪凝儿不耐烦地道:"以后找人问一问不就知道了,现在你的任务是杀熊,要不然就是被我杀死,你可要想明白。"

罗慎行收拢思绪道:"收到。"然后把短矛搭在风神弓上开始追杀黑熊,并按照冰雪凝儿指示的方向朝黑熊的老窝前进,但过了半个小时左右罗慎行感到自己的身体开始虚弱,他知道自己在武魂中的时间又超过自己的体能极限了。

冰雪凝儿也注意到他的脸色开始苍白了,关切地道:"你好像不舒服。"

罗慎行正想告诉她自己到了应该下线休息的时候,冰雪凝儿神神秘秘地道:"你不是被熊精吓的吧? 我告诉你,熊精被打死后会爆出很多好东西,说不定会爆出一件顶级盔甲,这样你以后就不会吃亏了,冒点儿风险也是值得的。"说完还拍拍罗慎行的肩膀安慰他。

罗慎行心头一热,终于知道这个有点蛮不讲理的少女还是帮着自己的,无论她嘴上说得多么残忍,心里却一直是为自己着想。想到这里他不由自主地向冰雪凝儿看去。

冰雪凝儿做出狠巴巴的样子道:"看我干什么? 是不是有了什么不该有的龌龊想法?"

罗慎行犹豫了一下道:"我想在这里打坐一会儿,你帮我护法好不好?"按他现在的身体状况来说立即下线是最明智的做法,但是冰雪凝儿把他带到这里的一番苦心却白费了,虽然下次也可以前来,但是罗慎行却不忍心打消她的积极性,现在唯一的方法就是在武魂中尝试打坐。

自从罗慎行七岁习武时起,他的师傅清阳道长便教他打坐练气的方法。但是经过十多年的练习罗慎行一直进展很慢,虽然有轻微的气感但总达不到师傅所说的气随意转的境界,不过平时用来消除疲劳却是很管用的,每次罗慎行与师傅切磋之后无论多么辛苦也要打坐一会儿来恢复体力。

既然武魂的系统是完全仿照真实生活的,那么打坐也应该可以。罗慎行希望通过打坐三十六周天来暂时地恢复一下体力,至少也应该先坚持到打败熊精为止。

冰雪凝儿夸张地道:"打坐! 你是和哪个江湖骗子学来的这套把戏?"

罗慎行感到自己即将坚持不住了,自顾自地盘膝坐下道:"别让人打扰我。"然后双目微合进入眼观鼻、鼻观心、心入定的状态中。

当罗慎行进入打坐的那种寂灭的状态中时,平时微弱的真气这次活跃了许多,罗慎行欣喜地引导着真气从会阴穴向上,过下丹田一直向上升到达头顶百汇穴之后沿背后的穴道再回到会阴穴。当第一周天运行之后仿佛被他体内的真气所吸引,从体外向他的身体中涌来丝丝的气流。

罗慎行又惊又喜,惊的是这种状况是十多年打坐以来头一次发生,喜的是这种状况正是师傅所说过的内外交感,只有当内功达到这种状态时才算是有了小成。他甚至不敢去想这种状态会不会保持到自己离开武魂,不过即使失去了这种宝贵的内外交感状态,离开武魂系统之后自己也会根据这种感觉按图索骥地朝着这个目标前进。

　　因为修炼真气凭的全是个人的摸索与辛苦努力,即使最高明的师傅也不可能让一个资质平庸且不努力的人凭空变成一个高手,师傅所起的作用只是在练习真气的过程中起引导作用,告诉你努力的方向而已。

　　罗慎行故意放慢真气运行的速度,慢慢体会真气经过体内的穴道时的变化,如果清阳道长知道罗慎行可以控制真气的运行速度时一定会欣然地告诉他——这就是气随意转的前兆,但是罗慎行现在根本不明白自己无意中已经达到了这个境界。

　　罗慎行仿佛一个突然发了横财的穷小子,全神地投入到这种突然的惊喜之中,当他的真气运行了三十六周天之后,他不由自主地仰天长啸,清亮的啸声犹如雏凤试啼,尖锐中略带着一丝稚嫩,但已显露了不凡之气。

　　啸声结束之后他才舒畅地睁开眼睛,骇然发现冰雪凝儿正领着十几头黑熊在离自己不远处奔跑着。冰雪凝儿边跑还边带着哭腔叫着:"你快来呀。"

　　原来就在罗慎行打坐的时候,一头黑熊企图攻击罗慎行,冰雪凝儿上去打了它一下想把它引走,可是这头熊开始对冰雪凝儿穷追不舍,冰雪凝儿又不敢攻击它以至于陆续引来了十几头想占便宜的黑熊。冰雪凝儿打又不敢打、逃又不敢逃,就这样一直与它们兜圈子跑着,同时苦苦等待罗慎行醒来。

　　罗慎行心痛地喝道:"凝儿,我来了。"说着挥动风神弓冲了上去,冲进熊群之中"乒乒乓乓"地一顿狠砸,似乎要把冰雪凝儿所受的窝囊气全发泄出来。

　　冰雪凝儿趁机躲到一边猛喘粗气,同时还不忘鼓励罗慎行道:"加……加油,打死这些混……混蛋。"等罗慎行把十几头黑熊全杀死之后,她立即恢复了精神,麻利地把熊胆收集起来。然后艳羡地道:"看来你的那个打坐方法好像很有效。"

　　罗慎行装作没听懂的样子打岔道:"熊精的老窝在哪里?"

　　冰雪凝儿捶着自己的小蛮腰道:"哎呀!真是累死我了,要是我也会那个打坐的方法就好了,命苦啊!"说话时水汪汪的大眼睛充满渴望的神情望着罗慎行。

　　罗慎行为难地道:"师门有命,我的功夫不能外传的。"

　　冰雪凝儿嘟起娇艳的小嘴拉长声道:"真的?"

　　罗慎行低声道:"是真的,要不然我不会这么小气。"

　　冰雪凝儿立即换了一副欢喜的神情道:"逗你玩的,我才没耐心学什么打坐,走了,我们杀熊精去。"说完蹦蹦跳跳地在前面带路,向熊精的老窝出发。

　　罗慎行知道她是不想让自己为难所以才会做出不在乎的表情,如果说冰雪凝儿对自己的打坐方法不感兴趣即使打死罗慎行也不会相信。但是师傅就是这样告诫自己的,严禁自己泄露自己的练功方法,所以罗慎行也只好强迫自己把这件事给忘掉。

　　当冰雪凝儿来到一个巨大的山洞之前时,皱着眉头道:"怎么没有呢?上次我们明明就是在这里除掉熊精的,难道熊精正在睡懒觉?"说着走到山洞口大声叫道:"喂!你在不在里面?"然后对罗慎行耸耸肩道:"没人理我,真不给面子。"

　　她的话音还没落,从山洞里传来震耳的咆哮声,然后是地动山摇的奔跑声。冰雪凝儿做个鬼脸道:"它发火了,你快跑。"

罗慎行的风神弓要在一定的距离外才能发挥作用,所以他毫不犹豫地跑向远处,躲在一株大树之后回过身来对站在离洞口不远处的冰雪凝儿道:"你小心点儿。"说着把一支短矛搭在风神弓上。

冰雪凝儿向他挥挥手道:"我的速度比它要快一点,你快做好准备。"然后调皮地对着洞口挑衅道:"你快点儿滚出来。"

就在这时山洞里面金光一闪,一头金色的巨熊冲出了山洞,而且在它的身后又陆续地跑出了七八头银白色的大熊,仿佛护卫一样跟在金色巨熊的身后。

冰雪凝儿尖叫道:"快逃命啊!今天的熊精太多了。"然后飞奔向罗慎行的藏身之处,虽然她自己也知道跑往罗慎行的方向不是个明智的选择,但是危急关头总觉得与自己的同伴在一起会安全点。

其实不用她提醒,罗慎行在看到金色巨熊的时候就先观看了它的生命值,看第一眼时他几乎以为自己看错了,所以他又看看一头银色大熊的生命值,发觉银色大熊的生命值达到了一万二千点,那么自己看到的金色巨熊的生命值绝对不会是六千,而是六万点。

看来以前冰雪凝儿与她的同伴们遇到的只是一头熊精——也就是银色大熊而已,而今天自己则倒霉地遇到了七八头,而且还有一头熊精的首领。

罗慎行勉强控制着自己持弓的左手不颤抖,短矛对准了速度明显比冰雪凝儿快了不止一点儿的金色巨熊,如果自己第一箭不能射中的话今天自己就要和冰雪凝儿做一对同命鸳鸯了——金色巨熊的速度绝对可以在扑杀一人之后再悠闲杀死另外的一个人。

冰雪凝儿连话都不敢说了,两条修长的美腿拼命地摆动着向前奔跑,但是金色巨熊与她的距离却越来越近了。罗慎行闭上眼睛稳定了一下紧张的情绪,右手一松,短矛以一条直线的飞行轨迹直接射向了金色巨熊的前胸。

此时金色巨熊抬起右前爪正拍向冰雪凝儿的后背,挡住了射向它前胸的那支短矛,但是它的右前腿却被短矛射个对穿,金色巨熊前腿受到重创之后"扑通"一声摔在地上,激起了一片尘土。

罗慎行惋惜得直拍大腿,这支短矛打去了金色巨熊一千五百点的生命值,如果命中前胸的话一定可以取得更大的成果,但是现在却没时间为这件事烦恼,那几头银色大熊见到金色巨熊受伤之后疯狂地嗥叫着向他的方向扑来。

罗慎行立即把自己物品柜中的那十几支短矛都抛在地上,如果自己舍不得的话就要以牺牲速度为代价,而那代表着自己即将成为银色大熊的猎物。然后对冰雪凝儿道:"你往别的地方跑,熊精追的是我。"

冰雪凝儿听话地避往一边,果然银色大熊们看也不看她,径直往罗慎行扑去,冰雪凝儿看着那头因为前腿插入一支短矛而走两步便要被短矛绊倒一次的金色巨熊叫道:"你把风神弓抛下,今天我们发达了。"

罗慎行毫不犹豫地把风神弓抛在地上道:"你小心点儿。"然后发力狂奔把自己与速度差不多的银色大熊稍稍拉开点距离,趁机吞下一颗补血丹。

冰雪凝儿笑眯眯地拾起风神弓,把罗慎行丢下的短矛都搬到了金色巨熊的附近,

慢条斯理地把一支短矛搭在风神弓上来到离金色巨熊六七步远的地方娇喝道："中！"短矛这次准确地射入到金色巨熊的腹部，只露出了短短的一段矛尾。

金色巨熊痛苦地嗥叫一声，那几头银色大熊听到首领的惨叫抛下了罗慎行向冰雪凝儿扑去。

冰雪凝儿欢呼一声之后抛下风神弓道："夜狼，该你了。"说完轻松地带着愤怒同向自己扑来的银色大熊兜圈子。

罗慎行等到冰雪凝儿把银色巨熊引得距离远了一点儿时，才走上前把短矛搭在风神弓上仔细地打量着挣扎着往山洞方向逃的金色巨熊，冰雪凝儿的那一箭足足打去了它的七千点生命值，但是显然没有射中它的要害。

罗慎行不敢犹豫，短矛连续地射出，随着金色巨熊的一声声惨叫，五支短矛射入了它的体内。罗慎行正想再补一矛的时候，那几头银色巨熊已经扑了回来，罗慎行遗憾地看着金色巨熊带着仅有的一万多点生命值继续逃亡。

冰雪凝儿大叫道："你把风神弓留下呀。"

罗慎行道："那个大家伙马上就要完蛋了，万一你把它杀死了怎么办？你追在熊精的后面用开天斧攻击。"

冰雪凝儿恍然大悟，取出比自己的个子还高的开天斧追在银色大熊的背后开始偷袭，罗慎行也不急着杀死金色巨熊，他边跑边回头观察冰雪凝儿的攻击情况，发现哪头银色巨熊的生命值快要到达尽头时便指点冰雪凝儿换一头攻击。

银色大熊认定了罗慎行这个凶手，无论冰雪凝儿在背后怎样攻击也不加以理会，罗慎行兴奋地引导着这群傻乎乎的大家伙们奔跑着，如果它们的首领是森林中的狼王的话，罗慎行和冰雪凝儿即使不葬送在这里也占不到什么便宜，但是幸好他们遇到的是以愚蠢著称的熊，这才给了他们可乘之机。

冰雪凝儿气喘吁吁地叫道："还要等到什么时候？我……我快要累死了。"

罗慎行把手中的短矛射出后，跑到金色巨熊的附近捡起一支短矛道："最后一击。"回身把短矛射进金色巨熊的体内，金色巨熊发出最后一声嚎叫颓然倒在地上。

随即系统的声音响起道："金色熊王第一次被打爆，月夜之狼增加十五点威望值。月夜之狼获得十二万点经验值。"同时罗慎行的身上闪烁出升级的白光，然后地上爆出一只金色的令牌和一堆金币。

罗慎行和冰雪凝儿同时欢呼道："耶！"

罗慎行高呼道："你捡宝贝，我要大显神威了。"说着回身轮起风神弓砸向被冰雪凝儿打得只剩下一点点生命值的银色大熊，银色巨熊仿佛不堪一击的山羊般被罗慎行几下间便打倒在地，地上开始不断地爆出一些装备、宝石和金币，同时罗慎行的经验值飞快地飙升着。

罗慎行飞快地把地上的金币都收入自己的腰包，现在他发觉整个武魂系统里最穷的人就数自己了，其他的人似乎都预先存入了大量的资金，只有自己的师兄是个穷光蛋，一分钱也没往系统里存。

冰雪凝儿则把装备和宝石都收了起来，笑逐颜开地道："我们回城分赃去也。"

第十章
情窦初开

走在回龙门镇的路上，冰雪凝儿心有余悸地道："以前我们从没遇到过那个金色熊王，即使熊精也只有三个小时才刷新出来一头，没想到今天遇到这种大场面，要是你的箭射偏一点儿的话，咱们就要和武魂说拜拜了。"

罗慎行庆幸道："那也多亏了金色熊王当时正好抬腿攻击你，要不然我的第一箭即使射中它也影响不了它的速度，嗯！看来我的运气不错。"

冰雪凝儿哂道："你应该说是我的好运保佑了你，不知羞的家伙。"然后故作神秘地道："你猜我在金色熊王的身上采集到了什么好东西？"

罗慎行臆测道："是不是千年熊胆？"

冰雪凝儿不屑地道："一点儿想象力也没有，不过我也不敢确定到底是什么，反正它一定很珍贵。"

两个人说说笑笑地回到龙门镇，冰雪凝儿首先便拉着罗慎行来到服饰店，服饰店的老板见罗慎行是和冰雪凝儿一起进来的，微微露出惊讶的表情，罗慎行立即知道他是店老板本人，而不是系统模拟的NPC。

上次见到店老板之后，罗慎行已经很长时间没有见到他了，罗慎行不由自主地露出老友重逢的惊喜表情，店老板不露声色地对罗慎行悄悄点点头示意。然后对冰雪凝儿道："有什么需要我帮忙的？"

冰雪凝儿取出自己的物品柜道："你有大客户上门了，帮我鉴定这些装备。"接着取出一件带有护心镜的铠甲递给店老板。

店老板道："鉴定费二千五百金币，银熊铠甲，防御力加25%，速度减15，四十级以后使用。"接着补充一句道："适合骑马作战使用。"后一句话完全是对罗慎行说的，如果罗慎行现在穿上这件铠甲的话恐怕只有被动挨打的份了。

冰雪凝儿失望地道："一点儿也不实用，你看这一件呢？"又取出另一件类似背心的银白色铠甲递给店老板。

店老板道："鉴定费一千八百金币，护身软甲，防御力加18%，三十五级以后使用，可以穿在外衣之内。"

但是接下来鉴定出的银熊护腿与银熊战靴都是增加防御力却严重影响速度的装备，没有一件适合现在的罗慎行使用。冰雪凝儿悻悻地护身软甲塞给罗慎行道："你看你打出来的装备，没一样实用的。"

罗慎行小声辩解道："只是现在不实用，以后会有很大的用处。"

冰雪凝儿揪着他的耳朵道："你还敢顶嘴？"就这么拎着罗慎行的耳朵把他又拉到武器店。罗慎行临走时看到服饰店的店老板露出似笑非笑的嘲弄表情，只好勉强挤出一丝笑容掩饰自己的尴尬。

来到武器店后，冰雪凝儿迫不及待地取出那个令牌状的东西道："快鉴定。"

武器店的老者接过令牌皱眉道："这不是武器，你们是在哪里得到的？"

冰雪凝儿夺回令牌道："当然是打出来的。"然后自言自语道："珠宝店应该能鉴定出来。"说着就要走。

老者急忙道："它也不可能是珠宝，你去了也是白费力气，这个令牌在龙门镇没有人能鉴定出来。"

冰雪凝儿失望地道："那不等于是废物吗？"

老者道："你们过了五十级之后，到真武大陆去找高手鉴定吧，或许有成功的机会。但是我敢保证一点——它绝对不会是废物。如果我没猜错的话这个东西应该是金色熊王才能爆出来的，难道……"

罗慎行钦佩地道："的确是金色熊王爆出来的，如果不是我们运气好的话十个我们加起来也不是它的对手。"

老者惊讶地道："真是你们两个打败的？"

冰雪凝儿傲然道："你看不像吗？"

老者道："不是不像，而是太不可思议了。金色熊王每半个月出现一次，每次出现的时间只有两个小时，上次出现的时候有一个帮会正好碰上了，结果那个帮会的人基本上全军覆灭了，如果不是金色熊王出现是有时间限制的话，那个帮会一个人也不会剩下。"

罗慎行和冰雪凝儿惊骇地对视一眼，知道自己该有多么幸运了。如果不是罗慎行想到利用短矛来配合风神弓，而且第一支短矛就把金色熊王的行动能力制住的话，他们的下场一定比那个帮会更惨。

更主要的是他们赶上的是金色熊王刚出现的时候，这才让他们有机会慢慢地修理它，如果再多拖延一段时间的话金色熊王就要回到山洞里去了，那样他们的所有努力都将付诸东流了。

冰雪凝儿爱不释手地抚摸着那只令牌，小心翼翼地放进自己的物品柜之后才对罗慎行道："我来保管。"

罗慎行满不在乎地道："好啊。"然后问道："您刚才说的真武大陆是不是我们冲过五十级之后要去的地方？"

老者看看冰雪凝儿之后才点头道："包括我们龙门镇在内的一共九个新手村的人冲过五十级之后要去的地方都是真武大陆，而以虎跃镇为首的九个新手村的人去的地方则是玄武大陆。这两块大陆合起来就是武魂的领域。"

冰雪凝儿打断他的话道："以后不就什么都知道了吗，现在先帮我鉴定一件武器。"然后取出熊精爆出的一把光华夺目的长剑，长剑的剑身略呈S型，但剑尖与剑柄的中央位置准确地处在一条直线上，双面的剑刃闪烁出迫人的寒气。

老者用手轻轻地沿着剑脊抚摸着道："鉴定费四千金币，轮回剑，攻击力加35%，承受力九十七，四十五级以上使用。"然后对罗慎行道："这是目前为止龙门镇出现的攻击力最强的武器，你要好好珍惜。"

罗慎行惊喜地接过轮回剑，用衣袖在剑脊上小心地擦拭着。他本以为铠甲让自己失望之后这柄剑也和铠甲一样会有很多的负面作用，但是没想到竟然会给自己带来巨大的惊喜，而且自己的级别刚刚超过四十五级，这柄轮回剑仿佛天生就是为自己准备的。

当时天煞刀被冰雪凝儿射断的时候罗慎行虽然装作满不在乎的样子，但是心里却痛惜得不得了，武器店里出售的兵器都是增加固定的攻击力，按使用者的实力来增加攻击力的武器只能从高级猛兽或兽王的身上取得，而那却是可遇不可求的，谁也不知道兽王被杀死之后会爆出什么东西来。

冰雪凝儿看着他惊喜的样子，摆出一副少见多怪的样子道："瞧你这点儿出息，一柄剑就乐成这副德行。"但是嘴角掩饰不住的笑意却泄露了内心真正的想法。

罗慎行乐颠颠地欣赏了一会儿轮回剑，忽然摆个持剑傲立的姿势问道："凝儿，你看我像不像一个剑客？"

冰雪凝儿上上下下打量他半天一本正经地道："像！太像了，简直就是天下最贱的贱客。"说完忍不住笑弯了腰。

罗慎行泄气地道："在你这里我一点儿自尊心都没有了，我看你是天下最不懂得尊重男人的恶女。"

冰雪凝儿哂道："在我面前没有一个男人有自尊心，你算老几？"然后用手指戳着罗慎行的胸口道："你有意见吗？"

罗慎行被她春葱般的白皙纤细手指在自己的胸前戳得心痒难耐，不由得脱口而出道："你的手真美。"

冰雪凝儿羞红了脸，急忙把手藏到背后，娇嗔道："不许胡言乱语地说疯话。"

罗慎行也不知道自己为何会突然冒出这样一句话来，不由得尴尬地愣在那里，两个人一时之间都沉默起来。

罗慎行本来长得眉清目秀，而且多年练武使得身材也很标准，但是在中学时期的那次与小流氓的大战让他一举成名，结果同学中正派的女孩子都对他敬而远之，有几个小太妹对他表示好感却让罗慎行吓得逃之夭夭，以至于罗慎行到现在为止也没尝到过爱情的滋味。

但是在这个虚幻的网络里，自从遇到冰雪凝儿的那一刻起，罗慎行的处男之心便开始萌动了，虽然罗慎行现在还不知道自己的初恋已经开始了，但是冰雪凝儿的一颦一笑都牵动着他的心。

冰雪凝儿干咳一声打破沉默道："你哑了？还不快点儿回去合成丹药！今天你要是不能把手头的材料合成完，小心我扒了你的皮。"

罗慎行如蒙大赦地道："我这就去，现在就去。"说完一溜烟地跑了出去。

当冰雪凝儿的脚步声在外面响起时，罗慎行正心不在焉地合成着虎骨断续丹，冰雪凝儿与薛娘子交谈声响起的时候，罗慎行的耳朵立刻竖了起来。

冰雪凝儿仿佛忘了刚才的事，有说有笑地与薛娘子交谈着，同时把她从金色熊王和银色大熊身上采集到的东西让薛娘子鉴定了，当鉴定的结果出来后冰雪凝儿惊喜

54

地欢呼了一声,但是罗慎行的耳朵中全是冰雪凝儿那清脆悦耳的声音,至于薛娘子的话和鉴定的结果一句也没留神去听。

终于冰雪凝儿的脚步声来到了罗慎行的身后,罗慎行紧张得连头也不敢回,但是越紧张越出事,"啪"的一声之后,一颗虎骨断续丹合成失败了。

罗慎行连忙用脚把地上的粉末踢散,就像刚才失败时做过的那样,然后重新组织材料继续合成。在他背后倚墙而立的冰雪凝儿看着他掩耳盗铃的举动险些没笑出声来,等到罗慎行手中的丹药即将合成时,她突然大声地"嗯哼"一声。

罗慎行的手一抖,即将合成的丹药再次失败了,罗慎行无辜地扭过头来看着一脸得意之色的冰雪凝儿,摊开手掌示意不是自己不小心而是因为意外的因素干扰的。

冰雪凝儿看着他可怜兮兮的样子心中一软道:"好啦,该下线了,回来时再继续努力。"说完娇慵不胜地打个哈欠挥手道:"回头见。"转身离开了。

罗慎行看着她婀娜多姿的苗条背影痴痴地发一会儿呆之后,在原地直接下线了。

罗慎行摘下头盔之后仰面朝天地躺在床上,虽然十几个小时没吃东西了,但是放在桌子上的盒饭却一点也引不起他的食欲,他现在满脑子都是冰雪凝儿诱人的身影,同时不安地反思自己讲的话会不会引起冰雪凝儿的反感——如果冰雪凝儿误认为自己是个下流轻薄的人该怎么办呢?但是冰雪凝儿的手真的很美啊!虽然她身体的其他部位同样诱人,但是打死自己也不敢称赞她别的地方。

罗慎行翻来覆去地在床上苦苦思索着,他穷极无聊地打开一瓶网络俱乐部免费赠送的矿泉水,稀里糊涂地往嘴边送去,但是一不小心矿泉水撒在了他的脖子里,罗慎行手忙脚乱地拂去身上的水渍,但是一个念头仿佛冷水泼在他的头上般让他猛然惊醒——冰雪凝儿的威望值是八十五;轩辕他们三人的威望值只有四十多便不想让自己知道他们的身份;自己的师兄宋健秋的军衔是上尉,但是在武魂里威望值只有可怜的十二点,而自己甚至连进入武魂的资格都没有。

罗慎行颓然地又倒回床上,双手紧紧地握住了拳头,他甚至想现在就逃回学校去,以后永远也不见冰雪凝儿,也不再进入武魂。但是武魂超级真实的游戏环境、五十级之后的神秘大陆、冰雪凝儿的轻嗔薄怨、还有自己在游戏系统里面打坐时的……

罗慎行"腾"的一下从床上蹦了起来,自己怎么把这件事给忘了,他狠狠地在自己的头上擂了一拳然后冲进卫生间洗个冷水澡。

罗慎行冲过冷水澡之后心情慢慢地平静下来,只穿着短裤盘膝坐在床上,调匀了呼吸之后收摄心神进入到入定的状态。他回忆着自己在武魂系统中打坐时的感受,引导着自己微弱的真气按照行功的路线开始了第一周天。

第一周天很快结束了,罗慎行没有感到什么明显的变化,他又开始了第二周天的运行,直到三十六周天即将结束时,罗慎行终于感到真气活跃起来,体外开始向自己的身体涌来了一丝微弱的气流。

罗慎行凭借着在武魂系统中的经验引导着逐渐壮大起来的真气在经脉中慢慢地运行,第一个三十六周天结束之后,罗慎行犹豫了一下开始了第二个三十六周天的运行。他以往打坐时向来只运行三十六周天便结束,但是这次机缘巧合下让他在武魂中领悟到了内外交感的境界，他宁可冒险也要把自己领悟到的宝贵经验完整地融入到身体中。

当罗慎行感到自己现在的真气运行状态与自己在武魂中的感受完全相同时，他已经完成了三个三十六周天的运行。罗慎行虽然感到自己的双腿因为坐的时间太久而有些酸麻，但自己终于成功地在真实生活中重现了武魂中的状态，自己跨上这个台阶之后才标志着自己的内功初窥门径，以后才可以在这个基础上百尺竿头更进一步。

但是武魂的系统为何会有如此的效果呢？如果说游戏中的事都是真的，那明显是骗人骗己，但是如果说那是虚幻的东西，为何在武魂中打坐时的效果会真实地预示自己在实际中的身体状态呢？罗慎行的思维不禁有些混乱起来。

他如同嚼蜡般把盒饭吞下了肚，但是盒饭里有什么菜却一点儿都没留意，他吃过饭之后又在房间里活动了一下身体才回到床上倒头睡去。

当他醒来之后立刻把昨夜想要离开武魂的念头丢到脑后，匆匆忙忙地盥洗之后进入了武魂之中。他看看地上凌乱的药材和几颗合成了的丹药，知道冰雪凝儿还没有上线，因为冰雪凝儿如果已经上线的话一定会把合成了的丹药先收起来。

罗慎行计算了一下时间，自己下线之后经过三个三十六周天的打坐与睡觉已经超过十个小时，按理说冰雪凝儿早就该上线了。他装作不经意的样子来到薛娘子身边道："您看到冰雪凝儿没有？"

薛娘子木然地摇摇头。

罗慎行耸耸肩又跑到服饰店，但是真正的店老板不在线，只有那个 NPC 在维持工作。罗慎行抱着最后希望来到武器店询问，这次他没有失望，但是武器店的老者告诉他没有见到冰雪凝儿。

罗慎行又想起自己上次抛下她独自去杀熊的事，急忙回到薛娘子那里补充了一百颗补血丹来到黑熊的老窝，一边杀熊一边期待冰雪凝儿突然出现给自己一个惊喜。

但是罗慎行等了十几个小时之后也没见到冰雪凝儿的身影，他的心仿佛被人狠狠地摔在地上又重重地踏上两脚后撕裂般的痛苦。"冰雪凝儿一定生我的气了，所以拒绝见我。"罗慎行一边自怨自艾地责备自己，一边把短矛狠狠地射向黑熊。

现在罗慎行基本上不损失生命值，他的箭法已经炉火纯青，黑熊根本没机会接近他，而且他由最开始的射黑熊的腹部变成了射黑熊的头部。经验值飞快地向上攀升着，但是包括三个小时刷新一次的熊精在内都没爆出什么有价值的装备，看来熊精也和狼王一样只有第一次被玩家杀死才会爆出极品装备，要想爆出极品除非换一个玩家杀死它。

十几个小时后罗慎行的级别已经达到了将近四十九级，他捡起地上的金币又收回了射在一头黑熊头部的短矛，心情低落地慢慢回到龙门镇，他假装无所事事的样子在龙门镇逛了一圈，但还是没找到冰雪凝儿。

罗慎行彻底失望了，他茫然地站在薛娘子的药房门口不知自己应不应该进去，就在这时背后有人大声道："贱客，你傻站在这里干吗呢？"

罗慎行惊喜地转过头去，看到久违了的冰雪凝儿正气势汹汹地向自己走来，罗慎行的心立刻变成了一面巨鼓，"怦！怦！"地猛烈跳动起来。

第十一章
血豹亡魂

　　冰雪凝儿看着他呆头呆脑的样子嫣然一笑道:"是不是又在偷懒？嗯！老实交待。"

　　罗慎行这时才灵魂归窍,慌乱地解释道:"没有,我刚刚才练级回来,我都快要达到四十九级了。"

　　冰雪凝儿欣然道:"算你老实,今天我们争取冲到五十级,不过杀熊已经没意思了,我们换一个地方。"然后就想拉着罗慎行出发。

　　罗慎行急忙道:"我需要打坐之后才能去。"他已经上线十几个小时了,这次他可不想和上次一样让冰雪凝儿领着十多头黑熊到处跑来保护自己。

　　冰雪凝儿不满地道:"就你事儿多。"然后不耐烦地道:"快去,时间不要太长哦,我的耐心可是有限度的。"

　　罗慎行知道她嘴硬心软,否则上次她也不会宁可被十几头黑熊逼迫得几乎流泪却仍坚强地保护自己了,所以歉意地一笑,进入了药房开始潜心打坐。

　　冰雪凝儿估计罗慎行已经开始进入打坐的状态了,才悄悄地走了进去,先偷偷地在门口张望了一眼,见罗慎行的确没有发现自己之后,蹑手蹑脚地来到他的侧面,蹲在地上欣赏他轮廓分明的清秀脸庞,嘴角还露出一丝羞涩的笑容。

　　冰雪凝儿看了一会儿之后调皮地伸手在罗慎行的眼前晃了晃,罗慎行没有反应,就在冰雪凝儿准备转到他的正面时,罗慎行的睫毛一动缓缓睁开眼睛。

　　冰雪凝儿慌忙站了起来往门口退去,同时紧张地掩饰道:"你醒啦？"

　　罗慎行站起来活动了一下腿脚道:"这次我调息的速度加快了点,就怕你等的时间太长了。"

　　冰雪凝儿打个哈哈道:"不急、不急。"不露声色地用手在自己热得发烫的脸颊上揉了揉道:"既然你打坐完了,我们也该出发了,哎呀！等得我都要烦死了,下次你打坐的时候可千万别让我知道。"

　　罗慎行赔笑道:"下次我一定注意。现在我们到哪去？"

　　冰雪凝儿郑重地道:"这次可到了考验你的箭法的时候了,你可不许给我丢人,记住没有？跟我来。"

　　这次罗慎行随着冰雪凝儿走了足有一个多小时之后来到一座山峰耸立、怪石嶙峋的高山之中,罗慎行东张西望着问道:"这里够阴森的,不会是有什么妖魔鬼怪吧？"

　　冰雪凝儿哂道:"当然有鬼了,你不就是一个胆小鬼吗？"然后不放心地问道:"护身软甲穿上了没有？"

罗慎行道："放心啦，我比你想象的更怕死，保命的装备我怎么会忘了。"说着取出一支短矛准备着。

冰雪凝儿紧张地道："这次我可不是吓唬你，咱们随时都会受到攻击，那些豹子的速度简直恐怖得惊人，而且它们的行踪神出鬼没的，说不定会在什么地方突然出现，上次我和他们几个人来的时候好不容易杀了一只豹子便回去了。"说完把轮回剑要了过去，小心地戒备着。

罗慎行以手抚额叫苦道："您老人家就不能换一个安全点儿的地方吗？再这样下去我迟早要患上心脏病。"

在真实的生活中，豹子作为大地的精灵是百兽中最优雅也最危险的猛兽，它强健的肌肉可以让它达到一百二十公里的时速，那是地球上的哺乳动物所能达到的极限，而且它的锋利的爪牙和灵敏的反应让它敢于面对任何对手——不论是人还是其他猛兽。

罗慎行忐忑不安地四下观望着，生怕豹子会从附近的某处突然蹿出来攻击自己。冰雪凝儿往前走了十几步扭回头道："我们拉开点儿距离，如果豹子攻击我的话你就可以趁机射死它了，但是你可得小心点，别射不到豹子却把我射了。"

罗慎行挥动着短矛道："放一百二十个心吧，我的箭法已经天下无敌了。"他的话刚说完，冰雪凝儿尖叫一声向他冲来。

罗慎行也感到身旁的一株大树上传来重物破风的声音，他立即向前扑倒然后就地十八滚躲向一旁。他的身体刚刚躲开，一头豹子的前爪就插入了他原来站着的地面上。

豹子一击扑空后，后爪迅即在地上一点，矫健的身体一跃而起再次向罗慎行扑去。罗慎行左手的风神弓凌空砸向豹子，同时右手握着的短矛刺向豹子的腹部。

豹子的前爪拍在风神弓上，强大的力量把风神弓拍歪之后继续扑向罗慎行，但此时罗慎行右手的短矛闪电般刺入了豹子的肚皮。

这一切发生得太迅速，以至于最先发现豹子并赶回来救援的冰雪凝儿还没跑回来时，豹子已经挣脱了刺入肚皮的短矛往左侧逃去。

罗慎行冷笑道："让我吓了一大跳还想逃？"把刺伤豹子的短矛搭在风神弓上，瞄准了即将窜到一个断崖边的豹子，右手一松，短矛如流星划过夜空准确地把豹子从后腰到前胸射个对穿。接着白光一闪，系统提示罗慎行的级别已经达到四十九级。

冰雪凝儿惊喜地道："就这么干，你掩护我。"飞快地跑到死去的豹子身边看看有没有什么新东西爆出来，但是跑过去之后失望地摇摇头，拔出短矛之后就往回来。

罗慎行急忙道："捡钱哪。"

冰雪凝儿低声嘟囔道："就那么几个金币也值得捡？"但还是乖乖地转过身去把金币捡了起来，领着罗慎行沿着山路向一个丘陵爬去。

冰雪凝儿双手握着轮回剑威风凛凛地在前面开路，罗慎行则战战兢兢地持弓搭箭走在她后面做好预防的准备，但是爬到丘陵之后也没再遇到豹子的袭击。

冰雪凝儿站在丘陵的顶部意气风发地道："今天我们一定要在这里冲过五十级到

真武大陆去,否则我绝不回去。"

罗慎行附和道:"绝对没有问题,我以人格担保我们一定会冲级成功。"

冰雪凝儿板着脸道:"如果不成功呢?"

罗慎行道:"不可能,我们一定很快就可以冲过五十级,否则……"

冰雪凝儿忍着笑道:"否则你就别叫月夜之狼,干脆改为月夜之犬得了。月夜之犬,唔! 也很威风的,杨二郎就有一条啸天犬,你能和它相提并论也算很有面子了。"

罗慎行立刻配合地"汪汪"叫了两声,惹得冰雪凝儿捶着罗慎行的肩膀放声娇笑。罗慎行被冰雪凝儿捶在肩膀上,心里却美滋滋的,完全不顾及自己刚才的举动有多丢人,如果此刻冰雪凝儿让他学狗一样在地上爬的话,只怕他也会毫不犹豫地立刻趴在地上。

冰雪凝儿笑过之后皱眉道:"怎么一头豹子也看不到? 上次我们明明看到有很多的豹子所以才会及早离开的。"

罗慎行道:"是不是今天豹子都在窝里睡觉,所以才没有出来?"

冰雪凝儿轻轻在他头上擂了一记道:"胡说八道,走,往里面走看看。"率先跑下丘陵,沿着小路向山里走去。

当他们又走了几分钟之后,前面隐约传来喊杀声,罗慎行与冰雪凝儿对视一眼,知道有别的玩家捷足先登把外面的豹子都杀死了,刚才攻击他们的那头豹子一定是漏网之鱼。

冰雪凝儿顿足道:"怪不得咱们什么都捞不着,原来都让那些家伙给弄走了,快走! 要不然咱们亏大了。"

罗慎行为难地道:"既然他们先来的,咱们再去和他们抢不好吧?"

冰雪凝儿愤愤道:"我早就想来了,只是他们早来一步而已,再说凭什么有他们的份却没咱们的份? 这里又不是他们家的。"

罗慎行道:"咱们可以换个地方,反正咱们只差一点儿就可以升级了,没必要的麻烦还是不惹的好。"

冰雪凝儿不甘心地道:"那去看看总可以吧,我倒想见识一下谁有这样的实力来杀豹子。"说完看看仍然犹豫不决的罗慎行,瞪眼道:"我的话你敢不听?"

罗慎行道:"那咱们只看不动手。"

冰雪凝儿痛快地道:"行。"心里偷偷补充一句道:"到时候再说吧。"

他们两个绕过一块巨大的岩石之后,前面的一片草地上有七个人围成了一个圆形的队形与一群豹子对峙着,这七个人每个人都是左手持盾右手握刀,坚固的盾牌连成了一个圆形的墙壁把豹子的攻势瓦解了,然后在盾牌的空隙间以兵器攻击。

冰雪凝儿趴在一个小土坡上羡慕地道:"早知道我也弄一面盾牌就好了,真没想到盾牌也蛮有用的。下次我拿盾牌为你掩护,由你负责攻击,一定可以打遍天下无敌手。"

罗慎行道:"他们之间的配合非常熟练,看来他们早有准备,而且合作过很长时间。"然后开始观察他们几个人的资料。

罗慎行发现他们七个人的级别都是四十二级，看来一定是进入武魂的时候就组队了，所以一直平均分配经验值。但是他们的攻击力对于生命值达到一千六百的豹子来说太弱了，而且几乎每头豹子都受到过伤害，也就是说他们的攻击力是零散的，很少对某一头豹子造成致命的攻击，所以才会被豹子围困住。

这时有一头豹子被他们杀死了，那七个人立刻发出一阵欢呼声。冰雪凝儿摇头道："太慢了，真想不出他们为什么要到这里来丢人现眼。"

罗慎行坦白地道："他们取得这样的成果很不错了，到现在为止豹子也没对他们真正构成过威胁，这群豹子迟早都会变成他们的猎物。如果换作咱们的话，那十几头豹子冲过来后咱们只怕就要变成它们的猎物了。"

冰雪凝儿撇嘴道："我才不信呢，要不然你把豹子引过来试验一下。"

罗慎行道："我可没这个胆子，我的速度比豹子要慢太多了，如果您老人家不怕的话我可以先离开，让您大显身手。"

冰雪凝儿娇嗔道："没胆鬼，你除了惹我生气之外还会什么？"说着轻轻地踹了罗慎行一脚。

罗慎行看了一会儿道："凝儿，该走了，咱们换一个地方冲级去。"

冰雪凝儿失望地道："真拿你没办法，走了。"

罗慎行正要从土坡上爬起来，就见到远处红影一闪，一头火红色的豹子旋风般从远处冲过来，直奔那七个围成一圈的人扑去。

罗慎行惊呼道："豹王出现了。"

冰雪凝儿惊喜地道："好漂……"下面的"亮"字还没说出口，豹王犹如一团燃烧着的烈焰扑进人群中一扑一咬，有一个人连惨叫声都未来得及发出就被咬死了，剩下的六个人慌乱之中再也保持不了防守的队形了，而且豹王已经冲进了自己的后方，他们再不动的话就要被豹王屠杀干净了。

冰雪凝儿惊骇地瞧着豹王追赶四散奔逃的那六个人，其余的那十几头豹子也助纣为虐地趁火打劫，颤声道："夜……夜狼，你快点儿动手啊。"

此时的罗慎行已经把风神弓拉开了，但是豹王的速度实在太快了，而且它奔跑的方向不住地变化，使得罗慎行一点儿把握也没有。突然罗慎行灵机一动大喊道："往这里跑。"

那六个人仿佛溺水的人抓到救命的稻草，一窝蜂地向罗慎行的方向逃来，但跑在最后的那个人刚跑出两步就被豹王从后面扑倒。就在豹王扑倒那个人的瞬间，罗慎行的短矛从风神弓中射出，但是豹王正低头咬向自己的猎物恰好避开了这支夺命的短矛，短矛带着尖锐的啸声从豹王的头顶擦过。

豹王警觉地抬起头转向罗慎行的方向，见到把第二支短矛搭在风神弓上的罗慎行之后放弃了自己的猎物怒啸一声扑过来。

正在奔跑中的那五个人见到罗慎行射出短矛后，为首的一个人停住脚步大声道："结盾阵，要不然谁也活不了。"率领自己的同伴把五面盾牌并排展开拦住了豹王的来路。

60

高速奔跑中的豹王见到自己的面前这五个拦住去路的盾牌稍一犹豫之后凌空而起，企图从盾阵的上方冲过来。罗慎行等的就是这一刻，他的短矛在豹王还没跃起的时候就向那五个人的上方射了出去，他赌的是豹王会直接冲向自己，一定会选择从那五个人的上方冲过来，假如自己猜测失误使这一箭射空的话，自己和冰雪凝儿只有等死的份了。

　　短矛在罗慎行的急切期待中不负重托地直接贯入豹王的前胸，豹王扑过来的势头突然停了下来，笔直地摔倒在地上，就在豹王挣扎着爬起来的时候，罗慎行的短矛犹如地狱飞来的追魂令从豹王的左眼射了进去又从右眼穿出。

　　随即系统的声音响起道："血豹王第一次被打爆，月夜之狼增加十五点威望值。月夜之狼升到第五十级。"同时罗慎行的身上闪烁出金色的光芒，然后地上爆出一只黑色的手套和一堆金币。

　　系统的声音继续道："月夜之狼有两个小时的准备时间，两个小时之后开始闯关，超过两个小时不闯关视为自动放弃，将取消玩家的身份。"然后罗慎行的面前出现一个金色的沙漏，罗慎行接过沙漏放进自己的物品柜。

　　直到这时那五个人才回过头来，见到血豹王已经倒在地上时都不敢置信地张大了嘴，而那个被血豹王扑倒的人狂吞补血丹后，仓皇地跑过来神志不清地惊叫着："快逃啊。"

　　冰雪凝儿的反应最敏捷，她一溜小跑冲到血豹王身边，捡起了那只黑色的手套之后又从血豹王的身上采集到了一颗火红色的圆形物体，最后犹豫了一下才把金币捡起来，然后兴高采烈地奔回罗慎行身边晃动着罗慎行的胳膊道："夜狼，你升到五十级了。"

　　罗慎行长出一口气道："我们终于可以闯关了。"差得太多的自己升级之后，冰雪凝儿的问题就好办了，因为冰雪凝儿还有五十多点经验值就可以升到五十级，只要杀死一头豹子获得的经验值就足够了。

　　这时方才喊结盾阵的那个人领着其余的几个同伴走了过来道："夜狼，谢谢你。"

　　罗慎行尴尬地正想辩解自己的名字是月夜之狼时，冰雪凝儿惊呼道："豹子呢？豹子都哪去了？"

　　罗慎行顺着冰雪凝儿的目光看去，发现刚才的那十几头豹子在血豹王死后都逃得无影无踪了，现在冰雪凝儿还有五十多点经验值就可以和自己一样升到五十级，可是最关键的豹子却不见了。

　　冰雪凝儿焦急地道："你快给我找一头豹子来！"

　　罗慎行急得直跺脚道："来不及了，回龙门镇需要一个多小时，如果浪费时间找豹子的话我们就有可能错过组队闯关的时间，快往回走，回到龙门镇之后杀羊来凑数。"说完对那几个人挥挥手拉着冰雪凝儿往龙门镇的方向飞奔。

　　当他们两个狂奔到龙门镇时，冰雪凝儿已经累得上气不接下气，冰雪凝儿双手支在自己的双膝上喘息道："你……你先……先把自己的东西准备好，然……然后到龙……婆婆那里去领取信物。"说完摇摇晃晃地奔一头羊走了过去。

罗慎行跑回客栈把自己保存在客栈里的宝石取了出来,当初服饰店的老板让他在客栈租个房间用来保存物品和休息,但是罗慎行打出来的物品总共就只有那么几件,基本上都装备在自己的身上了,而且自己一次也没按照店老板的嘱咐在客栈中下线,总是随便找个地方就下线了。

罗慎行接着到薛娘子的药店中把放在那里的草药和合成好的丹药收起来,接着来到服饰店,打算和店老板道别,自己在武魂中最先交的朋友就是他,而且自己以后回不来了,见面的机会基本上没有了,但遗憾的是店老板却不在线。

罗慎行惆怅地离开服饰店来到了龙婆婆的房间,龙婆婆见到他之后慈祥地道:"恭喜你,终于可以闯关了。"

罗慎行惊讶地道:"您怎么知道?"

第十二章
闯关之路

　　龙婆婆看着他惊愕的样子,慢慢地打开自己面前的一本书递到他面前,罗慎行惊奇地发现自己的名字排在最后一个。龙婆婆道:"每一个达到五十级的人都会在这本书里显现出来,提醒我该准备路条了。"

　　罗慎行道:"这么说我前面的人都是已经达到五十级的了?"

　　龙婆婆点点头把书合上,接着取出一个卡片道:"带着它上路吧,你接过之后系统会自动接受你的资料并引导你闯关的方向。"

　　罗慎行道:"冰雪凝儿的呢?把她的路条也给我,我们要一起走。"

　　龙婆婆指着方才的那本书道:"你也看到了,冰雪凝儿的名字还没有显示,证明她还没有达到五十级,达不到五十级的时候路条是不会出现的。"

　　罗慎行自作聪明地道:"那我先把我的路条接过来,等凝儿升到五十级的时候再拿她的路条可不可以?"

　　龙婆婆摇头道:"当你接过路条的时候,如果没有预先选择组队,系统会默认你一个人闯关,你就会走上一条自己的闯关之路,而且路条只能交到本人的手中,因为我说过了路条会自动接受持有人的资料,谁也不能代替的。"

　　罗慎行搓着双手道:"看来只有等了,婆婆,你看看凝儿到了五十级没有?"然后取出自己的沙漏看着上面上半段的已经少得可怜的沙子,金黄色的沙粒毫不留情地慢慢往下落着,罗慎行的心也跟着往下沉。

　　龙婆婆道:"你的时间不多了,再说组队闯关也占不到便宜,人数越多闯关的难度越大,如果有一个人失败的话整个队伍都算闯关失败,风险很大的,你还是自己走吧。"

　　罗慎行叹息道:"我也想自己走,可是已经答应过的事是不能反悔的,我相信凝儿一定可以尽快冲到五十级的。"然后补充一句道:"一定可以。"

　　突然龙婆婆面前的那本书金光一闪,龙婆婆欣然道:"看来凝儿冲到五十级了。"说着把书打开,果然冰雪凝儿的名字出现在罗慎行的下面。

　　罗慎行急忙道:"婆婆,快!我选择和凝儿组队。"

　　龙婆婆看着他的沙漏中所剩无几的沙粒迟疑道:"凝儿来得及回来吗?选择组队之后如果她来不及取到路条的话你们两个人就算自动放弃了,其实你们两个完全可以分开闯关,这样谁也不会拖累谁。"

　　罗慎行咬牙道:"我不怕。"

　　龙婆婆淡淡地道:"你不怕,可是凝儿怕不怕呢?她等待闯关已经很长时间了,你忍心让她失去这个机会吗?"

　　罗慎行黯然地垂下头,龙婆婆的话仿佛一把锋利的刀子刺痛了他。自己宁可被武魂系统淘汰出局也要等待与凝儿组队闯关,但是凝儿也会这么想吗?自己又凭什么为她来做主呢?

龙婆婆继续道:"而且你有能力保护凝儿闯关成功吗?"

罗慎行昂起头道:"我有信心,而且我答应过的事我绝不后悔,我一定要等凝儿,让她来决定。"

龙婆婆看着罗慎行的沙漏即将滴到尽头,无奈地道:"固执的小子。"然后又加了一句:"愚蠢。"

罗慎行听着刺耳,便扭头不理她全神贯注地盯着沙漏,沙漏里屈指可数的金色沙粒依然匀速地向下落着,罗慎行的心仿佛被一只无形的大手无情地揉捏着。

龙婆婆再次提醒道:"你后悔吗?如果你现在改变主意还来得及。"

罗慎行的嗓子都哑了,干巴巴地道:"我不后……"就在这时,门外传来冰雪凝儿的叫声:"夜狼,我来了。"随即人影一闪,冰雪凝儿以百米冲刺的速度冲了进来。

龙婆婆的手一扬,一个路条飞向了冰雪凝儿,然后低声喝道:"拿着,傻小子。"

罗慎行飞速接过路条,就在他接过路条的瞬间沙漏里的最后一颗金色沙粒落在了下面,然后沙漏变成了一个带有时间刻度的金色罗盘。

冰雪凝儿接住路条尖叫一声手舞足蹈地道:"我要闯关喽。"然后看着罗慎行失魂落魄的样子伸手在他眼前晃了晃道:"你怎么了?"

罗慎行看着她兴奋的样子实在不忍心打击她,就在他犹豫不决的时候,龙婆婆道:"你们可以上路了,傻小子,一路上可要好好地照顾凝儿。"

罗慎行几乎怀疑自己听错了,结结巴巴地道:"您……那个,您说什么?"

龙婆婆慢条斯理地道:"凝儿早就叮嘱过我要和你一起闯关,如果你敢背着她一个人先来的话,还让我拦住你。"

冰雪凝儿羞红了脸道:"乱说什么呀,谁叮嘱过您?您可别传播谣言。"

龙婆婆微笑道:"有可能是我老了,所以听错了。幸好我还记得要把你们两个组成队,要不然你们可要各奔前程了。"

罗慎行激动地对龙婆婆九十度地深深鞠了一躬,龙婆婆笑逐颜开地摆摆手催促道:"快走、快走,沿着金色箭头指示的方向一直走。"

冰雪凝儿拉着罗慎行的胳膊往外走去道:"哎呀!刚才可把我累坏了,我在镇子的外面不停地杀呀杀的,谁知道现在杀羊给的经验值只有一点,我足足杀了五十多头羊才凑足了经验值。"边说还边比画自己杀羊的动作。

罗慎行侧脸瞧着她兴奋地讲述自己的光荣历史,心里却暗暗后怕——如果自己在龙婆婆的诱导下放弃自己的信念的话,只怕龙婆婆一定会说给冰雪凝儿听,那时自己在冰雪凝儿的面前就要没脸做人了,幸好自己坚持住了。

冰雪凝儿取出血豹王爆出来的那只手套道:"你猜这是什么?"

罗慎行毫不犹豫地道:"手套。"

冰雪凝儿挥拳在他头上打了一记道:"弱智,如果是手套的话会是一只吗?"

罗慎行皱眉道:"按理说也不能是袜子呀。"

冰雪凝儿美丽的大眼睛向上翻，做出要晕过去的表情道："坏了，我怎么和一个小傻孩儿组队呢？"然后拉过罗慎行的左手道："戴上。"

罗慎行道："还没鉴定呢，戴不上的。"

冰雪凝儿得意地道："刚才我回来的路上已经鉴定过了，而且服饰店鉴定不出来，我是在武器店才鉴定出来的，这是武器，名字叫血铁爪。"

罗慎行惊叫道："你知不知道我等得多着急？你竟然还有心情去鉴定这个东西，你刚才再晚一点儿的话就要害死我了。"如果冰雪凝儿升到五十级之后直接到龙婆婆的房间的话，至少可以节省两三分钟的时间，那样自己也就不必提心吊胆地受折磨了。

冰雪凝儿瞪眼道："喊什么喊？磨刀不误砍柴功，这么浅显的道理都不懂？再说我容易吗？辛辛苦苦地跑来跑去的为了什么？还不是为了你，给我道歉。"

罗慎行听到血铁爪是武器，急忙戴在左手上，这时他才发觉血铁爪是金属的材质，而且血铁爪与自己的手型吻合得一丝不差，戴上之后在手背上慢慢地显露出一个火红色的豹子头像，接着在五个指尖的部位伸出五支尖锐的钩型铁爪。

他试着握紧了拳头，"铮"的一声在手指与手掌的关节处沿着手臂的方向弹出三支长达一尺的略呈弧形的闪烁着冷森森的光芒的利刺，这三支利刺出现后使这只原本毫不起眼的血铁爪立刻变成了充满杀戮之气的神兵利器。

冰雪凝儿大声重复道："给我道歉！"

罗慎行这才从惊喜中回过神儿来，连忙道："我道歉，道歉。"

冰雪凝儿昂起头道："没诚意，不接受。"

罗慎行无奈地道："我很真诚地道歉。"

冰雪凝儿转转眼珠道："我看这样吧，你的错误先记账，等以后有需要的话再对我做出适当的补偿，你没意见吧？"

罗慎行无所谓地耸耸肩膀，反正冰雪凝儿提出的要求自己总是拒绝不了，能渡过眼前的难关才是真的。

冰雪凝儿见自己勒索成功，满意地道："你应该明白吃亏就是占便宜，往这边走，姐姐给你带路。"扮做识途老马的样子沿着金色箭头指示的方向往北方走去，同时还不忘炫耀道："你可占大便宜了，要是没有我带路的话说不定你就会走丢喽。"

罗慎行乐得轻松，反正有金色箭头的指示不会迷路，悠闲地跟在冰雪凝儿的身后，顺便欣赏冰雪凝儿摇曳生姿的窈窕背影。

离开龙门镇之后，罗慎行发觉箭头指示的路径越来越偏僻，有的时候甚至要在灌木丛中给自己开辟出一条路来，当然这种粗重的活都是罗慎行一手包办。枯燥的旅程让冰雪凝儿逐渐地不耐烦起来。

罗慎行问道："不是要闯关吗？怎么走起路来没完没了？"

冰雪凝儿道："也许这是在考验咱们的耐力，如果只要走路就可以过关的话我可不介意。"然后竖起食指道："嘘！你听到水声没有？"

罗慎行也在奇怪，在龙门镇练级这么长的时间以来还没见到过河流之类的，难道过关的题目是游泳？罗慎行可不在乎这个，他的水性是在黄河里锻炼出来的，他甚至有点期盼这个关口是游泳,这样一来自己就可以欣赏冰雪凝儿的泳姿了。

所以他赶紧往前走了两步道:"我最喜欢水了,看来前面有小河。"

冰雪凝儿斥道:"这里可是在山上,哪里来的小河?说不定是山涧或者瀑布,我看一定是这样。"

他们越往上走水声越明显,罗慎行率先爬到山顶正满心欢喜地寻找自己心目中的那条河流时,却发现自己的面前是一道深不见底的悬崖,而自己想找的那条河流在山顶看来只是一条细细的银线。

冰雪凝儿也爬了上来,目瞪口呆地看着连接悬崖两岸的两根铁索喃喃道:"我的天啊!我有恐高症。"

罗慎行走到桥头,见到铁索桥的这端立着一块石碑,石碑上以隶书写着"奈何桥"。罗慎行打量着那两根长达百米的铁索组成的桥,冷静地道:"这两根铁索一上一下,正好手扶一根、脚踏一根,走过去是没问题的。"

冰雪凝儿往后退两步道:"我不敢。"

罗慎行鼓励道:"没问题的,只要目视前方慢慢地走一定可以过去的。"

冰雪凝儿连连摇头道:"那也不行。"

罗慎行无计可施地道:"那你说该怎么办?要不我背你?"

冰雪凝儿摆弄着手指道:"这么长的桥要你背我过去,不好吧。"自从她见到在山风的吹动中摇来晃去的让人目眩神迷的铁索桥,便打算让罗慎行背自己过去,只是这样的话罗慎行可要吃苦头了,所以尽管心里一百二十个愿意,但嘴却不得不推辞一番。

罗慎行见她心动了,趁热打铁道:"谁让咱们组队闯关呢,你过不去的话我自己过去也没有用,就这么定了吧。"说完蹲下身子让冰雪凝儿伏到自己的背上。

冰雪凝儿双手搂着罗慎行的脖子在他耳边娇声道:"驾!"

罗慎行被她的气息搅得意乱神迷,勉强压下心中的旖念抓着位于上方的铁索迈向铁索桥。这样的铁索桥虽然看上去很危险,但是只要手脚配合得当掌握好平衡就可以顺利地通过,只是冰雪凝儿在罗慎行的背上不时地往罗慎行的耳朵中吹气,让本来很轻松的罗慎行走得提心吊胆。

很快他们就来到了铁索桥的中央,罗慎行道:"你看,我都说了没问题了,这不是很轻松吗?"但他的话刚说完,一阵猛烈的山风吹过来,铁索桥一阵剧烈摇晃,罗慎行的双脚顿时踩空了,立刻两人仿佛荡秋千一样高高地扬起又重重地落下,全凭罗慎行双手抓着铁索维持着。

罗慎行与冰雪凝儿异口同声地惊呼起来,而且此时罗慎行感到自己突然有了重量,不仅如此,本来轻若无物的冰雪凝儿也有了重量,再加上两人的物品柜中的武器、装备与药材,几百斤的重量全施加在罗慎行的双手上。

冰雪凝儿双腿盘在罗慎行的腰间惊呼道:"夜狼,你千万要抓住啊,我好害怕。"

罗慎行艰难地道:"怎么会这么重?"同时双脚在下面胡乱地寻找着另一根铁索,但是此时山风越来越猛烈,另一根铁索就像一个调皮的孩子在捉迷藏,任凭罗慎行的双脚在空中踢打就是踩不住。

冰雪凝儿颤声道:"冲关成功之后玩家就会体验到真实的重量,可是咱们还没成功呢,我也不知道为什么会这样,我是不是很重啊?"

罗慎行深吸一口气道:"不算很重,不过下次让我背之前你一定要减肥,你的手先松开点儿,我都喘不过气来了。"

冰雪凝儿把紧紧搂着罗慎行脖子的双手稍稍松开了一点点儿,然后张嘴在罗慎行的耳垂上重重地咬了一口道:"你是不是嫌我胖了?"

罗慎行趁她放松手的时候急忙低头向下看了一眼,找到了脚下的那条铁索,缓解一下已经发麻的胳膊道:"没有的事儿,这个重量正好,增一分嫌肥、减一分嫌瘦,应该把你的身材设定为国际标准。"

冰雪凝儿开心地道:"真的? 刚才我咬痛你了吧!"说着温柔地在自己方才咬过的地方轻轻舔了一下。

罗慎行感到一股电流从耳朵瞬间传遍全身,十九年来他还是首次享受到这种香艳的刺激,顿时涌起销魂的感觉,浑身一颤险些从铁索桥上摔下去。

冰雪凝儿故作不解地问道:"你是不是冷了? 怎么打哆嗦呢?"

罗慎行被她口中吐出的气息刺激得简直要疯狂了,急忙大声道:"搂紧点儿,凝儿,我要闯关了。"大步向前走去,他现在唯一遗憾的是自己的双手要抓着上面的铁索,要不然正好反手搂着冰雪凝儿,那一定是天下最美妙的事。

冰雪凝儿听着罗慎行气喘如牛的沉重呼吸声,嘴角露出甜蜜的微笑,然后羞答答地把头伏在了罗慎行的肩膀上。忽然罗慎行的身体一震,冰雪凝儿睁开眼睛时发现自己已经到达了对岸。

最奇怪的是罗慎行到达了陆地之后仍然没有提醒冰雪凝儿,冰雪凝儿也装作什么都没看到的样子,还舒服地闭上了眼睛。两个人就这样默默站在那里,过了好半天罗慎行才辛苦地说道:"凝儿,我们已经过来了。"

冰雪凝儿慌忙从罗慎行背上跳下来道:"到地方了,哦! 终于过来了。刚才真是吓死我了,我闭着眼睛都觉得恐怖。"

罗慎行在冰雪凝儿跳下来之后再也坚持不住了,"扑通"一声瘫坐在地上,浑身上下没有一个地方不酸痛的,尤其是两条胳膊简直要失去了知觉。

冰雪凝儿殷勤地为他捶着肩膀道:"累坏了吧! 我都说了不要你背我,你偏不听。"

罗慎行惊讶地望向她,不知道她的这句话什么时候说过。冰雪凝儿做个鬼脸道:"是我在心里说的,本来想说出口的,但是我看你那么热切地想背我,就没忍心打消你的积极性,我向来很体谅别人的。"

罗慎行苦笑道:"背你一个人还不算什么,可是这些装备太重了,难道冲过五十级的人整天都要背着这么重的负担?"

冰雪凝儿道:"谁说的? 到了真武大陆之后系统就会收回物品柜,你就是想背也没机会了,物品柜和生命值等设计都是为了在新手村使用的,到了真武大陆时什么都没有了,一切都和你的真实生活是一样的。"

第十二章 闯关之路

第十三章
最后关头

　　罗慎行现在终于逐渐开始明白武魂中的真实是怎么回事了，在自己刚进入武魂的时候便惊讶于武魂系统的身临其境的真实感觉，但是自己在游戏中的时间越长，惊讶越有增无减。

　　上次在游戏中打坐的事就让自己产生了强烈的困惑，以至于分不清现实与虚幻的网络的区别。而现在竟然更进一步地感受到了真实的重量，甚至山风吹拂在身上的冷飕飕的感觉也是那样的真实。真不知道自己继续玩下去的话会不会迷失在武魂中。

　　想到这里，罗慎行隐约领悟到了什么，但是这个念头刚起来就被冰雪凝儿的说话声打断，罗慎行扭过头问道："凝儿，你刚才说什么？我没听清。"

　　冰雪凝儿没想到自己在他身边讲话他都可以置若罔闻，愤怒地道："你刚才在干什么？我说得那么大声你都听不到。"然后扭住罗慎行的耳朵道："我说金色箭头的颜色开始变淡了，我们应该赶紧出发。"

　　罗慎行急忙跳起来，冰雪凝儿拦住他道："等等，我要开始惩罚你了。"说着打开自己的物品柜道："把你的也打开。"

　　罗慎行知道自己的光荣任务又来了，打开物品柜道："把最重的都给我。"

　　冰雪凝儿道："不会便宜你的。"一边说着一边把自己的物品柜中最重的装备都放到了罗慎行那里，自己的物品柜中只放了一些几乎没有什么分量的丹药和宝石，后来自己也觉得不好意思，把罗慎行的物品柜中的宝石和草药拿到了自己的物品柜中，算是替罗慎行分担。

　　罗慎行突然发现自己的两百多颗补血丹都不见了，他看看自己的物品柜，又看看冰雪凝儿的物品柜惊讶地道："凝儿，补血丹都丢了。"

　　冰雪凝儿沉下脸道："是不是你偷吃了？"

　　罗慎行无辜地道："没有啊，再说我又没受伤吃它干什么？"

　　冰雪凝儿"扑哧"一笑道："逗你玩的，我早点告诉你就好了，补血丹在真武大陆是没用的，而且不论你从新手村带出多少在开始闯关之后都会被系统自动收回。"

　　罗慎行心痛地道："你怎么不早说？那可价值六千多个金币。"

　　冰雪凝儿淡淡地道："其他玩家也都犯这个毛病，而且这是我的那几个闯过关的同伴告诉我的，系统可没有这样的提示，所以你也应该和别人一样慢慢地摸索，这样才公平。"

　　罗慎行吃个哑巴亏，垂头丧气地收好物品柜，突然想起一件事道："补血丹没有用，那受伤的时候怎么办？"

冰雪凝儿道:"用你合成的丹药治疗啊,所以你记住尽量别受伤,要不然受伤的滋味很痛苦的,要多痛苦就有多痛苦。"

罗慎行悠然神往道:"那里一定很精彩,哎!你慢点儿走啊。"肩负着冰雪凝儿的开天斧、风神弓、十八支短矛、轮回剑以及杀死熊精得到的那些铠甲以及其他的一些装备的罗慎行步履艰难地追在脚步轻盈的冰雪凝儿身后,不一会儿便气喘吁吁地落下了一大截。

冰雪凝儿沿着下山的道路轻松地连蹦带跳地穿过一片树林之后惊喜地道:"前面有个小木屋。"

罗慎行精神大振,以为终于到了关头,精神抖擞地加快了步伐,三步并做两步地来到小木屋前。冰雪凝儿回头嫣然一笑道:"跑得蛮快的。"

罗慎行看到箭头指示的方向正是小木屋中,欣然道:"总算熬出头了,咦!门上的数字是干什么的?"小木屋的门上有九个刻有数字的木块排成的一个方阵,上面的三个数字是一、二、三,中央的三个数字是四、五、六,最下面的一行是七、八、九。

冰雪凝儿摆出内行的架势道:"看明白没有?这是密码锁,只有解开密码才能进到屋子里。"然后皱着秀眉苦苦思索着。

罗慎行趁机坐在地上缓解一下疲劳,这九个数字是罗慎行小时候就填过的数字游戏,先让冰雪凝儿烦恼一阵自己便可以多休息一会儿。

突然冰雪凝儿欢呼道:"解开了。"然后把九个刻有数字的木块摘下来,按上面一排八、一、六,中央一排三、五、七,下面一排四、九、二的顺序排好,构成任意三个数字的和都是十五的排列组合。

当冰雪凝儿把木块重新排好的时候,小木屋的门"吱哑"一声打开了。冰雪凝儿对罗慎行勾勾手指,挺胸抬头地快步走了进去。

罗慎行也知道这个问题难不到她,只好从地上挣扎着站起来走进木屋中。屋子的正中又有一个半米高的巨大石台,冰雪凝儿此时站在刻有八卦图案的石台前,苦恼地道:"这是八卦图。"

罗慎行没想到在这里会看到八卦的图案,他在屋中左右地看了一眼,除了这个刻有八卦图案的石台外没有任何显眼的东西,知道这个石台一定就是闯关的通道。

他伸手在八卦的图案上动了几下,发觉八卦的每个图案都不可以移动,但是可以向下按,他又试探着往阴阳鱼的两个眼摸去,阴阳鱼的两个眼都是轻微地向上凸起,他试探着往下按,但是两个眼似乎被下面的机关卡住了。

冰雪凝儿语气不坚定地道:"这个也是密码锁,解开密码就可以打开这个石台。"突然仿佛恍然大悟道:"我知道了,一共八个卦象,我们每只手按一个,每只脚再按一个,正好可以同时按住,系统一定是因为我们是两个人一起闯关才这样设计的。"

罗慎行哑然失笑道:"那阴阳鱼的两个眼呢?那个才是打开石台的关键,我们总不能用下颌来按住它吧。"

冰雪凝儿沮丧地道:"我不懂八卦。"

罗慎行微笑道:"恰好我懂一点点,这是伏羲先天八卦的卦象图,说不定可以派上用场。"说完飞快地按照乾一、兑二、离三、震四、巽五、坎六、艮七、坤八的顺序按了一遍,在他按完之后石台上发出一声轻轻的"咔嗒"声。

冰雪凝儿惊喜地道:"对了。"

罗慎行再次向阴阳鱼的两个眼按去,这次轻易地就把两个眼按到与八卦图呈一个平面的位置,阴阳鱼无声地向两侧划开,露出了黑洞洞的井口。

罗慎行道:"这次我先下去,如果没有危险你再跟上。"

冰雪凝儿低声道:"我是不是很没用?"

罗慎行愕然道:"什么?你怎么会这么想?"

冰雪凝儿失落地道:"过桥的时候要你背我,打开石台也是你想出来的办法,我一点儿忙也帮不上。"

罗慎行道:"刚才小木屋的门不是你打……"

冰雪凝儿打断他的话道:"我知道那是你让着我,要不然那个数字游戏谁都能解开。"

罗慎行急忙道:"这个问题算我们扯平了,我背你过桥是因为我是男人,解开八卦图是因为我小时候师傅教过我,再说简单地记住八卦的卦象不代表什么,易经里面还有很多东西我都不懂的。"

冰雪凝儿迟疑地道:"真的?"

罗慎行道:"当然是真的,我师傅一直骂我又懒又笨,其实易经是他逼着我学的,八卦图只是最开始的一部分,被他打得多了自然就记住了。"

冰雪凝儿立刻来了兴致,睁大了眼睛道:"你师傅还打你呀,打得狠不狠?"

罗慎行故意叹息道:"也不算狠,平时也就踢上两脚,打我几拳而已,最重的时候也就是打到鼻青脸肿。好了,该下去了。"

冰雪凝儿愤愤不平地道:"这还有没有国法?体罚学生是违法的事,你怎么不去控告他?"她听到罗慎行杜撰的"悲惨遭遇"之后立刻把自己的小小不快忘到了脑后,转而为罗慎行痛惜起来。

罗慎行见她信以为真,而且要让自己控告自己的师傅,急忙溜到石台前沿着镶嵌在石壁上的把手向下爬去。

他爬了十几米之后就安全到达了井底,井底虽然没有灯光,但是石壁上发出灰蒙蒙的光华,使他可以看清井底的一切。井底有一米见方,井壁上两扇相对着的门紧紧地关闭着,他仰头向上高声道:"凝儿,下来吧,里面很安全。"

冰雪凝儿趴在石台口向下面张望道:"真的安全?我怎么看不到你?"

罗慎行信誓旦旦地道:"绝对没问题,只是下面的光线稍稍不太好,不过下来之后就可以看清楚了。"

冰雪凝儿道:"你可不许骗我。"小心翼翼地向下爬来。

罗慎行借着石壁发出的微弱光华,贪婪地注视着冰雪凝儿被盔甲覆盖着的修长的大腿和丰满诱人的臀部,直到冰雪凝儿落在地面上才恋恋不舍地收回目光。

平安地来到罗慎行的身边,冰雪凝儿悬着的心才放了下来,就在她下来的同时正

70

对着她的那扇门自动打开了。冰雪凝儿还没来得及告诉罗慎行，她身后的那扇门也打开了，汹涌的激流瞬间把罗慎行和冰雪凝儿冲出另一扇门。

冰雪凝儿惊叫一声死死地抓住罗慎行的胳膊，两个人慌乱中紧紧地搂做一团被地下河席卷着冲向远方。黑暗中罗慎行也不知道自己被冲出了多远，只感到自己的全身关节都要散架了，想必娇滴滴的冰雪凝儿比自己更加不堪。

终于眼前一亮，两个人从地下河中被冲出来回到了外面的世界，此时地下河一个急转弯把两人抛在了一个浅滩上，喜出望外的两个人趴在浅滩上大口大口地喘着粗气。冰雪凝儿边喘息边骂道："狼崽子，你不是说绝对没问题吗？这算怎么回事？"

罗慎行擦去脸上的水道："应该是系统的设定，当闯关的两个人都到达井底的时候那两扇门就会自动打开，这事儿不能怪我，我也是受害者。"

冰雪凝儿努力地翻过身仰面躺在地上道："你就狡辩吧，等我有精神的时候再和你算账。"说完有气无力地在罗慎行背上捶了一拳。

罗慎行坐起来道："这回应该到达关头了吧？"

冰雪凝儿指着他身后的方向道："别做梦了，我们来到绝路了。"

罗慎行回头望去，只见自己的身后是一面高达四十余米的陡峭山崖，山崖犹如刀削斧凿般的平整，连攀爬的地方都没有，冲出地面的地下河蜿蜒曲折地把山崖环绕着，而那个指示前进方向的金色箭头正笔直地向上指着。

罗慎行低呼道："还是杀了我吧。"说完重重地躺了回去。

冰雪凝儿突然"咯咯"笑道："这还不算最难的，你猜我的那几个同伴闯关的时候遇到的是什么？"

罗慎行道："比这还难吗？"

冰雪凝儿开心地道："他们被送到了冰天雪地当中，把他们冻得半死才勉强闯过去。咱们还算是幸运的，至少不用挨冻。"

罗慎行暗道："我宁可挨冻也比爬这个山崖强，冰天雪地至少可以挺过去，可是遇到山崖却是无路可走。"冰雪凝儿拍拍他肩膀鼓励道："总会有办法的，咱们可以在山崖上挖一些攀登用的小洞，嗯！或者制造一个梯子。"

罗慎行灵机一动道："梯子！我怎么没想到。"

冰雪凝儿悠然道："因为你笨嘛。"然后皱眉道："什么材料都没有怎么造梯子啊？"

罗慎行笑嘻嘻地取出风神弓道："用这个。"然后来到石壁前比量一下高度后退了回来道："天无绝人之路，聪明人总会想出好办法的。"

冰雪凝儿用鼻子"哼"了一声道："你是在夸自己吗？"

罗慎行一本正经地道："怎么会呢？我是在说你聪明，真的很聪明，只比我差了那么一点点而已。"然后避开冰雪凝儿踢来的一脚，把一支短矛搭在风神弓上道："我要造一个天梯。"说着用力地拉弓。

冰雪凝儿满心期待地看着他，但是罗慎行的脸色突然一变，冰雪凝儿关切地道："怎么了？"

罗慎行"嘘"了一口气道："没事儿。"现在的风神弓已经变得强韧无比，罗慎行用

71　第十三章　最后关头

尽全身的力气才勉强把弓拉开,把短矛对准了落点,右手一松,短矛带着刺耳的破风声深深地插入石壁上。

冰雪凝儿拍手道:"射进去了。"

罗慎行信心大增,目测着山崖的高度陆续把短矛射出,每支短矛的落点都比上一支的落点高两米左右,那是一个人站直了身体之后伸手就能够到的地方。

罗慎行在射出第十八支短矛之后,双臂的肌肉已经"突突"地颤抖个不停,他把风神弓收回物品柜,看着指示方向的金色箭头颜色已经开始变淡,那是系统提示他们闯关的时间已经不多了,如果再耽搁的话箭头消失的时候就表示他们闯关失败了。

冰雪凝儿查了一下短矛的数量道:"再没有短矛了。"失望之色溢于言表,在这十八支短矛组成的天梯的上方还有一支短矛的位置,那代表着最上面的一支短矛距离山崖的顶部还有将近四米的高度。

罗慎行紧张地问道:"凝儿,你爬得上去吗?"

冰雪凝儿担忧地道:"上去是没问题的,可是最后面的一段怎么办?"

罗慎行不敢置信地重复问道:"真的没问题?"冰雪凝儿过铁索桥的时候要让自己背过来,怎么这个时候爬这种高难度的天梯却毫不在乎呢?但是如果冰雪凝儿自己爬不上去的话自己是绝对没有力气再次背着她爬上去的。

冰雪凝儿羞涩地笑道:"我可是跆拳道高手,爬这种梯子是小儿科。"

罗慎行惊讶得仿佛发现新大陆似的盯着她道:"那你怎么……"

冰雪凝儿大眼睛又瞪起来道:"我就是不敢过桥,你有什么意见?"

罗慎行灰溜溜地道:"我的意思是太好了,最后面的那段我来想办法。"

来到山崖前,罗慎行抓住短矛向上一翻身,把身体翻到了短矛上,然后踏着第一根短矛升到了第二根短矛上,到了第二根短矛后,罗慎行低头向下望去,惊奇地发觉冰雪凝儿已经灵巧地来到了第一根短矛上正冲着他做鬼脸。

罗慎行会心地一笑继续向上升去,当罗慎行爬到最高的那根短矛之上时,冰雪凝儿如影随形地也来到了第十七根短矛上,现在罗慎行开始明白冰雪凝儿一直在自己面前装出一副柔弱的样子,恐怕她所说的自己是跆拳道高手的事十有八九是真的,看来自己以后得小心了,千万不能再被她表面的样子所迷惑。

罗慎行在短矛上放松了一下身体道:"凝儿,我先爬上去,然后再接你。"小心地站在短矛上抽出轮回剑在石壁上挖了一个洞,然后把轮回剑叼在嘴上右手攀住小洞把身体向上提起,接着左手握拳弹出了血铁爪上的那三根利刺。

接着左拳用力一挥,三根利刺深深地刺入了石壁中,罗慎行试了试血铁爪的承受力之后,左臂用力向上拉,把身体提起了一小段距离,继续用轮回剑挖洞,就这样一点儿一点儿地向上攀升着。

冰雪凝儿紧张得双手握紧了拳头,神情紧张的注视着罗慎行,终于罗慎行攀升到了山崖的顶部,冰雪凝儿才长出了一口气。

过了不一会儿,罗慎行在上面叫道:"凝儿,你站起来,我的绳子不够长。"

冰雪凝儿欣然地站在短矛上,很快一条裤腿便从山崖顶放了下来,冰雪凝儿骇然

道:"这是什么绳子?"

罗慎行得意地道:"这是我的最新发明,你快上来,我们已经闯关成功了。"

冰雪凝儿听到闯关成功了,再也顾不得计较"绳子"是什么材质,双手抓住裤腿道:"我来了。"

第十四章
真武大陆

　　冰雪凝儿上到山崖顶之后终于看到了期盼已久的刻有真武两个字的石门,石门的两侧被白云萦绕着,让人感觉仿佛来到了仙境。她喜滋滋地道:"终于到了。"然后才发现罗慎行是换上了银熊护腿的裤子,之后把粗布的上衣和裤子系在一起拉自己上来的,并不像自己所担心的那样是赤身裸体的。

　　罗慎行恋恋不舍地往山崖下看看自己射入石壁的十八根短矛,惋惜地道:"真可惜,那可是一大笔金币呢。"

　　冰雪凝儿早就习惯了他的吝啬,安慰道:"进了城之后就可以买到真正的箭了,走,先看看我们来到的是哪座城?"

　　罗慎行愕然道:"难道过关之后进入的城也不一样吗?"

　　冰雪凝儿道:"这一切都是系统随机安排的,就像你刚进入武魂时被分派到龙门镇却没分到其他的新手村一样。"然后如释重负地道:"我终于可以大展拳脚了,真武大陆我来了!"率先冲进了石门中。

　　罗慎行不甘示弱地紧随其后,就在他冲过石门的时候,石门完全没入了白云中。然后罗慎行就发现自己来到了一个宽广的大厅中。

　　罗慎行惊奇地左右张望着的时候,冰雪凝儿拉住他往大厅的中央走去。

　　罗慎行这才发现大厅的中央有一个身穿古代官服的人正坐在书案前漠然地看着他们,冰雪凝儿提醒道:"把你的路条拿出来,我们要登记了。"说着拉着罗慎行走到了那个书案前,递上了自己的路条。

　　那个身穿官服的官员懒洋洋地道:"欢迎来到沧州城,从今天起你们就是沧州的百姓了,一切要遵纪守法,照章纳税。"然后接过冰雪凝儿的路条在上面盖了一个章道:"手续费两百金币。"

　　罗慎行也把自己的路条递过去让那个官员盖上章,交过手续费之后,路条上显现出了一个红色的大印"沧州城",在路条的上方是罗慎行的名字"月夜之狼"。罗慎行道:"看来这个就是我以后的良民证了,喂!你这样看着我干什么?我说错了吗?"

　　冰雪凝儿忍着笑道:"一、二、三。"随着她的声音,罗慎行和她自己身上"哗啦、哗啦"地开始往下掉东西,罗慎行猝不及防惊慌得蹦了起来。

　　冰雪凝儿乐不可支地道:"你没说错,但是这一手你没想到吧?我早就告诉你了,进入真武大陆之后物品柜会自动消失。"

　　罗慎行蹲在地上双手急忙把地上的物品往一堆儿归拢,焦急地道:"坏了、坏了,一会儿系统就要自动回收了。"

　　冰雪凝儿嫣然道:"瞧你吓得这个样子!到了真武大陆之后系统就不会自动回收了,

74

除非被别人捡走。"说完瞟了那个双目放光企图走过来的官员一眼,那个官员见冰雪凝儿注意到了自己,急忙又坐了回去,两只眼睛贪婪地盯着地上的装备。

罗慎行急中生智,把刚才的那条裤子的裤腿系上,然后把宝石和丹药装了进去,接着往里塞贵重的药材。最后又把上衣的两个袖子也系上,开始往袖子里装。

冰雪凝儿惊讶地看着他道:"你的这套破衣服用处够大的。"

罗慎行得意地道:"这就叫防患于未然,你慢慢学吧!学到手都是知识。"突然他大叫道:"我的金币呢?金币哪去了?"

冰雪凝儿拿出自己的路条翻过来道:"后面。"

罗慎行急忙翻开自己的路条,在路条的背面显示着十八万七千三百个金币的数字,下面的落款是:大同钱庄。罗慎行长出一口气拍拍自己的胸脯道:"差点把我的冷汗吓出来。"这可是罗慎行多次杀死兽王才换来的血汗钱,由不得他不着急。

冰雪凝儿笑盈盈地道:"金币会自动存储到钱庄中,要不然这么多的金币要拿什么来装?现在你明白我为什么要和你组队再闯关了吧,我听说有很多人在一个人闯关之后东西无法带走,结果都被某些人捡走了。本来我打算让我留下看东西,由你先带着一部分东西存到客栈中,现在看来没必要了。"

说着把那条装得满满的裤子挎在罗慎行的脖子上,又把上衣挎了上去,再把金色熊王爆出来的那个令牌塞进他穿着的护身软甲里,最后又把开山斧和风神弓交到他手中。自己拿着轮回剑以及那几件铠甲装备,两个人仿佛逃难的难民一样走出大厅。

冰雪凝儿走出大厅之后,开心地道:"刚才的那个家伙一定气坏了,他们这些人经常偷那些一个人闯关的玩家的东西,这次什么便宜都没捡到一定难过得睡不好觉。"

罗慎行惊讶地道:"他们不是系统的NPC吗?怎么可以偷玩家的东西?"

冰雪凝儿不以为然地道:"这有什么稀奇的,他们可以拿这些装备换成金币,再通过系统换成现金,这样他们就可以发一笔小财,再说这样不是更有趣吗?"

罗慎行担忧地道:"原来这样也可以,你看街上的人会不会抢咱们?"

冰雪凝儿看着街上来来往往的人群,迟疑道:"应该不会吧!不过也说不准哪个胆大妄为的家伙会冒险。"说着加快了脚步。

罗慎行小声道:"咱们快点儿找一家客栈,我发现有几个家伙的眼神不对劲。"他刚才不经意地向左看时发现街边有三个人死死地盯着自己手中的风神弓,如果在平时的话自己绝对不在乎,但是现在自己和冰雪凝儿的双手都是装备根本无法还击。

冰雪凝儿紧张地道:"你别怕,有我在呢。我估计这附近就会有客栈了。"

罗慎行低呼道:"原来你不知道哪里有客栈啊!我还以为你知道呢?"

冰雪凝儿低声喝道:"闭嘴!你是不是怕别人不知道我们是新来的?到了陌生的地方一定要装作很熟悉的样子,这样才不会受欺负。"

罗慎行低声抱怨道:"咱们这副样子一看就是刚闯关成功,掩饰也没有用。"

此时那三个人装作不经意的样子慢慢向他们靠了过来,罗慎行索性停住了脚步道:"凝儿,躲不过去了,你来保管东西。"

冰雪凝儿把手中的装备往地上一抛道:"我来。"然后迎着那三个人走上去厉声道:

"你们三个想干什么？"

那三个人中为首的一个道："我看两位很面生，而且又带了这么多的东西，你们是不是偷来的？"说到最后时语气突然严厉起来。

冰雪凝儿冷笑道："少废话，想趁火打劫就直说，不用拐弯抹角的。"这时她的泼辣才真正表现出来，显出女混混的派头。

罗慎行打量着这三个人的资料，却发觉只能看到他们的名字，门派的一栏显示他们都是一个叫做铁血盟的人，但是其他的资料一点儿也没有。

这时那个叫做漠北银狐的人恼羞成怒道："给脸不要，上！"直接扑向了冰雪凝儿，另外的两个人则默契地向罗慎行冲来，看来他们三人早有预谋甚至设计好了攻击的方案。

罗慎行虽然听冰雪凝儿自己说是跆拳道高手，但是他总有点儿信不过，尤其是漠北银狐的体型魁梧，相比之下冰雪凝儿则显得窈窕得多。如果冰雪凝儿被漠北银狐打伤的话自己后悔也来不及了。

所以罗慎行把身体一仰，把挎在脖子上的裤子和上衣从后面掀到地上，又抛下开山斧抡起风神弓砸向自己右侧的那个家伙，那个人急忙向后退去，同时左侧的人趁机抢到罗慎行的附近挥拳打来。

罗慎行等的就是这一刻，他左手握紧了拳头，血铁爪上的三根利刺瞬间弹了出来，那个人还没看清怎么回事儿，伸出的胳膊就被血铁爪的利刺插穿。他惨叫一声向后退，但是血铁爪的利刺仿佛烤肉的叉子把他的胳膊牢牢地拽住了。

罗慎行伸开手，血铁爪的利刺缩了回去，放了那个家伙一条活路。然后向冰雪凝儿看去。冰雪凝儿就在漠北银狐冲过来的时候右腿闪电般从侧面踢出，狠狠地踢在漠北银狐的脖子上，然后娇喝一声左脚尖点地然后凌空跃起，左脚迎面踢在漠北银狐的面门上，漠北银狐被冰雪凝儿踢得头晕目眩，晃了两晃之后重重地摔倒在地。

围观的人本以为罗慎行与冰雪凝儿远远不是漠北银狐他们的对手，但是娇滴滴的冰雪凝儿出腿的矫健凌厉和罗慎行出手就把对手的胳膊刺穿的狠辣让众人齐声发出惊呼，被罗慎行以风神弓逼退的人惊慌地看着罗慎行，不知自己应不应该接着冲上去。

冰雪凝儿不屑地走回罗慎行身边道："就你们这两下子也想找我们的麻烦？滚！"

罗慎行没看到冰雪凝儿踢人的场面，但是也知道她赢得轻松漂亮，看来跆拳道高手的自称是如假包换了。

冰雪凝儿把衣服和裤子再次放到罗慎行的脖子上道："现在你知道我的厉害了吧！以后你给我小心点儿，千万别惹我生气，要不然，哼！哼！"

罗慎行立刻奉承道："高手，真是高手，以后我跟在您的身边就不怕吃亏了。"

冰雪凝儿白了他一眼道："油嘴滑舌的，是不是讨打？还不快走！"

这次他们再没遇到麻烦，顺利地找到一家名字叫"平安老店"的客栈，客栈的老板是个留着山羊胡子的小老头，见到罗慎行和冰雪凝儿进来后热情地迎上来道："欢迎光临，两位要单人客房还是双人客房？"

罗慎行刚想说两间单人客房,冰雪凝儿道:"什么价钱?"

小老头笑容可掬地道:"单人客房每天两百金币,双人客房每天三百金币。小店价钱公道,绝对童叟无欺。"

冰雪凝儿道:"双人客房比较节省,就来个双人客房吧。夜狼,你有意见吗?"

罗慎行喜出望外,急忙道:"省钱最好,没意见,一点儿意见也没有。"他现在简直想搂住小老头亲上一口来表达自己激动的心情,多好的老人家啊!房价定得这么善解人意,单人客房的价钱应该再提高一倍才好。

冰雪凝儿不放心地问道:"我们的东西放到客栈里丢了的话你们负责赔偿吗?"

小老头道:"丢什么赔什么,这是规矩,而且只要是我们的客人,在客栈里的安全也由我们负责,总之只要进入我们平安老店就没有您担心的事情了。"

冰雪凝儿满意地道:"就这么定了,我们先住二十天,我们先住下房钱稍后给你。"

小老头笑眯眯地道:"好说,好说。"打发一个伙计领着罗慎行和冰雪凝儿来到自己的房间,罗慎行又故意落在冰雪凝儿的身后,色迷迷地观赏着冰雪凝儿诱人的背影。

冰雪凝儿似乎有所觉察,走起路来更加的风情万种,直到店伙计打开一扇门说道:"两位的房间是玄字五号,这是钥匙。"罗慎行才急忙收回目光,正想接过钥匙时,冰雪凝儿已经抢到了手中,又把店伙计打发了回去。

罗慎行早已习惯了冰雪凝儿的霸道,施施然地走进房间把身上的物品往左侧的床上一抛,自己也扑到了床上满足地呻吟一声道:"简直要累死我了。"他从这次上线以来,已经超过了二十几个小时,如果不是打坐过的话早就坚持不住了。

冰雪凝儿把手中的盔甲扔到他身上道:"懒鬼,这么一点点辛苦也受不了。"反手把门上了闩,然后躺在另一张床上道:"终于可以下线了,哎!我可告诉你,我和你住一间房是为了省钱,你不许有什么下流的想法。"

罗慎行昧着良心辩解道:"我怎么会那么无耻,我可是有崇高信仰的人,决不会的,你放心好了。"

冰雪凝儿嗤之以鼻道:"我才信不过你呢,别让我抓到你有不良企图的把柄,否则我让你死得很难看。对了,你总说起你师傅,他是干什么的?"

罗慎行犹豫了一下,正在考虑该不该说的时候,冰雪凝儿打个哈欠道:"下次再说吧,我要困死了。"说完白光一闪下线了。

第十五章
又见师兄

　　罗慎行在下线之后激动得在床上痴痴地发了半天愣,他绝没想到冰雪凝儿会选择与自己住在一个房间里,这份飞来的艳福让罗慎行再也无法收摄心神静心打坐了,他试了几次都无法进入到万念化一念、一念不生的状态,之后想起师傅的告诫,也就不再勉强自己,连盒饭也没吃倒在床上做美梦去了。

　　就在罗慎行睡得正香甜的时候,恍惚中觉得有人走进了自己的房间,罗慎行以为是服务员给自己送盒饭来了,他"吧哒"两下嘴之后迷迷糊糊地道:"放在那里就可以了。"

　　以前服务员送盒饭时总是固定地每隔六个小时来一次,然后把他吃过的空饭盒带走,有时罗慎行在线的时间太长连续两次送来的盒饭都没动过,服务员便把上次的盒饭带走把新的留下,这些天来他基本上是饥一顿、饱一顿地沉迷在武魂中。

　　但是这次来的人不但没走,反而在房间中唯一的椅子上坐了下来,罗慎行勉强睁开眼睛看了一眼道:"是师兄啊。"接着又闭上了眼睛,旋即又从床上坐了起来惊呼道:"师兄!"

　　坐在椅子上的人正是久违的宋健秋,宋健秋微笑道:"过得怎么样?"

　　罗慎行感激地道:"从没经历过这么新奇的体验,谢谢师兄。"他以前经常背着家人偷偷的玩网络游戏,但是武魂这种身临其境的逼真感觉却是以前想也不敢想的,如果不是宋健秋把自己的机会让给他的话,他只怕一辈子也别想知道武魂这个游戏。

　　宋健秋看看桌子上的盒饭道:"你每天就吃这个?"

　　罗慎行满足地道:"很不错了,和学校食堂的伙食差不多,而且是免费的。"

　　宋健秋道:"穿好衣服,我带你出去大吃一顿。"

　　罗慎行这才想起自己只穿了一条短裤,手忙脚乱地穿好衣服冲进卫生间盥洗之后随着宋健秋走出了房间,这还是他进入房间之后首次走出来,走了两步之后才发觉自己的双腿虚飘飘地仿佛踏在棉花上。

　　宋健秋皱眉道:"走路的时候要气定神凝,脚下生根,你把师叔的教导全忘了吗?"他虽然没有回头,但是罗慎行拖沓的脚步声泄露了底细。

　　宋健秋的话让罗慎行想起师傅平时的严厉语气,涌起亲切的感觉,仿佛宋师兄在这一刻变成了自己的师傅,嬉皮笑脸地道:"我现在达到了返璞归真的境界,所以走路时和平常人是一样的。"

　　宋健秋浓眉一扬,旋风般转过身来左手犹如鹰爪扣向罗慎行的咽喉,罗慎行侧步避开同时右拳的中指凸起点向宋健秋的脉门,宋健秋左手画了一个弧形准确地叼住罗慎行的手腕道:"太慢了。"然后左手往回一带把罗慎行踉踉跄跄地拉过来,左肘虚点在他的咽喉上道："你连我的一只手都打不过,还胡吹什么？"

如果罗慎行是和师傅切磋的话,清阳道长在他落败时总是要不轻不重地打他两下,让他痛上好半天却不会留下后遗症,还美其名曰这是宝贵的经验。

这次宋师兄打败了自己却没趁机修理自己,让他颇感意外,但是宋师兄的话让罗慎行涨红了脸道："是你偷袭的,要不然我完全可以多支撑几招。"

宋健秋摇头道："师叔说你惫懒我还有些不信,原来他老人家说得一点儿没错。"

罗慎行惊慌地道："师兄,是不是我师傅来了？"如果师傅来了的话,罗慎行可要考虑是不是应该躲起来了,他最怕见到的人就是师傅,从小父母就对他宠爱有加,但是清阳道长却是打别人的孩子不心疼,基本上见罗慎行一次就借切磋的机会打他一次。

宋健秋看着他惊恐的样子忍不住笑道："师叔就那么可怕吗？"然后搂着他的肩膀道："师叔没来,我是上次给他打电话时知道的。"他在发现罗慎行在军训时不经意地露出行意门的起手式——因物像形时就怀疑他是清阳道长的弟子,所以打电话询问清阳道长,得到了肯定的答案后才主动找上罗慎行的。

罗慎行放下心道："那就好、那就好。"听到师傅没来,罗慎行又精神起来,脑筋也灵活了许多,与宋健秋边走边问道："师兄,你怎么知道我师傅的电话？"

宋健秋淡淡地道："五年前我到过洛阳见到了师叔,那时我便知道师叔收了一个弟子,只是不知道是你。那一次师叔对我的指点很多,让我获益匪浅。"那次是宋健秋背着南行意门的人自己偷偷地找到洛阳去的,费尽周折才在老君观找到清阳道长。

宋健秋当初寻找清阳道长原本没想到过要从中受益,只是他听说很久以前行意门有位高手因故离开了行意门,自己创立了北派行意门,而南派行意门的长老们都对此讳莫如深,并严禁门人谈论此事,他好奇心发作便主动找了上去。

清阳道长似乎对南派行意门的怨气极大,所以听到宋健秋说自己也是行意门的人时便以验证身份为名把宋健秋狠狠地教训了一顿,之后又寻找个借口把他赶了出去,但是宋健秋百折不挠,被清阳道长赶走之后又以到老君观烧香为名混了进去。

最后清阳道长只好勉强认下这个师侄,那次宋健秋在老君观住了半个月,清阳道长见他虽然是自己讨厌的南派行意门的弟子,但是资质不错,而且那时罗慎行的年纪还小,与他切磋总嫌不过瘾,就每日与宋健秋过招,并指点他的不足之处。

宋健秋在南派行意门的弟子中武功本来平平,但是与清阳道长相处的这半个月中,清阳道长在武功上的造诣与独特见解让宋健秋开阔了眼界,从此宋健秋武功突飞猛进,在南派行意门中逐渐崭露头角。

南派行意门虽然有人怀疑宋健秋另有高人指点,但是清阳道长叮嘱过宋健秋不许说出见到过自己的事,宋健秋只能隐瞒此事,所以在知道罗慎行是清阳道长的弟子时,便忍痛把自己在武魂的账号给了他,来报答清阳道长对自己的指点之恩。

罗慎行不满地道："师傅从没提起过。"他的不愉快只持续了一小会儿,想起了武魂中的精彩,开心地道："师兄,你还能不能再弄一个账号,武魂里面很有趣的。"

宋健秋摇头道："没有了,这个账号还是我在行意门中比武得来的,整个行意门也只分到了七个账号。"

第十五章　又见师兄

罗慎行惊讶地道:"分给行意门的？不是你在军队中分到的吗？"

宋健秋苦笑道:"我的军衔只是小小的上尉,还轮不到我的份。"此时他们已经到了一楼的大厅,吧台的那两个侍应见到身穿没有军衔的训练军装的罗慎行与穿着上尉军装的宋健秋出来后,相互使了个眼色低声偷笑起来。

罗慎行扭头见到他们两个还是自己刚开始进来时的那两个女人,冲她们友好地点点头,那两个女侍应的笑声更大了。宋健秋沉下脸道:"别理她们。"

罗慎行也隐约觉得她们是在嘲笑自己,脸上一红道:"我有什么值得可笑的？"然后低声对宋健秋道:"师兄,我很可笑吗？"

宋健秋淡淡地道:"别人笑是她们自己的事,大丈夫顶天立地还在乎别人怎么看吗？"

就在这时从旋转门外走进三个身穿笔挺西服的年轻人来,罗慎行觉得其中一个人很面熟,不由得多看了两眼,被他盯着看的那个人冷冷地道:"喂！你是不是那个叫夜狼的？"

罗慎行突然想起他就是霄龙,没想到在武魂之外遇到了他,罗慎行仔细看时才认出另外两个人就是在游戏中与霄龙在一起围攻自己的家伙。

罗慎行笑道:"好巧啊,在这遇到了。"

霄龙看看宋健秋道:"是很巧。"然后昂首走了过去,另外地那两个人用不友好的目光看看罗慎行之后随霄龙离开了。

宋健秋皱眉道:"你和他们有过节？"

罗慎行满不在乎地道:"是在武魂里面的事,他们想抢我的东西,被我教训了一下,这种小角色我一个人可以对付十个。"

宋健秋不再言语,默默地领着罗慎行在虹馨网络俱乐部的附近找了一家小饭店,点过菜之后宋健秋又点了一瓶白酒道:"你也喝点儿。"

罗慎行摇头道:"我一会儿还要进入武魂,师兄您自己喝吧。"罗慎行在十五六岁时偷着喝酒,到了十八岁时借口庆祝自己已经成人,自己喝下了一斤白酒,当然过后醉了一整天。但是现在为了自己能够清醒的进入武魂中只能强忍着不喝了。

宋健秋不再坚持,自斟自饮地喝了两杯之后长叹一声道:"我要退役了。"

罗慎行嘴里塞满了食物含混不清地问道:"为什么？"

宋健秋苦涩地摇摇头,又喝了一杯之后道:"在武魂里,有许多武林门派都加入了,我们行意门只是其中的一个,除此之外其他的人都是非富即贵,你在里面尽量不要得罪人。"

罗慎行见他突然转移话题,知道宋师兄退役一定是有难言之隐,知趣地顺着他的话提道:"武林的门派怎么会加入到游戏中？他们都没有正经事儿可干了吗？"

宋健秋道:"开发武魂这个游戏的昊天集团开出的条件非常诱人,他们在给行意门送来七份账号的时候说在武魂里可以寻求到武技的突破,我想没有人可以抗拒这份诱惑,不仅我们行意门自愿加入了,我所熟悉的其他门派据说也都加入了。"

罗慎行叨着筷子沉吟半天道:"原来真是这样。"罗慎行原本想告诉师兄自己在武魂中内功突然跨上了一个新台阶——达到了内外交感的境界,但是宋健秋说起在武魂中可以寻求到武技上的突破也就坦然了，在他看来自己能做到的事别人同样可以做到，没必要向师兄炫耀此事了。

宋健秋继续道："昊天集团说得郑重其事的，如果不是我那时正为你们这些大学新生训练做准备的话我也会进入游戏中体验一下，幸好我及时遇到了你，要不然那个账号就要被我浪费了。"

罗慎行现在越发觉得账号来之不易了，不由得感激地望向宋健秋。

宋健秋为罗慎行夹了一个鸡腿道："行意门中除了我之外还有六个人得到了账号，他们早就进去了，这几天我问了他们的情况，他们也和你一样废寝忘食地沉迷在游戏中，据说他们已经到了一个叫真武大陆的地方，正准备大展拳脚呢。"

然后郑重地道："小师弟，你刚考上大学，正是前途似锦的好时候，虽然武魂中有可能给你带来武技上的提高，但是你也不要影响学习，那才是你未来发展的基础。"

罗慎行听到还有其他六个师兄弟也在武魂里，兴奋地问道："他们都叫什么名字，我以后好找他们，这回我们行意门可不孤单了。"

宋健秋为难地道："你见到他们的话也不要说你是行意门的人。"

罗慎行惊讶地道："凭什么？我也是堂堂正正的行意门弟子，还是北派的开山大弟子，我为什么不能说自己是行意门的人？"

宋健秋尴尬地道："我们行意门的南北两派似乎有点矛盾，而且我见过师叔的事在南派中没人知道，你如果说出来的话师兄很……很难做人的。"

罗慎行恍然大悟道："怪不得师傅从来不提南派行意门的事，明白了，师兄放心好了，我以后永远也不见他们。"

宋健秋道："不过多几个帮手也是好事，你可以说是我的表弟，从小和我练武的，这样他们就不会怀疑了。"然后把另外六个师兄弟在武魂里的名字告诉了罗慎行，又叮嘱了一遍道："记住，别说自己是清阳师叔的弟子。"

罗慎行抓起鸡腿道："绝对不说，我的嘴很严的。师兄啊，你退役了打算做什么？"

宋健秋道："打算和几个朋友开家小公司，希望会有所发展。"说话时语气不胜唏嘘。他现在的神情与罗慎行刚见到他时简直判若两人。

罗慎行第一次见到宋健秋时还不知道他就是自己的师兄，但是那时便觉得这个二十五六岁的宋教官英姿勃勃很有男子汉的气概，可是几天不见宋师兄的情绪低落了许多，而且说要退役，这让罗慎行百思不得其解，不过也隐约猜出了师兄遇到了烦恼。

宋健秋看着罗慎行满面愁容的样子，哈哈一笑道："让小师弟担心了，不说这个了。"然后又给自己倒了杯酒道："小师弟，你的功夫可得好好练了，清阳师叔只有你这么一个弟子，你要是不争气的话，清阳师叔的一身绝学可要带到棺材里去了。"

罗慎行愤愤不平地道："是师傅教得不得法，我很聪明的，但是不论我怎么努力他每次与我切磋之后都要打我一顿，从七岁一直打到十九岁，整整十二年啊！现在我总算脱离他的魔爪了。"

宋健秋想起自己见到清阳道长时挨的冤枉打，身有同感地道："清阳师叔的脾气的确有点儿怪，不过他老人家的武学造诣却是我所见到的最高明的。你能够成为他

81　　第十五章　又见师兄

的弟子吃点苦也是应该的。"

罗慎行狠狠地咬了一口鸡腿道："要是吃苦也像吃鸡腿这样就好了，那样我每天怎么吃都吃不够。"

宋健秋把盘子里最后一只鸡腿也夹给他道："要不要再来一盘？"

罗慎行急忙道："够了，我已经把明天的那份也吃进肚了。"然后惬意地摸摸肚皮道："吃得真开心。"

宋健秋微微一笑，仰脖把杯中酒喝下道："走吧。"算过了饭钱与罗慎行走出了小饭店，他们从虹馨网络俱乐部出来时就已经是华灯初上了，师兄弟两人在小饭店里边吃边聊，不知不觉已经过去了两个多小时。

罗慎行看着繁星满天的夜空急忙道："师兄，我要上网了。"以往自己休息几个小时之后早就已经进入武魂了，这次冰雪凝儿一定早就在等待自己了。

宋健秋拍拍他肩膀道："多注意身体，去吧。"

罗慎行对宋健秋挥挥手，撒腿往虹馨网络俱乐部飞奔，他一口气直接跑回了自己的那个房间，气喘吁吁地接上导线、戴上头盔进入了武魂。

他进入武魂之后，没见到冰雪凝儿的身影，他松了一口气坐在床上休息了一会儿，闲来无事便开始把装在衣袖和裤腿中的丹药、宝石和熊胆等贵重药材往客栈的柜子中整理。他分门别类地整理好之后脱下了银熊护腿把自己的那套粗布衣服又穿上了。

那个冰冷的令牌与自己贴身放着很不舒服，他犹豫了一下把它塞在了一堆药材当中，然后把盔甲叠好放在自己的床头。忙完之后他满意地自己欣赏一遍，满心欢喜地等着冰雪凝儿上线之后夸奖自己。

但是他等了一会儿之后冰雪凝儿还是没来，他不经意地向房门看去，猛然发现房门的闩是打开的，他急忙伸手去推门，但是房门被人从外面反锁了。

罗慎行拍打着房门喊道："外面有人吗？"但是敲打了半天也没人出来答理他。罗慎行又叫道："凝儿、凝儿，你在哪？"

罗慎行知道冰雪凝儿一定是因为自己迟迟不上来，所以一个人出去了，如果冰雪凝儿是出去办事的话还好说，可是万一冰雪凝儿是去逛街的话可就惨了。

罗慎行很小的时候就知道女人逛街的可怕性，在洛阳罗慎行小的时候，母亲经常带着他逛街，那可是不能简单地以小时来计算，如果高兴的话逛上一上午都是平常事，每次都把罗慎行累得苦不堪言。

这时听到外面有脚步声，罗慎行打开房门上小窗户见到一个店伙计正从门前经过，罗慎行连忙叫住他道："你知不知道我的同伴到哪去了？"他原本没想到店伙计会回答自己，但是店伙计停住脚步道："她刚出去不长时间，你慢慢的……她回来了。"

接着就听到急速的脚步声，然后冰雪凝儿气急败坏地呵斥挡在门前的店伙计道："躲开！"然后人影一闪出现在门前。

罗慎行惊喜地道："凝儿，你回来了。"

冰雪凝儿一边开锁一边焦急地道："快准备好，我刚才被那群混蛋围攻了。"

罗慎行怒火上涌道："是不是铁血盟的那几个混蛋？"

第十六章
雌雄双煞

冰雪凝儿打开房门抢过轮回剑道:"就是原来想抢劫的那几个混蛋,快走,他们在客栈外面等着呢。"说着就要往外走。

罗慎行拦住她道:"你先休息一下,要不然很吃亏的。他们既然来了就不会轻易离开的,让他们在门外傻等一会儿,你恢复了体力我们再出去。"

冰雪凝儿冷静下来,坐在床上道:"我刚才到钱庄取些零用钱,回来的路上就被那三个混蛋领着的人包围了,他们足足有十个人,我好不容易才跑回来。"然后看着罗慎行道:"你把开山斧带着,他们都有兵器的。"

罗慎行举起左手道:"我以前打架都是赤手空拳的,这次有了铁血爪更没问题了。"他在行意门练武时学的是拳法,从来没有使用过兵器,而且行意门的拳法灵活多变,使用武器反而会影响自己。

冰雪凝儿活动了一下腿脚道:"我没问题了,你自己要小心,打不过时就退到客栈里,客栈里是不许动武的。"然后与罗慎行向外走去。

当他们两人来到客栈外面时,漠北银狐与几个人全副武装正耀武扬威地把守在客栈的门口,看来不除掉罗慎行和冰雪凝儿是不打算回去了。

罗慎行打量着他们的资料,果然他们都是那个铁血盟的人,冰雪凝儿率先冲出去道:"王八蛋,我回来了。"

漠北银狐等人立即围了上来,罗慎行与冰雪凝儿背对背地站着以免他们从身后攻击,罗慎行道:"漠北银狐,你们是不是有点太过分了?"

漠北银狐阴阳怪气地道:"什么是过分?你打伤了我们的兄弟,这个臭丫头踢了我两脚,你说谁过分?"然后对围观的人群道:"大家都是玩游戏的,凭什么他们可以欺负别人?今天大家给我们作证,我们是来讨还公道的。"

但是围观的人群都只发出不屑的笑声,既没有人赞同他的话也没有人站出来为明显势单力薄的罗慎行和冰雪凝儿打抱不平,显然铁血盟的人在沧州城里称霸已久,使得其他玩家习惯了他们的嚣张。

冰雪凝儿怒极反笑道:"真有你的,你打算怎么讨公道?是一起上还是单挑?"

漠北银狐道:"现在你们终于承认自己理亏了吧,兄弟们,上。"挥舞着单刀向罗慎行迎面砍去,刀势虽然看起来凌厉唬人,但是罗慎行从他出手就可以看出他即使练过两天武术也有限,武学中讲究单刀看手,双刀看走,讲的就是刀法中的最基本的原则。

而漠北银狐出手之后几乎把吃奶的力气都使出来了,握刀的手几乎要把刀柄捏碎,如果罗慎行闪开的话保证扑空的漠北银狐会摔个大前趴。可是罗慎行现在与冰雪凝儿背靠背地站着,如果罗慎行闪开的话这一刀就会砍在冰雪凝儿的后背上,罗慎行左手向上一挡,就在漠北银狐满心以为这一刀会把罗慎行的手砍下来时,单刀与罗慎行的血铁爪碰在一起,发出一声沉闷的金属撞击声。

罗慎行趁着漠北银狐惊讶得不明所以的瞬间,右拳的中指凸起变成凤眼凿准确地凿在漠北银狐的鼻梁上,这一招对付宋健秋时虽然失败了,但是对付漠北银狐这种三脚猫的功夫却绰绰有余。

漠北银狐的鼻梁发出一声清脆的"咔哒",被罗慎行击碎了鼻梁骨,漠北银狐抛下单刀痛苦地蹲在地上双手捂着鼻子"呜呜"惨叫着。

罗慎行左手托住他的下颌道:"还打不打了?"现在罗慎行的左手只要一握拳,血铁爪的三根利刺保证会在漠北银狐的咽喉上刺出三个血洞。

漠北银狐惊慌地看着罗慎行连连摇头,他的几个同伙见到漠北银狐被罗慎行制住了,纷纷喝骂但是却不敢攻上来。

罗慎行捏着漠北银狐的咽喉道:"你们有意见吗?如果有意见的话就和我单挑,但是我先把丑话说到前头,这次我绝不会像上两次一样手下留情,我要杀人了。"

漠北银狐的一个同伙道:"你先放开我的同伴,我和你单挑。"

冰雪凝儿道:"夜狼,把他放了,看看他们有谁敢再上?"

罗慎行抬腿把漠北银狐踢个跟头,对方才说话的那个人道:"你叫逐鹿公子,来吧。"

逐鹿公子见到漠北银狐被放了回来,大叫道:"兄弟们,先杀那个女的。"那几个人"呼"的一声全绕到冰雪凝儿的那一面,十来件兵器砍向冰雪凝儿。

罗慎行怒喝道:"逐鹿公子,你他妈的不是人。"脚步一错侧身挡在冰雪凝儿的面前,左拳上下挥舞拨挡兵器。但是兵器实在太多了,死守在冰雪凝儿身前的罗慎行的手臂和肩膀瞬间被砍了两个深深的伤口。

冰雪凝儿的眼睛都要红了,尖叫一声挥舞着轮回剑冲入人群中,凭借自己的铠甲为罗慎行挡住了雨点般落下的兵器,反手一剑把一个人的大腿砍伤,但是逐鹿公子的长剑在冰雪凝儿得手的瞬间在她小腹上刺了一剑,锋利的长剑刺穿了铠甲,刺入了小腹中,冰雪凝儿痛苦地呻吟一声往后退去。

罗慎行顾不得丢脸,抱住冰雪凝儿仓皇地退回了客栈,他从小到大打架从来没有退缩过,即使和师傅过招时也是宁可挨打也不后退,总是筋疲力尽之后才住手。没想到今天却要靠客栈来保命了。

冰雪凝儿一边痛苦地丝丝直吸气,一边愤怒地骂道:"逐鹿公子,从今以后有你没我,你给我等着。"

罗慎行半扶半抱地勉强把冰雪凝儿带回房间,在柜子里拿出止血的白药道:"你先把血止住,我先出去一下。"他刚想走出去,冰雪凝儿叫住他道:"帮我止血。"

罗慎行慢慢地转过身道:"你不怕我……"

冰雪凝儿瞪眼道:"怕你什么?你有什么让人害怕的?"说着解开铠甲露出了里面晶莹白嫩的皮肤和黑色的文胸,罗慎行的心又开始猛烈地跳动,急忙把目光集中到冰雪凝儿小腹上的伤口,把白药均匀地撒在上面。

逐鹿公子的那一剑是刺穿了铠甲之后才刺伤冰雪凝儿的,所以伤口并不深,撒上白药之后血很快就止住了,冰雪凝儿系上铠甲,罗慎行才恋恋不舍地收回目光,但是满脑子都是冰雪凝儿那柔软纤细没有半分多余脂肪的小腹和文胸下丰满的双峰。

　　冰雪凝儿低声道:"喂!狼崽子,你的伤口不痛啊?"

　　罗慎行被她提起时才惊觉自己的肩膀和胳膊火辣辣地痛彻心腑,他急忙脱下上衣准备自己上药时,冰雪凝儿柔声道:"我来。"

　　罗慎行受宠若惊地蹲在床前让冰雪凝儿为自己敷药,冰雪凝儿一边给他敷药一边埋怨道:"你受伤也活该,谁让你傻乎乎地挡在我面前的。"敷完药之后还在罗慎行的头上轻轻拍了一巴掌道:"傻瓜。"说完指了指他的床示意他躺回去休息。

　　罗慎行侧身躺在床上道:"我怎么感到没力气?"

　　冰雪凝儿道:"受伤了当然没力气,客栈就是为了让人疗伤和休息的地方,也是下线和上线的地方。在没有自己的房子之前每个玩家都是要住客栈的。"

　　罗慎行惊讶地道:"难道别的地方不能下线?"

　　冰雪凝儿想了一下道:"有,不过得买帐篷,而且利用帐篷的时候一定要选个没人的地方,要不然会被人袭击的。"说到这里忽然笑道:"我的那几个同伴一开始也不知道,结果在野外跑出很远之后却下不了线,真好笑。"

　　罗慎行看着她如鲜花绽放的笑靥痴痴地看呆了,冰雪凝儿闭上眼睛道:"反正我们的伤要恢复一段时间,先睡一小会儿再说,让那些混蛋傻等吧,我恢复了之后再教训他们。"但是眼皮之下眼珠不断地转动着。

　　冰雪凝儿假睡了一会儿又睁开眼睛道:"你师傅是干什么的?是不是你从小就被你师傅收养的?所以才会经常打你。"

　　罗慎行嘿嘿笑道:"我师傅从小是教我武功的人,打我的时候都是在切磋时,他不是你想的那种人。"

　　冰雪凝儿不悦地道:"那你不早点说清楚,我还以为你是个没娘的孩子,想收你做义子呢?"

　　罗慎行被她的话噎得直瞪眼,不知道该如何反驳她。

　　冰雪凝儿占了上风越发地得意道:"我早说过你师傅是个江湖骗子,你的武功也不怎么样嘛,干脆你拜我为师,我教你跆拳道好了。"

　　罗慎行道:"你还是省省力气准备对付铁血盟吧,拜你为师?你拜我为师还差不多。"

　　冰雪凝儿听到铁血盟,火冒三丈地道:"这次我要见一个杀一个,这些卑鄙小人,我要让他们知道得罪我的下场。"

　　罗慎行也觉得逐鹿公子这种人实在太卑鄙了点儿,答应过的事反悔不说,竟然还刺伤了冰雪凝儿,这比在罗慎行心里捅一刀都让他心痛,但是铁血盟摆明了以多欺少,自己与冰雪凝儿两个人的实力太单薄了。

　　想到这里罗慎行问道:"凝儿,你不是说过来到真武大陆之后可以买到箭吗,哪里有卖的?买几支短矛也可以。"只要有了箭,风神弓的威力就可以显露出来了,那时铁血盟的那群无赖就只有等死的份了。

冰雪凝儿激动地坐起来道："我回来的时候好像路过了一家武器店，让我想想！出了客栈往左转，过一条街就到了。"说着从床上蹦了下来。

罗慎行担心地道："你的伤好了吗？还是我一个人去吧，我保证买了箭就回来。"

冰雪凝儿不耐烦地道："啰嗦，这么重要的事我不去怎么行？走了。"急急忙忙地走出了房间。

罗慎行见她轮回剑都忘了拿，只好把风神弓挎在肩上拿着轮回剑追了出去，到了客栈的门口时，冰雪凝儿正在交房钱，见到罗慎行出来后压低声音道："门外怎么没有人？"

罗慎行看着外面来来往往的人群道："有几个陌生的铁血盟的人就在街对面盯着这里，我估计还有其他人藏在附近。"铁血盟的人自以为做得聪明，换了几个陌生的面孔在客栈对面监视，准备等罗慎行他们出来时就一拥而上，但是没想到罗慎行的魔眼戒指可以清楚辨别出他们中的每一个人。

冰雪凝儿道："他们这是设下了圈套等咱们上钩呢，夜狼，准备好了没有？我们直接冲到武器店去。"

罗慎行信心十足地道："没问题。"

冰雪凝儿娇喝道："冲！"飞快地冲出客栈向左转去，然后沿着大街狂奔，罗慎行紧随其后，两个人仿佛受惊的兔子发挥出速度的极限在监视的人还没反应过来时已经逃出很远的距离。

监视的人和隐藏在其他店铺里的漠北银狐等人互相招呼一声，十七八个人从不同的方向涌出，一窝蜂沿着罗慎行他们逃跑的方向穷追不舍。

当他们来到武器店的附近时，发现冰雪凝儿正手持长剑女神般傲立在大街正中央，阳光下银色的盔甲闪烁着耀眼的光芒，正冷冷地看着他们。逐鹿公子摆手示意自己方面的人停下来。

冰雪凝儿淡淡地道："逐鹿公子，你们铁血盟从今天起在武魂中除名了。"

逐鹿公子哈哈一笑道："男人吹牛算不了什么，但是美女胡吹大气就比较少见了。你的同伴呢？他是不是躲在哪个女人的裤裆里不敢出来见人了？"

罗慎行从武器店中慢步走出来道："最后警告一次，我要杀人了，识相的赶紧滚！"然后举起风神弓，从背上背着的箭壶中抽出一支箭搭在弦上道："逐鹿公子，你是我要杀的第一个人。"

逐鹿公子见到罗慎行的箭尖正对着自己，正想往后退时，罗慎行手中的利箭带着锐啸划过长街射入了他的前胸。

逐鹿公子瞬间化作白光在原地消失了，装备和武器"哗啦"一声散落在地上。罗慎行搭上第二支箭道："漠北银狐，你是第二个。"

漠北银狐狂呼道："他只有一张弓，大家冲上去把他砍了。"他的话音刚落，罗慎行的第二支箭从他的口中射入，在后脑穿出，漠北银狐马上追着他的同伴投胎去了。

就在其他的人惊慌失措时，冰雪凝儿挥舞着轮回剑冲了上去，斩瓜切菜般砍倒了两个人，其他的人惊呼一声四散逃亡，在罗慎行犀利的箭法面前他们依靠人多取胜的心理优势立刻崩溃了。

冰雪凝儿正想追杀时，罗慎行道："差不多了，给他们一次机会，我想这回他们再也不敢找麻烦了。"

冰雪凝儿悻悻地道："当时他们围攻咱们时可是威风得很，现在打不过了便夹着尾巴逃，哪有这种好事？"然后抚摸了一下小腹道："这事儿没完，铁血盟要给咱们赔医药费，这两个死鬼的装备算作利息。"俯身把逐鹿公子和漠北银狐死后掉落的铠甲和武器捡了起来。

罗慎行举目四下观察，然后指着街边一个看热闹的人道："你过来。"

那个人迟疑道："你找我干什么？我又不认识你。"

罗慎行拔箭搭在风神弓上，对准他道："我可认得你，你不要以为躲在人群中我就看不出你的身份，你回去告诉你们铁血盟的人一声，老老实实地给我们送来医药费，一个小时后我们收不到的话，我就要见一个杀一个。"

冰雪凝儿扬眉吐气地娇声喝道："还有，从现在起我和夜狼经过的地方不许铁血盟的人出现，否则也是见一个杀一个。"

那个人犹自嘴硬道："我不是铁血盟的人，你认错了。"

罗慎行道："你把你的资料展示出来，让大家看看我有没有冤枉你？如果我错了，我把风神弓送给你。"

冰雪凝儿不悦地道："和他讲这么多干什么？"说着走到那个人面前揪着他的衣领恶狠狠地道："你再否认一次？"然后抬腿狠狠地踢了他一脚，把他踢倒之后，"乒乒乓乓"的又是一顿猛踢。

那个人双手捂着脑袋哀求道："别打了，我错了，我这就回去传达两位的意见。"在冰雪凝儿停脚之后仓皇逃走了。

接着有几个混在人群中准备见机行事的铁血盟的人也灰溜溜地撤退了，他们实在弄不明白罗慎行和冰雪凝儿明明是新手，怎么会准确地把铁血盟的人认出来，即使在沧州城里住上一段时间的玩家也认不全铁血盟的人。

冰雪凝儿得意扬扬地挽着罗慎行的胳膊道："大家注意了，我叫冰雪凝儿，从今天起我和夜狼专门接受控告铁血盟的事，让大家有冤报冤、有仇报仇，我们就住在平安老店，欢迎大家光临。"

围观的人群里发出了一阵欢呼声，他们在沧州城里经常受到铁血盟的欺压，但是铁血盟人多势众，其他玩家大多是敢怒不敢言，即使想反抗也很难避开铁血盟的监视，曾经有人企图组织玩家铲除铁血盟，但是刚组织起十来个人时就被铁血盟给先下手除掉了。今天罗慎行和冰雪凝儿对付铁血盟人的心狠手辣让他们看到了扬眉吐气的机会。

有几十个人立即尾随在罗慎行和冰雪凝儿身后，准备看看形势再说。毕竟罗慎行要求铁血盟的人在一个小时内给他们送医药费，如果铁血盟的人不肯势必会引起一场血战，那时就可以看到冰雪凝儿和那个叫做夜狼的弓箭手对敌的手段了。

第十六章 雌雄双煞

如果铁血盟肯乖乖地交出医药费的话那就表明铁血盟已经丧失了霸主的地位，冰雪凝儿和夜狼在沧州城的地位就建立起来了，自己与他们攀上交情的话以后有事就多了一个大靠山。这几十个人基本上都抱着这个目的浩浩荡荡地往平安老店走去。

第十七章
凝儿离去

　　回到客栈后，冰雪凝儿右手抱着铠甲，左手威风凛凛地指着那些跟着来的人道："大家注意听了！一会儿铁血盟的人来的时候，你们要勇敢地站出来指证，但是动手的话你们也别想捡现成的，参与动手的人才有份得战利品。"

　　刚才她和罗慎行两人虽然把铁血盟的人震住了，但是铁血盟的首领还没有出现，而且就凭铁血盟在大庭广众之下企图抢劫自己却没有一个人站出来说公道话的表现，就可以知道他们在沧州城里的威慑力，这样的威慑力绝不是十几个人就可以建立起来的，他们隐藏的势力一定极为庞大。

　　冰雪凝儿本来杀两个人立威之后就打算和罗慎行抬腿走人，以免寡不敌众，因为即使罗慎行和自己都是百发百中的神射手的话也不可能对付几十人的围攻，但是有这么多观望的人跟着自己来了，让她的心又活了。

　　冰雪凝儿说完看看罗慎行道："你也来说两句。"

　　罗慎行见她摆明了要大干一场，现在正在拉拢人心企图与铁血盟彻底开战，惴惴不安地低声道："能行吗？他们这些人摆明了是墙头草，拉拢他们还不如自己干呢。"

　　冰雪凝儿脸上露着笑容以免让那些人看出破绽，同时低声道："不行也得行，你要是不想被打回新手村，你就……"

　　罗慎行奇怪她为什么说到一半就打住了，顺着她的目光向远处看去，冰雪凝儿惊慌地道："他怎么来了？"

　　罗慎行见到对面远远地走来了十几个人，正想仔细观察时冰雪凝儿拉住他的手往客栈里退去，罗慎行不明所以只好随着她匆匆跑回自己的房间。

　　冰雪凝儿跑回房间把逐鹿公子和漠北银狐的装备扔到地上，背靠在房门上，长出一口气道："我表哥来了，希望他没有看到我。"

　　罗慎行臆测道："一定是你表哥不让你玩游戏，你却不听话。"

　　冰雪凝儿眼中露出嘲弄的神色道："就算是吧。"说着伸手摸向罗慎行的怀里道："令牌呢？"

　　罗慎行指着柜子道："被我藏在药材堆里了，我看比放在我身上保险。"就在这时客栈中响起一个人的叫声道："凝儿，是你来了吗？"

　　冰雪凝儿的身体轻轻地颤抖一下，把轮回剑塞到罗慎行手中柔声道："我要走了，那些药材都归你了，夜狼，每个城里都有一个百晓翁，你有什么事情就去问他，从此不要说你认识我。"转身拿起开山斧道："令牌一定是很珍贵的东西，你要好好保存。"打开房门就要走。

　　罗慎行拦住她道："凝儿！你怎么了？"

此时脚步声已经来到了他们的房门外,冰雪凝儿凄然一笑,突然狠狠地踢了罗慎行一脚喝骂道:"滚!你是什么东西?"然后惊喜地道:"表哥,我在这里。"

罗慎行被冰雪凝儿突如其来的一脚踢得坐在了地上,他捂着肚子站起来时就见到冰雪凝儿已经冲出房门扑到了一个人的怀里,那个人左手拥着冰雪凝儿,棱角分明的脸上一双阴冷的眼睛正死死地盯着罗慎行。

冰雪凝儿回首指着罗慎行道:"表哥,这个家伙的外号叫贱客,你知不知道?是下贱的贱哦!咯、咯,真好笑。"

罗慎行的心如撕裂般的痛楚,眼前的一切都变得不真实起来,他不知道冰雪凝儿为什么要这样羞辱自己,难道她忘记了与自己一起升级、共同闯关的经历了吗?罗慎行木然地见到与冰雪凝儿表哥一起来的人要冲上来教训自己,被冰雪凝儿拦住了,他恍惚中听到冰雪凝儿道:"这个傻瓜虽然有点儿愚蠢,不过总算与我认识一场,你们不要难为他。"

冰雪凝儿指着一个穿着红色武士服的人道:"喂!狗头军师,你和我表哥怎么知道我在这里?"

罗慎行坐在地上默默地打量着被冰雪凝儿称为狗头军师的人的资料,见到他的名字是卧龙居士,冰雪凝儿表哥的名字是大梵天。而与大梵天一起来的人中有一个叫南宫绝的人竟然是铁血盟的盟主。

卧龙居士道:"我们和大梵天也是刚到沧州城拜访南宫盟主,听到与南宫盟主的手下发生冲突的人的名字是冰雪凝儿,我们就知道是你了。"

大梵天冷冷地问道:"凝儿,我让你带的药材呢?"

冰雪凝儿举起开山斧道:"这个鬼东西太重了,我在闯关的时候为了把它留下只好把药材都扔了。没想到刚闯关出来就被铁血盟的人找麻烦,有一个叫逐鹿公子的家伙竟然要杀我。表哥,我们把铁血盟给铲平了好不好?"

大梵天沉声道:"胡闹,我与南宫盟主是好朋友,逐鹿公子让这个贱客给射死的事儿我还没算呢?"

罗慎行怒火上涌,猛然从地上站起来道:"大梵天,贱客也是你能叫的吗?"

此时客栈的老板从人群中挤进来道:"诸位,别在我的小店中争吵,有什么问题请到外面去解决,客栈里是要保护每一个客人的,这是客栈的规矩。"在他的身后站着十来个杀气腾腾的店伙计,正以戒备的姿势盯着他们。

大梵天对罗慎行勾勾手指,淡淡地道:"滚出来。"

南宫绝冷笑道:"不要以为有一张破弓就了不起,你那两下子还没看到我们眼里。"

冰雪凝儿冷冷地道:"没有这张弓的话我们早就被你的人杀死了。"然后挽着大梵天的胳膊道:"他是个一根筋的人,表哥,你怎么会和这样的人一般见识?走吧,我们好久没见了,找个地方给我讲一讲你的军队筹备得怎么样了。"

大梵天露出一丝笑容道:"那当然,凝儿的话我怎么会不听呢?"说着挥挥手道:"大家走吧,看在凝儿的面子上南宫盟主以后不要难为他。"傲然地带着众人离开了。

罗慎行失魂落魄地看着冰雪凝儿临行前把房门的钥匙抛给了自己,犹如依人小鸟般亲热地挽着大梵天的胳膊,和众人有说有笑地越走越远,却始终没有回头看自己一眼。

罗慎行现在几乎麻木了,如果是在以前的话,就凭大梵天的那句"滚出来"他就敢和大梵天拼命,但是冰雪凝儿无情的话仿佛锋利的刀子把他的心捅了一个大窟窿,让他提不起精神和别人争吵。

店老板用同情的眼光看看他带着伙计离开了,罗慎行甚至不觉得在以前看来刺眼的店老板的同情目光有多让人难堪,天地间似乎只有他一个人在默默地承受凝儿离去的痛苦。

突然轻轻的敲门声把他惊醒,罗慎行以为冰雪凝儿回来了,惊喜地向门外看去,但是门外站着的是一个穿着白色长袍的青年男人,清瘦的脸颊上一双灵活的眼睛闪烁着睿智的光芒。罗慎行有气无力地道:"出去。"

那个人坚持道:"夜狼兄弟,我可以进来吗?"

罗慎行淡淡地点了一下头,他连说话的兴趣都失去了。他木然地看着那个人走进来又反手把房门关上,仿佛这一切都与他没有关系了。

那个人叹口气道:"夜狼兄弟,我很理解你的心情。"

罗慎行还是不说话,双眼无神地看着他,过了好半天才打量了一下他的资料,发现他的名字竟然叫鬼师爷,没有加入任何帮派,这样的名字如果是在半个小时前让罗慎行见到的话,罗慎行的肚皮一定都要笑破了,但是现在他只是淡淡地道:"你好,鬼师爷。"

鬼师爷丝毫没有因为自己的名字被罗慎行叫出来而感到惊讶,镇静地道:"我就是鬼师爷。"

罗慎行坐在床头上不耐烦地道:"有话就说,没话走人。"他现在只想一个人静一静,若非鬼师爷说理解自己心情,他早就把他赶出去了。

鬼师爷瞪着他突然大声道:"你大祸临头了。"这是一副标准的古代说客的开场白,先是语不惊人死不休地吓别人一跳,引起对方的注意然后再阐述自己的观点。但是现在即使他说天上出现了一个破洞,也不会让罗慎行感到意外。

鬼师爷看着罗慎行半死不活的样子突然狠狠打了自己一记耳光,他是突然想起罗慎行是为情所苦,自己却驴唇不对马嘴地想要以天下大事来打动他,真是对牛弹琴。他正要改换说词的时候,罗慎行却被他这种别开生面的劝说方式吸引住了。

罗慎行惊讶地问道:"鬼师爷,你有什么想不开的?"

鬼师爷见他主动开口了,真是喜出望外,但脸上却露出痛苦的表情道:"一言难尽哪!往事不堪回首,不提也罢。"

罗慎行见他痛苦的样子,同病相怜地安慰道:"世事不如意十之八九,你也不要太难过了。"

鬼师爷一拍大腿道:"夜狼兄弟,你真是心胸豁达,如果我遇到你的这种事儿的话,我早就招兵买马大干一场,来挽回美人心了。"

罗慎行"腾"地站起来道:"你说什么?"他听到挽回美人心这句话如被雷击,一颗心开始"怦怦"地急剧跳动起来。

鬼师爷压低声音道："想必你不知道大梵天是什么人吧？"

罗慎行摇摇头，他只知道大梵天是冰雪凝儿的表哥，但是鬼师爷说的肯定是另一回事儿，所以他立刻眼巴巴地望着鬼师爷，等他说出下文。

鬼师爷见自己造势成功，慢条斯理地道："真武大陆的九个州之中，你知不知道哪个州最重要？"他习惯了先抛出难以回答的问题为难一下别人，接着再表明自己的观点来抬高自己的身份，但是他自诩为智绝天下的孔明再世，可罗慎行绝不是礼贤下士的刘备重生。

罗慎行见他说话绕圈子，伸手抓住他的衣领道："你他妈的痛快点儿说！"

鬼师爷昂首挺胸道："士可杀不可辱。"还摆出一副大义凛然的不屈姿态。

罗慎行松开手，又殷勤地为鬼师爷抚平衣服上的褶皱道："抱歉，我的性子急了点儿，你多包涵。"

鬼师爷见好就收，自己主动坐在冰雪凝儿的那张床上道："急有什么用？你现在能把你的女友抢回来吗？就算你有胆量但你又凭什么去抢？你要让人家打成猪头之后才能明白自己的不足吗？"说到最后已经声色俱厉。

罗慎行若有所思道："有道理、有道理，接着讲。"

鬼师爷满意地道："海纳百川、有容乃大。"说完看看罗慎行不悦的眼神干咳一声道："夜狼兄弟一定是刚刚闯关成功，否则就凭你的那张弓和你百发百中的箭法一定早就扬名真武大陆了，不过今天你已经一战成名了。"

罗慎行点点头，静静地听他往下讲，在不知不觉中他已经被鬼师爷成功地引到他的思路上去了。

鬼师爷扼腕叹息道："可惜呀！英雄总是遭人妒，你成名也给你带来了杀身之祸。"

罗慎行焦急地道："你说话就不能直接点儿吗？我要听的是怎么才能挽回凝儿的心，可不是等着听你的废话的。"

鬼师爷皱眉道："饭要一口一口地吃，事情要一点一点地办，你还不清楚事情的真相，甚至连个计划都没有，最关键的是你的小命都要没了，我问你！你到底想不想真的挽回她的心？"

罗慎行泄气地道："请您慢慢讲。"罗慎行知道自己急惊风却遇到了慢郎中，只好像个听话的孩子般端坐着洗耳恭听。

鬼师爷欣然道："你的这个态度很好，只要你坚持下去，我用脑袋担保绝对可以挽回你的凝儿的心。"然后大声问道："女人！喜欢的是什么？"

罗慎行回答道："不好说。"

鬼师爷怒骂道："废物，连自己的女人怎么失去的都不知道，你还知道什么？英雄！你知道吗？自古美女爱英雄。"说到后来几乎是喊出来的，显然对罗慎行的迟钝反应已经愤怒了。

罗慎行本想反驳他的观点，但是又怕把他真的惹怒了以至拂袖而去，那时自己就真的一点儿希望也没了，只好勉强暂时接受了这个观点。

鬼师爷见他不反对，激动的心情逐渐平息下来道："在沧州城里，铁血盟是最大的地头蛇，但是在荆州城里大梵天却是最有实力的人，现在他已经筹备好了一切等着时机的到来，据我估计很快他就要建立军队开始攻城掠地了。现在你明白你的凝儿为什么会舍你而去了吧？"

罗慎行惊讶地问道："你怎么知道？"但是心中开始对鬼师爷的话相信了，冰雪凝儿临走时对大梵天问起过军队的事，自己当时可是听得清清楚楚的，看来凝儿因为这点儿才喜欢大梵天的。

鬼师爷见他心动了，趁热打铁道："权力！在别的游戏中没有什么，但是在武魂里完全不一样了，你见过万马奔腾的壮观情景吗？你见过军队厮杀的激动人心的场面吗？那种身临其境的感觉是你永远想不到的。

"你再想一想，当你带着你的千军万马把大梵天逼迫得走投无路，你变成了武魂里的霸主时，你的凝儿还会选择一个失败的懦夫吗？"

罗慎行警觉地问道："你这是什么意思？"

鬼师爷伸出手举到他面前，慢慢地握紧拳头一字一顿地道："称霸！"

罗慎行盯着他的拳头道："我？"

鬼师爷道："错！准确的说，是你和我。鬼师爷和月夜之狼。"

罗慎行愕然道："你知道我的真名字？"他到了真武大陆之后，冰雪凝儿一直称呼他为夜狼，所以每个人都以为他的名字只有两个字——夜狼，但是鬼师爷竟然知道自己的真名字，难道他也有魔眼戒指？想到这里他向鬼师爷的手上看去。

鬼师爷晃晃手道："我可没你的好运，可以得到魔眼戒指。"

罗慎行更加惊讶，鬼师爷果然有点儿门道，就连自己的魔眼戒指都知道了。难道他是系统的NPC？他仔细地又观察了一遍鬼师爷的资料，发觉他的确是如假包换的玩家。

鬼师爷淡淡地道："我来到真武大陆之后，走遍了九个州寻找可以合伙的人，但是没有一个可以成大器的，即使有也是只能同甘苦,不能共富贵的。"

罗慎行苦笑道："你拿我开心吧？"他可不是妄自菲薄，他很清楚自己的实力，鬼师爷想与自己合伙称霸真武大陆的话，恐怕找错人了。

鬼师爷看出了他的心思，若无其事地道："我还知道你在龙门镇救过几个人，而且你的风神弓在龙门镇时就引起了别人的觊觎，最厉害的是你竟然杀死了血豹王，当然你在沧州城里的事儿我就更清楚了。既然我选择了你，你就一定行，因为你有运气，而且很仗义。"他现在已经吊足了罗慎行的胃口，就等罗慎行上钩了。

罗慎行艰难地道："就凭这一点你就可以保证我行，是不是太草率了？再说我凭什么相信你呢？"他看出了鬼师爷迫切地想拉拢自己，但是现在可要看看鬼师爷自己有什么本钱了，自己可不能与一个空口说白话的人合作。

鬼师爷诡秘地一笑道："你知不知道许多玩家都往游戏投了很多钱？"

罗慎行想了一下道："是因为游戏里的钱太难赚了。"

鬼师爷摇头道："不难赚，不过他们都是有钱的主，根本不在乎往这里面投钱，他们图的是在这个划时代的游戏中玩个痛快,昊天集团也可以趁机大捞一笔。那些玩家虽然也想把投入的资金捞回来,但是他们只想着攻城掠地占领地盘,从而既威风八面又可以从占领地收税来大赚一把。

"可是他们到后来一定会明白这是亏本的买卖,随着玩家的增多,他们打下一块地盘之后就会被其他玩家攻下,就这样循环不休,他们除了白白地损失招募军队的花费,最后却一无所得。"

罗慎行的嗓子开始发干,涩声道:"你有什么优势?"

第十八章
智闯重围

鬼师爷神秘地道:"以商养战。"

罗慎行不屑地道:"你能想到经商,别人自然也能想到,如果你就这两下子的话,我劝你还是死了心吧!"在游戏中经商赚钱的想法罗慎行早就有了,他打算利用自己合成丹药的优势到处贩卖来赚钱,虽然不会很多,但是绝对可以保证自己在武魂里的花费。

鬼师爷镇静地道:"经商,当然谁都知道,但是武魂的系统把最赚钱的买卖都垄断了,玩家想到的经商途径最多小打小闹地混个收支平衡而已,要不然谁都能赚钱的话武魂早就关门大吉了。"

然后掰着手指头道:"当玩家的威望值达到一百点的时候就有了领兵的权利,可以招募一百人的军队,就按一百个最便宜的步兵来说,招募费用是每人八千个金币。一百个人就要八十万的金币,每天军队的固定维持费用是每人二百个金币,一天就要两万个金币,还要为他们买装备、买武器、买粮草,做什么买卖可以赚到这么多的钱?"

罗慎行咋舌道:"这么多?军队的士兵都是哪来的?"

鬼师爷好心地道:"都是系统提供的,只要你的威望值够了,当然你还得有钱就可以招到,你没问过百晓翁吗?"

罗慎行尴尬地道:"我以前一直都在忙着冲级,根本不知道百晓翁这个人。"忽然想起冰雪凝儿临走时对自己的嘱咐,让自己有事的时候去问百晓翁,心中不禁黯然。

鬼师爷惋惜地道:"那你一定错过很多的机会,百晓翁会告诉你很多有用的知识,不过没关系,以后有我在呢。收拾你的东西我们出发。"

罗慎行道:"你还没说出你的以商养战是怎么回事呢?"

鬼师爷道:"现在最重要的问题是保住你的小命,大梵天这个人心胸狭窄得很,他不会放过你的。如果我不是看透了他的真面目的话,我要合作的人就不是你了。"

罗慎行为难地指着柜子里的东西道:"我们带着它们走在街上说不定会引来再一次的袭击,你有什么好办法?"

鬼师爷不屑地道:"这点儿小事还用想办法吗?我在外面的马车已经等半天了。"说完主动抱起铠甲道:"先往车上送。"

罗慎行看着散装在柜子里的宝石、丹药和药材正犹豫是否要再一次脱下自己的裤子时,鬼师爷摇头道:"你等着。"抱着铠甲匆匆出门去了。

罗慎行担忧地看着他离去的背影,不知道鬼师爷会不会是个骗子?要是他带着自己的铠甲溜掉的话可亏大了,幸好鬼师爷很快就返了回来,手中还拿着一个大袋子。

罗慎行放下心,让鬼师爷撑着袋口自己把宝石和药材胡乱地往里塞,药材即将塞完时露出了令牌，罗慎行急忙又插到了自己的护身软甲里。鬼师爷眼前一亮，但是脸上却不露声色地催促道："快点儿，我们的时间不多。"

说完把袋子往肩上一扛道："离开沧州城之前你尽量躲在马车里不要露面。"然后走了出去。罗慎行左手握着风神弓，右手持着轮回剑紧紧地跟在他后面，准备在鬼师爷扛着袋子逃跑时立即杀了他。

来到客栈门口时，店老板叫住罗慎行道："客官，要退店吗？"

鬼师爷快步往前走道："不退，有人找的话就说刚出去，多付的店钱算是给你的赏钱。"然后来到客栈门口一辆带篷马车前，把袋子往车里一抛招呼罗慎行道："上车。"自己当先钻了进去。

事已至此，罗慎行也不再犹豫随后上了马车，在他上车后鬼师爷对车夫道："从北门出城。"随着他的命令，马车慢慢地动起来。

罗慎行惊讶地道："马车夫是真的 NPC 吗？"

鬼师爷紧张地从车窗往外张望道："当然是，他们只能听懂简单的指令，外面的那几个人好像是铁血盟的人。"他虽然没有罗慎行的魔眼戒指，但是他早就开始留心客栈外的一举一动，所以自从罗慎行从客栈出来后见到那几个一直等在附近的人开始移动，他就敏锐地猜到他们是铁血盟的人。

罗慎行把头凑到车窗旁道："有三个是铁血盟的人，另外的两个人应该是大梵天带来的，他们果然不想放过我。"

鬼师爷冷笑道："就怕他们没有这个本事。"说着掀开一个箱子道："你看这是什么？"露出了里面满满一箱子的箭枝。

罗慎行惊喜地道："这要花多少钱啊！"不久前他和冰雪凝儿冲到武器店时，罗慎行见到武器店的箭竟然一百个金币一支时，他心痛地只买了三十支箭，射死逐鹿公子和漠北银狐用去了两支还剩下二十八支。

现在鬼师爷准备的箭足足有五百支，这可是五万个金币呀，这样的大手笔投资在自己身上，看来鬼师爷是下定了决心要搏一把了。

鬼师爷看着街边逐渐涌动的人群道："准备好，趁他们进攻前先射杀几个。"

罗慎行把一支箭搭在弓上道："他们还没动手，我直接杀死他们于理有亏，还是等他们先动手吧，那样咱就是正当防卫了。"

鬼师爷恼怒地道："做大事的人要心狠手辣，遇事果断，他们的人都快把我们包围了，你还讲什么正当防卫？"

罗慎行看着试探着往马车逼来的人，大声道："如果不想找麻烦就退回去，你们再往前来的话我要放箭了。"然后把箭尖对准了一个铁血盟的人道："快退回去。"

鬼师爷在他的右肩膀上轻轻一拍，高度紧张的罗慎行不由自主地松开手，那支箭准确地射入了刚才那个人的胸口。

这时街边传来南宫绝的喊声道："这小子杀了我们的弟兄，砍了他，谁杀死他那张弓就是谁的。"随着他的声音，本来被罗慎行杀死一个人震住的铁血盟的人呼喊一声从四面八方冲了上来，上百把利刃闪烁着嗜血的光芒。

96

罗慎行一边偷偷骂着缺德的鬼师爷，一边不住手地张弓放箭，但是铁血盟这次出动了一百多人，被罗慎行射死几个之后反倒激起了他们的杀气，而且罗慎行手中的风神弓对于他们来说具有致命的吸引力。

眼看他们就要冲到马车附近了，鬼师爷抽出一把短刀道："大家听着，南宫绝自己不敢动手却让你们来送死，你们跟着这样的小人即使风神弓到了你们手里也会被他抢去。"说完打开袋子，把袋子里的宝石和丹药往车外抛去道："这里是我对诸位兄弟的一点儿敬意，全是上好的宝石和珍贵的救命丹药，大家手快有、手慢无。"一边说一边大把地抛。

罗慎行现在也顾不得心疼自己的宝贝，吐气开声道："南宫绝，你这个杂种，有种你自己冲到前面来，让别人为你卖命算什么英雄？"

围攻的人群中有识货的，见到地上都是珍贵的熊胆或虎骨等珍贵药材合成的丹药，而且还有兽王才能爆出的宝石，立刻停住脚步往自己的口袋里装去。别说这样的丹药，就是熊胆和虎骨这样的药材也是很多人得不到的，即使是罗慎行在杀死熊之后也取不出熊胆，老虎更是连见都没见过。

当第一个人从地上捡东西开始，其他的人立即一哄而上趴在地上争夺起来，唯恐下手晚了没有自己的份，鬼师爷仿佛扔石头一样大方地往马车的两侧抛撒着珍贵的丹药，同时大声鼓动道："你们一定要保存好，否则南宫绝要从你们手中抢去的。"

南宫绝躲在一株大树后破口大骂道："蠢货，杀了夜狼，车上的东西都是你们的。"但是上前抢就要面临罗慎行夺命的利箭，而且他们自从加入铁血盟之后除了抢一下玩家的装备外，也没弄到什么值钱的东西，现在遇到了有钱也买不到的宝贝谁还肯为南宫绝做替死鬼，如果要上的话让南宫绝第一个冲上去好了。

罗慎行瞄准了南宫绝藏身的大树道："南宫绝，这一箭是警告你，下次我要直接射破你的脑袋。"说完一箭射在树干上，南宫绝听到利箭破空飞来的时候，下意识地一缩脑袋，徒劳地骂道："夜狼，下次你来到沧州城的时候我要你生不如死。"

马车抛下争抢的人群向着沧州城的北门驶去，眼看城门在即的时候，罗慎行长出一口气道："幸好他们是乌合之众，要不然咱们要被他们分尸了。"

鬼师爷淡淡地道："他们是乌合之众，大梵天的人绝对不是。"

罗慎行慌张地道："他们来了吗？"

鬼师爷把脑袋伸出车窗外大声道："大梵天，我知道你来了，我尊重你是个英雄，我有几句话要对你说。"他也不敢确认大梵天真的带人来了，而且正好等在北城门的附近，因为沧州城一共四个城门，遇到大梵天的机会只有四分之一。

但是鬼师爷的话音刚落，大梵天的声音从城门口的一个绸缎庄中传了出来："请讲。"语气中颇有几分骄傲，显然对鬼师爷当众称自己为英雄的做法很满意。

鬼师爷让车夫停了下来，大声道："夜狼只是个不知天高地厚的新手，我与他相识一场不忍心看着他刚刚冲关成功就被打回新手村，你有你的大事要做，如果为了这样的一个人损失你的得力干将的话，对你的宏图霸业没有半分好处。"

鬼师爷的这番话软硬兼施，准确地指出大梵天想要杀死月夜之狼的话也要在月

第十八章 智闯重围

夜之狼的箭下损失几个手下,现在大梵天即将组织军队开始他的霸业,任何一个得力手下的损失对他来说都是沉重的打击。

鬼师爷在听到大梵天的声音时心情也是紧张得不得了,但是既然大梵天来了,月夜之狼和自己的两条性命就已经悬在半空了,现在唯一的办法就是凭借自己的三寸不烂之舌把大梵天劝走,避免两败俱伤。

大梵天冷冷地道:"请教如何称呼?"

鬼师爷恭敬地道:"在下鬼师爷,久仰大梵天的威名。"

大梵天沉默一会儿道:"两位有没有兴趣加入我的队伍呢?"他这番邀请完全是看在鬼师爷侃侃而谈的份上动了招贤之心,罗慎行却不在他的计划之内,他虽然没有看出冰雪凝儿对罗慎行的情意,但是罗慎行竟然与冰雪凝儿相处了那么久,让他心里感到极不痛快,所以才会冠冕堂皇地打着为逐鹿公子报仇的旗号参与这份行动。

鬼师爷谦卑地道:"大梵天手下能人济济,我去了反倒碍事儿,我先谢谢大梵天的美意,以后如有要我效劳的地方,大梵天托人带个信就可以。"

大梵天朗声笑道:"我这次前来本是想与夜狼兄弟道别,现在见到鬼师爷让我不虚此行,两位走好。"他反复思量了鬼师爷的话,知道此时才下了决心暂时放过罗慎行,既然计划失败就趁机卖个人情。

鬼师爷在马车上抱拳道:"多谢大梵天,告辞了。"命令车夫继续前行,然后把脑袋缩回马车内。

马车在沉重的车轮声中慢慢地驶出沧州城的北门,鬼师爷紧张得提起的心才落了下来,无力地靠坐在车壁上看着罗慎行沮丧的脸道:"是不是觉得很丢脸?"

罗慎行垂头丧气地不做声,鬼师爷继续道:"你知不知道你刚才做了一回大丈夫?韩信忍受了胯下之辱才能成就大业,你今天忍气吞声地不与大梵天计较,这才奠定了你将来的无限发展前景。"

罗慎行低声道:"我原来一直很怀疑你的用心,直到刚才你为我低声下气地求人我才相信你,请原谅。"

鬼师爷哈哈一笑道:"什么叫低声下气?我这是用自己的智慧骗过了大梵天,这样危难的时候才是展现我的能力的时刻,说起来我还要好好地感谢你哩。"

罗慎行被他乐观的态度感染得轻松起来,抬起头问道:"我们这是要去哪里?"

鬼师爷道:"到最北面的幽州之北,我们要在那里建立自己的地盘。"

罗慎行担忧地道:"那不是要走很远?"

鬼师爷道:"十几个时辰。"

罗慎行以为自己听错了,重复道:"十几个小时?"

鬼师爷道:"是时辰。"然后取出自己的罗盘道:"你也有这个,先拿我的给你讲一遍。"此时罗慎行才看清罗盘上像钟表一样有十二个刻度的,但是每个刻度标明的都是古代的天干地支中的十二地支,按子卯午酉的顺序排列着。在罗盘的左上角有一个小小的指北针,在罗盘的下面一行数字显示着武魂元年三月十二日。

鬼师爷指着钟表的刻度道:"它转一圈是十二个时辰,就是武魂历的一天,相当于

我们的八个小时。"

罗慎行恍然大悟道："那武魂元年三月十二日就是游戏已经开始了一个月零四天，对不对？"按鬼师爷说的计算方法来说，生活中正常的一天即武魂里的三天，也就是说武魂中的时间是生活里的时间的三倍。

鬼师爷收好罗盘道："就是这样。"然后拿出一个水囊和几个馒头道："饿了吧？"

罗慎行目瞪口呆地看着他，鬼师爷已经明白了他对很多事情都一无所知，微笑道："到了真武大陆之后，没有补血丹那一类的东西了，想补充体力的话就和生活中一样吃饭，没什么好奇怪的。"自己拿起一个馒头往嘴里塞去。

罗慎行就像傻子一样照着他的样子吃了起来，吃了两口停下来问道："那我戴的饰物有没有效了？我的那些可都是极品。"说着摘下自己的恶狼项链道："这个是补充血的，是不是没有用了？"

鬼师爷放下馒头接过项链道："这是你杀狼王得到的吧！补血的怎么会没用？从新手村里出来的人很少有机会打到能补血的饰物，在真武大陆购买的话价格贵得吓死人。"然后还给罗慎行道："补血的饰物实际上和增加防御力的饰物差不多，但相比起来增加防御力的饰物只能防备被保护的部位，补血的饰物可以说是全身的防御，和盔甲倒差不多。"

罗慎行急忙把项链又戴回脖子上，然后又隔着衣服确认了一下。鬼师爷摇头道："太小家子气了，你这样的行为很丢人的，以后在别人面前不许这样做。"

罗慎行躺在车厢里，枕着装药材的袋子道："不是你的东西你当然不在乎，这可是我拼命打来的，而且还能升级的。"虽然他到现在也没弄明白升级是怎么回事，也不知道该怎么升，但是这一定是很了不起的功能。

鬼师爷淡淡地道："能升级的话现在也没用，真武大陆的玩家还没有出现能升级饰物的高手，NPC就更不用说了。"

罗慎行把风神弓搂在怀里道："我的风神弓是不是真武大陆唯一的一张？"

鬼师爷道："目前是这样，但是我想很快就会出现第二张弓了。当第二张弓出现时，负责锻造武器的玩家和NPC就可以升级自己的技能，开始制造新弓了。"

罗慎行听到这个消息，急忙坐起来道："为什么？"

鬼师爷不悦地道："我不是说了吗？"然后想起罗慎行对武魂的了解是白痴的水平，耐心地解释道："锻造武器的技能是随着玩家带到真武大陆的武器而逐步提高的，一种新兵器至少要出现两件时才能制造出来。"

罗慎行欣喜地道："怪不得他们都想抢我的弓，原来这是独一无二的稀有珍品。"

鬼师爷羡慕地道："我早就说了你的运气好，不过他们想抢你的弓并不仅仅是因为它目前是独一无二的，因为招募部队时士兵会因为招募者自身使用的兵器而自动选择兵器，也就是说使刀的将领只能招募到使刀的士兵，一个将领自己没有弓的话就绝对招募不到会使用弓箭的士兵。

"在军队之间作战时，拥有弓箭可以取得绝对的优势，你的这张弓如果肯出手的话，一百万的金币会有人争着买。因为谁得到了这张弓就可以优先组成一支弓箭手

第十八章　智闯重围

部队，那样的话玩家之间的战争立刻就会爆发。"

　　罗慎行异想天开地道："杀死对方使用弓箭的士兵之后把他们的弓抢过来，不就可以弄到一大批弓了吗？"

第十九章
发财大计

罗慎行说完之后发觉鬼师爷以看白痴的眼神看着自己，知道自己的想法一定是愚蠢至极，急忙岔开话题道："说说你的发财计划。"

鬼师爷傲气十足地道："我们现在坐的是什么？"

罗慎行脱口而出道："车。"

鬼师爷翻白眼道："什么车？"

罗慎行肯定地道："马车。"然后惊喜地道："你说我们购买一批马车，来运送各地的玩家，从中收取租金，这个主意不错。"

鬼师爷愤怒地道："你的脑子是不是木头做的？这个死车慢得和乌龟爬似的，靠它能发财吗？"说着用手中的馒头在罗慎行头上砸了一下。

罗慎行继续思考，想了半天才老实地说道："想不出来。"

鬼师爷叹口气道："诚实也算是一种美德。"然后默默地嚼着馒头，暗自思量自己找月夜之狼合作是不是错了，如果真是这样的话自己可要血本无归了。

罗慎行看着他失望的样子感到颇为愧疚地道："我早说过了，我不行……"他刚说到这里，他的目光落在了银熊铠甲上，突然想起了在龙门镇时服饰店老板的话——这套铠甲严重影响速度，最适合骑马用。

罗慎行的话立刻急转弯道："那是不可能的，我早就知道你是想抓马来卖。"他根本就不知道哪里有马，甚至不知道那些不确定存不存在的马究竟能否抓到，但是胡说八道一番也比看鬼师爷的白眼强。

鬼师爷惊喜地道："你真的猜出来了！"幽州之北的草原上有马是他冒着极大的风险，独自一人闯到草原上才发现的，这个秘密他一直藏在心里，就等着时机来临时借此发展，没想到月夜之狼竟然真的猜出了自己的目的，这让他不得不相信罗慎行的运气。

当初他安排在龙门镇的同伙告诉他月夜之狼的运气好得不得了时，他还有些将信将疑，但是月夜之狼能够得到魔眼戒指、获得风神弓、射死血豹王的事没有一样是容易完成的，只是他还不知道罗慎行射死了金色熊王，不过他在客栈中见到月夜之狼藏起来的那个令牌时就猜出了那一定是个不同寻常的宝贝。

罗慎行故意轻描淡写地道："猜出你的目的也没什么难的，如果可以组织一个骑兵队伍的话还有点儿意思。"

鬼师爷激动地抓住罗慎行的肩膀道："我就知道你行，你看没错吧！你与我的伟大构想不谋而合，这绝对证明了英雄所见略同。"

罗慎行本来是信口胡说，但是见到鬼师爷狂喜的样子，惊讶地反问道："你不是真的打算成立一支骑兵吧？"

鬼师爷晃着他的肩膀道："你想想！成吉思汗为什么可以纵横天下？赵武灵王实行胡服骑射之后为什么可以让赵国强大起来？骑兵！这就是武魂里的机械化部队呀！"

罗慎行心动道："想想也让人感到激动，对了，你抓到了多少匹马了？"

鬼师爷耸耸肩道："一匹也没有。"

罗慎行惊叫道："你连一个鸡蛋都没有就幻想开养鸡场？"他满心欢喜地以为鬼师爷已经准备好了千儿八百匹骏马等着自己去大展拳脚呢，但是他连一匹马也没有就厚着脸皮鼓动自己组建什么见鬼的骑兵，真是痴人说梦。

鬼师爷淡淡地道："伟大的事业都是从伟大的梦想开始的，是无数个梦想改变了这个世界，你连想都不敢想的话还能有什么发展？"

罗慎行知道他的话有点儿道理，所以冷静下来问道："那谁去抓马？"

鬼师爷指着他的鼻子道："你。"

罗慎行也指着自己的鼻子道："我自己抓马，然后自己组建骑兵，接着自己去打天下，那我与你合伙你干什么？"

鬼师爷大声道："问得好！我能干什么？我能把你平安地从沧州城里带出来，我给了你一个梦想，我给了你夺回美人的机会，你说我还能干什么？"然后掰着手指头道："你知道马在哪里吗？你知道怎么抓马吗？你知道抓到马之后怎么办吗？你知道马场建在哪里吗？你知道马多了之后怎么处理吗？最重要的一点你有投资马场的资金吗？"

罗慎行被他连珠炮般的发问弄得晕头转向，只好举手投降道："不知道。"然后补充一句道："我有十二万个金币够不够？"

鬼师爷翘起小拇指道："够买马缰绳的了。"

罗慎行知道自己的那点儿资金有些拿不到台面上，但是又有点不敢相信鬼师爷，毕竟鬼师爷一匹马都没有就敢说建立骑兵，说不定他的资金也有限得很，却来和自己胡吹大气。

鬼师爷掏出自己的路条翻过来对着他道："这就是我的入股金，以后我们发展起来时你我各占一半的股份。"

罗慎行睁大了双眼，然后点着路条上金币的数目上的零挨个查道："一、二、三、四、五、六……"

鬼师爷收起路条道："不要查了，一共是三百七十万个金币。当初我进来时带了四百万个金币，但是这一个月来花掉了一些，剩下的加上你的十二万个金币，再把你的这些药材变卖掉应该可以支撑一阵子。你的资金虽然少了点儿，但是你的装备值不少钱，更重要的是你的运气好，你我合作一定会成功的。"

罗慎行张大了嘴道："你打算怎么收回成本？"

鬼师爷咬牙切齿地道："既然投资这么大，当然要狠狠地捞一把，但是现在时机不成熟，我们得耐心地等。"

罗慎行飞快地在自己心里计算着鬼师爷的投资额，发现他投入的现金达到了八十万，如果他的计划失败的话说不定要倾家荡产了，不过也说不定鬼师爷家里是亿万富翁，根本不在乎这点儿小钱。

鬼师爷闭上了眼睛在心里暗暗地盘算着下一步的计划，罗慎行无聊地望着车窗外逐渐暗淡下来的天色道："咦！天怎么黑了？"

鬼师爷被他打断了思路，不悦地道："到了真武大陆之后六个时辰是白天，另外的六个时辰是黑夜，没事儿别来打扰我。"

马车在经过一个小村庄时，车夫把车停下来给马喂了草料之后继续上路，罗慎行本来想问为什么游戏里的马也要吃草料时，见到鬼师爷紧缩的眉头又把话咽了回去，自己也闭上眼睛默默调息。

罗慎行经历了自己在武魂里的第一个黑夜之后，终于迎来了东方的曙光，随着阳光照耀在自己的身上，罗慎行的心情也明快起来，他反复琢磨着冰雪凝儿对自己态度的急剧转变，突然罗慎行狠狠地在自己的头上打了一拳——冰雪凝儿对自己做出冷淡的姿态分明就是不想让她的表哥知道她和自己的关系，是怕自己受到大梵天的伤害，因为她早就知道大梵天是心胸狭窄的卑鄙小人。

鬼师爷迷惑地看着他道："你是不是吃错药了？"

罗慎行激动地道："我终于明白凝儿的心意了，凝儿！我是傻瓜。"

鬼师爷冷冷地道："那你为什么不跳下车去找她？"

罗慎行完全没听出他话里的意思，一拍脑袋道："我怎么忘了。"说着就要跳下车，鬼师爷抓住他的胳膊道："你到哪里去找她？到沧州城？你进得去城吗？"

罗慎行想起在逃离沧州城时南宫绝撂下的狠话，自己孤身一人去闯沧州城的话即使有十条命也回不来，而且有大梵天在凝儿的身边，就算自己闯进城去也见不到凝儿。

鬼师爷松口气道："按我的计划去办，你会有机会的。现在你要做的就是和我一起闯出一片自己的天下来。"

罗慎行死死地盯着鬼师爷道："你最好不要骗我，否则我饶不了你。"

鬼师爷无所谓地道："你看我投资这么大，会是开玩笑的人吗？"

罗慎行转身呆呆地望着车窗外绿油油的庄稼，但脑海里却全是冰雪凝儿的倩影，自从他第一眼见到这个刁蛮任性的大眼美女时就被深深地吸引住了，所以当时才会故作赌气地放弃风神弓，就是为了在她的心中留下一个良好印象。

冰雪凝儿的轻嗔薄怨似乎就在眼前，却又是那样的遥不可及，直到巍峨的幽州城出现在眼前时，罗慎行依然沉浸在令人魂断神伤的回忆当中。

鬼师爷看着他失魂落魄的样子无奈地暗自叹息一声，自己千辛万苦才找到了一个运气好的合作伙伴，没想到他的心思却全放在了一个女人身上，现在唯一祈求上苍保佑的是月夜之狼的好运气继续维持下去。

在城门口交过入城税之后，鬼师爷指挥车夫把马车停到了一家客栈的前面，然后才招呼罗慎行下车。罗慎行愕然道："这么快就到了！"

第十九章　发财大计

鬼师爷愁眉苦脸地道："夜狼大少爷,你清醒一点儿好不好?我们现在是只有努力拼搏才有成功的机会,你这样下去怎么得了?"

罗慎行唯唯诺诺地道："下次我一定注意,一定注意。"说着把装丹药的袋子主动扛起道:"房间预订了吗?"

鬼师爷抱起盔甲道："我又不是神仙,怎么会提前预定房间?"然后怒气冲冲地向客栈走去。

罗慎行不知道他为什么发这么大的脾气,只好小心地跟在他后面,生怕惹恼了这个大救星。不过让罗慎行满意的是鬼师爷要了两个单间,这样自己就可以避免和另一个大男人住一个房间了。

鬼师爷把盔甲往罗慎行的房间一抛道:"立即下线休息,八个小时后我们准时上线,记住没有?"说完把房门钥匙递给他,回到自己的房间下线去了。

罗慎行打个哈欠,躺在床上也下线了。

罗慎行摘下头盔在床上盘膝打坐,上次下线之后他已经耽误了一次打坐,那可是十多年来的第一次,这次他勉强控制着自己的心神,慢慢进入了运功时的状态。自从那一次在武魂中偶然达到内外交感的境界之后,罗慎行体内的真气由原来的细若游丝,开始壮大为涓涓细流,而且每次打坐之时都会从体外涌进一些真气,加入到自己的真气当中。

罗慎行在上次试着运行三个三十六周天之后没发现异常现象,而且成功地把自己在武魂中的宝贵经验融合之后,便自作主张地坚持每次运功都坚持三个三十六周天。

运功调息之后,罗慎行狼吞虎咽地把盒饭吃下去,匆匆睡了一觉之后还不到八个小时就冲回到武魂,罗慎行本以为自己一定比鬼师爷回来得早,但是罗慎行刚打开房门就见到鬼师爷从他自己房间里走了出来。

鬼师爷推开罗慎行闯进他的房间,在袋子里选了两颗宝石和十颗虎骨断续丹,然后让罗慎行把武器都留在客栈里,领着他一路上穿街过巷来到大同钱庄。在他们离开客栈时罗慎行发现那辆马车还在客栈的门口等候着。

罗慎行终于见到了自己和其他玩家存放资金的这个连锁钱庄,他一边仰头看着大同钱庄的牌匾一边被鬼师爷拉着走了进去。

鬼师爷来到高高的柜台前取出自己的路条,低声道:"把你的路条给我。"

罗慎行莫名其妙地把路条交给鬼师爷,鬼师爷把两个路条同时递给柜台后的店老板道:"在鬼师爷的账号上留下二百三十万个金币,其余的划到月夜之狼的账号里面。"

直到走出大同钱庄的门口罗慎行才问道:"你这是做什么?"

鬼师爷径直向前走着,头也不回道:"一会儿见到城主的时候,你就拼命哭穷,具体应该怎么办不用我教你吧?"

罗慎行隐约明白了他的意图,会意道:"明白,这种事儿我在行。"

鬼师爷微微一笑,轻车熟路地来到位于幽州城正中央的城主府,罗慎行大开眼界

地望着雕梁画栋犹如古代皇宫的城主府,仿佛乡下的小子初次来到繁华的大都市中。

鬼师爷走到把守城主府的卫兵前道:"我们求见城主大人,我们想要买地。"

一个卫兵默不作声地走了进去,不多一会儿返回来道:"城主让你们进去。"

罗慎行悄悄地问道:"这么容易就可以见到城主了?"

鬼师爷踩了他一脚大声道:"多谢。"然后随着那个卫兵往里面走去,越往里走,城主府的环境越美,小桥流水、假山盆景让人如同走在画中。

穿过了前庭之后,在一栋朝南的官衙中罗慎行见到了那个肥头大耳的城主,城主见到鬼师爷时主动站起来道:"原来是你呀。"

鬼师爷紧走几步道:"又见到您老人家了。"然后把两颗宝石和丹药放在了城主面前的书案上道:"这是我孝敬您的。"

城主眉开眼笑地道:"怎么好意思总收你的东西呢。"但是却毫不客气地放入了自己的口袋里,他的话一出口,罗慎行就知道了鬼师爷以前一定拜访过这个贪心的NPC,虽然城主是系统的工作人员扮成的NPC,但是胆子也太大了,竟然公开收受贿赂。

鬼师爷客气地道:"这次我们来是有事相求。"

城主痛快地道:"是想买地吧!说吧,你看中了城里的哪块地?"

鬼师爷道:"我想买城外的草原建一个牧场。"

城主惊叫道:"你想把城外的草原买下来?你有多少钱?"

鬼师爷傲然道:"有二百三十万个金币。"然后仿佛炫耀般把自己的路条拿出来摆在城主的面前。

罗慎行立刻配合地叫道:"不行,你不能动那些金币,那是我们要买装备的资金,那里面也有我的一份,你不能乱花。"

城主看了看罗慎行身上穿着只有新手村的低级玩家才穿的布衣不悦道:"你的那点儿金币只能勉强建一个村庄,你想买城外的草原再加十倍也不够。"如果不是看在鬼师爷以前送过自己礼物的份上,他早就让人把这个狂妄的家伙赶出去了,区区二百三十万个金币就想买下自己的草原?真是笑话。

鬼师爷道:"城主误会了,我买的并不是全部的草原,我只买一小块就够了,我没太大的野心,只希望在城主的庇护下寻找个安身的地方。"

城主缓和下来道:"那我派人在草原上给你选一块离城近的地方吧,草原上的盗贼很多,离城越近越安全。"

鬼师爷连忙道:"谢谢城主的美意,我想自己选。"

城主犹豫了一会儿道:"大家都是老朋友了,就按你的意思办。不过你想要多大的面积?因为你的金币实在不多。"

鬼师爷道:"我想要一个时辰的草原。"

城主愕然道:"一个时辰?那是多大的面积?"

鬼师爷指着罗慎行道:"让我的同伴在草原上跑一个时辰,在这一个时辰里他跑出多大的面积我就要多大的面积,您看行吗?"

城主愤怒地站起来道:"腿脚快的人跑一个时辰的话足可以跑遍幽州城了,你是不是拿我当傻瓜？"

　　鬼师爷连忙道歉道："这实在让您为难了，让我再想一想。"鬼师爷早就知道自己的提议通不过，但是漫天要价、就地还钱是买卖的老规矩，要价低了的话自己就亏了，俗话说得好：宁可要跑、不可要少。

　　他摸着下颌在地上转了好几圈才仿佛痛下决心地道："大人，您看这样行不行？我的同伴有一张弓，你看让他射一箭怎么样？以箭的射程作为牧场的长度，宽度也以同样的长度来计算，他能射多远我们的牧场就建多大的面积。"

第二十章
一箭之地

　　城主听到鬼师爷花样百出，一会儿要求一个时辰的草原，一会儿要求一箭之地，颇感不耐烦地道："就这样吧，你的一箭之地就收二百二十万个金币好了。"

　　鬼师爷给罗慎行使个眼色，罗慎行立刻哭天抹泪地凄楚叫道："鬼师爷,你把我的金币都买草原了，你让我以后喝西北风啊？你不是说城主大人慈悲慷慨吗？又怎么会把我活命的钱一下子都拿走啊！你是不是来错地方了？"

　　鬼师爷佯怒道："闭嘴！你懂什么？大人已经够照顾我们了。"然后对城主赔笑道："他就是小气,穷人家的孩子没见过大场面,他就想象不到如果我们开马场发财之后，一切本钱就都回来了。"

　　说着踢了罗慎行一脚骂道："你的那点儿钱扔进河里连个水漂都打不起，我们发财的日子在后头呢，你看我是吝啬的人吗？你今天在我这里投资，明天就会十倍、百倍地赚回来，你一点儿发展的眼光都没有,你还有什么出息？"

　　城主干咳一声道："我说……那个鬼师爷,既然你手头资金有限,大家朋友一场我也不能看笑话,你的费用可以少交点儿,一百二十万个金币吧,这个价格已经低得不能再低了,建一个村庄的费用还要缴纳一百八十万个金币呢！若非你们是第一个要建牧场的人，那是一个金币的费用也减免不了的,节省下来的金币就算是……"

　　城主刚想说出"就算是我在牧场的投资"时，鬼师爷急忙截住他的话道："大人，我可不是小气的人,您别听我的同伴乱说。"

　　城主以为他想抛开自己,不让自己参与这项利润可观的大买卖,不悦地道："鬼师爷,你是不是怕我分了你的利润？"

　　鬼师爷等的就是他这句话，连忙摆手道："大人，你可要把我冤枉死了，我鬼师爷别的不敢说懂，但是有财大家发这个道理还是明白的，何况是城主大人参与进来，不过草原上盗贼横行，我和我的同伴没有把握抵挡得住他们的掠夺。"

　　说完看着城主略微有点儿犹豫的神情道："如果城主能够给牧场增加一些护卫的份额,我敢保证大家一定会发大财。"

　　鬼师爷争来争去就是为了提出这个要求，在武魂里每个村庄的护卫份额是四人，自己的牧场规格与村庄差不多，想必护卫的名额也有限得很，但是却要面对凶悍的草原盗贼，稍有不慎的话就会让自己的一番心血付诸东流，而申请建造牧场后由各州的城主分配的免费护卫就是自己的护身符。

　　城主为难地道："幽州城的护卫数量有限,想通过增加护卫来提高你们的防卫水平的事很难办啊！"

　　鬼师爷微笑道："大人，咱们的牧场建立起来后有您 20% 的股份,这可是您额外的收入,牧场越安全您赚得就越多。"

城主压低声音道:"但是这事儿你们可别乱说,要不然我的饭碗就要不保了。"他担心的是自己从玩家的手中私自分得大量的赃款之后要被昊天公司炒鱿鱼,那可得不偿失了。

鬼师爷严肃地道:"只有我们三人知道此事,大家都是求财的,我们两人怎么会做出这种愚蠢的事呢?"

城主终于下定决心道:"八个护卫。"

鬼师爷道:"成交。"

城主拿出一份文书道:"牧场的名字想好了吗?"

鬼师爷道:"名字就叫夜狼牧场,场主的名字是月夜之狼。"说完指着罗慎行道:"就是他,我们未来的牧场主。"

城主用鼻子"哼"了一声,明显是瞧不起罗慎行,但是既然是鬼师爷提出来的,想必有点儿门道。他签署完文书又拿出一个印与文书一起递给罗慎行道:"这是你的场主印,在进入牧场的野马身上盖上你的印,那匹马就是你牧场的了。"

罗慎行接过自己的大印和文书,好奇地看了一眼,发现印上是空白的,罗慎行把文书和大印小心地放到怀里。

办完手续后,城主告诉他们到大同钱庄把金币划到城主府的账上合同就自动生效,然后就可以雇用建造牧场的工人开始在自己选定的地点开工了,而那八个护卫要在牧场建好之后才会自动到达。

鬼师爷领着罗慎行正要离开,城主突然叫住了罗慎行,罗慎行冷淡地问道:"您还有什么指示?"他对这个一下子就要分掉牧场20%利润的家伙同样看不顺眼。

城主憋了半天道:"你的箭一定要射得远点儿。"

罗慎行几乎要当场放声大笑,方才城主还要为了牧场的面积斤斤计较,现在却唯恐自己的箭射得距离过近影响他发财,强忍着笑:"大人放心,我一定不会客气的。"

离开城主府之后,鬼师爷得意地道:"你今天的表现不错,我们已经成功一半了,剩下的事儿就好办了。"

罗慎行停下脚步道:"你打的是什么鬼主意?一箭之地够干什么的?你是不是有钱没地方花了?"

鬼师爷冷冷地道:"有钱没地方花?你知不知道我为了巴结城主花了多少心思?我在新手村时打出的极品装备都送给他了,你说我会不心痛吗?这一箭之地的价值你到时自然就明白了。"然后不再理他,到大同钱庄把金币划了过去。在鬼师爷把金币划过去的同时,罗慎行取出自己的大印,发现印上已经刻着自己未来的牧场的名字"夜狼"。

鬼师爷要过罗慎行的路条和大印之后问道:"你知道回客栈的路吧?"得到罗慎行肯定的答案后理直气壮地道:"你回去把你的东西装到马车上,然后等我回来一起出发。哦,对了,顺便把房间退了。"说完把客栈房间的钥匙丢给他。

罗慎行感到自己仿佛被鬼师爷当成了下人,正想提出抗议时鬼师爷已经朝另一个方向走了,罗慎行气愤地冲鬼师爷的背影挥挥拳头,无奈地回到客栈按照鬼师爷的吩咐把自己的东西装到了马车上,这时罗慎行才发现鬼师爷的东西都放在马车上一直没有拿下来,显然鬼师爷昨天下线前帮自己把物品放到客栈中是怕自己怀疑他趁机挟带私逃。

罗慎行把鬼师爷吩咐的事办完之后,等了好半天才见到鬼师爷领着一大群人浩浩荡荡地走过来。罗慎行惊讶地看着这群拿着各式工具的人吃惊地问道:"鬼师爷,你找的都是什么人?"

鬼师爷跳上马车命令车夫从北门出城之后若无其事地道:"建造牧场的工人,还有一个铁匠。"在马车的后面那群工人和那个扛着大包裹的铁匠紧紧地跟随着。

罗慎行试探着问:"难道你想让铁匠在牧场打造武器?"

鬼师爷露出笑容道:"这回你聪明了许多,这可是我花了三十万个金币才雇来的,每天还得给他五百个金币的工钱。"

罗慎行伸手摸摸鬼师爷的额头道:"你没发烧吧?"

鬼师爷没好气地拂开他的手道:"这个价格是捡了大便宜的,当战争爆发起来之后,再加一倍的价钱你都不见得能雇到。"自从鬼师爷来到真武大陆之后,就一直到处打探各种消息,玩家的资格、各地物品的贵贱、城市和村庄的布局,这些在武魂的公开资料中找不到的消息都是他留意的目标,而他最得意的一项发现就是找到了幽州城北的这片草原。

那是他在见到城市中有马车出租这项服务之后就动了心,他凭着自己的感觉向北方寻找,在避开草原上的盗贼的多次攻击之后他终于在草原深处的一个村子里见到卖马的业务,他知道自己苦苦寻找的机会来了——骑兵作为战争中最犀利的部队,迟早要普及开的,这个小村子出现卖马的行业就是前兆。

鬼师爷强压自己的激动心情,压抑住自己想买一匹马的欲望——他现在不敢让其他的玩家知道现在已经有马可以出售了,他要趁着别人知道这个消息之前就垄断这个行业,所以他未雨绸缪地先通过送礼物的方法结交下幽州城的城主,然后寻找可以合作的伙伴。

鬼师爷把路条还给罗慎行道:"武魂中物品价格是随着行情而变化的,当战争爆发时武器的需求量将飞速上升,到时价格肯定是一涨再涨,铁匠的佣金自然也会随着水涨船高,我们早点准备的话到时可以节省一大笔资金。本来我是打算雇两个的,但是现在资金不太宽裕,暂时只有先雇一个了。"

罗慎行接过自己的路条也没仔细看就放了起来,但是他没注意到自己的账户已经只剩下二万个金币了。

马车在土路上行走了大半个时辰之后,逐渐踏上了辽阔的大草原,此时已经没有路了,马车颠簸在茂密的草丛中一直向北方驶去。在草原上继续走了一个时辰之后,马车来到了一座连绵起伏的高山附近,鬼师爷兴奋地道:"前面不远就是了。"

罗慎行以为他是想把牧场建在山脚下,赞同道:"建在山脚下也好,遇到敌人攻击时可以减少防守的范围。"

鬼师爷诡秘地笑道:"还有更精彩的。"说着命令车夫停下来,让罗慎行带着风神弓和一支箭随自己下了马车。

这时罗慎行发现马车来到了两座山中间的大峡谷前,峡谷的宽度将近一千米,两侧陡峭险峻,仿佛被人把一座完整的大山从中硬生生地劈开一个大口子。

鬼师爷站在南面的山脚下深吸一口气,以微微颤抖的声音问道:"夜狼,你一箭能不能从这里射到北面的山脚下?"

罗慎行犹豫道:"我没试过可以射多远,但是应该没问题吧。"他已经明白鬼师爷是想把峡谷给占据了,罗慎行虽然不知道鬼师爷的目的,但是看到鬼师爷的紧张表情就猜得出来他一定很在意此事。

鬼师爷咬牙道:"反正事已至此,想多了也没用,把文书给我。"

罗慎行莫名其妙地把文书递给鬼师爷,鬼师爷把文书放在山脚下道:"你踏上去,这就是我们伟大牧场的奠基地点。"

罗慎行的双脚刚踏到文书上,文书就变成了一块深藏在地下的青石,鬼师爷声音嘶哑地道:"你的箭的落点将决定我们未来的命运,开始吧!"

罗慎行被鬼师爷紧张的样子弄得忐忑不安:"你别吓我,我紧张的话手就会发抖,而且万一射不到对面的话你可不要怪我。"嘴上虽然如此说着,但是眼睛却打量着对面的峭壁,慢慢地把弓拉开。

罗慎行调整着箭尖与地面的角度,当箭与地面达到三十度角时他的手一松,那支箭带着啸声射向远方。在鬼师爷和罗慎行眼巴巴的注视下,那支箭在达到最高点之后沿着一条弧线向斜下方落去。

鬼师爷的心已经提到了嗓子眼,眼睛眨也不眨盯着那支箭不负重托地射在对面的山脚下,此时那支箭已经是强弩之末,浅浅地插入山脚下后被自身的重量压倒在地上,然后在箭的落点上出现了第二块青石。

鬼师爷"扑通"一声跪坐在地上,喃喃自语道:"感谢老天爷,真的射到了。"

罗慎行把他拉起来,取笑道:"如果我射不到对面的话,你是不是要去自杀?"鬼师爷在自己的面前一直是一副胸有成竹、遇事不惊的沉稳姿态,没想到区区一支箭就把他紧张成这样。

鬼师爷掏出大印声嘶力竭地道:"以此为基点向东扩展,护栏高三米,东西两面的护栏留下十五米宽的大门。"随着他的声音,那些工人一哄而散,奔往山的缓坡处开始伐木,留下那个暂时无事可做的铁匠孤零零地站在那里。

罗慎行指着峡谷道:"为什么不把牧场建造在峡谷里?这样的话两侧就不会受到敌人的攻击了。"

鬼师爷亲热地搂着罗慎行的肩膀往峡谷中走去道:"夜狼兄弟,我现在越来越相信你的好运气了,你说你的箭那么恰到好处地就落到对面的山脚下,简直神了。"

罗慎行趁机摆出小人得志的嘴脸道:"少说废话,我在问你话呢?"

鬼师爷拖着他来到峡谷的另一端道:"你看远方是什么?"

罗慎行抬眼望去,只见远处一个闪着银光的湖泊附近上百匹矫健的野马正在湖

泊边饮水,他惊喜地道:"那些全是马啊!我们发财了。"

鬼师爷不屑地道:"我让你看的不是这个,你再往远看。"

罗慎行看着更远处连绵起伏的群山,又若有所思地向左右两侧望去,发现果然不出自己所料,自己的面前是一个被群山环绕的巨大盆地,他不敢置信地道:"难道这个峡谷是盆地的唯一出口?"

鬼师爷傲然道:"现在你明白一箭之地有多重要了吧?只要我们守住大峡谷,这个盆地就是我们的天然牧场,别的玩家可以越过高山进入到盆地中,但是他们一匹马也带不走,除非他们把马扛出去,幽州城主那个蠢货怎么会明白我的一箭之地有多大的价值。至于为什么不把牧场建到峡谷里是因为我要让大峡谷变成我们的安全通道。"

鬼师爷发现这个盆地之后,又历尽千辛万苦仔细察看了盆地周围的详细情况,终于确定大峡谷就是扼住盆地的咽喉,这个发现让他欣喜若狂,然后鬼师爷便让自己在龙门镇的同伙——也是自己唯一的一个同伙寻找新手村里运气最好的家伙,想借助他的好运来与自己共同创业,这才找上了月夜之狼。

罗慎行兴奋地搓着双手道:"我们让这些马一点儿一点儿地繁殖,当它们繁殖到几千匹的时候,我们就会成为大富翁了。"

鬼师爷指着湖边的马群冷笑道:"那要等到什么时候?等它们繁殖起来的时候,拥有军队的玩家早就把我们的牧场踏为平地了。走,回去看看牧场建得怎么样了?"

他们回到峡谷的另一端牧场的地点时,那群工人已经把牧场建造得初具规模了,高大的护栏已经整整齐齐地把牧场围成一个一千米见方的正方形,东西两侧的宽达十五米的大门敞开着,本来杂草丛生的地面已经变成了平整的沙土地。牧场东面的大门旁还立起一块石碑,上面刻着"夜狼牧场"四个大字。

工人们正在牧场的四个角落建造高达五米的瞭望塔,当瞭望塔建好的瞬间,在牧场的中央突然出现了八个持刀的护卫和一个拿着账簿的老者,其中四个护卫自动走到了牧场的四个瞭望塔上坚守岗位,另外的四个护卫分成两组把守在东西两扇大门前。然后铁匠自己主动走了进来,在西北角的一块地上打开自己的大包裹麻利地支起打造武器的设备。

罗慎行新奇地看着眼前发生的一切时,拿着账簿的老者走到罗慎行的面前道:"场主,我是夜狼牧场的管事,为您负责牧场日常的经营与账目管理,请先支付您的手下护卫、铁匠和我今天的工钱。"

罗慎行吓了一跳,慌乱地道:"怎么你刚来就要钱?"

管事目无表情地道:"当您不能支付工钱的时候,您的手下就会自动离开,请先付钱,一共二千六百个金币。"

鬼师爷掏出自己的钱袋递给管事道:"这是三万个金币,由你按天支付大家的费用。"然后命令工人道:"建造两个仓库和一栋住房。"

罗慎行在管事收过钱离开的时候心痛地道:"一天的费用怎么这样多,再说这个管事的是从哪冒出来的?"

鬼师爷淡淡地道:"这点儿小钱就心疼了?铁匠的工钱每天五百个金币,管事的

111　第二十章　一箭之地

每天五百个金币,护卫每人每天两百个金币,这还算多吗？当牧场的马群每达到一百匹的时候系统还会自动地分配一个牧人。而且管事的是武魂系统自动分配给购买了土地的玩家的奖赏,他可以主动做很多琐碎的小事儿,你就偷着乐吧！"

罗慎行想起了鬼师爷那几百万的金币,也觉得花点小钱儿却买来个省心也是不错的事,放下心道:"也对,咱们现在的金币足够维持一千天的开销了。"

鬼师爷耸耸肩道:"不可能的,现在我们能维持几十天就不错了。"

第二十一章 牧场夜战

罗慎行以为自己听错了,买地只花去了一百二十万金币,雇铁匠用了三十万个金币,剩下的应该还要有二百三十万个金币才对,他急忙拿出自己的路条时才发现自己的账户上只剩下了两万个金币。罗慎行自己原来拥有十二万个金币,在求见幽州城主之前鬼师爷往自己的账户上又划进去了一百四十万个金币,现在鬼师爷不仅把他的金币收了回去,而且还把自己的十万个金币也拿走了。

罗慎行心存幻想地道:"是不是都在你的账户上?"

鬼师爷大方地拿出自己的路条递给罗慎行,路条的背面清清楚楚地显示着他的账户上也只有三十五万个金币而已。罗慎行气急败坏地道:"金币呢?你都干什么用了?"

鬼师爷淡淡地道:"一百套皮铠甲、一百副马鞍、两车铁矿石、一车粮食、一车杂物、雇用工人建马场,你说我都干什么用了?"按鬼师爷的预计,玩家之间的战争爆发之后,盔甲等战争资料的价格将飞速向上攀升,这个时候不趁机预先储备的话,到需要的时候再购买将会造成极大的经济损失。但是这些都是月夜之狼所想不到的,这些费心费力的事只有自己多辛苦一点儿独自承担了。

罗慎行想了一下问道:"难道你现在就准备组建军队?"他听到鬼师爷说的那一百套铠甲和一百副马鞍时就明白了鬼师爷的计划,但是现在自己的威望值最多只有五十多点,那还是自己多次杀死兽王才得到的,如果想要获得领兵权的话至少还需要四十多点威望值。而且看鬼师爷的样子也不像是威望值很高的那种人,让他领兵的话也不太可能。

鬼师爷看出了他的疑虑,目光望向远处道:"我的威望值很低,我刚进入武魂的时候只有十五点威望值,现在仍然还是十五点,我没你的好运气可以杀死兽王来获得系统奖励的威望值,再说我也没有那个胆量去杀兽王。"

鬼师爷说到这里对罗慎行歉意地一笑道:"你在客栈等我的时候,我拿着你的路条到百晓翁那里查阅了你的详细资料。在进入真武大陆之后我们的资料都被隐藏了起来,想必你的魔眼戒指所能看到的别人资料也很有限,但是拿着路条到百晓翁那里就可以很详细地查阅,我看到你的资料上显示金色熊王竟然是你杀死的,真是让我喜出望外。"

罗慎行听到他的威望值只有十五点,与自己刚进入武魂时的身份差不多,同病相怜地安慰道:"原来你的威望值也这么低,看来你我都是武魂里的下等阶层了。"

鬼师爷摆摆手道:"现在你的身份不同了,你的威望值已经达到六十五点,再有三十五点你就可以得到领兵权了。"然后看着罗慎行惊讶的表情继续掰着手指头道:"你最初的威望值是十二点,杀死头羊获得五点威望值的奖励,杀死狼王得到十点威望值,杀死金色熊王得到十五点威望值,杀死血豹王也得到了十五点的威望值,来到沧州城后你杀死了铁血盟的八个人,杀死每个人获得一点威望值,所以你一共有六十五点威望值。"

罗慎行伤感道:"那我不是还得杀死三十五个玩家才能得到领兵权吗?"当初他和鬼师爷逃离沧州城的时候,有那么多的敌人摆在他面前,但是罗慎行对那些追杀他的人都心存善念不忍下手,现在他还得杀死三十五个其他玩家,这让他感到十分为难。

鬼师爷道:"获得威望值还有一个办法,到时你不想杀人也不行了。当我们的物资运到牧场的时候,盗贼们会蜂拥而至,你的箭法就要大派用场了,杀死一个盗贼同样可以获得一点威望值。"

罗慎行欣然道:"那太好了,盗贼们最好快点儿……哎呀!"他的话音未落,愤怒的鬼师爷已经狠狠地踢了他一脚。

此时工人们已经完成了仓库和住房,带着自己的工具从牧场的东门出发回幽州城去了。鬼师爷让车夫把马车赶到牧场中,然后对管事吩咐道:"入账。"

管事答应一声开始把马车上的物资往仓库里面搬运,罗慎行好奇地问道:"我才是真正的牧场主,他怎么会听你的话?"

鬼师爷晃晃手中的场主大印道:"我拿着你的大印,就可以借此发号施令,而且万一你死了的话我也可以凭借大印支撑一段时间等待你重新返回来。"

罗慎行笑骂道:"你才会死了呢,乌鸦嘴。"

鬼师爷在管事把车上的东西搬进仓库之后,把马车打发了回去,然后与罗慎行登上了牧场东南角的瞭望塔。瞭望塔中的护卫站在报警用的铜锣下警惕地四下注视着,对罗慎行和鬼师爷的到来视若无睹。

鬼师爷望着逐渐西下的武魂太阳,梦呓般痴痴地道:"在荒凉的草原上牧场终于建立起来了,总有一天它将把草原的静寂打破。从今天起,牧场就是我们争霸武魂的起点,我要从这个划时代的游戏中赚到我的第一桶金。"

罗慎行从没想到过游戏中的景色也会这么美,他以前只知道拼命地练级,在他的眼里只有猛兽,杀死猛兽好冲到真武大陆,但是到了真武大陆之后到底想做什么却没有考虑过,那时冰雪凝儿在自己身边,他只想永远跟在冰雪凝儿身边,但是现在凝儿走了,却又遇到了鬼师爷这个满脑子都想着发财的家伙。

他一直很怀疑鬼师爷的想法是否可行,虽然在别的网络游戏中也有玩家从中赚到了一点儿小钱,但是鬼师爷竟然在武魂游戏中投入了八十万的现金准备从中获利,这样的大手笔让罗慎行颇有点儿不以为然。

罗慎行想起了盆地中那个湖边的马群,心痒难耐地道:"我们现在就去抓马如何?"他实在很想尝试一下在游戏中骑马的感觉,生活中他只是在公园中骑过两回马,既然武魂的系统如此真实,想必骑马的感觉一定不会太让人失望。

鬼师爷微笑道:"你不要诱惑我,我比你还要心急。但现在不是时候。我在购买铠甲等物资的时候多花了总价十分之一的金币委托商行送货上门,拥有众多护卫的商行在路上是不会受到攻击的，但是盗贼们绝不会放过这批价值两百多万个金币的货物，当货物交到牧场的时候，就是盗贼们下手的时刻。"

在夜幕降临的时候，牧场东面的草原上浩浩荡荡地来了十来辆马车，在几十个护卫的保护下向牧场走来，早已等候多时的鬼师爷道："夜狼兄弟，能不能打退盗贼保护好咱们的命根子都要看你了。"说着离开瞭望塔与牧场管事接收货物去了。

罗慎行左脚踏着装箭的箱子，握着风神弓居高临下地俯视着牧场外面的情况，有护栏的保护，还有八个护卫的帮助，罗慎行有绝对的信心可以让盗贼们有来无回。

当货物全数放进仓库的时候，已经是午夜时分了，完成任务的商行的队伍按原路从东门退了出去。罗慎行见盗贼们到现在还没有露面，正在怀疑鬼师爷是否过分小心了的时候，牧场东北角的瞭望塔传来报警的锣声，清脆的锣声在空旷的牧场上空久久回荡着。

罗慎行正想离开东南角的瞭望塔支援东北角的时候，昏暗的夜色下一群盗贼从牧场的东北角向因商行的队伍刚离开而未来得及关闭的东门扑了过来。罗慎行把箭搭在风神弓上叫道："鬼师爷，关门。"然后手起箭落把一个盗贼射死。

鬼师爷与管事两人负责一扇对开的牧场大门，守门的两个护卫负责另一扇正拼命地往一起合拢，但是沉重的大门还有两米的距离才能关闭的时候，在罗慎行箭下漏网的盗贼已经冲到了大门前，正在关门的两个护卫立刻挥舞着手中的大刀迎了上去与盗贼纠缠在一起。

罗慎行命令自己的瞭望塔上的护卫道："你下去守门。"

那个护卫答应一声跑步离开瞭望塔加入了守门的队伍，鬼师爷也把东北角的瞭望塔上的护卫叫了下来。这时护卫们的强悍才表现出来，四个护卫把还有两米才合拢的大门把守得固若金汤，一个又一个的盗贼在他们的刀下死去，罗慎行头皮发麻地看着冲到东门前黑压压的盗贼，手中的风神弓一刻也不敢停下，一支接一支的箭往盗贼中射去。

眼看东门外的盗贼越来越少，罗慎行正要庆幸可以成功守住牧场时，牧场东南角的瞭望塔传来了让罗慎行心惊肉跳的报警锣声。

鬼师爷一边狂吼道："别管那边的事，先把东门守住。"一边在护卫们的身后徒劳地挥舞着自己的短刀却没有下手的机会，管事则抱着自己的脑袋瑟缩在鬼师爷的身后。

鬼师爷用刀背敲着管事的脑袋命令道："你去把西面瞭望塔上的护卫都叫下来守西门，一定要给我顶住。"

管事捂着脑袋抱怨道："你这样无礼地对待手下是要降低我们的忠诚度的。"此时西门的报警锣声已经越来越急促，鬼师爷踢了他一脚道："牧场都要没了，你的忠诚度有个屁用。"

管事不满地嘟囔一声磨磨蹭蹭地往西门走去，鬼师爷举起刀恐吓道："快去，要不然我砍了你。"管事惊叫一声立刻撒腿飞奔。

鬼师爷哈哈大笑着爬上了东南角的瞭望塔，罗慎行头也不回地问道："你让管事去发布命令,你怎么不去?"同时手中的箭继续攫取着残存的盗贼的性命。

鬼师爷尴尬地道:"我去了也派不上用场,还是帮你守东门比较合适。"当初鬼师爷在新手村的时候就是凭借打低级的野兽勉强混到五十级的,不要说兽王,就连豹子等猛兽他都不敢去杀,现在如何敢面对比猛兽还要凶狠的盗贼,所以还是留在月夜之狼的身边比较安全,就算西门守不住也可以凭借瞭望塔的优势把攻进来的盗贼打退。

罗慎行甩甩因射箭过多而有些麻痹的胳膊道:"如果没有牧场护栏的保护,我们早就失败了,那几个护卫好像都受了伤。"

鬼师爷焦急地道:"这些护卫可是补充不了的,死一个少一个,我们的牧场全凭他们守着呢,你快射箭呀!"

就在这时一个护卫的大腿被盗贼砍中,那个护卫无力地瘫坐在地上,但是手中的大刀却继续砍向盗贼。罗慎行瞄准了那个把自己的护卫砍成重伤的盗贼,弓弦的声音响起时,一支利箭准确地射进那个盗贼的脑袋。

鬼师爷看着牧场门外剩下的那七八个盗贼道:"射得好!继续,杀死他们之后我们支援西门去。"说完之后突然发现被自己派去西门的管事不知什么时候也溜进了瞭望塔。

管事见鬼师爷发现了自己,嗫嚅道:"牧场西门的盗贼已经马上要攻进来了,我是来给场主送信的。"

罗慎行惊呼道:"你说什么?"被管事的话惊得一箭射偏了,让一个盗贼幸运地逃过了一劫。然后急忙集中精神接连射出四箭射死了四个盗贼,看到护卫对付剩下的盗贼已经没有问题了,从箱子中抓出十几支箭放到自己背上的箭壶中道:"你们负责把东门关上。"说着匆匆跑下了瞭望塔。

当罗慎行赶到西门的时候,西门的盗贼们在没有弓箭的威胁下已经有十几个人爬过了护栏,六个盗贼正围着那四个护卫拼命地厮杀,两个盗贼正在把大门打开,另外的三个盗贼已经往仓库的方向冲去。

罗慎行一边奔跑一边手起箭落把那三个冲向仓库的盗贼射死,但那两个开门的盗贼已经把大门打开了一个缝隙,外面的盗贼一拥而上把大门推开了三米多宽,一个留着络腮胡子的盗贼首领率领着二十几个盗贼昂然走了进来。

罗慎行见到盗贼首领的时候才明白盗贼们是在首领的指挥下采取声东击西的办法,让一部分盗贼攻打东门吸引自己的注意力,真正的攻打目标却是牧场的西门。

罗慎行缓缓地举起弓,搭箭瞄准了盗贼首领,只要盗贼的首领死了盗贼们将立刻变成乌合之众。盗贼首领也警觉到罗慎行对他的威胁,举起大刀一步步地向罗慎行逼来。

罗慎行把箭对准了盗贼首领的面门大喝道:"去死吧!"长箭如划过夜空的流星般射向盗贼首领。盗贼首领大刀一摆把箭磕飞了,然后速度突然加快冲向因为自己的箭第一次被挡住而有些惊愕的罗慎行。

罗慎行准备抽出第二支箭的时候,盗贼首领已经飞快地冲到了罗慎行的近前,狰狞的脸上露出了残忍的笑容,大刀闪电般劈向罗慎行的头顶。

罗慎行向后一错步同时举起风神弓格挡,随着"当"的一声,罗慎行早已酸麻的手臂被盗贼首领的大刀震得失去了知觉,险些再也握不住风神弓,但是也成功地化解了这必杀的一刀。

罗慎行把风神弓交到右手向盗贼首领迎面打去,在盗贼首领举刀招架的时候罗慎行突然把手松开,风神弓被高高地击起落向了远方。盗贼首领使错了力道身体不由自主地向前一倾,罗慎行的右膝向下一屈,同时左手握拳击出,血铁爪上弹出的三个利刺狠狠地刺入盗贼首领的左肋。

盗贼首领惨呼一声挣脱了血铁爪,左手捂着肋下流血的伤口仓皇向后退去。罗慎行暗叫可惜,如果不是自己的左臂又酸又麻使不出力量,这一击就可以让盗贼首领立时丧命。不过要是盗贼首领肯拼命的话自己的小命今天就要交待了,但是盗贼首领受伤之后丧失了斗志,踉踉跄跄地往牧场大门逃去。

罗慎行虚张声势地叫道:"你往哪里跑?"向盗贼首领追去。只是现在即使风神弓在手中,罗慎行也没有拉弓的力气。他只好眼睁睁地看着盗贼首领在一群盗贼的保护下冲开护卫的攻击逃出了牧场,转瞬消失在黑暗中。

罗慎行命令护卫把牧场门关好,然后寻回了自己的风神弓往牧场的东门走去,鬼师爷和管事正在用罗慎行合成的珍贵丹药为那四个受伤的护卫疗伤,见到罗慎行走来后若无其事地说道:"你的这些丹药很管用,原本我还打算把它们变卖了换钱呢,现在看来还是自己留着比较好,以后也派得上大用场。"

罗慎行没好气地道:"你们怎么不去帮我?如果你们能及时赶到的话盗贼首领一定逃不掉,结果坐失良机。"

鬼师爷慢条斯理地道:"我不正在帮你吗!你知不知道这四个护卫的伤有多重?腿上受伤的那个差点儿就死掉了,而我为他们治好伤之后他们就又变成生力军了,即使你死了我也可以凭借他们打退盗贼。"

罗慎行无力地坐在地上一边捶打自己酸痛的胳膊一边哀叹道:"在你眼里我的地位还比不上一个护卫,你这个黑心的师爷,我现在开始怀疑与你合作到最后的话你会不会把我给卖了,只怕你卖我的时候我还要傻乎乎地帮你数钱呢!"

鬼师爷不屑地骂道:"鼠目寸光!经过这一场胜仗之后护卫们的士气和忠诚度都会得到极大的提高,他们是我们保护牧场的护身符,在我们的军队没有建立起来之前,我们只有依靠他们为牧场效力。"

罗慎行这才想起自己还没有观察过护卫的资料呢,而且自己的资料也没有认真地看过。他先检查自己的资料,发现自己的资料也和别的玩家一样只有自己的名字,名字的下面身份一栏显示自己是夜狼牧场场主。

当初他在龙门镇时加入的逍遥帮的身份也在资料中显示着,罗慎行想起了轩辕、阿婉和红尘客他们三人,心中不禁黯然。自己加入了逍遥帮之后与轩辕他们一起杀狼王得到的物品中风神弓和恶狼项链都是极为珍贵的物品,轩辕他们不可能不知道它的价值,但是轩辕他们把最珍贵的东西都无私地送给了自己。现在不知轩辕他们是否已经来到了真武大陆?

罗慎行惆怅了一阵，开始察看护卫们的资料。护卫们的资料与玩家的资料不一样，他们的资料中显示的只有他们的职务——夜狼牧场护卫，在职务之下是士气、攻击力、防御力和忠诚度。现在这几个护卫的士气是 75%，攻击力是 120，防御力是 80，忠诚度更是达到 90%。

罗慎行看完之后好奇地向管事看去，发现管事的资料中职务是夜狼牧场管事，职务下面是士气和忠诚度，但是他的士气只有 60%，而忠诚度竟然只有 55%，比护卫们的忠诚度少了将近一小半，看来管事很有做叛徒的潜质。

鬼师爷微笑道："当场主印在我的手中时他们暂时就是我的部下，所以我也可以观察他们的资料。我们夜狼牧场大管事的心情很不好，所以忠诚度低了点儿。"

第二十二章
经商之道

管事阴沉着脸不理鬼师爷,鬼师爷偷偷地给罗慎行一个眼神道:"大管事,你好好干,当我们牧场的马达到两百匹的时候,我每天多给你一百个金币。"

管事激动地道:"真的?"然后罗慎行惊讶地发现管事的忠诚度立刻上升到了65%,比原来高出了十个百分点,罗慎行张大了嘴看着鬼师爷。

鬼师爷指着刚才盗贼被杀死后散落在地上的兵器道:"管事,现在你把这些兵器都收到仓库去,这些都是我们牧场的了。"

管事痛快地答应一声开始收拾地上的兵器,甚至盗贼们死后留下的布衣都捡了起来,一副勤俭节约的忠诚管事模样。鬼师爷忍着笑拉着罗慎行去给西门的护卫们疗伤,罗慎行咋舌道:"给钱就增加忠诚度,咱们的管事也太势利了吧?"

鬼师爷放声笑道:"本来他的忠诚度很高的,但是被我恐吓了几次之后忠诚度就直线下降,看来以后不能再吓唬他了,要不然想要挽回他的忠诚可要我们破费了。"

当黎明来临的时候,牧场的一切都走上了正轨,鬼师爷在罗慎行的提议下拿出了八套皮铠甲赏给了那八个护卫,护卫们的忠诚度虽然只提高了2%,但是他们的防御力提高了10点,下次盗贼来的时候护卫们受伤的几率会小很多。

而且现在有了铁矿石,铁匠也开始了打造兵器,鬼师爷给他的任务是打造箭,虽然现在只有罗慎行能用到箭,但是按照鬼师爷的计划,不久之后夜狼牧场的军队组建起来之后,将是清一色的弓骑兵,那时箭的需求量将是一个庞大的数目。

罗慎行站在牧场西南角的瞭望塔上垂涎地望着湖边的野马群道:"你有什么方法把野马群抓过来?"自从知道鬼师爷把资金全购买了盔甲等货物之后,罗慎行看马群的目光已经变得越来越贪婪,这些马在他的眼里已经变成了一堆堆的金币和一群威武的骑兵。

牧场的护卫们虽然战斗力很强,但是一来他们人数太少,再者他们只能在牧场中活动,不可以离开牧场的范围,所以可以自由活动的士兵是可以更好地保护牧场的第一需要。罗慎行在昨夜的守护牧场的战斗中射死了四十多个盗贼,现在他的威望值已经超过了一百点,拥有了建立一百人的部队的权利,但是招募士兵的资金却成了当前的大难题。

鬼师爷认真地道:"一匹一匹地抓。"

罗慎行听到这个答案简直要晕过去,鬼师爷的回答说了和没说根本没有区别,谁不知道要一匹一匹地抓,但是问题是如何才能抓到它们?

鬼师爷以为罗慎行没明白自己的意思,让管事到仓库取来一副自己在幽州城买来的带笼头的马缰绳道:"你把马笼头套在野马的脖子上,把它带回牧场来,然后在它的身上盖上我们牧场的大印,从此那匹马就是我们夜狼牧场的私有财产了。"

罗慎行赌气道:"你说得倒轻松,那你先去抓一匹马来让我学习一下。"

鬼师爷尴尬地道:"每个人都各有所长嘛,我擅长的是谋略,这种考验身手的活动还是你比较合适。你想一想,一匹马现在的价格至少也要一万两千个金币、十匹马就是十二万个金币、一百匹马就是一百二十万个金币、一千匹马就是……"

他正要滔滔不绝地继续设想下去,罗慎行举手道:"停、停、停!您饶了我吧!我现在就去赚我们的第一个一万二千个金币。"

罗慎行把自己的武器都留在了牧场里,硬着头皮拎着马缰绳往湖边走去,原本在湖边的野马群见到罗慎行之后都警惕得离他远远的,罗慎行把马缰绳藏在身后慢慢地向野马群挪动脚步。但是野马群却不吃他这套,罗慎行往前挪一点儿,野马群便往后退一点儿,丝毫不给罗慎行下手的机会。

罗慎行发狠地突然向野马群冲去,企图追上野马群。但是现在可不是在龙门镇的时候,那时的新手玩家随着级别的升高速度也相应地增加,所以速度甚至可以比野兽还快。到了真武大陆之后这一切都取消了,玩家与真实生活中的状态是一样的,仅凭自己的两条腿想追上野马群比登天还难。

罗慎行徒劳地追在野马群屁股后跑了半天,气喘吁吁地停了下来,"呼哧、呼哧"地喘着粗气。那群野马见罗慎行不追了,便停了下来挑衅般回头望着他。

罗慎行气急败坏地怒骂道:"你们这群畜生,别让我抓到你们。"但是除了骂两句发泄一下之外他也没有别的方法可想。

野马群绕过了罗慎行又往湖边走去,罗慎行恋恋不舍地尾随在后面,继续准备伺机下手。但是两个多时辰过去了,罗慎行除了一身汗之外还是一无所获。

罗慎行悻悻地回到牧场准备向鬼师爷提出忠告——抓马的事情失败了,这条路是走不通的,还是及早把马场兑出去以免赔得更多。但是他回到牧场的时候鬼师爷却不见了踪影,罗慎行找到管事问道:"鬼师爷呢?"

管事耸耸肩表示不知道,罗慎行担心地想道:"是不是鬼师爷见自己抓不到野马,以至于想不开了?"就在他胡思乱想的时候,牧场的东门打开,鬼师爷兴冲冲地扛着一个袋子走了回来。

罗慎行实在不忍心打消他的积极性,但是长痛不如短痛,自己越早把真实的情况告诉鬼师爷,鬼师爷的损失越小。所以罗慎行严肃地走到鬼师爷面前郑重道:"鬼师爷,我连一匹野马也抓不到,这个买卖注定要赔本了。大家既然说好了利润平分,那么你投资牧场所造成的损失我也应该承担一半,不过我现在没有钱,只能以我手头的丹药和药材来抵账,如果你觉得不够的话,那几套盔甲也是你的。"

鬼师爷淡淡地道:"没抓到野马对不对?"

罗慎行惭愧地点点头,他现在实在无话可说,鬼师爷大张旗鼓地建立起牧场就等着自己抓马来卖钱呢,可是自己连一匹野马也抓不到,再为自己辩解就太没风度了。

鬼师爷欣然道:"好!好!果然不出我所料,咱们可以轻松地发财了。"这种情况早在他的意料之中,所以并不惊讶。但是他听到罗慎行要平分牧场的损失时才真正感到自己找对合伙人了，能主动分担损失的朋友才是值得信赖的。

罗慎行吃惊地道："你没听清吗？我一匹野马也没抓到啊！"

鬼师爷微笑道："你的运气那么好都抓不到，别人更不用说了。所以即使别的玩家知道草原上有马他们也只能干瞪眼，难道这不是好消息吗？"

罗慎行看这鬼师爷胸有成竹的样子，恍然大悟道："你一定还有别的方法！"

鬼师爷拍拍自己扛着的大袋子道："这是三十万个金币，带上你的弓箭，这一路上只要你把我保护好，我们就成功了。"

罗慎行看着袋子里的物体是棱角分明的块状物，好奇地盯着看了两眼，鬼师爷苦笑着摇头道："这里面是三十块金砖，每一块金砖可以兑换成一万个金币，在钱庄就可以兑换，要不然你以为上百万的金币的交易也都要一个一个地查吗？"

草原的深处到处都是半人高的茂密杂草，鬼师爷与罗慎行在没有任何道路的草丛中艰难地跋涉着，他们的方向是夜狼牧场的东北方。

罗慎行这次带了两壶箭，足有八十支箭，在路上罗慎行多次要求自己来扛装金币的大袋子，都被鬼师爷拒绝了，鬼师爷担心要罗慎行扛袋子的话遇到盗贼袭击时不能及时反抗，但是一路上除了几匹不知死活企图攻击他们的野狼外，没遇到想象中的盗贼。所以当他们到达目的地——草原最深处的一个村庄时鬼师爷已经累得上气不接下气了。

鬼师爷见到那个村庄时仿佛垂危的病人被打了一针兴奋剂，扛起大袋子飞奔道："到地方了。"旋风般冲进了村子，速度快得连罗慎行都自叹不如。

村子的名字是阕洱，阕洱村没有一个玩家，所有人都是系统的 NPC，村子里只有四个护卫，但是村子里的人都带着武器，在这个盗贼横行的草原里，全民皆兵是最好的防御办法。鬼师爷轻车熟路地来到村东头的一个巨大的马厩旁。

马厩的旁边是一个卖马的商人，鬼师爷把钱袋子往商人的脚下一抛道："三十万个金币，买你六十匹马。"

罗慎行惊讶地计算了一下，发现鬼师爷出的价格是每匹马五千个金币，按照鬼师爷的说法，每匹马在幽州城至少可以卖到一万二千个金币，这样算来每匹马至少可以赚到七千个金币。果然是赚钱的大买卖。

卖马商人摇头道："每匹马一万个金币。"

罗慎行偷偷地拉了鬼师爷一下高声道："太离谱了，我们不买了，这样的价格我们还不如自己去抓野马呢？"

鬼师爷摸着下颌道："上次我来的时候你的要价是每匹马八千个金币，价格涨得太高了，我看你的确很没有诚意。我的同伴说得很有道理，你这样的价格我们真的不如自己去抓野马了。"

卖马商人无动于衷地道："盗贼和野狼太多，野马群都跑到远处了很难被抓到，所以涨价了。"

鬼师爷同情地道："原来是这样，那我每匹马出六千金币，怎么样？我买得多你应该打个折扣。"

卖马商人道："每匹马九千个金币,不能再低了。"

罗慎行举起自己的风神弓道："我来替你们杀盗贼和野狼,你把价格降得低点儿。"

卖马商人意动道："那就按原来的价格每匹马八千个金……"他的话还没说完,鬼师爷打断道："这点我们做不到,但是你的马以后我们全包了,你有多少我们要多少。这次我只带了三十万个金币,一口价,买你四十匹马。"

卖马商人还在犹豫时,鬼师爷催促道："你到现在为止还没卖出过一匹马吧!现在有了大主顾你怎么反倒犹豫起来？"

卖马商人终于下定决心道："三十万个金币,四十匹马。"然后验收过金币之后从马厩拉出了四十匹马。

鬼师爷掏出夜狼牧场大印在每匹马的马屁股上都盖上了夜狼两个字,从现在起这四十匹马就是夜狼牧场的私有财物了,也是夜狼牧场拥有的第一批马。

出了阚洱村之后,罗慎行不解地问道："我答应为他们杀死盗贼和野狼的事你怎么反对呢？那样的话我们可以争取到更大的折扣。"

鬼师爷冷笑道："阚洱村到现在只有我们两个人知道,不仅是因为它太偏远,更重要的原因是盗贼和野狼让别的玩家望而却步,你要是把盗贼和野狼都消灭了,说不定哪个胆大的玩家会冒失闯进来,那不是白白地把自己的赚钱机会拱手让给别人吗？我们买的价格虽然高,但是卖的时候自然都算在别人的头上了。趁现在只有我们独家经营的时候,狠狠地赚一笔才是真的。"说着抓着马鬃爬到了一匹马上。

罗慎行看着既没有马鞍,也没有马缰绳的马犹豫道："会不会摔下来？"

鬼师爷怒喝道："你要是怕摔就跟在马屁股后跑好了。"

罗慎行胆战心惊地学着鬼师爷的样子骑到一匹黄马背上,幸好这匹马很温顺,任由罗慎行死死地抓着马鬃爬到自己的背上。马群在鬼师爷的带领下向着夜狼牧场的方向小跑着走去,"嗒嗒"的马蹄声打破了草原的寂静。

经过了一阵紧张之后,罗慎行渐渐适应了骑马的感觉,骑坐在马背上眺望着一望无际的大草原让罗慎行忘记了烦恼,开始计算这批马卖到幽州城能赚到多少钱。

罗慎行经过准确的计算之后欣然道："喂!我说鬼师爷,这次我们可以至少赚到十八万个金币,照这样做几次之后我们的成本就收回来了。"

鬼师爷高深莫测地笑道："是吗？"然后在自己的马屁股上拍了一掌,马群追着他向夜狼牧场飞驰而去。

罗慎行紧张得死死搂着马脖子,双腿紧紧夹着马腹,同时凄惨地叫道："慢点儿、慢点儿。"

罗慎行和鬼师爷从夜狼牧场到阚洱村徒步走了三个多时辰,但是回来的时候鬼师爷纵马狂奔只用了一个多时辰就跑了回来。罗慎行在马背上几乎要被颠散架了,进入牧场的大门后松开手跳下马背,无力地躺在地上呻吟道："我不行了,照这样下去我迟早要被你害死。"

鬼师爷坐到他身边道："生活中我第一次骑马的时候,骑的就是这种没有马鞍的马,事后我的屁股都被磨破了。"

罗慎行苦笑道："那岂不是很痛。"

鬼师爷微笑道："足足痛了四五天才结痂，不过从那之后我的骑术便练出来了，骑马的时候要顺势而为，像你这样几乎要把马勒死的样子怎么行？"

罗慎行仔细捉摸了一下鬼师爷的话，发觉他说得的确有几分道理，马在奔跑的时候马背是有规律地一上一下地耸动，自己在紧张中却死死地贴在马背上，结果被颠簸得浑身酸痛，如果顺着马背的规律的话自己才算是真正的会骑马了。

罗慎行在地上放了一会儿懒，兴致勃勃地道："当初不建牧场，也不买那些装备就好了，把你那三百多万个金币全买马然后转手卖出，本钱大利润也大，至少可以赚一百多万个金币。"

鬼师爷也学着罗慎行的样子躺在地上道："你以为我不想啊？在游戏中死去的话只有存在钱庄的金币才能保存下来，其他的装备、武器和随身带的金币都会被别人抢走。而且任何交易都要用金币来进行，如果我带着三百多万个金币，就算遇不到盗贼，也非让别的玩家给杀了不可。

"再说如果没有牧场的话，我们就没有经营马匹生意的资格，没有资格的话是无法与玩家交易的，想交易就只能与系统的 NPC 买卖，那样我们还怎么赚钱？"

这次鬼师爷趁罗慎行抓马的时候自己跑到幽州城的钱庄取出了三十万个金币，便着实让他担心了一阵儿，虽然武魂里的玩家基本上都是有钱的主儿，但是谁也不会嫌钱多，三十万个金币折合成生活中的六万元现金，难保不会让人垂涎，鬼师爷提心吊胆的直到回到牧场才放下心来。

罗慎行突然问道："其实你自己有资金，又知道买卖马的门路，你完全可以自己做这个生意，拉上我的话只能白白地分你的利润。就算你担心安全的问题，你也可以出大价钱雇人保护你。"

鬼师爷叹息道："原来你是不相信我说过的话，我说过了你有好运气，其实想赚小钱的话只要努力就可以了，我自己完全可以用手中的资本赚到一些钱。但是想赚大钱的话就必须有运气。我失败过太多次，但是这一次我真的输不起了，我选择与你合作就是希望借助你的好运气。"

鬼师爷说到这里忧心忡忡地道："当我们到幽州城卖马的时候，肯定会引起别有用心的玩家的注意，即使他们不在幽州城里动手抢也会追踪到牧场来，伺机攻下我们的牧场。我们想赚钱就必须先考虑如何保命，只有我们自身安全了才能赚到更多的钱。"

罗慎行醒悟道："所以你提前购买了铠甲等装备筹备组建部队？但是一百人的部队招募的资金就要八十万，我们哪来的钱？"

鬼师爷皱眉道："按照我原来的计划是资金足够的时候直接招募一百名弓骑手，但是现在看来我的考虑不周到，计划应该改变一下，到目前为止除了风神弓之外另一张弓还没有出现，现在招募士兵的话是招不到弓骑手的。既然你可以使用剑，那我们就先招募二十个用剑的骑兵暂时应付一下。"

罗慎行听到鬼师爷要给自己招募士兵了，激动地道："二十个骑兵太少了，干脆来三十个吧！对了,骑兵的招募费用是多少？"

  鬼师爷哂道:"我想直接招募一百个士兵,但是钱从何来？骑兵和步兵的招募费用倒是一样的,但是你要为他们准备战马,如果我们不是开牧场的话就连买马的钱都拿不起。"

  罗慎行这才想起现在总共只有四十匹马,如果招募三十个骑兵的话连做买卖的本钱都没有了,不由讪讪地自我解嘲道:"这群马要是每天生一个小马驹就好了,那样咱们就不用愁了。"

  鬼师爷哈哈笑道:"也只有你这个家伙才会想出这种愚蠢的念头,好了,赶紧下线,上线之后我们要到幽州城卖马去了。"

第二十三章
幽州马贵

这次下线后罗慎行美美睡了一觉，不到八个小时就上线了，当他进入武魂的时候正是黎明时分，鬼师爷还没有来。

罗慎行悠闲地走出房间准备视察自己的牧场，管事殷勤地走过来道："场主，铁匠已经制造出了三百支箭，我已经把箭收到仓库了。"

罗慎行顺口道："好好干，当我们的部队建立起来之后也归你管理。"

管事激动地道："场主，这是真的吗？"

罗慎行反倒被管事强烈的反应吓了一跳，罗慎行本来只是顺口胡说，见管事的反应比鬼师爷答应给他每天增加一百个金币还要激动，不由好奇地观察管事的资料，只见管事的忠诚度在65%和80%之间忽上忽下不断地急剧变换着，显然在等待罗慎行给他一个肯定的答案。

罗慎行一边盯着管事的资料一边道："当然，我是场主说话当然算数。"他的话刚出口，管事的忠诚度立刻稳定在了80%的位置上。

罗慎行试探道："我听说部队的事情很烦琐的，既要每天给他们分配工钱，还要负担他们的粮草，又要检查他们的武器装备，你行不行啊？"

管事挺胸道："场主大人放心，我一定鞠躬尽瘁。"然后神秘地道："场主，我发现牧场的西门外有异常的状况。"

罗慎行紧张地道："是不是盗贼又来袭击了？"说着往牧场的西门走去。

当罗慎行领着管事来到西门的时候，发现自己和鬼师爷从阚洱村买回来的那群马正在西门不断地嘶鸣着，同时牧场外也传来马嘶声，罗慎行快步登上西南角的瞭望塔向牧场外看去。只见原本在湖边的那群野马正聚集在西门外，不断地用前蹄刨地，同时甩动着尾巴似乎想要冲进牧场来。

管事也登上瞭望塔禀告道："从昨夜开始就一直这样，场主，这是不是很异常？"

罗慎行惊喜地附和道："异常，太异常了，你做得不错。"同时激动地命令把守西门的护卫道："打开门。"

那两个护卫驱散门里的马群，然后把牧场的大门缓缓地拉开，在牧场的大门打开的瞬间，外面的野马群奔腾而入，围在牧场的马群周围不停地嗅着，还亲热地凑在马脖子上蹭着。

罗慎行紧张得说话都颤抖了，好半天才发出完整的命令道："关……关……关门！"

在大门关好之后，罗慎行犹自不敢相信自己的眼睛，一百多匹野马就这么轻易地进来了，而昨天自己累得半死却抓不到一匹。这一百多匹野马就是一百多万个金币啊！简直就是天上掉下个大馅饼。

罗慎行突然飞快地往房屋飞奔，他要把场主大印要过来，只要在野马身上盖上自己的大印，它们就完全是自己的了。

管事追在他身后，一溜小跑地叫道："场主，等等我。"

当罗慎行冲回房屋的时候，鬼师爷刚刚上线，见到罗慎行慌张的样子忍不住责备道："风度，我已经提醒过你，要注意风度。"

罗慎行伸出手道："让你的风度见鬼去吧，我要的是速度，快把场主大印给我。"

鬼师爷疑惑地问道："你是不是病了？"

罗慎行抓住他的胳膊道："等一下看你会不会得病？"说着把鬼师爷拉出了房间。当鬼师爷见到牧场中突然出现的野马群惊呼道："哪儿来的？"在见到野马群的时候他的眼睛都要直了，他实在想不出野马群是如何来到牧场的。

罗慎行要的就是这样的效果，得意扬扬地道："当然是我抓来的，要不然还是从天上掉下来的吗？"

鬼师爷不敢置信地道："你昨天不是抓不到吗，怎么突然就可以了？"

罗慎行故作高深地道："天机不可泄漏，此事实在妙不可言。"

鬼师爷不耐烦地揪住他的衣襟道："你痛快点儿说！"

罗慎行得意地道："就在你上线之前，那群野马感受到了我的烦恼，所以自己主动来到了牧场门外，我只是简单地打开门等他们进来之后再简单地关上门，就这么简单。"

鬼师爷不屑地"呸"道："臭不要脸，感受到你的烦恼？"然后思索一下与罗慎行走向马群，仔细地观察了半天指着买回来的马道："看到了没有？咱们的马都是母马。"又指着那群野马道："它们基本上都是公马，你明白了吗？"

罗慎行尴尬地道："原来是这样啊，我还以为……"

鬼师爷哂道："你是不是以为野马看上了你？我告诉你，我看上你才是真的。"

罗慎行惊呼道："你不是那个吧？"

鬼师爷抬腿踢了他一脚道："你这个混蛋！我是看上了你的运气，运气你懂吗？运气来的时候城墙都挡不住，事实证明我选择与你合伙是最英明的决定。"

罗慎行实在没办法接受这份荣耀，不敢置信地道："也许是你的运气。"

鬼师爷指着自己的鼻子道："你知不知道我走在路上从来没捡到过钱，经商时最走运的时候是保本，有好几次都赔得血本无归，你看我像是有运气的人吗？"他实在对自己没有信心了，所以才会想出找个有运气的人合作这个办法，现在初步断定月夜之狼的确是名副其实的幸运儿。

罗慎行耸耸肩道："也许吧！不过希望我的好运分给你一点儿。"

鬼师爷掏出场主印扔给他道："我没那份奢望，只要你的好运能保持下去就可以了，快开工。"

鬼师爷欣然地看着罗慎行在那群野马群中悠闲地盖着自己的大印，现在有牧场的母马吸引着，那群野马老老实实地任凭罗慎行在自己的身上盖印。鬼师爷看了一会儿道:"管事,你取两副马鞍和马缰绳来。"

管事翻翻眼睛道:"我是夜狼牧场的大管事,可不是你的管事。"

鬼师爷这才想起场主印在月夜之狼的手中,自己再也没权指使管事了,又好气又好笑地摇头道:"好!好!真有你的。"只好自己走向仓库。

管事在仓库门前拦住他道:"牧场的一切都是场主大人的,你无权动用任何东西,否则我要护卫杀你。"

鬼师爷没想到管事的变化这么快,看来月夜之狼说他势利真是一点儿没说错,这时牧场中白光一闪,牧场的马达到了一百匹,系统分给牧场的牧人出现了。

罗慎行把野马全盖上牧场的印记之后,兴高采烈地走到仓库门前问道:"你们站在这里干什么?"

管事点头哈腰地道:"场主大人,我正在保护您的财产。"

鬼师爷愤愤地道:"我在自己的牧场中反倒成贼了!"然后夺过场主印道:"管事,你去准备五十二副马鞍和马缰绳。"

管事愕然道:"刚才不是两副吗?"

鬼师爷冷笑道:"我改主意了,还不快去。"

管事心不甘情不愿地打开仓库开始取马鞍和马缰绳,鬼师爷对牧人道:"你把公马和母马分开,然后把数目告诉我。"

罗慎行看着鬼师爷道:"你拿这么多马鞍和马缰绳干什么?"

鬼师爷道:"你别管这么多,去把最好的盔甲换上,我们要到幽州城打响我们夜狼牧场的旗号了。"现在野马群的突然出现让鬼师爷的计划再次打乱了,但是这样的意外来得再多鬼师爷也不会厌倦。

当罗慎行把那套看起来光彩夺目、威武不凡但是沉重无比的银熊装备穿在身上,左手提着一壶箭,右手握着轮回剑,肩上挎着风神弓,一步一挪地走出来时,鬼师爷已经在牧人和管事的协助下把五十二匹公马套上了缰绳和马鞍。

鬼师爷见到罗慎行的样子喝彩道:"好!这才有点儿场主的派头。"然后对管事命令道:"我和场主到幽州城,你和大家好好保护牧场。"接着帮助罗慎行把箭壶挂在一匹马的马鞍上,自己翻身上了另一匹马,罗慎行发现鬼师爷的马鞍上放了好几个大袋子,看来是准备用来装钱的。

罗慎行踏着马镫也上了马,鬼师爷见他坐稳了道:"出发。"

牧场的东门打开,罗慎行和鬼师爷率领着那五十匹鞍辔齐全的马和另外三十匹马浩浩荡荡地离开了夜狼牧场。

罗慎行摇摇头道:"一次带了这么多的马是不是太招摇了?"在他的想法中先拿出几匹马到幽州城贩卖,然后一批接一批地循环,这才是最安全的方法。

鬼师爷摇头道:"没办法,只要马在幽州城一露面,不论多少都会引起轰动,别的玩家会不择手段地想要知道哪里有马,而最直接的办法就是他们联合一些玩家攻打我们的牧场,把牧场变成他们的,那样我们手头的马越多就越危险,与其等他们逼到头上,还不如放开手脚大干一场,只要我们先把资金周转开就立刻组建部队保护自己和牧场的安全,不给他们任何下手机会。"

罗慎行这才明白那五十匹马是鬼师爷为牧场的部队准备的,只要招募到五十个骑兵把自己的部队组建起来,别的玩家就只有干瞪眼的份了。现在自己所要关心的问题是自己的骑术还不过关,如果骑兵组建起来以后自己却经常从马上摔下来可丢人了。

不过现在有了马鞍罗慎行骑在马背上觉得安全了很多,而且有了马缰绳可以控制马前进的方向,罗慎行驾驭着自己的坐骑一会儿跑在队伍的前面,一会儿落在后面,锻炼自己的骑术,当幽州城在望的时候他才老实地与鬼师爷并肩而行。

当他们一行来到幽州城的附近时,立时引起了玩家的轰动,他们在武魂中从没见过骑兵,而且罗慎行他们带来的马匹明显是要出售的,但是无论他们怎样询问,鬼师爷总是保持高深莫测的样子一言不发,最多只是指指马屁股上夜狼牧场的标记。罗慎行也只好闷头不吭声。但是这样的诱惑让玩家们紧紧追在他们身后等待着。

当他们来到幽州城北门的时候,他们身后的玩家已经聚集了上百人。鬼师爷付过了进城税之后大声道:"想要买马的朋友们到城南的市场等候,夜狼牧场今天开张大优惠。"人群立刻往城南的市场涌去,但也有不少人继续跟在他们后面。

在幽州城里一共有四个市场,每个城门后附近都有一个市场,但是鬼师爷为了造成轰动效应特意选择了距离北城门最远的南门市场卖马。城里的玩家同样越聚越多,在他们的身后已经形成了壮观的人潮。

在经过城中央的城主府时,鬼师爷用下颌指着城主府对面的建筑低声道:"那里就是守备府,在那里可以招募到士兵,武器店在守备府的后面那条街上,你要记住了。"

罗慎行不露痕迹地点点头,不仅鬼师爷担心,现在他也已经看出来了追在身后的玩家中有许多人的眼中已经露出了贪婪的光芒,如果有人肯抢先动手的话其他人肯定会一拥而上。但是他们现在在抢走马的话,没有经过交易的马身上的夜狼牧场的印记是不会消失的,谁骑着这样的马都很清楚地表明他们就是抢马贼。所以最危险的是卖马之后,那时大量的金币会促使他们忘记危险。

罗慎行和鬼师爷在众人的围观下终于到达了城南的市场,鬼师爷满意地看着数百个跃跃欲试的玩家举起手道:"大家注意,在下是夜狼牧场的鬼师爷,今天我们夜狼场主为了让大家分享在武魂中骑马作战的乐趣,特地挑选了三十匹好马低价卖给大家。这可是武魂中的第一批战马,除了我们夜狼牧场之外大家在别的地方有钱也买不到。"

罗慎行听他大言不惭地自吹自擂,竟然把阚洱村才真正卖马的事实彻底给掩盖了,变成了夜狼牧场独家经营。不过这样一来这批马卖个好价钱是没问题了。

鬼师爷说完之后看看众人指着那三十匹没有鞍辔的马道:"夜狼牧场铁价不二,每匹马四万个金币,大家手快有、手慢无。"

罗慎行被鬼师爷的报价惊得一愣——鬼师爷不是说过一匹马的价格是一万二千个金币左右吗,怎么突然变成了铁价不二的四万个金币了呢?

不仅罗慎行吃惊,其他的玩家也被这个价格惊住了,招募一个士兵的价格才八千个金币,现在一匹马的价格就要四万个金币,足足是士兵的招募价格的五倍。

　　鬼师爷见众人不吭声,指着罗慎行道:"大家请看,这位就是我们夜狼牧场的场主月夜之狼,他在沧州城里大战铁血盟杀死了八个人,但是自己也受了伤,因为当时他穿的是没有任何防御力的布衣。那时他已经有了这套铠甲,不过这套铠甲实在太沉重了,只有骑在马上才能发挥出全部威力。现在月夜之狼再次面对铁血盟的人时至少可以对付十八个人,即使寡不敌众的时候也可以凭借拥有坐骑的优势及时撤退。"

　　众人当中有许多人也和罗慎行一样拥有铠甲,就是因为太沉重而无法穿在身上,现在经鬼师爷这么一说,立刻有一个人大声道:"我买一匹。"

　　鬼师爷拿出大袋子道:"先交钱,交过钱之后自由挑选。"

　　那个人把四块金砖交给鬼师爷,在那三十匹马中挑选了一匹自己满意的枣红马,鬼师爷用场主印在那匹马身上又印了一下把夜狼牧场的标记取消,那个买主带着自己的马离开了。有了第一个买主之后其他观望的玩家陆续开始购买了。

　　在鬼师爷卖出第十二匹马之后,鬼师爷把装钱的袋子交给罗慎行,同时递给他一个眼神,罗慎行把袋子横放在马鞍上调转马头向守备府驰去。

　　罗慎行离开的时候,他敏锐地发觉有两个玩家竟然想跟踪自己,罗慎行淡淡地一笑,不紧不慢地策马走着,然后双腿用力一夹马腹,坐骑长嘶一声疾驰而去,把那两个玩家远远地抛开。

　　在罗慎行离开后,鬼师爷镇静自若地继续卖马,但是有意无意地开始拖延交易的速度,每个买主买完马之后他都不厌其烦地叮嘱一遍到哪里购买马鞍等器具,然后再宣传一遍下次买马时一定要到夜狼牧场。

　　但是不论他怎样拖延,最后一匹马也交易完了。就在最后一个买主把马带走之后,一个早就在人群中观望的玩家走上来道:"我买一匹。"

　　鬼师爷微笑道:"抱歉,今天没有了,您想买的话可以直接到夜狼牧场去,从幽州城北门一直向北走就到了。"他早就在防备着人群中打算寻衅闹事的人,这个人就是其中的一个,如果罗慎行在的话自己就不用和他费唇舌了,但是罗慎行已经去了半天还没有回来。

　　那个人指着那五十匹鞍辔齐全的马道:"没有了?这是什么?"

　　鬼师爷慢条斯理地道:"那是别人预定的,您想预定的话……"

　　那个人不等鬼师爷说完,厉声道:"你怕我没钱买不起你的马吗?既然你带到市场来了那就是打算卖的,难道你是想带到这里向我们炫耀吗?我今天非买不可。"

　　人群里的另外几个人起哄道:"你带了八十几匹马却只卖三十匹,你这不是拿我们寻开心吗?我们在这里站了半天却什么都没买到,这样的损失你赔得起吗?"说着那几个人便围了上来。

　　鬼师爷"哦"了一声道:"诸位的意思是要我包赔损失?好说,好说。"这样的讹诈手段只是不入流的低级手法,鬼师爷根本没放到眼里,但是现在自己身上带着大量的资金和五十匹马,稍有闪失的话就要造成巨大的经济损失,所以他现在能拖就拖,实在拖不下去的时候就只能忍痛丢车保帅了。

第一个挑衅的人抽出剑道:"我看你是存心和我们过不去,今天我就是不买马也要出这口恶气。"

鬼师爷大喝道:"住手!"

那个人一愣道:"你想干什么?"

第二十四章
利害相连

鬼师爷哈哈一笑道:"诸位不就是想买马吗,好说,我卖了,诸位随便挑。"现在几十万的金币就在自己的手中,如果这几个人冲上来的话首要目标一定是自己放在马鞍上的沉甸甸的钱袋,买马只是他们挑衅的借口而已,为了顾全大局只有先满足他们的要求了。

第一个挑衅的人打蛇随棍上,得寸进尺地道:"你的马的价格太不公道了,我的金币可不是容易得来的。"其他的几个人齐声道:"打死这个黑心的马贩子,他存心坑大家的金币。"

鬼师爷心急如焚,但脸上却依然带着微笑道:"有道理,诸位说个合理的价格,有事好商量嘛。"他的话刚出口,其他的玩家见到鬼师爷如此老实可欺,纷纷叫嚷道:"见者有份,我们也买。"

鬼师爷在心里把这些人的十八代祖宗都问候遍了,但是依然镇定地道:"没问题,诸位请出价。"现在他只求能把买马的本钱收回来,赚钱的事情只能以后再考虑了。

第一个挑衅的人脱口而出道:"我们也不为难你,每匹马我出四千个金币。"

鬼师爷暗暗叫苦,这个价格比自己买马的本钱还要低一半,最重要的是即使以这个价格把马卖给他们,到手的钱自己也保不住,到最后一定是竹篮打水一场空。

第一个挑衅的人见鬼师爷犹豫不决,怒喝道:"你听到了没有?"

鬼师爷苦笑道:"听得很清楚,行!四千个金币一匹……"他刚说到这里,从市场的北面传来急剧的马蹄声。鬼师爷不露声色地道:"这个价格也不低,诸位看两千个金币如何?"

那些人都以为鬼师爷被吓傻了,正想上前选马时,鬼师爷大笑道:"不过这个价格得问我的场主同不同意,他来了。"

随着鬼师爷的话,在马背上高举轮回剑疾驰而来的罗慎行率领着五十个手持利剑、胸前印有"夜狼"二字的布衣士兵冲进了市场,当时招募士兵时罗慎行的身份既是夜狼牧场的场主又是逍遥帮的成员,负责士兵的守备问他部队选择什么名头时,罗慎行犹豫再三才决定选用夜狼这个比较威风的名字为自己部队的番号。

罗慎行冷冷看着把鬼师爷包围在中央的玩家道:"上马。"随着他的命令,那五十个士兵自动选了一匹马翻身而上,当五十个骑兵跃然马上的时候,再蠢的人也明白了鬼师爷已经成功地拖延了时间,把自己的援兵等来了。

鬼师爷脸色一沉道:"诸位,夜狼牧场是敞开门做生意的,不想与大家发生矛盾,今天是我们牧场开张的好日子,夜狼牧场不想欺负人,但是也决不会受人欺负。这次是我们第一次也是最后一次到幽州城卖马,从今以后大家想买马的话就请到夜狼牧场,再见。"

说完与罗慎行率领着武魂第一支骑兵大摇大摆地离开了幽州城,这样威风的队伍造成的轰动效应比卖马引起的波澜有过之而无不及,任何人都要思量一下这支骑兵的威慑力,尤其是那些想要拥有自己队伍的玩家,骑兵的诱惑力简直无可匹敌。

罗慎行威风八面地骑在马上得意地道:"刚才是不是遇到麻烦了?"

鬼师爷若无其事地道:"想赚钱就得冒点儿风险,别人看得眼红也是正常的,自古利害相连,说得极为贴切。"然后庆幸道:"组建骑兵的决定是最英明的,现在想打牧场主意的玩家可都要好好地考虑一下自己有没有这份实力了。"

罗慎行看着鬼师爷马鞍上的钱袋满意地道:"你比我想象的还要心黑,我原以为每匹马能卖到两万个金币,没想到你竟然狮子大开口喊出四万个金币的价格。"

鬼师爷轻描淡写地道:"这不算黑,我当初告诉你每匹马可以卖到一万二千个金币的时候就已经打算卖四万个金币了,超出部分的利润我原计划自己独吞,因为那时我还不确定你是否真的有好运气,但是野马群竟然主动送上门来了,这时我才放心。我担心你知道实情后会与我分手,那样我就不能再借助你的好运气,所以还是放弃了。"他说得坦然之极,仿佛说的是别人的事,而不是自己曾经有过的龌龊想法。

罗慎行惊讶地道:"你的心真够黑的,连合伙人的钱也想赚。"然后理解地道:"你投入的本钱大,现在你也可以直接提出要求多分一部分,这样偷偷摸摸地贪污不好。"

鬼师爷淡淡地道:"我说过了,大家利益平分。我答应过的事儿是不会反悔的,我虽然没有什么别的优点,但是信誉二字还是可以保证的。"

罗慎行不满地道:"我还是觉得心里没底儿,你这个家伙心计太多,我和你在一起总感到不踏实。"

鬼师爷回头看看没有人尾随在队伍的后面,双腿一夹马腹道:"我都对你说了那只是我曾经有过的想法而已,你要是聪明的话就别不依不饶盯着不放,快走,我们要赶紧到阚洱村买马了。"

这次他们到阚洱村把村里仅有的六十三匹马都买了回来,当他们回到牧场的时候,已经有十几个玩家在牧场外等候了,有几个玩家甚至把马鞍和马缰绳都带来了。

鬼师爷在打发了这批买马的玩家之后,与罗慎行一起为招募来的骑兵换上皮铠甲,罗慎行打量着士兵们的资料道:"换上皮铠甲之后他们的忠诚度已经达到了50%,不过他们的攻击力太低了,只有75。"

鬼师爷问道:"在招募士兵的时候你把情况都问清了吗?"

罗慎行道:"没问题,刚招募时,士兵们的忠诚度都是45%,只要他们的忠诚度不低于30%就不会逃跑。其他方面都要在实战中逐步提高。"说着把调动部队的军符交给鬼师爷道:"和场主印一样可以调动部队,省得你担心我死了之后部队会解散。"

管事凑过来道:"场主,您答应让我管理部队的。"

鬼师爷惊讶地问道:"你什么时候答应的?"

罗慎行没想到管事对这事儿真上心了,干咳一声道:"今天早上答应的,我看管事勤勤恳恳的又很忠心,所以答应让他管理部队。"

鬼师爷半信半疑地道："管事，你能行吗？"

管事理直气壮地道："场主认为我行，我就行。"

罗慎行终于肯定了系统给自己的牧场派来的这个管事绝对是真人假扮的 NPC，这样一个管事在自己的牧场中也不知道是好事还是坏事，他递给鬼师爷一个眼色道："鬼师爷，我看管事比你更适合管理部队，他一定不会让我们失望的。"

鬼师爷故意刁难道："我们的部队是为了保护牧场而招募的，你能负担得起这么重大的责任吗？"

管事拍着胸脯道："只要让我管部队，我没死的时候牧场就绝对是安全的。"

鬼师爷笑眯眯地把军符交给他道："有你的这番保证我就放心了，好好干。"

管事乐颠颠地拿着军符视察自己的部队去了，鬼师爷叹息道："昊天公司这次一定投入了很多的人力来填充到武魂中，仅凭这一点就可以看出昊天公司肯定从玩家手中大赚了一笔，这些钱什么时候才能落到我手中啊！"

罗慎行道："你也看出了管事是个真人玩家？"

鬼师爷傲然道："什么事儿能瞒过我的眼睛？我可不是吹牛，我的眼睛可是火眼金睛，这么多年我看人没有走眼的时候。"

罗慎行夸张地道："这么厉害！要是在你的屁股后安个尾巴的话你是不是就要变成猴儿了？"说完得意地哈哈笑起来

鬼师爷佯怒道："你这个白痴，除了有点儿好运气之外你还懂什么？牧场就要大祸临头了你还有心情笑，真是混账加三级。你以为今天来到牧场买马的玩家真的都是专程来买马的吗？我告诉你，其中有几个人是来侦察情况准备对咱们下手的。"

罗慎行的笑声戛然而止，举起风神弓道："他们要找麻烦的话，得先问问我的弓答应不答应？"他对自己的箭法充满了必胜的信心，而且现在还拥有五十个骑兵的部队，让他觉得天下再没有能难倒自己的事。

鬼师爷冷冷地道："你知道他们要以什么方法对付牧场吗？你以为他们会像盗贼一样傻乎乎地攻打牧场，让你练习箭法吗？"

罗慎行惭愧地道："不知道。"

鬼师爷慢条斯理地道："我也不知道，但是我有很不祥的预感。这次到幽州城卖马的时候，幽州城最大的两个帮派同心帮和大联盟都没派人扰，这说明了什么？咱们在他们的眼皮子底下找到了这个赚钱的买卖，他们会甘心吗？"

罗慎行沉默下来，他没想到建牧场之后还要面对这么多的难题，鬼师爷安慰道："其实这些情况早在我的预料之中，也没什么大不了的，你先休息一会儿，有事的时候我叫你。"

罗慎行快快地回到房间，这所住房建造得极为简陋，但优点是极为宽大，除了五间单人房之外其余的十个房间都是可容十个士兵休息的大间，鬼师爷在建造房屋的时候就预先把士兵的房间准备了，省得还要为他们买帐篷。

罗慎行闲来无事开始盘膝打坐，在他运行三十六周天后，夜幕已经降临了。罗慎行信步走出房间，就听到东面的瞭望塔传来报警的锣声，罗慎行快速往东门跑去，当他来到东门的时候，鬼师爷从东南角的瞭望塔上走下来。

罗慎行急忙问道："是不是有人来攻打牧场了？"

鬼师爷摇头道："不像，应该是来谈判的。"然后大声道："开门。"

在东门打开的时候，露出了门外的一支一百多人的队伍，每个人的手中都持着一个火把，把牧场外照得亮如白昼，其中有一百人是招募的士兵，另外的三十多人都是玩家。这时管事全副武装地骑在马上带着那五十个骑兵从后面冲过来道："场主，我来保护您。"

罗慎行愕然道："你怎么这副打扮？"

管事挥舞着上次盗贼攻打牧场后遗留的一把大刀道："您把部队交给我，我就要以身作则誓死效忠牧场。场主，让我带人冲出去把敌人全消灭掉。"

鬼师爷呵斥道："没你的事儿，退回去。"然后与罗慎行向牧场外走去。

对面为首的人见鬼师爷和罗慎行把部队留在了牧场内，一摆手让自己的手下向后退去，身边只留下了一个人。

鬼师爷边走边低声道："为首的那个就是大联盟的首领程诺。"

罗慎行镇定地道："我看了他们的资料，另外的那个人的名字叫天蝎，也是大联盟的成员，他们好像真的是来谈判的。"

鬼师爷扬声道："这不是大联盟的程诺盟主吗，怎么有空到我们的小牧场来拜访？"

程诺一字一顿地道："难道不欢迎我吗？"他的声音和他的表情一样都是冷冰冰的，再配合他棱角分明的脸庞和雄壮的身体，的确有不怒自威的慑人气势。

鬼师爷打个哈哈道："岂敢，程盟主到我们夜狼牧场来是给我们面子，我们怎么会不知好歹呢？里面请！"

天蝎淡淡地道："不必了，在这里说话方便。"他和程诺一样穿的都是轻便的皮铠甲，而且他们手中都没有兵器，不同的是天蝎的身体消瘦，一副营养不良的样子，与身旁魁梧的程诺相比更显得不堪一击，但是一双眼睛却炯炯有神，为他凭添了几分生气。

鬼师爷客气地道："也好，诸位远来是客，我们当然要尊重诸位的意见。"

天蝎冷冷地道："远来是客？这话好像应该是我们说才对。两位突然来到幽州城的地界，又一声招呼都不打地便在这里建牧场，是不是欺负我们幽州城没有人了？"

罗慎行故意慌乱地道："鬼师爷，他们是不是幽州城的太上城主啊？要不然为什么城主已经允许让我们建牧场之后，还得经过他们的同意？"

程诺怒极反笑道："这位便是夜狼牧场的场主吧？"

鬼师爷道："正是，我们场主的名字是月夜之狼。"

程诺"哦"了一声道："原来就是在沧州城夹着尾巴落荒而逃的那位，久仰。"他的话仿佛一根鞭子狠狠地抽在罗慎行的心上，沧州城是罗慎行的伤心之地，他在那里不仅失去了冰雪凝儿，还被铁血盟的人逼得被迫逃离，若非鬼师爷的搭救自己就要死在那里了。

罗慎行的双眼几乎要冒出火来，正要把风神弓从肩上取下来，一箭射死这个可恶的程诺时,鬼师爷以惊讶的口气问道:"这么说来程诺盟主自己也单身闯入过上百个敌人的包围圈了?不知你当时是如何杀退强敌的。"

天蝎见程诺被鬼师爷反问住了,悠然地道:"程诺盟主曾经创下以一敌八,然后全身而退的战绩,但是以盟主的睿智来说决不会愚蠢到让一百多个敌人给包围了。"

鬼师爷骄傲地道:"夜狼场主在沧州城曾打退十几个敌人的进攻,射死两人后把其他人吓得落荒而逃。然后在一百多个敌人的包围下智闯出城,在我看来除非有人自己也有过这样光荣的战绩,否则还是不要妄自尊大。"

天蝎不屑地道:"那还不是凭借弓箭的威力?"

鬼师爷立即道:"当初铁血盟凭借的是人多的优势,扬长避短乃是取胜的不二法门,这次程诺盟主不也带来了一百多人吗?"

程诺不悦地道:"你以为我也是凭借人多取胜的人吗?如果不是防备同心帮的人,我到你们的牧场来何必兴师动众。"

鬼师爷理解地道:"也对,程诺盟主的势力一向是在幽州城的南方,北边是同心帮的地头,不知诸位大老远地来到我们的牧场有什么指教呢?不会只是为了和我们斗嘴吧?"

程诺给天蝎递了一个眼色,天蝎干咳一声道:"想必你们不知道自己已经大祸临头了吧?"他说话的语气与当初罗慎行见到鬼师爷时几乎是一模一样,都是先危言耸听地企图吓唬住对方。

鬼师爷哑然失笑道:"说来听听。"他几乎可以把天蝎要说的话一字不差地提前说出来,但是为了保留天蝎的颜面,自己只好摆出洗耳恭听的样子。

天蝎昂首道:"你们的敌人已经把刀架在你们的脖子上了!"

罗慎行不耐烦地道:"什么敌人?不就是什么铁血盟打算对付我们吗?顶多大梵天的人也和他们搅在一起了。"他得罪过的人算来算去也只有这两伙人而已,他现在正盼望铁血盟的人来呢,那样子即可有机会报仇了。

鬼师爷看着天蝎冷笑的样子,心中一动道:"场主,现在最大的敌人是同心帮的人,您虽然没有瞧起他们,但是他们也很难对付。"

罗慎行立刻配合地做出不耐烦的表情道:"他们算什么东西。"

天蝎拍手笑道:"他们的确不是东西,但是这些不是东西的东西马上就要截断你们的财路了,你们以为在别处买来马再转手贩卖的方法可以瞒得过人吗?"

鬼师爷和罗慎行同时沉默起来,天蝎的话一语道破天机,他们两个除了沉默之外还能有什么办法反驳呢,再狡辩的话只能让人瞧不起。

天蝎得意地道:"在你们建立牧场开始,有心人便在观察你们的举动,当然也包括我们和同心帮,当你们从草原的北边带回马的时候,我们就猜到了你们是低买高卖地赚差价,所以你们卖马的时候我们两大帮派都没动手。"

鬼师爷淡淡地道:"买鸡蛋自然比不上买只母鸡。"

天蝎欣赏地道:"果然聪明,所以同心帮的人便开始寻找你们买马的地方,而且开始建牧场。"

135　第二十四章　利害相连

罗慎行紧张地问道:"他们也建牧场？在哪里？"

天蝎轻描淡写地道:"就在你们牧场的东面,和你们距离不到一个时辰的路程,而且他们把你们通往幽州城的路都派人截断了,想买马的玩家都被他们拦回去了,现在你们明白为什么程诺盟主要带这么多的人来了吧？"

罗慎行哭丧着脸望向鬼师爷,鬼师爷镇静地道:"同心帮是想断我们的财路,既然他们想这么做,我们也没有办法。草原又不是我们夜狼牧场自己家的,谁愿意建牧场就建牧场好了,只要他们没攻打我们夜狼牧场我们就可以把他们当做朋友。"

第二十五章
背信弃义

天蝎哈哈一笑道:"鬼师爷是担心我们大联盟意图染指夜狼牧场了,你放心,我们绝无此意,我们此次前来是想交朋友的。"

罗慎行懒洋洋地道:"交朋友?不过是驱狼斗虎的老套路,只是换个名称而已。"他虽然不擅长这种勾心斗角,但是多年读书得到的经验让他敏锐地猜出了天蝎的用意。

鬼师爷欣然道:"场主果然英明,我看天蝎的目的就是如此。"他可是头一次发现罗慎行看问题竟然如此透彻,虽然他的话会让人很难堪,但是当面揭穿天蝎的目的也不见得是坏事,最起码可以让大联盟的人见识到夜狼牧场的人都是不好惹的。

程诺厉声道:"夜狼场主的意思是怀疑我们的来意了?"随着他的声音,原本退到后方的大联盟的人向前拥了过来。

天蝎一摆手,让身后的人停下来道:"夜狼场主快人快语,既然如此我就直说了,你们与我们大联盟合作是唯一的出路,否则夜狼牧场难逃败亡的命运。"

罗慎行双眼紧紧地盯着他道:"我是让人吓大的,你这套对我没用。我们既然敢在这里建牧场,就不怕别人来侵犯。是朋友的话我们好好招待,是敌人的话我们决不手软。"

程诺怒喝道:"你不识抬举。"

罗慎行与程诺两人仿佛斗架的公鸡,不服气地死死盯着对方,大有一言不合就要以武相向的意思。鬼师爷拍拍罗慎行的肩膀道:"大家何不先说出各自的条件,看看有没有合作的可能?"

天蝎附和道:"我正有此意。"说完之后他就停了下来,侧耳倾听着。

罗慎行与鬼师爷不知他在搞什么鬼,只好默不作声地静静观察着,很快在寂静的夜色中从远处传来清脆的马蹄声。

马蹄声越来越近,不一会儿就来到了附近,一个骑士跳下马来到程诺的身边大声道:"盟主,同心帮的人在一个叫阚洱村的村子里找到了卖马的商人,现在他们已经把阚洱村严密包围了。"

他的话刚说出口,罗慎行的脸色就变了,刚才罗慎行还怀疑天蝎的话是危言耸听,但是现在阚洱村的名字都被说出来了,这可是骗不过人的事。

罗慎行这时才发现骑马来的这个人就是到牧场买马的人中的一个,只是那时罗慎行没有观察过他的资料,他到牧场来买马一定是顺便把牧场的情况都摸清了,知道夜狼牧场加起来只有势单力薄的两个人,所以程诺和天蝎才会气势凌人地上门来谈合作。

鬼师爷若无其事地看着一脸得意的天蝎和程诺道："幸好我们前两次运回来的马可以支撑一段时间，要不然真的很麻烦。"

在建牧场之前，鬼师爷就已经把每个州的当地势力摸得一清二楚。在幽州城中，同心帮和大联盟早成水火不相容的势头，但是双方在人力和财力上势均力敌谁也占不到绝对的上风。大联盟占据了幽州城南面，建立了两个村庄和一个大镇，形成了自己的地盘；同心帮则霸占了幽州城的北面，依靠垄断服饰的经营而财源广进。

现在自己和罗慎行突然冒出来在幽州城北建立了武魂第一家牧场而且组建了独一无二的骑兵部队，立时打破了双方的均衡局面。现在同心帮企图断夜狼牧场的后路自己垄断买卖马匹的生意，当同心帮依靠卖马发财的时候就是大联盟灭亡的时刻。

大联盟也看出了事情的不妙，所以企图拉拢自己一起消灭同心帮，有了罗慎行的弓和夜狼牧场的骑兵之后，大联盟在对同心帮的作战上将处于绝对的优势，现在的问题是自己如何从他们之间的争斗中得到更大的利益。

天蝎看着神色自若的鬼师爷道："当同心帮稳住阵脚的时候，第一个要铲除的就是你们夜狼牧场，你们……"

鬼师爷微笑道："恐怕不是这样吧！我们夜狼牧场只有两个人，对于人多势众的同心帮来说只是疥癣之疾，即使除掉我们也是下一步的事，而他们最头痛的问题是与他们实力相当的大联盟，如果能除掉大联盟的话同心帮至少可以在等待你们重生的时间里站稳脚跟，那时即使你们卷土重来也无济于事了。"

天蝎没想到鬼师爷如此难缠，而且把幽州城的底细摸得如此清楚，他哈哈一笑道："大家何必为了谁先失败争论不休，别忘了我们共同的敌人可是同心帮。"

鬼师爷手抚额头道："我怎么把这件事给忘了，你看我多糊涂！咱们争论了这么久同心帮的牧场都快建起来了，下一步同心帮的骑兵也要组建起来了，真是刻不容缓啊！"

程诺自认失败地点点头道："说吧，你们有什么要求？"他本来是想借机吞并夜狼牧场，但是现在看来不给他们一点儿好处，夜狼牧场是不会与大联盟合作了。

鬼师爷指着罗慎行道："我们牧场只有两个人，我们的野心也不大，除掉同心帮之后草原归我们所有，大联盟的人不许插手。"

程诺冷冷地道："你为什么不说幽州城归你所有？"

鬼师爷继续道："如果这一点程盟主不能答应的话，我倒有另外的一个好提议。"罗慎行立刻知道了鬼师爷的这个提议才是真正的目的，刚才的要求只是漫天要价迫使程诺反对而已。

程诺眯起眼睛道："说来听听。"

鬼师爷慢慢握紧拳头道："其实大家相争的目的都是为了想独自霸占阚洱村的马源，我们不如来个釜底抽薪。"

天蝎喝彩道："好狠的计划，只要我们把阚洱村铲平了，同心帮的牧场建了也是白建，只能损失一大笔资金。"

罗慎行感到鬼师爷的左手轻轻地触了自己一下，他立刻大声反驳道："不行，阚洱村毁了之后我们到哪去买马？那是我们唯一的财源。"

程诺见罗慎行反对，冷笑道："就这么定了，你们夜狼牧场把你们的五十个骑兵都带着，我们大联盟出四百人的部队和七十个盟友。先攻击同心帮的队伍，然后铲平阚洱村。"

罗慎行听到大联盟竟然出动了四百人的部队和七十个玩家，不由暗暗地吸了一口冷气，如果谈判破裂的话难保大联盟不会攻打牧场，那样的实力绝不是目前的自己所能抵挡的。

鬼师爷道："好！我们一言为定，在同心帮覆灭之前，夜狼牧场与大联盟就是合作伙伴了。你们先出发片刻，我们收拾一下队伍马上就追上你们。"

程诺正要反对时，天蝎道："盟主，我留下等待着与他们一起出发。"

程诺点点头领着部下熄灭了火把在夜色中直扑阚洱村而去，鬼师爷微笑着伸手道："天蝎老兄，久违了。"

天蝎伸手与鬼师爷双手互握道："没想到你的牧场真的建起来了，恭喜。"

罗慎行惊讶地道："你们早就认识？"

天蝎与鬼师爷同时大笑，天蝎道："在新手村的时候我们一起打过老虎，结果双双落荒而逃，险些把命都丢了。"

鬼师爷正色道："话不能这样说，当时是你先逃跑的，我是孤军奋战之后才战略性地撤退的。"说完两人又大笑起来。

罗慎行欣喜地道："这就好，多个朋友多条路，我刚才以为大联盟真的要攻打牧场呢。"

天蝎郑重地道："其实程诺真的有这个打算，但是我听到别人形容鬼师爷的样子就怀疑是他，所以才会劝说程诺来与你们谈判，如果鬼师爷不在这里的话我们可真的要攻打牧场了，这样就可以省下一大笔建牧场的费用。"

鬼师爷让管事带过两匹马把夜狼的印记取消之后道："给你一匹，另外的那匹送给程诺，这样大家的面子上都好看。"

天蝎也不客气，骑上马道："我先溜两圈。"然后打马在牧场中开始练习马术，鬼师爷把场主印交给管事道："你好好保管，我和夜狼说不定会有危险，如果真是这样的话一切全靠你了。"

管事交出军符道："两位多保重，我给每个骑兵的身上都带了疗伤的药，希望可以派得上用场。"现在他知道自己的身份被鬼师爷识破了，所以也就不再隐瞒。

天蝎溜了两圈道："好了没有？"

鬼师爷与罗慎行翻身上马道："好了。"五十三骑和一匹空着的马像一阵旋风冲出了夜狼牧场，投入到夜色下无边无际的大草原中，密集的马蹄声犹如闷雷在大地上响起，预示着武魂第一支骑兵的第一次战斗来临了。

天蝎边走边解释道："大联盟其余的那三百人的部队和三十多个盟友在寻找你们买马的阚洱村并埋伏在那附近，刚才回来报信的那个人就是那支队伍中的，其实鬼师爷不提议的话我们大联盟也会铲平那个村子，幽州城北不是我们的势力范围，所以即

139　第二十五章　背信弃义

使控制住阚洱村迟早也会被同心帮的人夺回去,反倒不如大家一拍两散。"

鬼师爷遗憾地道:"这一定是你想出的鬼主意,早知道这样的话我就对程诺提点儿别的要求了。"

天蝎晒道:"你以为程诺是白痴吗?现在与你们合作他是迫不得已,因为大联盟没有实力同时对付两个敌人,如果谈判破裂的话他就会毫不留情地立即攻打夜狼牧场,以后你们可得小心他点儿。别说话,快追上他们了。"

再往前走不远,黑暗中火光一闪而灭,然后有人轻声问道:"是天蝎吗?"

天蝎低声道:"是我,夜狼场主为盟主准备了一匹马,请盟主上马。"

黑暗中程诺淡淡地"哦"了一声,显然对夜狼场主在自己手下面前给了自己面子而满意,然后翻身上马道:"同心帮在阚洱村有两百人的部队和四十几个玩家,骑兵先跟我出发,其他的人尽快赶到,并防备同心帮的人抄我们的后路。"

今夜的阚洱村外灯火通明,同心帮的两百人的部队在村口的要道上支起了二十个大帐篷截断了阚洱村与外界沟通的渠道,三个十人为一队的士兵在帮中玩家的带领下举着火把不断地来回巡视着,士兵的胸前"同心"两个字显示他们是货真价实的同心帮的部队。

阚洱村的人也觉察出了村外的紧张气氛,村里上百个村民都手持武器聚集在村口防备敌人的攻击。

大联盟的部队在程诺到来之后,开始分成三个方向对同心帮的人开始了包围,程诺、罗慎行和夜狼牧场的部队隐藏在远处,准备在其他的部队就位后开始突击。

罗慎行心中不忍地道:"阚洱村每天能抓到的马只有十匹左右,即使被同心帮的人占据了也没多少收入,而且他们现在已经有了戒备,贸然攻打他们只会白白地浪费人力而已,不如放弃了吧,只要把同心帮的人消灭就可以了。"

程诺不置可否地"嗯"了一声道:"看看形势再说吧。"

罗慎行看不惯他妄自尊大的样子,转身把风神弓交给鬼师爷道:"一会儿你不要往前冲,保管我的弓好了。"罗慎行知道鬼师爷不是打仗的好手,他连铠甲都没有,甚至防身的武器也只是一把短得可怜的小刀,他陪自己来到这里只是希望可以出谋划策而已,让他冲到前面的话第一个牺牲的人肯定不会是别人。

程诺举起自己的一双短戟道:"准备好了吗?我们先以骑兵的冲击力打乱他们的队形。你带着你的部队随我冲!"说完大喝一声纵马向前冲去。

罗慎行把轮回剑高高举过头顶道:"攻击同心帮的部队,杀!"招募来的士兵虽然不像玩家那样有贪生怕死的时候,但是他们的识别能力太差,只有明确地指出攻击的目标时他们才会执行命令,否则只有受到攻击时才会主动反击。

五十个骑兵旋风般地突然出现让同心帮的人顿时慌了手脚,夜狼牧场组建了第一支骑兵的事他们早已知道,但是没想到他们会主动攻击自己,就在他们准备迎击的时候,大联盟埋伏在他们周围的四百人的部队和七十个盟友齐声呐喊从东、南、西三个方向冲来。

而且从东西两个方向冲来的队伍瞬间在同心帮的队伍和阚洱村之间的地方会师,

截断了同心帮的人在战败时退往阚洱村的退路。

夜狼骑兵在罗慎行的带领下五十余骑伴随着震动大地的马蹄声犹如地狱的杀神向同心帮的部队席卷而去，罗慎行手起剑落把一个人砍倒，同时带领部队向前直冲，骑兵依仗的是速度，如果陷入敌人的包围反倒不如灵活的步兵有威力。

罗慎行身穿的银熊铠甲在此时方显出威力，敌人的兵器砍在铠甲上"叮当"做响，却不能给罗慎行造成伤害。罗慎行信心大增，一边纵马疾冲一边挥舞轮回剑左劈右刺，在他砍倒第四个敌人时夜狼骑兵已冲过了同心帮的驻地。

罗慎行策马转过身来，见到自己的骑兵中有五个人被敌人杀死，留下了空荡荡的五匹战马。但是也成功地把敌人的阵脚打乱了，陷入慌乱中的同心帮的队伍还没来得及重新整理队伍，大联盟的部队已经从四面八方把他们包围了。

程诺羡慕地道："你的骑兵如果再加一倍的话，连续两次冲击就可以把同心帮的队伍击垮。"

罗慎行傲然道："当我把手头的马卖出之后，我就要把自己的骑兵招募到一百人，那时没有人敢再威胁我。"

程诺打个哈哈道："那是、那是。"然后全神贯注地观察混战中的战斗场面，经过夜狼骑兵的一次冲击之后，原本人数就处于劣势的同心帮的部队在大联盟部队的包围下形势更加恶劣，战场已经呈现一面倒的局面。

突然程诺打马冲入了已经处在收尾阶段的战场，他一边追杀残存的敌人，一边低声下达着命令，在大联盟严密的包围下同心帮在阚洱村的两百人的部队和四十几个帮中的玩家全军覆没，没有一个人逃脱，大联盟仅付出了八十多个士兵和十几个盟友的代价。

程诺打马走了回来诚恳地道："夜狼场主，这次多亏有了你的骑兵帮忙，现在敌人留下了许多铠甲和兵器，你和你的部下能拿多少就拿多少，算作我们第一次合作的见面礼吧。"

罗慎行喜出望外，口中却推辞道："这怎么好意思！我们没出多少力，怎么可以接受这么重的礼物呢？"但是心里却焦急地期待着程诺再坚持一下，自己好趁机捞回点儿本钱。

程诺不悦地道："你这是什么话？敌人留下的装备足有两百多套，你和你的部队才能拿走多少？"然后高声道："大家听着，让夜狼场主先选战利品，你们让开点儿。"他的部下立刻命令自己的部队向后退，把中央的位置让了出来。

罗慎行欣然道："那我就不客气了。"然后率领部队走向了敌人丧命的地方。就在他和部队进入到大联盟让出的位置时，鬼师爷远远地高声叫道："场主，危险。"

但是鬼师爷的话刚说完，程诺已经阴森森地道："杀死夜狼牧场的人。"

大联盟的人显然已经提前得到了程诺的命令，随着程诺的命令三百多人如同铁桶般把罗慎行和他的夜狼骑兵团团围在当中，罗慎行破口大骂道："程诺，你这个背信弃义的卑鄙小人，今天我不死的话，我就和你们没完。"边骂边反击大联盟的部下的攻击。

天蝎愤怒地来到程诺面前质问道："盟主，夜狼牧场与我们说好了共同对付同心帮的人，你怎么可以对自己的朋友下手？"

程诺冷冷地道："我们与夜狼牧场的约定是什么，你没有忘记吧？鬼师爷说：'在同心帮覆灭之前，夜狼牧场与大联盟就是合作伙伴了。'他们的意思就是对付了同心帮之后我们就是敌人了，与其等他们羽翼丰满之后对我们下手，还不如我们先下手为强。"

天蝎焦急地道："鬼师爷不是这个意思，他们根本没有吞并人联盟的野心。"

程诺冷笑道："他们没有？那就是你有了！"

天蝎愕然道："盟主这话是什么意思？"

第二十六章
绝处逢生

程诺用短戟抵住天蝎的咽喉道:"你与夜狼牧场有什么秘密勾结?他们竟然主动送给你两匹马,是不是你出卖了大联盟?"

天蝎愤怒地道:"程诺,你心里想什么别以为我不知道,你见到阚洱村落到大联盟的手中了,如果再杀死夜狼场主的话就可以轻松地得到一个牧场,这样你在幽州城北就可以建立自己的基地了,但是你这样做只会让人鄙视你,而且从古至今没有一个人是通过卑鄙的手段成功的。"

程诺把短戟朝前一送刺入了天蝎的咽喉,天蝎死死地盯着程诺的眼睛,化作白光消失了。程诺淡淡地道:"你的废话太多了。"然后大喝道:"你们闪开,我来杀死夜狼场主。"在人群闪开的通道中纵马向罗慎行冲去。

此时罗慎行正陷入苦战之中,大联盟的人把四周围得水泄不通,骑兵的优势根本无从施展,只能处于被动挨打的局面,罗慎行穿着防御力极高的银熊铠甲还好些,可是只穿着皮铠甲的骑兵却在敌人的攻击下越来越少,但是程诺命令手下给自己闪开一条通道的时候,罗慎行见到了突围的希望。

罗慎行勉强调转马头面向程诺的方向大喝道:"随我冲!"沿着人群为程诺闪开的通道向前冲去,他手下仅存的二十几个骑兵立即随着他的方向疾驰,当骑兵的速度展开时立时扭转了被动的局面,二十余骑迎着程诺的方向直扑而去。

程诺没想到自己的这个命令会造成如此严重的后果,厉喝道:"拦住他们。"同时双戟并拢砸向冲到近前的罗慎行。

罗慎行硬着头皮举起轮回剑架向双戟,剑戟相交时罗慎行的胳膊仿佛折断般的疼痛,身子一晃险些从马上摔下来。在两马错身的时候,程诺反手一戟狠狠地打在罗慎行的后背上。罗慎行险些被打得吐血,若非银熊铠甲超强的防御力,这一下便可以把罗慎行直接送回到新手村。

程诺恶狠狠地道:"一定要杀了他,他死之后夜狼牧场就是我们的了。"

罗慎行伏在马鞍上对尾随自己闯出重围的骑兵艰难地道:"退!退回牧场。"然后慌不择路地向草原的远处驰去。

罗慎行很清楚程诺的追杀对象是夜狼牧场的场主,只要杀死自己夜狼牧场在名义上就是无主之物了,到时谁能得到场主印就会立刻成为新一代的牧场主,所以只要自己把追兵引走,鬼师爷和自己部下的骑兵暂时就是安全的。

收到命令的骑兵掉头在鬼师爷的带领下往牧场的方向仓皇逃去,本来应该大显身手的夜狼骑兵在这场卑鄙的战斗中一败涂地。

程诺果然命令自己的部下道:"上马,有马的人与我追杀月夜之狼,其余的人攻打牧场。"率先向罗慎行逃亡的方向追去。在夜狼骑兵死后留下了几十匹无主的马和四个来不及逃跑的骑兵被围困在大联盟的包围圈中,大联盟的盟友一阵乱刀把那四个骑兵杀死然后纷纷上马开始追击。

　　招募的士兵则在盟友的带领下打扫完战场之后尾随鬼师爷撤退的方向准备攻打牧场,现在阚洱村又恢复了往日的平静,仿佛什么事情都没有发生。

　　罗慎行边逃边暗暗后悔自己没有把风神弓带在身边,要不然自己一箭一个,身后有再多的敌人也不会在乎,但是现在自己的后背传来的剧痛让自己没有力量返身和敌人决战,而且程诺这个卑鄙的家伙也不会给自己公平决斗的机会。

　　经过两个多时辰的追杀,程诺他们依然没有罢手的意思,纷乱的马蹄声仿佛刑场上催命的断头鼓般紧紧地追在罗慎行的身后,当武魂太阳从身后升起的时候,罗慎行才知道自己是往西方逃去的。

　　就在罗慎行几乎要放弃逃亡返身硬拼杀死一个敌人算一个的时候,草原的前方出现了一个小镇,罗慎行仿佛溺水的人捞到一根救命的稻草用剑脊在马屁股上狠狠地拍了一下直接冲进了小镇中。

　　程诺气急败坏地叫道:"别让他躲进客栈,在街上杀死他。"三十余骑犹如一阵旋风闯入了小镇中。此时小镇上的人刚刚开始一天的忙碌,突然见到几十个骑马的人闯了进来,立时惹得一阵鸡飞狗跳。

　　罗慎行见到街上的人流拥挤,索性跳下马钻入人群中向前挤去,边走边盲目地问道:"请问客栈在哪里?"现在他背上被程诺打了一戟之后极有可能造成内伤了,刚才骑在马上还不觉得怎么严重,但是下马之后穿着沉重的铠甲才感觉到自己浑身都散了架子,胸口隐隐作痛,连呼吸都有些艰难,现在只有找到客栈自己才能赢得喘息的时间,但不等别人回答他早就钻到别的地方去了,身后追来的程诺等人见到罗慎行下马了也同样跳下马来在人群中紧紧追着他。

　　罗慎行隐约听到有人告诉自己客栈在小镇的西南方,他也顾不上仔细询问仓皇地向西南方冲去,就在他激动地见到在一个小巷的巷口露出"仙客来客栈"的招牌时,突然有人大声问道:"你是夜狼?"

　　罗慎行以为程诺的人已经追上自己了,怒吼道:"老子就是夜狼,有种你上来。"同时用自己最快的速度往客栈猛冲。

　　然后就听到刚才说话的那个人大声道:"兄弟们,我没认错人,果然就是他。"接着在人群中冲出六个人把罗慎行围在中央。

　　罗慎行深吸一口气胡乱地挥舞轮回剑道:"程诺,你这狗娘养的,你过来,我与你单打独斗。"现在他几乎要陷入狂乱的境地了,只觉得身边的每一个人都是敌人。

　　这时刚才说话的那个人道:"夜狼,是我们,你不记得了吗?"

　　另一个人接口道:"你在血豹王的利爪下救了我,你忘了吗?"

　　罗慎行镇静下来,见到这六个人都是左手盾右手刀,这样的组合的确是自己在新手村与冰雪凝儿杀豹子时救过的那几个人,但是当时事情紧急,自己根本就没有仔细地观察过他们,甚至连他们的名字都不知道。

但是可以肯定一点——他们不是大联盟的人,罗慎行见他们不是敌人,精神一松懈便往地上坐去,焦急地道:"快!客栈,我要进客栈。"

此时程诺带着大联盟的人穿出了人群向罗慎行逼去,第一个说话的人命令道:"三雄、四雄,你们两个扶夜狼进客栈,看来他遇到敌人了,其他的人结盾阵把守客栈门口。"他们中的两个人立刻一左一右地架起罗慎行的胳膊往客栈中走去,然后其余的四人并排而站,四面大盾并在一起把客栈的门口死死地防守住。

程诺摆手让手下停住脚步,自己走上前道:"几位,刚才的那个人与我们有点儿过节,我们好不容易才找到他,希望几位给个面子,以后有用得着我们大联盟的地方尽管说话。"

刚才发号施令的那个人淡淡地道:"抱歉,你说的那个人正好是我们铁幕七兄弟的朋友,今天我们本来应该为他出头杀了你们的,但是你们的人多,我们好像不是对手,所以才放过你们。"他对自己的弱点丝毫不加掩饰,甚至对程诺他们有点蔑视,仿佛处于劣势的不是自己而是大联盟的人。

程诺冷笑道:"看来你们是想替他出头了?"

把守门口的那四个人好像听到了极为好笑的笑话,四个人对视了一眼哈哈笑了起来。方才说话的那个人收起盾道:"弟兄们,夜狼应该已经住进客栈,这群家伙想找麻烦也无计可施了,大家回去。"转身领着其他三人施施然地走进了客栈,留下了愤怒的程诺和大联盟的人。

当他们四人来到一个单独的房间时,罗慎行正靠躺在床上,三雄陪在房间中,四雄却不见了,罗慎行见到他们四人进来时正要起身坐起,为首的那个人快走两步按住罗慎行的肩膀道:"别动,你是不是受伤了?"

三雄回答道:"夜狼被一个叫程诺的人打成内伤,四雄为他取药去了。"

罗慎行看着为首的那个人道:"你就是他们的首领了?"

为首的那个人道:"我们几个原来就是朋友,所以大家就以铁幕为我们的名字,没想到我们进入新手村的时候竟然都分配到了龙门镇。我叫铁幕一雄,其他的人都是按这个顺序叫下去的。

"二雄不在这里,就是被血豹王杀死的那个,他重生后现在的级别太低,他坚持让我们先冲到真武大陆来,自己慢慢地在新手村等待达到五十级。"铁幕一雄长得颇为秀气,身材颀长,在铁幕七兄弟中算是人才出众的一个。

然后铁幕一雄又为罗慎行介绍了其他几个人,铁幕三雄的脸上有一个淡淡的刀疤,一双凹陷的眼睛之上是两道漆黑的浓眉,显得颇为狠辣。为自己取药的铁幕四雄有着一张白净的圆脸,脸上总是带着和气的笑容。

铁幕五雄的上嘴唇留着年轻人罕见的八字胡,神情有几分傲气,但是看着罗慎行的时候目光极为友好,罗慎行记得他就是在客栈外说被自己从血豹王的利爪下救下的那个人,看来真是好心有好报,如果不是他们搭救的话自己就要被大联盟的人乱刀砍死了。

一脸孩子气的铁幕七雄好奇地问道:"夜狼大哥,你怎么会得罪一个大帮派,惹得他们追杀你？"在铁幕七兄弟中他的年纪最小，但是也和罗慎行的年纪差不多，只是一张娃娃脸的相貌让他显得有些稚嫩。

铁幕六雄严肃地道："这你就不知道了，夜狼大哥一定是见到那个大联盟的人为非作歹，所以就忍不住出手教训他们，然后打不过便借了两条腿开溜。"说完自己忍不住大笑起来，他前面的话说得一本正经，但是后面的话却变成了挖苦，显然是故意拿罗慎行调侃。

铁幕一雄呵斥道："小六，说话要有分寸。"然后对罗慎行道："小六就是这个毛病，见谁都要挖苦两句，你别在意。"

罗慎行见到铁幕六雄时便猜到这个长着一双贼溜溜的眼睛的家伙爱捣蛋，果然一见面就给自己一个难堪。闻言自我解嘲道："我不是借两条腿，而是借了四条腿才能保住命。"

铁幕一雄歉意地道："你别听小六胡说，他是在逗你开心呢。"

罗慎行道："我没生气，我的确是凭借骑马的优势才能逃到这里的，要不然我身上穿着这么重的铠甲早就被他们追上了。"

铁幕七雄惊喜地道："夜狼大哥，你在哪买到的马？我们昨天见到了骑马的玩家，但是他们不肯说出在哪买到的马。"其他的几个人也露出了热切的表情，显然拥有一匹坐骑对于每个玩家来说都是莫大的诱惑。

罗慎行淡淡地道："我的马不是买的，是我自己的牧场的，如果牧场能够坚持一段时间的话等我回去我送你们每人一匹。"他的话一出口，房间内的几个人顿时变得鸦雀无声。

此时铁幕四雄推开房门走进来道："找到了，我记得这颗还魂丹还没被人吃嘛，看来我的记忆力不错。"然后看着其他人道："大家怎么不说话？"

铁幕七雄道："四哥，夜狼大哥说他有牧场，还答应送我们每人一匹马。"

铁幕四雄听到这个消息之后还没来得及惊喜，铁幕一雄道："夜狼，你的牧场是不是有麻烦了？难道你被人追杀也是因为牧场的事？"他通过刚才的事和罗慎行的话立刻联想起这中间的关节所在。

罗慎行把铁幕四雄送来的丹药吞下去，长叹一声，简要地把自己身上发生的事讲述一遍，铁幕六兄弟愤愤地听完之后，铁幕四雄冷冷地道："大联盟的人是不是活腻了？"

铁幕一雄冷静地道："小六，你到客栈之外看看大联盟的人离开没有？"铁幕六雄答应一声向门外走去，铁幕一雄继续道："如果鬼师爷守不住牧场的话，牧场现在早就应该陷落了，即使我们长途跋涉地赶去也无济于事。倒不如想想假如牧场已经落到大联盟的手中之后如何夺回来，而且只要你还活着，牧场永远是你的，大联盟到最后只会落得空欢喜一场。"

罗慎行惊讶地道："你们要帮我夺回牧场？"刚才他已经讲述了大联盟的庞大实力，拥有近百个玩家和四百人的部队的大联盟绝不是好惹的，与他们对抗的话不仅需要个人的实力，还需要大量的资金来招募部队，这样的代价为自己夺回牧场，自己欠下的人情债可太沉重了。

铁幕一雄淡淡地道："当初血豹王出现的时候，你完全可以和你的同伴及时撤走，但是你选择了与我们共同作战，现在是需要我们帮助你的时候了，再说大家在武魂里图的不就是玩个痛快吗？还有什么比帮你夺回牧场更有意思的事儿？"

其他的几个人同声道："好，这么过瘾的事儿没有我们几兄弟的参与怎么可以？"

这时铁幕六雄打探完情况走了回来，回到房间不屑地道："大联盟的狗崽子们还守在门外，他们还想和我动手，结果被我砍倒一个，算是先为夜狼出一口恶气。"虽然刚才罗慎行已经说出自己的真实名字——月夜之狼，但是他们几个以前听到冰雪凝儿叫他夜狼，便一直认为他的名字是夜狼，都习惯了这个叫法，所以根本没有改过来的意思。

罗慎行感动地道："多谢。"

铁幕六雄摆手道："谢什么？我杀他们是因为看他们不顺眼，这种人杀一个少一个，反正在游戏里杀人又不犯法，大哥决定怎么办了吗？"

铁幕一雄慢慢地道："我们铁幕七兄弟的部队到了该组建的时候了，就以夺回夜狼牧场为我们的第一个目标。"然后对罗慎行道："你先好好休息，我估计大联盟的人会在这里监视一段时间，就让他们慢慢地等吧。"

在铁幕六兄弟离开之后，罗慎行把门插上开始打坐，虽然铁幕四雄给自己送来的是唯一的一颗珍藏的还魂丹，但是比起罗慎行自己合成的熊胆还魂丹还是要差许多，虽然缓解了一定的伤势，但是胸闷的感觉还是没有完全消除。

罗慎行突然想起在武魂中受伤的感觉已是如此痛苦，那么在游戏中死去的话会是什么样的恐怖感觉呢？这个问题铁幕几兄弟一定知道，因为他们中的铁幕二雄便经历了死过一次的经验，一定会对他们讲起那种感受，看来有时间的话得询问一下。

罗慎行以前有过被打伤的经验，那是罗慎行与老君观的小道士们比武较量时不小心受的伤，清阳道长虽然是道士却是半路出家暂时寄居到老君观而已，老君观的道士们练的是正宗的太极拳。小的时候罗慎行与小道士们较量时还有输有赢，但是随着年纪的增大罗慎行后来几乎是逢打必输。

罗慎行也很奇怪自己的真气总也不像小道士们所说的那样可以运用自如，在比武时可以让招式更具威力，他的真气仿佛藏在深闺中的大家闺秀，一直在自己百汇穴与生死窍之间来回往返，就是不肯到别的地方去。所以他每出一招都是凭借自己的力气和巧劲儿，而不是运用真气来克敌制胜。

每次受伤之后都是师傅为他熬草药然后让他自己打坐调息来恢复，并不断地唠叨自己练武不用心。到后来罗慎行与小道士们比武的热情越来越淡薄，近两年基本上杜绝了比武，以免让自己的自尊心受到更大的伤害。

不过罗慎行的真气有一个优点，那就是疗伤比别人快，这让老君观的小道士们经常嘲笑罗慎行是天生挨打的命，因为清阳道长每次见到罗慎行的时候都要打一顿，一直打了十几年，罗慎行竟然没留下任何后遗症。

罗慎行调息了三十六周天之后惬意地睁开眼睛，被程诺在自己背上砸一记的痛苦已经不翼而飞了,罗慎行见铁幕六兄弟没来找自己,知道他们还在准备招募部队的事,自己正好乘此时间先下线休息一会儿,等再上线的时候他们说不定已经准备就绪了。那时自己可要带着援军复仇了。

罗慎行愉快地拽下头盔,正想先消灭掉盒饭时,突然发现宋健秋在自己的房间中。罗慎行惊讶地道:"师兄,你什么时候来的?"

第二十七章
恶师来临

宋健秋见他醒过来了,苦笑道:"这几天玩得过瘾吗?"

罗慎行满意地道:"那当然,师兄你不知道武魂多有意思!你要是早知道的话肯定不会把这个机会让给我。"平心而论罗慎行自己决不会把如此珍贵的机会让给别人,所以他对宋健秋的慷慨是发自内心的感谢。

宋健秋长叹一声道:"小师弟,好日子到头了,师叔来了。"

罗慎行漫不经心地道:"哦!是我师傅吧?"然后猛然醒悟道:"你说什么?我师傅来了?"他"噌"的一声从床上坐起来,颤声道:"他……他来……来干什么?"宋健秋的话仿佛一盆冷水让他彻底从游戏的状态中清醒过来——师傅竟然追到学校来了?自己的苦难日子又要降临了。

宋健秋想起自己向清阳道长说起罗慎行正在玩游戏时的愤怒表情,不寒而栗地道:"小师弟,师叔问起游戏的事儿的时候,你一定要小心点儿回答,我看师叔的样子好像很愤怒。"

罗慎行慌张地责备道:"师兄,你怎么可以向师傅说起这种事儿?我简直要被你害死了!这下惨了!"罗慎行现在仿佛火烧屁股一样,坐立不安地低声喃喃道:"这下死定了!死定了。"突然下定决心道:"师兄,你回去对我师傅说……呃!就说没找到我,等他回洛阳的时候就没事了。"

宋健秋摇头道:"如果这个办法可以的话,我就不用担心了。师叔告诉我这次来就不走了,要一直陪着你。"昨天他在为学生们军训时,突然见到清阳道长来到了学校找罗慎行,他当时也很意外。

宋健秋本以为师叔是想念自己的弟子,所以才大老远地赶来看望,正想编个理由为罗慎行撒谎时,但罗慎行的同学们见到一个白发苍苍的老道士来找罗慎行,便好奇地七嘴八舌地把自己说的罗慎行因为生病缺席军训的事说了出来。

宋健秋知道瞒不住了,只好把清阳道长拉到一边将自己给了罗慎行一个游戏的会员卡,让他玩游戏的事坦白交待了,清阳道长听到这个消息后愤怒的吼声几乎让全操场的人都听得一清二楚。

罗慎行双手抱头叫道:"老天爷啊!你怎么让我师傅来了,我好不容易才逃出他的魔掌,本以为从此就自由了,现在全完了,我的命怎么就这么苦啊!"当初罗慎行考上大学的时候,特地为此事偷偷庆祝了一回,欢庆自己终于可以远离师傅了,虽然离父母也远了,但是为了自己不再皮肉受苦也是值得的。但是谁能想到师傅竟然千里迢迢地追到学校来了,实在是有点儿欺人太甚。

宋健秋安慰道:"小师弟,师叔不像你说的那么可怕,虽然他老人家的脾气有些急躁，性格有些特别，但是只要摸透了他的脾气，与他相处并不是很难的事。"

罗慎行怪叫道："并不是很难的事？我的好师兄，如果有人每天都打你一遍而且你还没有还手之力，即使你有还手之力也不敢反抗的时候，你还会说这种话吗？"

宋健秋皱眉道："有这种事？师叔怎么可以这样做？当初我到老君观的时候他曾对我出手试探了一番，当时师叔出手的确重了点儿，但是你是他的唯一弟子，怎么会天天都打你呢？这实在太不像话了。"

罗慎行叹息道："也不是天天都打我，不过最少是三天一次，我去老君观一次他打我一次，有一段时间师傅住到我家里，那时是天天打，最多时一天三次。"说到这里还心有余悸地拍拍心口，一副惊弓之鸟的可怜样子。

宋健秋看着他惊慌失措的样子，知道他在师叔的手下肯定吃了不少苦头，要不然他也不会畏师如虎，但是师叔竟然住到罗慎行的家里打他，难道他家里的父母一点儿也不心疼吗？不过也许是小师弟故意夸大其词，来掩饰自己不努力练功才招来的教训，因为自己前几天曾出手试探过罗慎行，当时罗慎行的反应的确迟钝了一点儿，由此看来罗慎行一定是极为懒惰。

罗慎行无精打采地道："我师傅在哪里？我还是去见他吧，要不然我老子知道的话该跑到这里教训我了。"

宋健秋看着罗慎行哭丧着的脸，暗自决定找个合适的机会劝说一下师叔，虽然罗慎行不太上进，但是现在毕竟不是古代了，在现代的社会中，练武的宗旨就是强身健体，再没过去那种门派之间的打打杀杀了。

宋健秋带着罗慎行叫了一辆出租车，司机在宋健秋的指点下在大街小巷中绕来绕去地向前走着，过了二十几分钟后，罗慎行望着车窗外依稀有点儿眼熟的景象问道："我们这是去哪里？怎么好像是往我们学校去的路？"他虽然对这里的环境不熟悉，但是对学校周围的几幢标志性建筑却记忆颇为深刻。

宋健秋道："昨天师叔来了之后，要我给他在你们学校附近租一间房子，昨天晚上他老人家就住进去了。"

罗慎行气愤地道："原来是你做的帮凶，你就不会给他找个离学校远点儿的房子吗？最好是在郊区，让他每个周末才能见我一次，这样我会少挨多少打啊！"

宋健秋终于下定决心道："我会劝师叔对你好点儿的，实在不行的话你就躲在学校中，他总不能追到学校教训你吧？"

罗慎行不屑地道："省省你的口水吧，这招要是有效的话我认你做师傅，当初我向父母说了多少回了，可是他们竟然说我师傅的做法是经过他们同意的，你说气不气人？"师兄弟俩人颇有默契地同声长叹，都不知该如何面对清阳道长。

出租车在距离罗慎行的学校一千五百米左右的一个居民小区前停了下来，小区是很普通的那种老式建筑，但是小区的中心是一个清静的小花园，小花园中错落的丁香树在夕阳的映照下颇为雅致，宋健秋为清阳道长租的房子就在小花园北侧的一幢楼房的三楼。

罗慎行犹如即将上刑场的囚犯一般垂着头走在宋健秋的身后，直到宋健秋打开房门才勉强挤出一丝笑容快步抢进房中。

正对着房门的是一个十四五平方米的小客厅,一个须发皆白的清癯老道士正端坐在客厅的饭桌前,老道士年近七旬,一袭青布道袍使他显得颇有几分仙风道骨之气,但是端坐在那里腰板却挺得笔直,一双依然黑白分明的眼睛闪烁着慑人的精光。

宋健秋恭敬地道:"师叔,我把小师弟带回来了。"

罗慎行亲热地叫道:"师傅,你老人家可来了,真要把我想死了。"从他的语气中丝毫听不出对师傅的恐惧和对师傅到来的不满意,这样急剧的转变让宋健秋微微一愣,他直觉到自己的这个小师弟一定很有演戏的天分,他态度的转变也太让人惊讶了。

清阳道长用鼻子"嗯"了一声算作回答,罗慎行对师傅的态度早就习以为常了,自顾自地坐到师傅左侧的位置上,鼻子对着桌子上用盖子盖着的几个碟子用力嗅嗅道:"今天的晚饭一定是绿豆稀饭和馒头,菜是白菜炒黑木耳。"然后又嗅了一嗅道:"还有扒油菜。"说完把盖子一一掀开,碟子中的饭菜果然如他所说的那样。

罗慎行左手抓起一个馒头,右手拿起筷子才招呼宋健秋道:"师兄吃饭了,尝尝我师傅的手艺。"

宋健秋在清阳道长的右侧坐下,刚想招呼清阳道长吃饭时,却发现桌子上只有两副碗筷,罗慎行已经占据了一份,剩下的这副说不定是清阳道长准备自己使用的,他略一犹豫时,清阳道长用下颌指着那副碗筷道:"这是你的,这两年来我已经不吃晚饭了。"

宋健秋以为清阳道长是在说客气话以免自己尴尬,罗慎行嘴里嚼着馒头含糊不清地道:"让你吃就吃,我师傅打算做神仙,现在早饭是半碗稀饭,午饭是一个馒头一碗稀饭,晚饭早就不吃了。"说完低头猛吃。

宋健秋为自己盛了一碗稀饭,绿豆稀饭的清香立刻扑鼻而来,宋健秋尝了一口赞道:"好香的稀饭,我还是头一次知道师叔有这样好的厨艺。"几年前他到洛阳的时候是借宿在老君观中,每天的伙食也就顺便在那里解决了,所以还是第一次知道清阳道长竟然也会做饭,而且仅从稀饭上就可以知道那两样小菜的口味一定也不会太差。

清阳道长淡淡地道:"多吃一些绿豆可以调理肝胆,自古以来民间便用绿豆汤做解毒的药方,倒也颇具疗效。养生之道就在于日常生活的小事当中,再好的药材也有几分毒性,所以才有药补不如食补之说。"

宋健秋边吃边听清阳道长的教诲,而罗慎行则充耳不闻地狼吞虎咽着,直到吃下三个馒头喝了两碗稀饭之后才满意地拍拍肚皮道:"很久没吃到师傅做的饭了,看来以后有口福了。"然后对宋健秋道:"师兄以后可以常来这里蹭饭吃,咱俩正好做个伴。"

宋健秋放下筷子道:"师叔好手艺,看来以后我要不请自来了。"

清阳道长今天显然心情颇好,闻言欣然道:"也好,有空的时候咱们还可以切磋一下,自从当年一别之后我一直不知道你现在的武艺进境如何,正好顺便考察一下。"他刚说到切磋的时候,罗慎行和宋健秋立刻都把头低下了,他们两个最担心的事终于降临了。

清阳道长不悦地问道:"你们两个这是怎么了?"

第二十七章 恶师来临

宋健秋干咳一声道："弟子求之不得,只希望师叔到时要手下留情。"

清阳道长放声大笑道："当年你到老君观的时候,我以为你是南派行意门的那几个老家伙派去试探我的,所以当时下手稍微重了一点儿,不过你现在算是我的半个徒弟了,当然不能再那样对待你了。"

罗慎行低声道："师兄,你千万别上当,师傅这样说是为了有人陪他活动腿脚,顺便还可以打人来过瘾。"他的声音虽小,但是客厅总共只有十几平方米,而且他与宋健秋分坐在清阳道长的两边,这样的悄悄话与大声警告没有丝毫的区别。

清阳道长脸色一沉道："你又在胡说八道,我怎么教出了你这个不懂得尊师重道的混账徒弟?你不务正业偷偷沉迷于游戏的事我还没和你算账呢。健秋也是一样,你不教他一点儿好的东西却引导他荒废学业,你这是当师兄的应该有的做法吗?"

宋健秋不知道罗慎行虽然惧怕师傅,但只是在切磋的时候,平时罗慎行与师傅之间却是言笑无忌,清阳道长很多时候都要骂上两句才能威胁住罗慎行。今天清阳道长训斥罗慎行的时候顺便把他也捎带上了,这种态度在他们师徒之间是很平常的事,但是宋健秋却以为师叔真的恼怒了,慌忙站起来解释道："师叔,事情是这样的……"

罗慎行打断他的话道："我师兄把自己辛苦争取来的账号给了我是一番好意,您责备他一点儿道理也没有,而且这个游戏中可以提高武技,这个机会可是很珍贵的。"宋健秋慷慨地把自己比武赢来的账号送给自己,自己可不能对不起师兄的这份情谊,所以他自以为很仗义地为宋健秋辩解起来。

清阳道长皱起雪白如霜的两道长眉道："你越说越不像话了,武技只能靠平时一点一滴的锻炼才能进步,你现在撒谎的本事越来越大了。"

宋健秋连忙道："师叔,小师弟没撒谎,这点是开发这个游戏的公司说的,当时我们南派行意门只得到了七个账号,我们师兄弟是靠比武才决定如何分配账号的。"

清阳道长哼了一声道："那我来问你,既然你已经玩了将近十天了,你的武技进步了多少啊?一会儿来切磋考察一下。"试验罗慎行有没有撒谎只要他拿出切磋的杀手锏就一下子全知道了,这一招多年来百试不爽。

罗慎行的汗毛都竖起来了,惊慌地道："师傅,我没说谎,我真的有进步了,现在我的真气已经达到内外交感的境界了。"

宋健秋给他使了个眼色道："师叔,小师弟年纪还小,您想切磋的话我来陪您。"宋健秋自己也是从小习武,现在真气已有小成,这已经让他在同辈中出类拔萃了,但是到现在为止也没敢奢望自己会达到真气内外交感的境界,因为练武者的真气达到内外交感的境界时便已经是宗师级的人物了,自己到现在为止也只知道自己的师门中有一位长老刚刚达到了这种境界,而那位长老已经将近八十岁了,清阳师叔或许也达到了这种境界,但是清阳道长对这个问题总是避而不答。

行意门的武功与其他门派不同之处就在于每个弟子都是内外兼修,以拳法为行,以内家真气为意,当拳法展开时意为行先,不仅攻击速度快而且真气所至无坚不摧,与武当派的太极拳有异曲同工之妙。

而罗慎行不仅走路的时候脚下没根，招式也只是徒具花架子而已，根本就不像个从小练武的人，上次自己出手相试的时候罗慎行的反应只比普通人稍强一点儿，现在竟然敢胡吹自己达到了内外交感的境界，这样的谎话不仅在师叔那里通不过，就连自己也实在听不下去了。

清阳道长双眉一扬，沉声问道："你说得是真的？这次你可不许撒谎。"神情显得极为紧张，双眼紧紧地盯着罗慎行，生怕他告诉自己是在开玩笑。

罗慎行得意地道："当然是真的，前几天我在武魂中不经意地就达到了内外交感的境界，离开游戏后我实际运气调息，结果真的达到了。"

清阳道长喃喃自语道："皇天不负苦心人，我这么多年的努力真的有结果了。"

宋健秋隔着饭桌伸手抓住罗慎行的手腕输入一股真气，但自己的真气传到罗慎行的体内时根本没有遇到应该有的反抗，也就是说罗慎行的体内根本就没有真气。宋健秋不悦地道："小师弟，你怎么可以用这样的谎话欺骗师叔，师叔不让你玩游戏也是为了你好，你这样说谎骗人太不应该了。"

说完放开罗慎行的手腕道："你实在是辜负了师叔对你多年的苦心栽培，还说什么内外交感呢，你的体内一点儿真气都没有，你十几年来都干了什么？"说到后来已经声色俱厉，现在他开始同情师叔了，自己唯一的弟子练了十几年的武艺体内竟然连一点儿真气都没有，这样的徒弟如果是在南派行意门的话早就被逐出门墙了。

罗慎行没想到平时和颜悦色的师兄竟然会对自己如此不留情面，愤愤地道："谁说我没有真气？我就是达到了内外交感的境界，我没说谎。"

清阳道长静静地看着宋健秋试探罗慎行，然后捻着颔下的胡须道："是不是一点儿真气也没有？"

宋健秋深吸一口气道："师叔，难道您以前从来没有用真气试探过他体内吗？是不是小师弟的练功方法不对头，所以才劳而无功。"

清阳道长看看罗慎行涨红的脸道："健秋，你刚才是不是感到慎行的体内空荡荡的什么都没有？"

宋健秋疑惑地点点头，他现在隐约觉察出自己刚才对罗慎行发脾气有点儿错了，因为从师叔的反应来看他早已知道此事了。

清阳道长继续问道："但是你试过普通人没有？你可知道他的体内与普通人有什么不同之处？"

宋健秋摇头道："我在普通人面前根本就不显露自己会武功的事，所以也从来没有试过他们的体内是什么样的。"说到这里他试探着问道："师叔，难道小师弟的体质与常人不同所以修炼不了真气吗？"他险些就脱口而出说罗慎行的资质太差，所以不适合修炼真气，行意门对弟子的资质要求极严，每年新收的弟子中都要淘汰掉一大半，留下的弟子每年还要定期考察，发现不合适的便要无情地逐出门墙。

罗慎行再次重申道："我再说一遍，我有真气，而且是已经达到了内外交感的境界。"他现在对师兄的固执已经快要忍无可忍了，自己明明已经达到了很高的境界，为什么他偏要固执己见地说自己没有真气呢？只不过自己的真气发挥不出来而已。

清阳道长拍拍罗慎行的肩膀道："慎行是个很正常的孩子,资质也很不错,在我们罗家的传人中算是很好的了。"

罗慎行与宋健秋同声惊呼道："罗家的传人？"

清阳道长微笑道："清阳只是我的道号,我没出家之前也姓罗,慎行的爷爷就是我嫡亲的大哥。"

第二十八章
罗氏传人

罗慎行惊讶得张大了嘴,过了好半天才问道:"那我老爹知道吗?"但话一出口他就后悔了,如果自己的父母不知道的话又怎么会放心地把自己交给师傅管理,又任凭师傅对自己十几年如一日地痛打而置之不理呢?而且父母每次见到师傅的时候都是毕恭毕敬的,完全是一副见到长辈的样子。

清阳道长哂道:"你爷爷死得早,小时候是我把你父亲拉扯长大的,他怎会不知道?"

罗慎行从小就没见过自己爷爷的样子,只知道爷爷和奶奶去世得很早,在父亲小时候就不在人世了,原来师傅不仅是自己的亲人,而且承担了抚养自己父亲的职责。他回想起自己多年来对师傅在心里隐藏的怨怼,眼圈儿不由红了起来。

宋健秋道:"原来您老人家是小师弟的叔爷,怪不得您收了他做徒弟。"

清阳道长淡淡地道:"实际上慎行并不算行意门的弟子,他只学习了行意门的拳法而没有修炼真气,严格说起来你和他一样都只是我的半个徒弟。"

罗慎行疑惑地道:"那我练的是什么?"宋健秋也好奇地望着清阳道长,不知道为何师叔的话会如此前后矛盾,小师弟明明没有修炼真气,又为何会达到内外交感的境界?

清阳道长慢条斯理地道:"慎行练的是我们罗家祖传的秘籍《玄天诀》,这本《玄天诀》讲的根本不是练武的法门,而是道家传说的丹鼎元气,所以你刚才在他体内根本试探不出真气的存在。"

清阳道长说完看看惊讶中的两人道:"罗家的祖先世代相传这本《玄天诀》,曾留下宁可家破人亡也不能把《玄天诀》遗失的训条,但是从来也没有听到过哪位祖先修炼成功。几十年前慎行的爷爷曾经达到了小成,但是在即将达到内外交感的境界时突然元气外泄而功败垂成,慎行的爷爷急火攻心,一怒之下,把《玄天诀》毁掉了,自己也在不久之后抑郁而亡。"

宋健秋道:"道家的传说不足为凭,有许多似是而非的东西混淆了人们的视听,这样的秘籍不练也罢。"

清阳道长冷然地驳斥道:"不足为凭?当年我也是这样认为的,所以我才投入到行意门下学习武功,就是不想在无谓的《玄天诀》上白费力气,但是你们不知道慎行的爷爷是如何毁掉《玄天诀》的。"说着把双手虚合在一起道:"他就这样把《玄天诀》夹在双手当中,然后《玄天诀》就在我的注视下化做了飞灰,什么样的武功可以达到这样的境界?"

罗慎行惊呼道:"当年少林寺的达摩祖师曾经在少室山的石洞中面壁九年,在石壁上留下了自己的影子,想必那也超出了武功的范畴。"

宋健秋不解地问道:"但是据小师弟自己说已经达到了内外交感的境界,可为什么他一点儿异常也看不出来,甚至身手也比常人快不了多少,这十几年的辛苦不是白费了吗?"他实在弄不明白既然当年罗慎行的爷爷仅仅达到了小成便取得了常人无法想象的成果,为什么罗慎行已经达到了内外交感的境界却反倒毫无异常了。

罗慎行也满怀期待地望着师傅,自己目前的境界已经超过了自己的爷爷,想必一定有什么原因让自己无法施展,如果这个秘密弄清了的话自己就再也不是普通人了,这样的想法让他的心脏不争气地剧烈跳动起来。

清阳道长得意地道:"这一点是我苦心研究的成果,当年慎行的爷爷去世后,我把慎行的父亲拉扯大,但是没有把《玄天诀》传授给他,因为他最多也就达到他父亲的境界而已,反正到最后一定会失败的,还不如不练。

"正好当年行意门内部出了一点儿矛盾,我就借机离开了,来到了洛阳的老君观,既然《玄天诀》是道家的秘籍,那么解决问题的方法只能在道家的典籍中寻找。经过十几年的努力,我发现了道家的理论中有天地为熔炉化生万物的说法,而且中医的《子午流注图》中讲述了婴儿出生后血液会在血头的引导下进行循环。"

宋健秋茫然道:"血头?我怎么没听说过?"

清阳道长今天的心情颇好,显然是因为听到罗慎行达到了内外交感的境界之后而抑制不住自己的兴奋心情,而且自己苦心研究的成果不对人炫耀一下的话实在是心痒难耐,所以对宋健秋和罗慎行的问题有问必答。

他耐心地解释道:"血头是无形之物,却无时无刻不在体内运行。当血头在体内走一周之后才是血液流遍全身的一个循环,中医中经常有人在针灸时银针刺入不重要的穴位上却把人刺昏的事,那就是银针碰巧刺在了血头之上。"

罗慎行心中一动道:"如果我的元气随着血头在体内循环一周的话不就是一个完整的大周天了吗?师兄的真气应该也可以。"

宋健秋摇头道:"血头是无形之物,我甚至不知道它从哪里开始,又到哪里结束的?而且真气是在穴道中运行的,运转全身的话恐怕不可以。"罗慎行的提议虽然很有诱惑力,但是这根本就是不现实的。

清阳道长赞许地点点头道:"行意门真气运行的虽然是大周天,实际上只是小周天而已,但是慎行说的方法根本就不适合运用到真气的方面,不过你的元气倒是可以。当年我发现了这两个方法之后,又仔细地研究了把这两个方法与《玄天诀》合并的步骤,发觉只要我不断按照血头运行的方向用真气击打他的穴道把元气聚集在体内不让它外泄,让慎行的体内变成一个小熔炉就有六成的把握。

"不过运用这个方法会有很多弊端,首先元气的凝聚速度会变得很慢,资质不好的人也许会终生没有任何成就。而且我每次击打他的穴道时都会把一股真气留在他体内影响血液的运行,所以我才要慎行坚持练武就是为了活动身体促进血液的运行。

"现在慎行体内的元气虽然很微弱,但是那可是经过多年凝聚的最纯正的元气,当你达到内外交感的境界之后你就要开始破关了,把你被我用真气封闭的穴道逐一冲开,当你达到元气随着血头进行大周天循环的时候就算成功了,至于以后的发展我就帮不上忙了,因为那是我也想象不到的境界。"

宋健秋指着罗慎行道:"小师弟,我明白师叔为何总要打你了。"

罗慎行羞愧地道:"我已经明白了。"

清阳道长微笑道:"这么多年来慎行对我这个师傅一定是怨气冲天,恨不得多远就逃多远。"

宋健秋笑道:"一路上小师弟吓得六神无主生怕再遭到您的毒打,当时我也以为您做得过分了,没想到您却是不惜耗费真气来帮助小师弟,差点让我枉做小人。"他本来就对清阳道长极为尊敬,但是罗慎行讲述了自己的"痛苦遭遇"之后,他对清阳道长的做法心中颇有点儿不以为然,现在真相大白之后他才放下心。

罗慎行不满地道:"谁让师傅不说明白了,如果早点儿对我说的话我怎么会不识好歹?说起来还是师傅的错。"他从小就对师傅顶嘴惯了,现在自己明显处于理亏的状态所以立刻施展耍赖的作风,掩饰自己的尴尬。

清阳道长笑骂道:"你这个混账,我要是早对你说的话你就会心有所思,刻意之的话反倒会影响你的进展。现在好了,你总算可以达到内外交感的境界了,以后想让我为你耗费真气我也不会同意了。"

宋健秋真诚地道:"恭喜小师弟。"

清阳道长沉吟片刻道:"健秋,你做我的徒弟怎么样?"当年他见到宋健秋的时候就对他的资质很满意,所以才会对宋健秋尽心地指点,但是那时他的全部精力都放在罗慎行的身上了,现在罗慎行已经筑基成功了,而且严格说起来罗慎行也不是行意门的弟子,所以才动了收宋健秋为徒的念头。

罗慎行惊喜地道:"师兄你快拜师呀。"他对宋健秋这个同门不同师的师兄一向很信赖,现在师傅终于肯收徒弟了,这样一来宋健秋就真的成了自己的师兄了,以后有什么事情的话找他帮忙就更仗义了。

宋健秋为难地道:"师叔,虽然您老人家对我青眼有加,而且您还是行意门的长辈,但是我自己的师傅传授了我十几年的武艺,我不能再拜您为师,请师叔见谅。"

罗慎行失望地道:"那你偷偷地拜师不就行了吗?"

清阳道长斥道:"健秋是有原则的孩子,我很理解他的为难之处,你就不要再多嘴了。"然后对宋健秋道:"趁我在这里的时候你有什么问题就及早问吧,过几天我就要到五台山去拜望老朋友了。这些年来为了慎行这孩子我一直没时间离开洛阳,这次我来到这里本以为会要住上很长日子,现在看来没必要了。"

罗慎行急忙道:"师傅,你要走?"他原来害怕师傅会到这里来,但是现在真相大白了,自己原有的对师傅的不满和恐惧都化作了孺慕之情。

清阳道长挥挥手道:"你该去调息打坐了,我和健秋有话要说。"

宋健秋见罗慎行走进了卧室后问道:"师叔是想叮嘱我照顾小师弟?这点您就放心吧,即使您不说我也会那样做的。"

清阳道长欣慰地点点头,从随身携带的包裹中取出几沓钞票递给宋健秋道:"租房子的钱给你,虽然我不住在这里,但是慎行需要安静的地方打坐练功,我看这里闹中取静,就留给他以后休息用。"

宋健秋把钞票推回去道:"师叔对我的指点之恩我不敢说报答,但是租房子就算是我对小师弟的一点小小帮助吧,再说也没花多少钱,这钱您还是收回去。"

清阳道长沉下脸道:"这钱是我临行前从慎行的父母那里拿来的,就是为了租房子使用,慎行的家里虽然称不上豪富之家,但是也算是家境殷实,你还年轻,是用钱的地方正多的时候,男子汉就要大大方方的,不要再推辞了。"

宋健秋无奈地道:"多谢师叔。"

清阳道长见他收起来了,满意地道:"这就对了,我想问你为什么要退役?难道在部队遇到了什么不愉快的事情吗?"

宋健秋黯然地道:"不是,是我想谋求更好的个人发展空间,这几天我的退役报告就要批下来了。"

清阳道长道:"你别嫌师叔多嘴,这恐怕不是你的本意。"

宋健秋羞赧地笑道:"让师叔看出来了,是我认识了一个女孩子,她希望我能有所作为,所以我……。"

清阳道长摇头道:"有所作为?是她希望你多赚钱吧!"

宋健秋沉默起来,清阳道长继续道:"这种事旁人不好多说,但自古以来名利二字便害人不浅,一个人如果把金钱看得太重了便不能正确对待很多问题,你好自为之。"清阳道长虽然终身未娶,但是几十年的人生经验让他感到,一个女孩子让自己的男人放弃自己喜欢的职业去追求金钱,这样的做法实在令人堪忧。

宋健秋叹息一声站起身道:"师叔,我要回部队的驻地去了,我明天再来看您。"

清阳道长颔首道:"虽然我不懂感情的事,但也知道这种事是没有谁对谁错的,你自己好好把握,我只是给你提一点建议而已,不要受我的影响。"

宋健秋道:"多谢师叔的指点,我记下了。"转身离去了。

在接下来的几天里,罗慎行整天陪在师傅的身边,而每天晚上宋健秋则如期而至向清阳道长讨教武学上的难题。

在罗慎行开学的前一天早上,清阳道长突然不辞而别,只留下一张字条叮嘱罗慎行要好好用功,自己将要随时回来检查等等。

罗慎行难过地在房间里默默坐了一整天,连午饭也没吃,师傅竟然把自己一个人抛下了,这要是以前的话罗慎行会大肆庆祝一番,但是现在除了失望还有难过。晚上宋健秋来的时候也默默地陪着他发了一会儿呆,然后宋健秋拉着他来到街上找家发廊把罗慎行的头发修理一番,又陪着他到小饭店大吃了一顿,才让罗慎行暂时忘掉了师傅离去带来的失落。

吃过晚饭罗慎行告别了宋健秋往学校走去。明天就要开学了,自己再不回去的话也实在说不过去了。

当他回到寝室的时候,寝室里的三个室友"呼"的一声把他围了起来,七嘴八舌地问道:"你的肠胃炎好点了吗?怎么一下子病了这么多天?嘿!那个白胡子的老道士是你什么人啊？看起来真够有派头的。"罗慎行这才知道师兄帮自己准备的病假条说的理由是肠胃炎，也就是俗称的拉肚子，这样的理由真是够丢脸的。

罗慎行被他们吵得头昏脑涨，举手投降道："诸位老大，你们一个一个地问好不好？"然后反客为主地反问道："明天的开学典礼你们准备好了没有？"

那几个室友听到他的话发出一阵爆笑，有一个人道："开学典礼？今天已经举行过了，你怎么连这个都忘了？"罗慎行记得他的名字是朱子杰，家是湖南长沙的，刚到学校的时候自己与他谈得还很投机。而且自己寝室的这三个室友与自己都是生命科学系的新生，既是同班又是同寝室，大家在刚见面的那几天便混熟了。

罗慎行愕然道："不是明天才开学吗？怎么今天就举行开学典礼了？"他满心欢喜地准备参加自己上大学的庆祝仪式呢，谁知道开学典礼竟然已经举行过了，这样的机会错过之后就再也没有补偿的机会了，真是人生一大遗憾。

朱子杰摇头叹息道："明天便要正式开学上课了，今天才是举行开学典礼的日子，你惨了，连这么重要的日子都错过了。"

罗慎行自我安慰道："说不定开学典礼很枯燥，不参加也许是好事。"

另一个室友沈梁不屑地道："你不要吃不到葡萄就说葡萄酸，开学典礼的时候美女如云，那场面真是让人回味无穷，你就慢慢地后悔吧。"他就是站队列时几乎要被太阳晒昏过去的那个家伙，罗慎行就是为了他才出面与宋健秋争论，也因此认识了自己的师兄。

罗慎行反唇相讥道："你是不是就是因为美女看多了被掏空了身子，所以才在站队列的时候挺不住的？"

另外的那个人也哄道："我证明，当时沈梁盯着美女的时候眼珠子都快掉下来了，他绝对有做色狼的天赋。"他的名字叫程可威，一口带着四川口音的普通话本来就让人发噱，再加上他说话的内容立时引起了其他人的哄笑。

沈梁面红耳赤地辩解道："我那是为了帮罗慎行挑选一个合适的美女，我可没有忘记罗慎行当初仗义执言地帮过我。"然后买好道："兄弟，我看准了中文系的一个美女，改天我帮你问问她的详细情况。"

程可威不依不饶地道："你恐怕是为了自己考虑的，你可不要监守自盗哟。"然后猛然醒悟道："哎！罗慎行，你还没说那个老道长是你什么人呢？"

罗慎行知道瞒不过去了，坦白地道："是我师傅，我从小就和他老人家练武。"

沈梁激动地道："兄弟，你知不知道你师傅的到来造成了多大的轰动效应？现在整个燕山大学至少有一半的人都知道有个神仙般的老道长来找罗慎行了，只要你在那个女孩子面前提一句——我就是那位老道长要找的人，我保证你会顺利地约到她。"

朱子杰央求道："罗慎行，你把我介绍给你师傅怎么样？只要事情成功了，我准备双份的丰厚拜师礼，其中的一份就是你的。"

罗慎行没好气地道："我和我师傅是贪财的人吗？再说我师傅今天早上已经离开了。对了，明天除了基础课之外你们都选了哪门选修课？"燕山大学的上午是必修课的时间，而下午则是学生们选修的时间，根据个人的爱好来选择不同的科目进行学习，修满总学分之后就可以毕业了。

沈梁理直气壮地道："我选了灵魂学，那个导师是去年刚从美国毕业的美女博士谭静雅，这样的好机会我是绝对不肯错过的。"

罗慎行看着其他两人道："你们呢？"

朱子杰干咳一声道："我本人对灵魂学比较感兴趣，所以我在不知道谭博士授课的时候就决定了选择灵魂学，你们不要以这样的眼神看着我，我说的可都是实话。"

程可威左顾右盼了好半天之后才道："我是听到他们都选择了灵魂学之后才决定与他们共进退的，哎呀！你们别打我呀。"

第二十九章
再见凝儿

大一的新生每天上午学习的都是基础课,罗慎行无聊地坚持听完了上午的中国古代文学史和哲学课之后,便心痒难耐地打算吃过午饭后便到虹馨网络俱乐部去继续自己征战武魂的大计,但是同寝室的那三个人却非要他一起去听谭静雅博士的灵魂学的课,美其名曰是共同进退,而且才十二点半便早早地拉着他进入了教室。

罗慎行苦恼地央求道:"哥儿几个放我一马吧,我真的有事要去办。"

程可威用怀疑的眼神盯着他道:"你坦白交待,是不是在外面遇到了女孩子,所以才打算抛下我们。"

沈梁附和道:"可威的怀疑不是没有道理,罗慎行这个家伙说是拉肚子,但是一病十几天脸色却一点儿也没有变化,这实在不合情理,这些天来他一定是背着我们在外面寻欢作乐,让大家白白地替他担心了。"

罗慎行叫屈道:"我这么多天一直穿着训练的军装,你们说我能干什么?"今天早上他才换上了离开家时父母为他购买的名牌T恤和休闲裤,再加上昨天理的头发,整个人的面貌都焕然一新了。

他们说说笑笑的时间一点点地过去了,慢慢地可容纳两百人听课的大教室已经挤满了人,而且绝大多数是男生。罗慎行看看与自己的一身名牌不相称的廉价手表,现在时间还不到十二点五十呢,看来谭博士的魅力非同一般。

沈梁看看周围的人,压低声音道:"一会儿上课的时候你一定要注意听讲,谭博士的脾气很大的,经常把不专心听课的学生赶出去,你可别让我们遭城鱼之殃。"这十几天来他对燕山大学的美女——无论是导师还是学生都有了大致的了解,尤其是经过自己的实际测评之后,谭博士的容貌绝对是年轻女导师中的头号种子选手。

罗慎行惊讶地道:"你不是想打谭博士的主意吧?"

沈梁"嘿嘿"笑道:"来这里听课的人有几个不是想观看谭博士容貌的?爱美之心人皆有之,就算弄不到手过过眼瘾总可以吧。"就在他侃侃而谈自己的审美观的时候,他们身后的人发出一阵"嗡嗡"声。

罗慎行与沈梁他们几个坐在最前面的座位上,占据着最有利的地形,当他们听到后面的骚动正想回头观看时,身后传来一个清脆但是冷冰冰的女子声音道:"你们是哪来的?赶紧离开这个座位。"

朱子杰傲然地站起来道:"开学的第一天谁占的座位就是……冷凝儿!"

沈梁仿佛被电击到一样,猛然从座位上蹦起来道:"哪呢?哪呢?"大二生命科学系的学姐冷凝儿是公认的燕山大学第一美女,也是公认的燕山大学第一女霸王,冷凝儿的性格和她的名字一样冷冰冰的,沈梁一直没有机会见到这位无人敢惹的超级美女——这不仅是因为冷凝儿有一个出手狠辣的表哥保护,而且她自己本身就是跆拳道高手,在教训过几个不识好歹的追求者之后,再也没人敢招惹她了。

罗慎行下意识地扭回头看去,瞬间全身都僵硬了,眼前的两个少女中左侧的那个身穿乳白色束身衣,下面穿着天蓝色牛仔裤的少女正是自己朝思暮想的冰雪凝儿。

此时冷凝儿正以冷冷的眼神看着惊慌中的沈梁,一丝不屑的鄙夷微笑挂在娇俏的脸庞上,一双美丽的丹凤眼仿佛让她对面的沈梁如同置身于冰窖当中。但是当罗慎行转过头的时候她脸上的笑容立刻就僵住了,不敢置信地指着罗慎行惊呼道:"夜狼!"

罗慎行傻乎乎地点点头,过了好半天才问道:"你是凝儿?"

冷凝儿用雪白圆润的下颌指指坐在罗慎行左侧的沈梁,然后一歪头道:"你让开。"

沈梁忙不迭地道:"是,是。"然后从罗慎行的身边走开。

冷凝儿毫不客气地坐在沈梁的位置上,笑眯眯地道:"贱客,你怎么会在这里?是刚来的新生吧?"见罗慎行点头,大模大样地道:"叫声学姐听听。"

沈梁不知趣地凑上来道:"学姐。"刚才冷凝儿让自己给她让座位,这让他实在有点儿受宠若惊,自豪地感到冷凝儿为什么不叫别人让座位却偏偏选择了自己的座位呢?这分明就是瞧得起我。

冷凝儿笑容一敛,冷冷地道:"滚!没你说话的份。"

罗慎行头一次见到冷凝儿不讲情面的一面,尴尬地道:"他是我同学。"

冷凝儿毫不客气地道:"是不是他拐带你来听谭博士的课的?一副色狼的德行。"说着用手指敲着罗慎行的脑门道:"你怎么也学坏了?"从小容貌出众的她对于男人的眼神极为敏感,尤其是沈梁色迷迷的表情已经明显地表露了他的内心真实想法。

此时上课铃声响起,缓解了沈梁的难堪,沈梁酸溜溜地看了罗慎行一眼悻悻地到教室的后面寻找座位去了。

程可威偷偷捅了一下朱子杰递给他一个暧昧的眼神,俩人会心地奸笑起来,冷凝儿瞪眼道:"你们笑什么?说你呢!"然后指着程可威道:"你让开,我的朋友要坐这里。"

与冷凝儿同来的那个少女显然早就习惯了冷凝儿为自己霸占座位的待遇,大方地坐到了程可威让出的座位上。冷凝儿不再理他们,左肘支在桌子上悄声问道:"幽州城北的那个夜狼牧场是不是你的?"

罗慎行学着她的样子把右肘支在桌子上得意地道:"那当然,武魂第一牧场就是我夜狼创立的,是不是很了不起?"虽然现在牧场的情况不明,但是牧场是自己和鬼师爷亲手建立的事儿却是值得炫耀一回的。

冷凝儿低声"啐"道:"是你创立的又有什么用?你连保护它的能力都没有,还被人追得落荒而逃简直丢死人了,要是我的话就买块豆腐一头撞死。"

他们两个旁若无人地窃窃私语,全然没发觉从教室的前门中已经走进了一个穿着低胸套装,手中拿着讲义的美丽女子,那个女子大约二十三四岁,脸庞犹如最纯净的大理石雕刻出来的一般,高高的鼻梁,两道细长的修眉斜飞入鬓,一双摄人心魄的眼睛闪烁着淡蓝色的光芒,身材丰满修长充满诱人犯罪的气息,此时整个教室已经鸦雀无声。

罗慎行的全部心神都放在了冷凝儿的身上,愤愤不平地道:"你不知道,我是被一群忘恩负义的家伙给反咬了一口,要不然……对了,现在我的牧场怎么样了?"他已经好几天没有进入武魂了,也不知道鬼师爷和铁幕几兄弟的情况怎么样了,最重要的是自己的牧场落到谁的手中了?

冷凝儿正想回答时,走上讲台的那个美女用低沉略有点儿沙哑的磁性声音道:"那位同学,请问你为什么要来听我的课?"

罗慎行浑然未觉,催促道:"你快点说呀!我已经好长时间没有回到武魂了。"

坐在他右侧的朱子杰踩了他一脚低声提醒道:"谭博士在问你话呢!"

罗慎行慌忙站起来,但是谭博士刚才问自己的是什么问题他一点儿都没听到,这让他如何回答,只好把求助的目光投向朱子杰。

谭博士用平淡的语气道:"这位同学,如果你对灵魂学没有兴趣的话可以出去了。"

罗慎行对灵魂学根本没有什么兴趣,只是勉强被几个室友拉来作陪而已,但是现在就算打死罗慎行他也不会离开了,不是为了谭博士令人惊艳的容颜,而是终于见到了自己苦苦思念着的冰雪凝儿,罗慎行下定决心就算谭博士踢自己两脚也没关系,只要能让自己留在冰雪凝儿的身边。

罗慎行摆出自己自认为最谦卑的笑容道:"博士,我对灵魂学的渴望犹如离乡的游子期盼自己的故乡,对您的敬仰犹如……"

谭博士毫不客气地打断他的话道:"如果你只会讲这些废话的话,我对于教授你这样的学生没有兴趣。"在自己面前卖弄口才的男人她见得多了,罗慎行还不入流的奉承话不但丝毫引不起谭博士的兴趣,反而让她对罗慎行产生了一点儿厌恶的感觉。

自从十几岁的时候,谭静雅便痴迷于灵魂这个神秘的课题,为了能够深入地了解,她放弃了最宝贵的青春时光,全身心地投入到灵魂学的研究中,凭借过人的天赋和对灵魂学的热爱,她在去年也就是她二十三岁的时候在美国完成了博士学位。

这次回国任教她打算一边进行深入的研究,一边培养几个得力的助手,所以才会答应燕山大学的聘请,但是从去年开始她在一学期的教学生涯中发觉没有几个人对灵魂学真正感兴趣,而且许多学生来听自己的课都是抱着不良的动机而来的,想必罗慎行也是其中的一个。

冷凝儿幸灾乐祸地"吃吃"偷笑着,对于罗慎行尴尬的处境非但不出言安慰,反而扇风点火地道:"谭博士,这个家伙听课的动机不纯,你可不要放过他。"教室里的其他人对于罗慎行与冷凝儿同桌共语的特殊待遇早就眼红得不得了,闻言纷纷起哄道:"把这个别有用心的家伙赶出去,你这样的态度是对谭博士和我们大家的侮辱。"完全忘记了他们自己本身就是动机不纯的那群人。

罗慎行恨得牙痒痒的,破釜沉舟地道:"谭博士,我和他们相比,来听课的动机的确不同。"他此言一出,教室里的人立刻沸腾了起来,一个留着披肩发的男生站起来道:"谭博士,如果您允许的话请让我为您把他请出去。"

罗慎行慢慢地转过头道:"你是什么东西。"然后面向谭静雅道:"博士,他们都是对美女博士感兴趣才来滥竽充数听课的,而我不同,我是真的对灵魂学感兴趣。"他在知道沈梁他们三个的龌龊念头之后便明白教室中的人绝大多数都是抱着这样的目的

163　　第二十九章　再见凝儿

来的,既然他们不给自己留情面,那么自己也就不用客气了。

谭博士淡淡的"哦"了一声,饶有兴致地看着罗慎行,虽然罗慎行的话不无贬低别人抬高自己的意思,但是他说的的确是事实,只是还从来没有人当面说出来,把这层窗户纸捅破而已。

罗慎行的话仿佛一瓢冷水落入沸油锅里,立即引起了轩然大波,还从来没有哪个大一的新生敢这样嚣张地讲话,尤其是今天听课的人中有许多都是大二或大三的学长,立刻有许多人都从座位上站了起来准备教训罗慎行。

冷凝儿惹了祸之后和没事人似的,低声道:"夜狼,别怕他们,你先和他们比画两下,如果不行的话只要你开口认我做师傅,本大小姐一定会罩着你。"

刚才那个长头发男生自以为潇洒地把头发往脑后一甩道:"你出来,别影响谭博士正常讲课,我们出去好好谈一谈。"他的好好谈一谈的意思大家都心知肚明,知道是怎么回事,看来罗慎行今天的是非是惹定了。

朱子杰惊慌地站起来,背对着罗慎行张开双臂道:"大家有话好好说,何必大动肝火呢?"沈梁和程可威也从教室的后面挤了过来企图帮助罗慎行,但是他们三个人比起那一百多个气势汹汹的挑衅者来说太微弱了。

罗慎行最不怕的就是别人的威胁,他愤怒地伸手拍向桌子道:"你们最好多出来几个人。"说话时手掌已经落向了桌面,但是就在他的手掌即将与桌面相接触的时候,他体内的元气破天荒地窜入了手臂然后涌向手掌心。

罗慎行知道要坏事,前几天他在师傅的监督下把已有小成的《玄天诀》元气逐渐打通了双臂的穴道,但是还没有达到随心所欲的地步,今天他拍桌子只是想表达自己的愤怒而已,并不想显露自己身怀绝技的事儿,但是如果这蕴含元气的一掌拍到桌面的话那后果就可想而知了。

当元气传入到手掌心之后,罗慎行急忙用意念想把元气收回来,元气听话地在手掌心处往回缩去,但是由于时间太仓促,手掌出于惯性无声地落到了桌面上。最奇妙的事情发生了,罗慎行的手掌深深地陷入了厚达一厘米的合成木桌面中,就好像锋利的刀子割入了娇嫩的豆腐中,如此骇人的结果让罗慎行当场愣在了那里不知如何是好。

这样玄妙的功夫如果是在无人的时候施展出来的话,罗慎行肯定会大呼小叫地狂喜一番,但是今天的环境太不适合了,有将近两百双眼睛盯着自己呢,只怕自己的手一抬起来就会轰动燕山大学。

冷凝儿看着罗慎行雷声大雨点小的举动,不明白为什么他会无声无息地拍桌子,这样无聊的举动实在太丢人了,不但起不到应有的威慑效果反而会引起别人的笑话,果然那些站起来的人以为罗慎行胆怯了才会临时收手,更加气势汹汹地围了上来。

冷凝儿奇怪地往罗慎行拍在桌面的手望去,不由得惊呼一声,罗慎行的手背几乎与桌面平行了,但是绝不可能是罗慎行的手被压扁了,这件事唯一的可能就是罗慎行的手已经拍入了桌子当中。

罗慎行低声道:"凝儿,帮我。"他不知道该如何解决这个棘手的难题,只好求助于

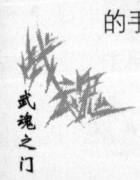

已经发现了这一秘密的冷凝儿。

冷凝儿急中生智，双手运足了劲吐气开声，娇喝一声双手用力地砸在桌面上，冷凝儿自称已经是跆拳道的高手，这时终于证明了她没有说大话，坚固的桌面应声而碎，"噼噼啪啪"的一阵木板掉落地上的声音之后，本来完好的桌子只剩下了四周的合金框架。

教室里再次恢复了死一般的静寂，所有人都被冷凝儿这一手吓住了——燕山大学第一女霸王、跆拳道高手、还有一个心黑手狠的表哥，这样的美女向来就是无人敢惹，今天她为罗慎行发怒了，看来教训不到罗慎行了，至少今天没机会。

罗慎行长出一口气，感激地望向冷凝儿，这个野蛮的美女终于在最危急的关头出手帮助自己了，就像她在武魂中一向的作风那样，总是在自己最危险的时候才帮助自己，而平时只有欺负自己的份。

冷凝儿"哼"了一声道："你们想打架是不是？我家里有钱赔得起医药费，你们要是活腻了就上来让我活动活动腿脚。"

那群乌合之众沮丧地往自己的座位走回去，冷凝儿冷笑道："你们还要不要脸？既然已经被揭穿了听课的目的就赶快滚出去吧！难道还要我一个一个地往外撵吗？"人群无奈地向教室的外面走去，片刻之后人满为患的教室已经变得空荡荡的了。

冷凝儿在人群走光之后倒吸一口冷气低声道："快给我揉揉手，真他妈的疼。"她刚才情急之下击碎了坚硬的课桌面，但是双手已经红肿了起来火辣辣的难受。

罗慎行如奉圣旨，双手捧住了冷凝儿的滑若凝脂的玉手轻轻地抚摸起来，但是冷凝儿的疼痛丝毫未减，细密的冷汗从洁白的额头渗了出来，可是冷凝儿却没有一句抱怨的话。

罗慎行低声道："我带你去看医生。"

冷凝儿摇摇头道："谭博士的课很难有机会听到的，我上学期已经听了一遍，但是有很多都不懂，这次的机会不能错过。"

谭博士一直静静地看着刚才发生的事，仿佛这一切都与自己没有半点关系，直到教室中的人都快走光了，只剩下十几个刚才没有站起来动手的人和罗慎行他们几个，总共不到二十人的时候才慢条斯理地道："欢迎大家来听我的灵魂学。"

罗慎行想起了自己的元气时心中一动，都说真气可以疗伤，自己的元气是道家的不传之密，想必比真气的疗效更佳，想到这里他试探着把元气传入到自己的手掌当中，温柔地按摩着冷凝儿红肿的玉手。

当罗慎行的元气透过手掌传到冷凝儿的手掌时，冷凝儿只觉得自己火辣辣的手掌被一丝清凉的气体包裹着，有说不出的舒服，冷凝儿低声道："很舒服。"罗慎行见自己的方法有效，精神大振，再接再厉地运用元气把冷凝儿的双手仔细地抚慰着，同时眼睛则装模做样地盯着谭博士，但是谭博士说的是什么内容则充耳不闻。

就在罗慎行的元气运行了两周之后，冷凝儿手上的红肿已经神奇地消失了，但是冷凝儿丝毫没有把手收回去的意思，任由罗慎行不厌其烦地抚摸着。

突然谭博士问道："这位同学，能否谈谈你对灵魂学的见解？"

第三十章
机缘巧合

　　罗慎行甚至怀疑谭博士是在故意刁难自己,为什么不问别人却偏偏盯着自己不放,自己本来就是滥竽充数地来这里应付场面的,这样高难度的问题让自己如何回答?尤其是现在自己正握着冷凝儿的手,这样千载难逢的好机会,就这样被她的一个问题给全破坏了。无奈地站起来道:"我对灵魂学是不懂的,所以才来听您的课,如果我什么都懂的话站在讲台上的人就是我了。"

　　谭博士一愣,没想到罗慎行这样不给面子,冷凝儿伸手在罗慎行的大腿上狠狠地拧着,同时低声恐吓道:"你是不是想死?老实回答。"

　　罗慎行的身体不自然地扭动着,皱眉道:"我想起来了,我是有一点儿浅薄的见解,但是怕您笑话所以不敢说出来。"冷凝儿的手稍稍松开点儿,罗慎行舒畅地伸直身体道:"灵魂,这个问题很难说。"

　　冷凝儿的手又加重了力度道:"少废话。"

　　罗慎行立刻大声道:"博士,我真的想起来了,很奇怪呀!"

　　谭静雅饶有兴致地道:"什么奇怪?"说话时眼睛不经意地瞟了一眼冷凝儿威胁罗慎行的手,站在讲台上教室中的一举一动都清楚地暴露在她的眼前,更有利的是冷凝儿刚才把桌子面给打碎了,这样一来冷凝儿的小动作更是一览无遗。但是谭静雅却仿佛什么都没看到,镇定自若地看着龇牙咧嘴的罗慎行。

　　罗慎行的思路一下子清晰起来,停顿了一下道:"自古以来东西方在文化上的差异就很大,东方的神秘玄学一直不被西方国家的学者所理解,但是东西方都有一个共同的认知,那就是灵魂。古老的东方中国也好,西方的文明古国埃及也好,他们都承认在人的身体之中有灵魂存在。

　　在蒙古这个民族中,一直认为人的灵魂会随着血液流出体外;西藏的活佛认为,自己的灵魂会转世到灵童的身上;埃及的法老建造金字塔来保管自己的遗体,为了自己重生做打算;英国曾拍摄到温莎公爵的灵魂在王宫中徘徊,而且据国外的科学家研究发现,随着无线电讯号的普及,灵魂出现的次数越来越少。"

　　谭静雅欣然地睁大了充满梦幻般色彩的双眼道:"这些都是有记载的知识,记住它们并不费事,你能否谈一下东方的神秘玄学?"

　　冷凝儿惊讶地发现罗慎行的话竟然可以引起谭博士的兴趣,鼓励地把手变拧为拍以示奖励。但罗慎行却心神一荡把自己准备好要说的话给忘了,尴尬站在那里喃喃自语道:"玄学,这是个很难回答的问题。"

　　冷凝儿没好气地白了他一眼,然后才发觉罗慎行看不到自己责备的眼神,于是又掐在罗慎行的大腿上还用力地来回扭动。罗慎行精神一振脱口而出道:"中国玄学的框架建立在道家的文化上,中国传统的两大宗教道教和佛教都承认灵魂,但是他们对人死后灵魂的看法存在分歧。"

他的话说得又急又快,若非谭博士正仔细聆听着险些就听不清他的话,但是罗慎行的话正勾起了她心中的谜团,虽然她是中国人,但是从小接受的就是西方的教育,东方神秘的玄学一直是她弄不懂却最想解决的课题。

道家与佛家的典籍浩如烟海,一个人即使从小学习的话也不见得能把这些资料全部研究透彻。而且中国古老的文化只有在中国的环境中长期熏陶下才能逐渐理解,东西方文化上的差异让外国人很难明白中国人的奇怪思维,连带地影响她也无法真正了解。

谭静雅若有所思地道:"难道他们对活着的人的灵魂没有什么见解吗?"但是这时下课的铃声已经响起了,谭静雅遗憾地道:"这个问题只能留待下节课再解决了,很希望能够在我的下一堂课上见到你。"然后优雅地拿起讲义离开了。

谭博士刚离开教室,罗慎行便"噢!哈哈"地怪叫起来,此刻冷凝儿的手仿佛变成了一把钳子好像要把自己大腿上的肉给掐下来,跆拳道高手的实力的确不容小窥,现在罗慎行开始后悔自己那么快就把冷凝儿手上的伤给治好了,不仅让自己受苦,而且还失去了继续占便宜的机会。

冷凝儿冷森森地道:"你老实交待,你那个江湖骗子的师傅都教了你什么?"本来她对于罗慎行会武功的事嗤之以鼻,但是上次在武魂中罗慎行打坐了一小会儿便恢复了精力的神奇功夫就已经让她心动了,今天在自己的眼皮子底下罗慎行竟然露了这么绝的一手,这让她几乎羡慕到有点儿眼红了。

朱子杰听到冷凝儿的问话殷勤地解释道:"慎行的师傅是个白胡子的道长,嘿!那个老道长一看就不是普通人,绝对是世外高人,就是不知道慎行这家伙学到什么本事没有。"刚才罗慎行把桌子拍出一个手掌印的事他那时正好背对着罗慎行,要不然他绝对不会说出这样的话。

冷凝儿好奇地道:"是真的?"

沈梁和程可威又凑了回来,沈梁见到有了表现的机会,左肩一拱把朱子杰推到一边道:"我们几个都见到了,那老道长真绝了,我还从来没见过那么有派头的出家人,当时罗慎行正好病了,那老道长大吼一声那真是威震燕山大学,据我估计当时全操场的人都听到那声怒吼了。"他说的正是清阳道长听到宋健秋说罗慎行去玩游戏时,清阳道长对宋健秋发出的怒吼,当时别人的感觉不得而知,但是宋健秋却是吓得一身冷汗。

冷凝儿欣然道:"带我去见他。"

程可威遗憾地道:"那个老道长已经离开了,要不然我们也想拜他为师。"他们几个想拜师倒不是想学什么功夫,而是有这样一个师傅的话自己的身份便与众不同了,到时候与心中的美女交谈时先摆出自己有一个世外高人的师傅那真是无往而不利。

冷凝儿用询问的眼神看看罗慎行,罗慎行急忙道:"昨天早上走的,走的时候都没和我打招呼。"

沈梁伸出大拇指赞道:"高人就是高人,连走的时候都那么潇洒。"

罗慎行惆怅地低声叹息一声,师傅说要到五台山去不知什么时候才能再见到他,而且他老人家已经年近七旬了,长途跋涉也不知是否会影响身体。

冷凝儿摆摆手把朱子杰他们几个赶开问道:"听说你的牧场已经被大联盟的人给霸占了,你怎么不夺回来?"夜狼牧场虽然只是两个人合开的小本生意,但是在武魂中已经造成极大的轰动效应,尤其是在这几天中铁幕六兄弟故意传播大联盟的人背信弃义的消息,所以冷凝儿才会知道月夜之狼已经被人把牧场夺去了,自己却逃到了一个小镇中。

罗慎行恨恨地道:"这几天我一直陪着师傅,而且虹馨网络俱乐部离学校太远了,要不然我早就去教训大联盟的混蛋了。"

冷凝儿不以为然地道:"干吗到那里去?你要是方便的话就自己弄一台电脑,这样的话就不用到网络俱乐部去了。"

罗慎行失望地道:"玩武魂的电脑与别的电脑不一样,要不然我师傅租的房子正好给我用,看来我只有等到周末的时候才能去了。"

冷凝儿双眼放光道:"有房子?"

罗慎行道:"就在学校的附近。"

冷凝儿站起来道:"把地址给我,然后今天晚上你到那里等着。"

罗慎行愕然道:"你有办法?"这可是意外的好消息,这样一来自己最大的问题就解决了,买电脑的钱就朝家里要好了,虽然家里给的零花钱少,但是买东西时父母可从来都是不吝啬的,只要有购物的发票就可以到他们那里报销,临上大学前他的父母仅名牌西装就为他买了三套。罗慎行在自己笔记本上撕下一张纸把地址写了上去交给冷凝儿。

冷凝儿满不在乎地道:"小事情,我先走了。"罗慎行刚想站起来陪她一起走,冷凝儿摇头道:"我表哥在校门外等我,不能让他见到你。"

罗慎行听到他表哥的时候一颗心仿佛坠入了冰窖中——又是那个大梵天,而且冷凝儿与她表哥的关系那么亲密,自己又算是什么东西呢?直到冷凝儿和那个与她一起来的少女走出了教室的门,沈梁他们凑过来时罗慎行还没有从失望中清醒过来。

沈梁愤愤不平地在罗慎行肩头捶了一拳道:"你这个满嘴谎话的家伙,亏你还说得出口。你不是说你这十几天什么也没干吗,冷凝儿又是怎么认识的?而且她还那么护着你,为了你竟然砸碎桌子挑战一百多个彪形大汉,让我们几兄弟都没有一显身手的机会了,今天你要是不说清楚我们绝对饶不了你!"

程可威附和道:"你看谭博士对罗慎行的态度,整堂课谭博士都没提问过别人,可是他一人就被提问了好几次,还说什么希望下堂课见到你,大家说这公平吗?"

罗慎行颇感冤枉地道:"谭博士的课是你们强迫我来的,我以前可从没见过她,至于她提问,你们没长耳朵吗?她问的问题简直就是在刁难我,这样的待遇我让给你们好了,下堂课打死我也不听了,省得你们冤枉我。"

朱子杰摆出知情人的架式道:"你们听清楚没有?他说以前从没见过谭博士,那就是承认见过冷凝儿啦,真是做贼三年不打自招,而且你们是没见到啊!罗慎行这个色狼一直紧紧地握着冷凝儿的手。"然后装出痛苦的样子道:"白生生的萝卜让猪给糟踏了。"

沈梁惊呼道:"竟然有这等大逆不道的事儿?罗慎行呀罗慎行!你太让我们寒心了,我心中的美女就这样被你霸占了,你还有没有人性?"

罗慎行被他们搅得无可奈何,从裤子的口袋里掏出自己的钱包道:"闭嘴就有饭吃,再说一个字就什么都没有了。"为了自己的耳朵清静,现在只好破财免灾了。不过更大的麻烦还在后头,被冷凝儿赶跑的那一百多人不敢找冷凝儿的麻烦,却决不会放过自己,只怕今后的日子难过了。

沈梁他们三个人立刻都老老实实地闭上了嘴,比幼儿园的孩子还听话。冷凝儿对罗慎行的偏爱是谁也改变不了的事实,而且冷凝儿的霸道也是没人敢惹的,既然如此还不如混顿饭吃来解气。再说了罗慎行已经答应不再听谭博士的课了,而且冷凝儿已经把诸多的对手都赶跑了,为自己创下了大好局面,这样一来他们的心又活了。

罗慎行慷慨地把三个企图把自己吃破产的家伙打发走之后,带着微醺的酒意回到了师傅租的房子,清阳道长临走前把房门钥匙留给了他为了让他能够专心地练功,但是很快这里就要变成罗慎行征战武魂的基地了。

当罗慎行来到楼上时,发现房门前站着三个人,其中一个矮胖的中年人有点儿面熟,罗慎行好奇地盯着那人多看了两眼,却怎么也想不起自己在什么地方见过他。

那个中年人笑道:"月夜之狼,怎么不认识我了?"

他一说话,罗慎行立刻想起来道:"你是龙门镇里服饰店的老板,怎么会在这里见到你?大叔你好。"

中年人哈哈一笑道:"我也不知道会在这里见到你,但是我估计一定会是你。"

罗慎行愕然道:"为什么?大叔的话我不明白。"

中年人指着另外两人抱着的大箱子道:"这个你会不知道是什么?"

罗慎行惊喜地道:"武魂专用的电脑!"他本来对冷凝儿的话将信将疑,但是服饰店的老板出现在这里就已经证明了冷凝儿的话。

罗慎行急忙打开房门把几个人请进了屋子左侧的卧室,那两个抱着箱子的人麻利地打开箱子取出电脑和导线把设备组装起来,中年人坐到了客厅中的椅子上道:"你和凝儿小姐是同学?"当初冷凝儿交待他的时候就是以这个理由来搪塞的,所以他开门见山地就提出这个问题,企图让罗慎行在突然之间说出真实的关系。

罗慎行隐约猜出了冷凝儿的家里一定很有实力,要不然不会在答应自己之后便马上让人把电脑送来了,而且是武魂中的店掌柜亲自送货上门。但是店掌柜是自己在武魂中交到的第一个朋友,就冲这一点罗慎行也不会因为他的身份儿轻视他,所以罗慎行客气地道:"她是我学姐,我是燕山大学一年级的新生罗慎行,请问您贵姓?"

中年人点点头道:"我姓卫,卫康安。昊天集团的一个小小员工,这次凝儿小姐让我给一个人送来一套电脑时,我就隐约猜到一定是送给你的,因为除了她表哥之外我还从来没有见凝儿小姐与别人走在一起过。"

罗慎行惊讶地道:"难道凝儿是昊天集团的继承人?"

卫康安盯着罗慎行的眼睛道:"是我们的董事长冷希陈的二女儿,但我们这些老员工都把她当做自己的女儿一样看待,你最好不要辜负她。"

当初他在武魂里第一次见到罗慎行的时候就对这个小伙子很有好感,所以才会破例地对他讲了很多秘密,后来见到罗慎行与冷凝儿结伴出现在自己的服饰店里,尤其是龙门镇里武器店的老板和龙婆婆与自己私下交流过的那些第一手小道消息更是有力的证据,今天冷凝儿又特地让自己来为罗慎行安装电脑,冷凝儿这样的做法只要是明眼人都能看得出来——凝儿小姐有了意中人了。

罗慎行面红耳赤地辩解道:"卫叔误会了,我和凝儿是校友……呃……就是同学之间的关系而已,凝儿喜欢的是她表哥,就是那个大梵天。"他对卫康安的话又惊又喜,但是冷凝儿喜欢自己的表哥却是不争的事实,自己可不要剃头挑子一头热,万一惹得冷凝儿不高兴的话自己连做她普通朋友的机会都没了。

卫康安不屑地"哈"一声道:"什么表哥?"然后迅速地转移话题道:"我现在已经不在龙门镇了,因为我的经营业绩突出,现在我也被调到真武大陆开店了,以后有机会的话咱们还可以再见面。"

但是罗慎行完全被卫康安刚才的那句话吸引住了,因为卫康安鄙夷的表情明显地告诉自己大梵天根本不是冷凝儿的表哥,而且从卫康安的语气看他倒是比较看好自己和冷凝儿的关系,不过这样是不是有点儿交浅言深了?

罗慎行可不知道卫康安等昊天集团的老员工对大梵天的印象已经恶劣到无以复加的地步了,如果冷凝儿真的喜欢罗慎行的话绝对比喜欢大梵天那个家伙强,甚至冷凝儿喜欢一个毫不相干的陌生人也比现在的形势好。

此时那两个安装的人已经完成了自己的工作,调试一遍之后其中一个人对卫康安道:"卫经理,已经办妥了。"

卫康安站起来从口袋里掏出一张纸条道:"这是凝儿小姐让你签的字据。"然后做贼心虚地掩饰道:"我可没看。"

罗慎行接过纸条一看,还是那张自己下午给冷凝儿写地址时撕下的那张笔记本的纸,在纸的背面用娟秀的字体写着:"欠条:兹有月夜之狼欠冰雪凝儿武魂专用电脑一台,月夜之狼心甘情愿地用一年时间为冰雪凝儿打工还债,具体工作时间与工作内容由债权人决定,债务人不得有任何异议。"下面还标出了债务人签名的地方。

罗慎行低声道:"哇!又是不平等条约。"不过他在武魂中已经答应过冷凝儿的多次不合理要求,再加一个书面的欠条也没什么大不了的,俗话说债多不愁嘛,所以罗慎行痛快地掏出圆珠笔在下面签上了月夜之狼的名字。

卫康安慎之又慎地把欠条收好道:"把欠条交给凝儿小姐之后我的任务就算完成了。"说着拍拍罗慎行的肩膀道:"拿出点儿勇气来,我在精神上支持你,相信我,凝儿小姐肯定是喜欢你的。"

卫康安的话仿佛指路的明灯,为罗慎行彷徨无依的感情指明了一个前进的方向。知情人的鼓励就是有动力,如果这话是另一个人说出来的话罗慎行也不会如此动心,但卫康安可是从小看着冷凝儿长大的,他的话一定具有很强的权威性,于是罗慎行开心得合不拢嘴道:"多谢卫叔支持,我一定努力。"

第三十一章
复仇开始

当罗慎行回到阔别了好几天的武魂的时候,正是武魂的上午时分,罗慎行走出房间来到铁幕六兄弟的房间,房间里只有铁幕七雄一个人,他见到罗慎行进来的时候惊喜地叫道:"夜狼大哥啊!你总算出来了,我还以为你从此要离开武魂了呢?"这些天的等待让年轻气盛的铁幕七雄憋了一肚子的火,如果罗慎行不是他们的救命恩人的话他早就把其他几个哥哥临行前的交待抛到脑后自己离开了。

罗慎行歉意地道:"这几天有点儿私事所以没上来,怎么只有你一个人?"

铁幕七雄遗憾地道:"他们几个到你的夜狼牧场去了,结果把我一个人丢在这里等你上来,他们说不定已经和大联盟开战了,真要急死我了。"

在罗慎行连个招呼都不打就下线之后,铁幕六兄弟耐心地等了一天的时间,但是罗慎行依然没有上来,最后铁幕一雄决定其他人先采取行动,只留下铁幕七雄在这里等待罗慎行上来。

罗慎行正想仔细询问时,性急的铁幕七雄已经拉着他往外走道:"路上我再和你解释,我是一刻也不想多等了。"

铁幕七雄结算过店钱之后与罗慎行到了客栈的外面,罗慎行惊讶地发现客栈之外已经有不少的马拴在客栈门口的柱子上,而且有几匹马的臀部上还印有夜狼的字样,那分明是自己牧场的马被非法卖出去了,因为只有被场主印二次盖过的马才能消除夜狼的标记,而这几匹马很明显地就是贼赃。

一个店伙计牵过两匹马对铁幕七雄道:"客官,这是您寄存的马。"

铁幕七雄翻身上马道:"夜狼大哥别看了,大联盟的人没有得到场主印,不可能正常地占有您的牧场,所以把您牧场里的马除了自己用一部分之外其他的都低价出售给了不怕麻烦的玩家,这两匹马就是我大哥通过别的人买下来的。"

罗慎行恨得牙痒痒的,大联盟的人已经不要脸到极致了,自己牧场里一共有一百多匹马,大多数都是打算用来勾引野马群的母马,大联盟这样一来把自己最后的希望都毁灭了,自己和鬼师爷辛辛苦苦的劳动变成了为大联盟做嫁衣裳了。

两个人都是心急如焚,打马往夜狼牧场的方向飞奔,在路上罗慎行大致弄清了现在的情况。自从他引开追兵之后,鬼师爷带着剩下的骑兵逃回了夜狼牧场,但鬼师爷知道大势已去,所以匆忙地把牧场里的盔甲、贵重药材和金砖带走了,并命令管事和护卫们放弃抵抗,打开牧场门任凭人随意出入。

这几点罗慎行都是从铁幕七雄转述的话中分析得出的,因为大联盟的人赶到牧场的时候牧场已经处于不设防的状态,除了一百多匹马和一些不太值钱的药材之外他们什么都没得到。程诺见到罗慎行逃进了客栈知道无法把他逼出来,所以对铁幕六兄弟撂下几句狠话之后带着手下回到了牧场。

此时同心帮趁程诺追击罗慎行的时候派人把阚洱村又重新夺回去了，程诺损兵折将辛苦一场，却只得到了一个有名无实的牧场，而且同心帮已经开始丛阚洱村买马进行贩卖，无奈之下程诺选了一批好马留给自己的部下之外，其他的都低价卖给了别的玩家来换取经费。

当他们赶到夜狼牧场的时候，罗慎行的心一下子变得冰冷起来，夜狼牧场坚固的护栏已经变成了被烈火烧得东倒西歪、残缺不全的断木桩，牧场里面的两间仓库和一所住房都化作了灰烬，管事、八个护卫和那个牧人凄凉地站在牧场的中央不知所措。

罗慎行的眼睛几乎要喷出火来，打马来到管事面前问道："你见没见到鬼师爷？"现在一切都没有了，其余的财产都在鬼师爷的手上，如果鬼师爷再出事的话夜狼牧场就算彻底失败了，那样一来自己只有唯一的一条路可走——伺机暗杀程诺，然后放弃重建夜狼牧场的梦想。

管事见到罗慎行时激动地道："场主，您可回来了，鬼师爷已经等您好几天了。"

罗慎行惊喜地道："他在哪？"

管事避而不答道："场主，牧场全让人给毁了，当时那群人还想杀铁匠和牧人，多亏我组织护卫们把他们保护起来了，如果不是我忠心耿耿地坚守阵地的话你回来的时候就什么都看不到了。"

在程诺离开牧场时为了泄愤放了一把大火，当大火开始燃烧的时候管事见牧场完蛋了就打算领着其他人溜之大吉，但是早就隐藏在附近的鬼师爷突然出现在他面前把他给拦回来了，并在这些天中提供给他们食物和帐篷，要不然管事早就离开了，管事生怕鬼师爷在罗慎行面前提起此事，所以先急切地表白一下自己的功劳。

罗慎行焦急地道："鬼师爷人呢？"

铁幕七雄突然指着盆地的方向道："我大哥他们来了。"

罗慎行转头望去，只见从盆地的方向驰来了几十个骑马的人，领头的一个正是鬼师爷，铁幕一雄几兄弟紧紧地随在他身后，剩下的都是罗慎行手下幸存的夜狼骑兵。罗慎行欢呼一声迎了上去，没有什么事比劫后余生时朋友见面更令人激动的了。

鬼师爷从马上伸出双手紧紧地握住罗慎行的肩膀道："你终于回来了，我的好运气也就回来了。"

罗慎行苦笑道："现在已经弄成这个糟糕的局面了你还相信我有好运气吗？"如果说以前鬼师爷说自己有好运气的话罗慎行还会坦然承受，但是现在罗慎行自己都不相信自己的运气了，即使有的话也只是霉运而已。

鬼师爷指着罗慎行道："经不起挫折，一看你就还欠磨炼，现在我们没有好运气的话谁有好运气？大联盟精心的布局都没给我们造成什么损失，还有什么事儿能难倒我们？"

罗慎行向铁幕一雄等人点头示意之后叹息道："没造成什么损失？牧场被人烧了，马被人卖了，我们已经破产了，这不是损失是什么？"

鬼师爷摇头道："破产？我们是得到了天大的便宜，你怎么不看看我们损失一个

172

人了吗？牧场被烧了可以重建，马被卖了可以重新再买，人才是我们最大的资本，大联盟攻打我们以前夜狼牧场只有你我二人和一个管事，但是现在铁幕六兄弟加入了我们，我们一下子就变成了九个人，当铁幕二雄来到真武大陆的时候我们就会变成十个人，这不是天大的便宜是什么？"

当时铁幕几兄弟来到夜狼牧场的时候，意外地见到了幸存的鬼师爷，铁幕一雄本以为要费上一番唇舌才能让鬼师爷相信自己，但是鬼师爷通过在龙门镇的眼线早就知道罗慎行救过铁幕七兄弟，而且他们几人都是清一色的左刀右盾，这样的团体除了铁幕七兄弟之外真武大陆中还没有第二个。

所以鬼师爷鼓动三寸不烂之舌把夜狼牧场受的冤屈说得天花乱坠，同时还不露痕迹地暗示知恩必报之类的话，既是提醒铁幕几兄弟不要忘记罗慎行的救命之恩，又是表达自己决不会忘记铁幕几兄弟的仗义援救之德，把铁幕几兄弟拴在了自己的同盟地位上。

铁幕一雄等人本来就是来帮助罗慎行的，所以虽然感到鬼师爷有点儿恃恩要挟的意思，但是他们几个也没有别的要紧事儿，正好卖他一个人情又可以凑份热闹，所以才答应鬼师爷的要求，这几天来他们一直躲藏在牧场后面的盆地中，一边等待罗慎行，一边准备伏击胆敢再次入侵牧场的人，管事等人站在原来牧场的位置上就是为了充当诱饵的。

铁幕一雄笑道："鬼师爷给我们许了很优惠的条件，我们哥几个觉得还是很划算的，所以决定和你们共进退，大家轰轰烈烈地大干一场。"

罗慎行伸出手道："你老兄就不要替我遮掩了，现在我们夜狼牧场许的愿都是空头人情，能否兑现是个很值得怀疑的问题，你想帮我就直说好了。"

铁幕五雄凝声道："大哥，夜狼兄弟说的是实话，他可比鬼师爷强太多了，我喜欢这样的朋友。"

铁幕七雄慷慨地道："五哥说得对，夜狼大哥是个坦诚的人，只有这样的人才值得我们交朋友。"

铁幕一雄开怀大笑道："你们把我要说的话都说完了，夜狼兄弟，就凭你这句话咱们交朋友交定了，大家人多力量大，我们也没别的目标可完成，正好与你们搭伙共谋发展。"

鬼师爷欣然道："这就好，咱们商量商量下一步的行动计划。"然后对铁幕一雄道："现在大家都不是外人了，请铁幕一雄兄弟先说说自己的看法。"虽然鬼师爷自己早就想好了具体的步骤，但是总不能给铁幕兄弟留下自己不尊重人的印象，尤其是铁幕兄弟是现在这个团体中人数占优势的一群，那样最容易引起内部的分裂。

铁幕一雄当仁不让地道："这几天来我反复思索过目前的局面，我们的敌人不外乎大联盟和与夜狼牧场竞争的同心帮，事有轻重缓急之分，以我们的实力来说根本没能力同时对付两方面的敌人，即使对付其中的一方也力有未逮。"

鬼师爷鼓掌道："一雄兄弟说得有道理，但是现在的情况有点儿不同，我们根本就不用把同心帮放在眼里。"

铁幕一雄反问道："我记得你说过当初与大联盟联手对付过同心帮，而且同心帮

第三十一章 复仇开始

也建立了牧场,与你们正是冤家对头,你怎么可以把他们忽略呢?"

鬼师爷微笑道:"当初的确是这样,但是没有永远的朋友也没有永远的敌人,我们与同心帮的小矛盾与大联盟比起来只能算是小小的误会,同心帮与大联盟才是最大的敌人,当我们与大联盟开战的时候,同心帮即使不变成我们的朋友也不会变成敌人。"

铁幕三雄怀疑道:"你有这个把握? 我们的实力可经不起腹背受敌。"

鬼师爷胸有成竹地道:"这个问题我去解决,现在我们还剩下两个敌人。"他最羡慕的就是苏秦、张仪之辈,可以凭借自己的伶牙俐齿解决许多棘手的难题,冒险与同心帮谈判就是他表现自己才华的机会。

铁幕三雄道:"鬼师爷,同心帮的问题解决之后我们只剩下大联盟一个敌人了。"他甚至怀疑鬼师爷的脑筋有问题,二减一等于一的简单事情都弄错了,这样的人还自称为鬼师爷?

鬼师爷看着其他人迷惑的神色慢慢地道:"两个敌人,确切的说应该是两伙敌人。"然后故意停顿一下慢条斯理地道:"大联盟是其中的一伙,另一伙就是有胆量从大联盟的手上买我们夜狼牧场的马的人。"

罗慎行急忙阻止他道:"我们不能树敌太多,买马的人就算了吧。"

鬼师爷冷森森道:"算了? 天下哪有这么便宜的事? 他们明知道这些马是来路不正的赃马却为了贪图便宜而购买,同心帮的马卖到三万五千个金币一匹,而他们从大联盟的手中购买只花了两万个金币,他们这样做实际上是助长了大联盟的嚣张气焰,我要让他们尝到后悔的滋味。"

铁幕三雄皱眉道:"就算如此,我们也不应该现在就找他们的麻烦,反正那些马身上的夜狼印记买主也消不掉,何不等到解决了大联盟的问题之后再研究此事呢?"

铁幕一雄沉吟一下道:"鬼师爷的话不是没有道理,我们找买马的人麻烦实际上是宣告夜狼牧场重新回到了夜狼的手中,也是给同心帮一个警告,让他们不敢轻举妄动,这件事包在我们铁幕兄弟的身上,根本不用别人出手,只是大联盟的问题我们该如何解决呢?"从程诺手中买马的人都是零散的玩家,由铁幕兄弟出马的话没有人会是他们这个组合的对手,所以铁幕一雄对此信心十足。

鬼师爷指着罗慎行道:"他。"

罗慎行惊呼道:"你是不是想让我去自杀?"当初他在阚洱村的夜战中险些全军覆灭,现在鬼师爷竟然让自己去解决大联盟的问题,这根本就是无法完成的任务。

鬼师爷哂道:"你是不是让程诺吓破胆子了? 现在报仇的时机来了你竟然害怕起来,也不怕铁幕兄弟们见笑。"

罗慎行抗议道:"你能不能提出一些合理化的建议? 不要总是耸人听闻。"

铁幕六雄起哄道:"夜狼大哥,鬼师爷这样做是想让你扬名武魂,你想一想啊! 你孤身一人单挑大联盟,这样的壮举又有几个人能做得出来?"然后煞有介事地道:"鬼师爷,你应该自己去完成这个任务,那样一来就更显得你智勇双全了。"

鬼师爷自我解嘲道:"好事不能让一个人全占了,我出主意还可以,让我冲锋陷阵的话第一个光荣牺牲的就不会是别人。"

罗慎行有些心动道："你是不是有什么好主意？"

鬼师爷淡淡地道："好主意是没有的，不过有好的情报。大联盟在幽州城的南面建了一个大镇子和两个村庄，既然他们毁了咱们的牧场，咱们当然也要客气地回敬一下，要不然就太失礼了。"

罗慎行激烈地摇头道："那还是你去吧！"

鬼师爷举起风神弓道："别忘了扬长避短，你的优势根本就没发挥出来。"说着用风神弓在夜狼骑兵的头上虚划一圈道："一共十八个夜狼骑兵，每个骑兵为你带两壶箭，只要你不被人包围，天下还有谁能把你怎么样？"

当大联盟来到牧场的时候，仓库里最多的便是铁矿石，但是铁矿石的分量极为沉重而且价格也不是很高，程诺对此根本就没有兴趣。当他们离开后鬼师爷组织护卫们把矿石从灰烬中挑选出来让铁匠继续打造箭，现在夜狼牧场最不缺的就是箭。

铁幕一雄叫好道："只要认准了谁是大联盟的人就是一箭，几天下来就够大联盟的人头痛了。"鬼师爷拉拢铁幕兄弟时为了炫耀自己的实力，把罗慎行拥有魔眼戒指的事告诉了他们，现在经鬼师爷这么一提，铁幕一雄立刻就想到了罗慎行的最大优势。

罗慎行双眼放光道："程诺这个狗贼，你的好日子到头了。"

在黄昏时分，幽州城南面的新安镇的北面来了十九个身穿轻便的皮铠甲的骑士，为首的一人手中握着一张造型奇特的弓，其他十八个骑士分成两翼追随在他的身后，其中有两个骑士的马背上还放着几套铠甲。

他们正是罗慎行和那十八个幸存下来的夜狼骑兵，罗慎行脱下了沉重的银熊铠甲，换上了与士兵一样的皮铠甲，轮回剑也放在了管事那里，一行人轻装快马地直奔新安镇而来。在来新安镇的路上，罗慎行发现了几个大联盟的人，都被他不客气地用箭射杀了，那两个骑兵马背上的铠甲就是此行的战利品。

新安镇是大联盟建立的第一个镇，其他的两个村子分别命名为合安村和永安村，大联盟的盟友们除了在幽州城中有一半人之外，其余的大部分都在新安镇中，包括大联盟招募的士兵，因为幽州城不允许玩家的部队停留在城中，威望值达到要求的玩家在守备府招募到士兵之后必须在一个时辰之内离开幽州城，否则就会被当做意图谋反。

当新安镇的护卫见到罗慎行一行人的时候急忙敲响了警钟，护卫们可不像玩家一样会把敌人当做自己人，他们的职责就是监督每一个外来的人，除非他们取得了通行证。

罗慎行在镇门前一百米的地方停住了，羡慕地打量着这个被土质的城墙包围起来的小镇，虽然幽州城的城墙比这里要高大宏伟得多，但是那离罗慎行的奢望太遥远了，他现在只希望自己的牧场也有小镇这样的城墙，至少不会被人放火烧掉。

当护卫的钟声敲响的时候，从镇门中走出了十几个人，其中一人冲着罗慎行喊道："朋友，你是路过此地还是要在新安镇停留？"

罗慎行见出来的只有十几个人，双腿一夹马腹往前走去，边走边道："在下夜狼牧场场主，既不是路过也不是停留，我是来报仇的。"说完把一支箭搭在风神弓上。

第三十二章
元气显灵

那十几个人听到罗慎行的话立即引起了一阵骚动,接着有人向镇里高声喊道:"夜狼牧场的人报仇来了,兄弟们快来。"

罗慎行说完之后调转马头向后退去,却把那十八个夜狼骑兵留在原地,大联盟的人不明所以,以为罗慎行是想凭借手下的士兵来为他卖命,互相招呼一声向前冲来。

罗慎行希望的就是这样,因为他们离镇门口太近了,只有他们离自己的骑兵越近的时候捡起装备才越省事。罗慎行慢条斯理地等着他们离骑兵还有二十步远的时候,突然一箭把冲在最前面的人射倒。

那个人化作白光在原地消失了,铠甲和武器"叮当"的一阵乱响坠落到地上。罗慎行手中的箭犹如死神追命的令牌连续不断地攫取着他们的生命,同时冷冷地宣告道:"这就是你们背信弃义的下场。"

这根本就不是公平的战斗,在罗慎行威力巨大的风神弓面前,大联盟的人徒劳地挥舞着武器企图格挡,但是风神弓在罗慎行的手中最远可以达到一千步的射程,虽然那不是有效的距离,但是五百步之内罗慎行却是十拿九稳。

而现在大联盟的人距离他只有一百多步远,正是罗慎行最有把握的距离,一个接一个的人在罗慎行的箭下丢了性命,当第五个人被射死的时候他们离夜狼骑兵还有将近十步的距离,而此时夜狼骑兵已经举起了手中的剑准备战斗。

剩下的人见事不妙转身正想往回逃时,夜狼骑兵已经在罗慎行的命令下策马冲了上来,急剧的马蹄声中十八柄剑闪着夺命的寒光在那几个逃跑的人身后闪烁,在机动力极高的骑兵面前那几个幸存者如秋风中的落叶惨叫着化作了白光。

罗慎行停下手中的弓箭满意地看着骑兵的骄人成绩,当初这些骑兵刚招募来的时候攻击力只有 75,但是经过在阚洱村的作战之后他们的攻击力已经达到了 80,照这样下去只要让骑兵们多杀几个人攻击力一定会很快地提高起来。

但是这十几个人在镇门前被杀之后,新安镇中反而宁静下来,而且镇门也紧紧地关了起来,罗慎行可以看到城墙上有几个大联盟的人正在对自己指指点点,显然在谋划着算计自己的方法。

罗慎行让骑兵们把地上的铠甲和武器捡起来,故意捉弄他们道:"你们是不是吓得尿裤子了?从今天起我就守在你们的镇门口,直到把你们慢慢杀光为止。"大联盟招募的部队基本上都集中在新安镇中,但是现在却迟迟不见他们的踪影,即使用脚指头想也会明白他们打算让部队从其他的城门出来截断自己的后路。

果然城墙上有人高声道:"夜狼,你不要给脸不要脸,有种你就冲进来,咱们公平地较量一番,不要依仗着一把破弓就耀武扬威的。"但是说话的人把自己的身子完全隐藏在了城墙的后面,生怕罗慎行的箭会盯上自己。

罗慎行故做心动的样子道:"你们把镇门打开,让我进去,我就给你们一个公平较量的机会。"

等了一会儿,刚才说话的人回答道:"我们把镇门打开了,你可不要跑。"

罗慎行知道他们的部署即将完成了,哈哈一笑道:"老子可不奉陪了。"说完领着夜狼十八骑往回驰去,当他转身的时候,就看到两百多个士兵从新安镇的东西两个方向出来正往一起合拢。

而此时镇门打开,三十余骑从镇中冲出呼啸着向罗慎行追去,这样的部署与鬼师爷临行前交待的几乎一模一样,鬼师爷交待的就是让罗慎行把大联盟的人尽量引出来从而利用风神弓消灭掉,而他们招募的部队则不在计算之列,因为把玩家消灭之后至少要十来天的时间他们才能重新回到真武大陆,这样才能大伤大联盟的元气,而招募的部队只要有钱随时都可以建立起来。

罗慎行一边纵马狂奔一边扭身射箭,虽然这样的准确率不高,但是身后大联盟的人却提心吊胆地放慢了追击的速度。

这次大联盟的部队虽然是同样设下的包围圈,但是两百多人的队伍想把空旷的新安镇北门给包围起来人数便显得有些稀疏。上次罗慎行在阆洱村的包围中是将近三百人把他包围在一个狭小的范围之内,骑兵的优势根本就施展不开,但是现在罗慎行领着夜狼十八骑高速奔驰着,转眼间就把大联盟辛辛苦苦建立的包围圈撕开了一个大口子。

逃出包围圈一百多米后罗慎行得意地放缓马速,此时他们已经把从新安镇北门冲出的骑兵抛下了七十多步,包围失败的步兵部队在大联盟的玩家带领下徒劳地追在骑兵的后面。幽州城的附近基本上都是宽广的平原,新安镇坐落在幽州城的西南,周围一样是无遮无掩的平坦地带,当骑兵奔驰起来时即使把步兵累死也追赶不上。

罗慎行手中的风神弓再次发威,一支支的利箭准确地落在大联盟的骑兵身上,这些人骑的都是从夜狼牧场夺来的马,马臀上的夜狼印记让罗慎行的怒火几乎冲昏了理智,当他们冲到离自己只有三十多步远的时候才悻悻地继续逃跑。

后面追赶中的大联盟的人心中的愤怒丝毫不亚于罗慎行,他们在多次的战斗中总是有攻有守,从来没有过今天这样的窝囊局面,只能被动地挨打却没有还手之力。最可怕的是罗慎行的箭仿佛长了眼睛,而且每个中箭者都是被强劲的利箭穿透了身体,追击这样恐怖的对手简直就是受精神上的折磨。

幸好夜幕降临了,黑夜让追击者的心里有了点儿安全感,罗慎行的箭终于停了下来只顾闷头向前跑,但是追击者很快就发觉了不对头的地方——他们的前方出现了新安镇那熟悉的灯火。

罗慎行领着追击者绕了一个大圈子后直奔新安镇而去,如果他所料不差的话,大联盟的部队应该还在镇北门的地方等待胜利的好消息,同时也是防范自己再次冲回去,自己就满足他们的心愿好了。

当罗慎行冲回新安镇北门的时候,大联盟的部队已经在镇门外排好了阵形严密

第三十二章 元气显灵

防范着,罗慎行放慢了马速用箭射往人群最密集的地方,大联盟的阵形是为了防备罗慎行的骑兵冲击而准备的,但此时却成了罗慎行不用瞄准的固定靶子。

强劲的风神弓射出的利箭穿透第一个人后破体而出直接贯入后面的人体内,瞬间大联盟的队伍就慌乱起来,那些招募的士兵还能镇定地坚守阵地不动,但是罗慎行瞄准的人都是大联盟的玩家,他们可是会有恐惧感的。

追在罗慎行后面的骑手中有一个人高声道:"退回新安镇他就没办法了。"说完率先向镇里冲去,他们已经失去了继续追击罗慎行的勇气。他们一撤,把守镇北门的大联盟玩家们就慌乱地往镇里退去,最后撤退的才是招募的士兵。

在他们往新安镇里撤退的时候,罗慎行率领夜狼十八骑衔尾杀至,现在正是痛打落水狗的时刻,罗慎行昂首观察着城门的上方,以防止从城墙上抛落滚木擂石之类的守城武器,但是新安镇显然没有预备这样的防范措施,唯一显得高明的办法就是在还有二十几个士兵没有进入新安镇的时候便把镇门紧紧地关上了,让那二十几个倒霉的士兵做了屈死鬼。

罗慎行让骑兵们把掉落地上的铠甲和武器都收起来,意气风发地朗声警告道:"你们听着,我就在两公里之外的地方扎营,有胆量便来袭击我吧。"说完大笑一声领着骑兵往牧场飞奔。

他相信自己的话一定会让大联盟的人信以为真,就让他们去疑神疑鬼吧。今天取得这样的成果已经很令人满意了,至少大联盟的人已经元气大伤了,唯一遗憾的是没有见到程诺,如果今天程诺也在这里的话罗慎行第一个要杀的人就是他。

当罗慎行回到牧场的时候,牧场的围墙与仓库和住房已经重新建立起来了,鬼师爷和铁幕一雄等人正在牧场外等候着他,见到罗慎行满载而归后,铁幕七雄赞叹道:"夜狼大哥出手就是不同凡响,弄回这么多的铠甲和武器。"除了士兵的装备之外其他的铠甲和武器都是大联盟的玩家们高价购买的,或是在新手村杀死兽王才得到的比较昂贵的装备,每一件的价格都要比一匹马高得多。

罗慎行看看他身上的武士服道:"你喜欢的话就随便挑,现在这是我们的了。"然后跳下马与鬼师爷等人走进了牧场。

铁幕七雄兴奋地道:"那我就不客气了,今天我和大哥他们要回来九匹马,也算是不错的成绩了。"他所说的"要回来"其实就是找到从程诺手中购买夜狼牧场的马的玩家,然后一言不合就动手强抢,经过一下午的努力把幽州城附近的马基本上都"要"了回来。

鬼师爷看着骑兵马背上的铠甲悠然道:"看来你的成果还不错。"

罗慎行傲然道:"还不错? 我杀死了二十几个玩家,骑兵们杀死了足有四十个大联盟的士兵,战利品再多一点儿的话我们就拿不回来了。"

铁幕一雄欣然道:"这下够大联盟的人头痛一阵了,程诺现在应该明白得罪拥有弓箭的夜狼是多不明智的抉择了。"当初罗慎行射死血豹兽王的时候铁幕一雄便见识到了罗慎行的可怕威力,与他作对时除非能把罗慎行一击必命,要不然就会变成被动挨打的局面。

鬼师爷冷笑道："同心帮知道夜狼取得这样骄人的成果后一定会更加坚定与我们合作的信心。"今天他到同心帮去谈判时，当他说出夜狼牧场要和大联盟开战，希望得到同心帮的支援的消息时引起了一阵哄笑声，因为谁都明白以夜狼牧场微弱的实力来说想挑战大联盟只能是说说大话过过嘴瘾罢了，鬼师爷谈判的目的一定是挑动同心帮出战大联盟，以便坐收渔翁之利。

鬼师爷当时也未辩解，只是要求他们经过今夜之后给自己一个答复，因为他相信罗慎行不会让自己失望，现在罗慎行的成绩果然证明了自己没有看错人，而且铁幕兄弟的表现也可圈可点。

经过这样一番表现之后，同心帮一定会对夜狼牧场刮目相看的，虽然这样会过早地暴露夜狼牧场的实力，但是只有这样才会取得同心帮的暂时支持——弱者是没有权力讨价还价的，只有让同心帮认为自己够强大才能促使他们尽快做出决定，因为大联盟的人最晚就会在明天采取行动报复夜狼牧场。

罗慎行对铁幕一雄道："被我杀死的人需要多长时间才能重新回到真武大陆？"铁幕二雄在新手村就被血豹王杀死了，直到现在也没有冲到真武大陆来，所以罗慎行对此感到很好奇，同时也是想尽可能详细了解自己对大联盟造成的打击情况。

铁幕一雄皱眉道："这个不好说，因为每个人的意志力都不一样，据我所知有很多人因为意志力太低就被武魂淘汰了，在新手村达到五十级的时候进行闯关的考验实际上就是淘汰意志力低的人，而且被杀死一次意志力会降低很多，二雄的意志力就被降低了十点，所以现在他能否闯关来到真武大陆都不好说。"

罗慎行色变道："武魂里的情况与真实生活是一样的，如果意志力被降低的话实际生活中会不会受到影响？"

铁幕五雄低声道："应该受到点儿影响。"

他的话一出口，所有的人都沉默起来，现在的问题不是被杀死之后回到新手村重新练级的问题了，而是关系到真实生活中的身体情况。在每个人得到武魂的账号时就会收到一份这样的警告与武魂系统基本情况的简介，可是罗慎行是从宋健秋那里得到的，所以这样的可怕后果只有罗慎行自己不知道，其他人早已心知肚明。但是武魂的诱惑力太大了，就像人们知道毒品是有害的，但是沉溺其中的人却很难摆脱它的吸引。

鬼师爷干咳一声道："天色已经很晚了，大家应该趁机休息一会儿以应付明天的战斗。"大联盟的人摆明了不会放过夜狼牧场的，这个时候说起这样的问题实在有些不合时宜，众人现在需要用最饱满的热情来面对明天的战斗，而不是为了损失意志力的事而担忧。

罗慎行的确感到了有些疲惫，经过长途奔袭与连续不断的拉弓射箭，现在罗慎行最想好好休息一下，但是他刚走出两步又停下来道："鬼师爷，咱们的丹药是不是还保存着，你给铁幕兄弟分一些，他们没有好的疗伤药。"在他被铁幕兄弟救下之后，铁幕四雄找了好久才如获珍宝地找出一颗还魂丹，而比这更好的熊胆还魂丹罗慎行有一大批。

第三十二章 元气显灵

铁幕七雄道："鬼师爷早就给我们了，谢谢夜狼大哥。"虽然罗慎行说得很不客气，但是铁幕兄弟知道他没有瞧不起自己的意思，他只是希望把好东西给大家分享而已。

罗慎行自顾自地往房间走去道："没事的时候不要打扰我。"说完钻进了房间开始打坐调息，他想休息的目的不仅仅是恢复体力，更重要的是知道了自己修炼的是《玄天诀》之后，罗慎行想在武魂尝试一下师傅所说的破关。

一直以来罗慎行只是简单地打坐来修炼"真气"，但是十多年来自己却丝毫得不到益处，甚至打坐时间久一点儿的话自己的双腿竟然会发麻，天下哪有这样无用的打坐方法，这样的疑惑罗慎行已经多次向师傅提过，但是清阳道长总是莫测高深地避而不答。

现在罗慎行终于知道了自己苦苦修炼了十几年的"真气"竟然是道家的元气，而且显然是一门很高深的功夫，这样的惊喜自然让罗慎行消除了以往的怨气，也增加了练功的动力。今天下午上课时候自己轻轻的一掌竟然无声无息地拍入课桌中，这样的玄妙功夫在以前简直是想都不敢想。

罗慎行按照以往一样运功三十六周天之后开始尝试着把元气向双臂的穴道传去，没有遇到想象中的阻力，元气轻松地进入双臂又返回体内，罗慎行睁开眼睛把元气灌注入右臂然后拍向自己身下的床板。

"啪"的一声清响之后，罗慎行急忙用左手握住了自己的右手，不但没出现自己预想中的效果，反而把自己的手拍得发麻。罗慎行颇感丢脸地往门口看了看，还好没人看见，要不然大家准会以为自己是在发神经不可。

罗慎行不服气地又试了一次，但还是和上次一样，不过这次罗慎行体会到自己的元气在自己的手即将拍到床板上时又缩回了体内，没有元气支持的自己以血肉之躯硬击坚固的床板简直是自讨苦吃，他可不像冷凝儿一样练过跆拳道这样的硬功夫，而且冷凝儿在劈碎课桌面的时候也把双手挫伤了。

罗慎行记得师傅曾经说过要达到气随意转，想必就是针对自己的元气而说的，但是自己在打坐的时候已经达到了这种境界了，而且自己刚才也运用元气了，为什么偏偏施展不出来呢？

罗慎行郁闷地随手拍向床板，"喀嚓"一声千呼万唤也不出来的元气突然显灵了，猝不及防的罗慎行随着破碎的床板重重地摔落到了地上，当他惊喜地从地上站起来的时候，房门被人重重地推开，铁幕兄弟和鬼师爷等人都冲了进来。

铁幕一雄看着地上碎裂的床板愕然问道："夜狼兄弟，出什么事了？"

罗慎行支支吾吾道："床不结实，把我摔下来了。"说完无辜地摊开双手，他可不是存心隐瞒，而是师傅反复强调过自己不能透露自己会武功，尤其是《玄天诀》的事，就连宋健秋也被要求严守秘密。

鬼师爷疑惑地问道："这怎么可能？难道武魂也有偷工减料的事？"

铁幕六雄摇头晃脑地道："传说有种武功叫做千斤坠，想必夜狼大哥已经达到这种境界，而且功力炉火纯青了，小弟佩服。"

在铁幕七兄弟中是以年纪来排行的，他的年纪只比铁幕七雄大一点儿，与罗慎行相仿,但是他开口闭口都称罗慎行为夜狼大哥,不过罗慎行也成了他经常开玩笑的对象,经过几次玩笑之后罗慎行不但没有反感,反而觉得铁幕六雄与自己倒是很投缘。

　　铁幕一雄捡起一块床板看了看道:"夜狼兄弟没事就好,一会儿让管事把房间收拾一下,咱们正好和鬼师爷聊聊天。"说完领着众人走了出去。

第三十二章　元气显灵

第三十三章
意外之喜

罗慎行心中疑惑不已,为什么自己在教室的时候可以使用出阴柔的掌力,而刚才却声势浩大地一掌拍碎床板呢?他自己心中反复思索着这中间的差别,同时调动体内的元气试探着往双臂贯入,连其他人交谈的内容是什么都没听清。

铁幕六雄坐在他旁边见他一直都没说话,逗趣道:"夜狼大哥,你是不是刚才摔傻了?"同时手肘亲热地点向罗慎行的左肋。

旁人根本没注意到铁幕六雄的举动,当铁幕六雄的手肘刚触到罗慎行的肋下时,罗慎行体内元气立即做出反应,把铁幕六雄的手肘当做了来犯的敌人狠狠地反击过去,铁幕六雄猝不及防惨叫一声身体腾云驾雾般向左侧腾空而起。

房间内的众人被这突如其来的变化惊得都站了起来,罗慎行被铁幕六雄的惨叫声惊醒,慌乱地站起来道:"有敌人,敌人进攻来了。"

铁幕六雄挣扎着从地上爬起来,呻吟道:"算你恨,闹着玩竟然下死手。"

罗慎行愕然道:"我?"他方才魂不守舍地发呆,根本就没觉察出铁幕六雄的小动作,所以刚才会以为是敌人来了。

铁幕六雄甩甩胳膊,没发觉自己的胳膊有何异常,悻悻地道:"不是你是谁? 这下可把我摔狠了,你说该怎么……"刚才他只是轻轻地点在罗慎行的肋下,根本就没有用力,罗慎行的元气反击也不是很凌厉。如果他真的用足了力气的话,罗慎行体内元气的反击就不会是这么轻松的了。

铁幕六雄刚说到这里,突然停下来道:"你怎么把我摔出去的?"

铁幕七雄开心地道:"报应来得真快,刚才六哥还问夜狼大哥是不是摔傻了? 现在就轮到自己被怎么摔出去的都不知道。"

铁幕六雄摆摆手制止了铁幕七雄的话,盯着罗慎行道:"我刚才就觉得不对劲,好端端的床怎么会塌了呢,现在你坦白交待你是不是真的会什么功夫?"

铁幕一雄沉声道:"老六,你的话太多了,夜狼不喜欢说你就不要为难他。"他在罗慎行拍碎床板的时候便怀疑罗慎行的话,因为他曾捡起一块床板观察了一下,发现碎裂的床板碎片竟然是三角形的,这样的结果不可能是自然断裂的,除非是有人用大铁锤用力打击才会出现的后果,而罗慎行的房间里根本就没有这样的重武器。而且就算是有这样的大铁锤,也不可能一下便把床板砸成小碎块。

现在整个屋子里的人都觉察出了不对头的地方,罗慎行看着众人怀疑的眼神尴尬地道:"刚才真是我把六雄摔出去的吗?"

铁幕六雄看着他无辜的眼神本想听从大哥的话,但是自己的好奇心实在是难以遏制,便热切地道:"夜狼大哥说来听听,让我们长点儿见识也是好的。"

鬼师爷推波助澜道："我是不在乎夜狼会什么功夫，可是大家都很好奇，我看夜狼不露一手的话也实在说不过去。大家说是不是？"铁幕六雄只是要求罗慎行讲清楚而已，轮到鬼师爷这里就变成了要罗慎行露一手。只要罗慎行能够当众显示一下自己真的有什么神奇的功夫，鬼师爷就会产生更大的野心。

除了铁幕一雄之外，其他的人齐声赞同，即使铁幕一雄自己也露出了期盼的神色，毕竟罗慎行能够一下便打碎床板又莫名其妙地把铁幕六雄摔个大跟头，这样的功夫只在传说中听到过而已。

罗慎行苦恼地道："我的功夫时灵时不灵的，要不然怎么会被程诺追得抱头鼠窜？"他的话半真半假，希望能够蒙混过关。

铁幕七雄赞同道："我看夜狼大哥说的是真的，如果夜狼大哥真的能够随心所欲地施展自己的功夫的话，程诺他们怎么是夜狼大哥的对手？"

鬼师爷心痒难耐地道："那你什么时候才能随心所欲？"虽然铁幕七雄讲得有道理，但是鬼师爷还是希望罗慎行能够超常发挥一下。

罗慎行随口应付道："快了，快了。"然后站起来道："我到外面转一圈，也许大联盟的人会来偷袭。"也不等别人阻拦就慌忙地逃了出去。

此时已经是黎明时分，东方开始出现微弱的曙光，罗慎行漫无目的地在牧场中闲逛着，一边思索着自己元气的运用法门，同时用意念调动自己的元气在体内试探着运行，元气温顺地随着他的意念在体内运转着，并没有遇到平时打坐时的那种阻滞。

罗慎行想起师傅在自己的身体的穴道里留下了真气来培养《玄天诀》的元气，自己想要随心所欲地运用元气的话就要先把束缚穴道的真气打通，但是在武魂中并没有遇到这样的麻烦，难道自己在武魂中的元气并不受这样的限制？

罗慎行一边思索一边把元气传到双腿之中，当元气注入到双腿中时，罗慎行只觉得自己的双腿立刻轻盈起来，走路的速度不知不觉中便加快了起来，罗慎行不自觉地顺着牧场的四周开始飞快地转起圈子来。

铁幕兄弟和鬼师爷在罗慎行离开房子后便不约而同地伏在窗户处监视罗慎行的举动，很快他们便发现罗慎行的速度越来越快，最后竟然急逾奔马，而罗慎行走路的样子却仿佛还是在闲庭信步一般轻松自如。

鬼师爷低声道："看到没有？这就是夜狼的实力，他一般来说都是深藏不露的，只有在不经意间才会显露出来一点儿。"他也是第一次见到这样的情形，但是却摆出见怪不怪的样子显示自己与罗慎行交情颇为深厚，以便提高自己在铁幕兄弟心目中的地位。

铁幕五雄赞叹道："夜狼果然是高手，要不然当初他怎么敢和冰雪凝儿去杀血豹王呢？我看血豹王的速度都没有他快。"

铁幕六雄道："那还用说？我早就觉得他不对劲，大哥，你说咱们有了夜狼这样的朋友以后还有什么可怕的？"

鬼师爷附和道："六雄说得对，人多力量大，只要大家真诚地合作就没有什么事可以把我们难倒。"现在他越来越佩服自己的眼光了，仅凭自己找到罗慎行合作这一点

第三十三章 意外之喜

就足以证明自己看人的法眼不差,这下可捡到宝了。鬼师爷甚至觉得自己的运气开始逐渐地好起来了,极有可能是沾了月夜之狼的光。

铁幕一雄看了鬼师爷一眼道:"我和夜狼交朋友一方面是因为他救过咱们,另一方面是因为夜狼对大家真诚相待,这样的朋友是很难交得到的,我可不喜欢心机太多的人。"

鬼师爷也不以为忤,干笑两声道:"大家合作嘛,总得有人自愿当小人,既然没有别人愿意承担我只好勉为其难了。"他早就觉察到铁幕兄弟对自己颇有微词,因为自己当初的确有点儿挟恩图报的意思,但是那也是没有办法中的办法,如果铁幕兄弟不帮自己的话夜狼牧场就算彻底垮了。

夜狼牧场可是鬼师爷倾注了全部心血的发财基地,而牧场最紧缺的就是人手,可平常的人鬼师爷还看不上眼,好不容易才遇到铁幕兄弟这群既有实力又够朋友的好帮手,鬼师爷又怎么会放过呢?

突然铁幕六雄低呼道:"娘啊!这还是人吗?"

众人顺着他的目光看去,只见罗慎行已经化作了一道缥缈的人影旋风般在牧场中绕圈子,这样诡异的场面若非是亲眼见到的话打死他们也不会相信这是真的。

鬼师爷激动得说话都颤抖了,好半天才说出一句完整的话:"老天……天爷……您……您终于显……灵了。"他知道从现在起即使用棍子撵,铁幕兄弟也不会离开罗慎行了,最重要的是自己有了这样的合作伙伴从今以后还有谁敢惹我!鬼师爷的眼前已经是无数的金币与金砖在飞舞了。

此刻罗慎行只觉得元气在四肢百骸充盈着,浑身说不出来的舒畅,现在完全是元气在控制着他的身体做运动,罗慎行甚至感觉不到自己在以惊世骇俗的速度飞奔,他的思维完全被体内的元气吸引住了。

在高速奔跑的同时元气扩展到全身的经脉,自动地把全身的经脉都连接了起来,形成一个整体,再非以往罗慎行辛辛苦苦地一个接一个把穴道打通,突然罗慎行仰天长啸起来,雄浑的声音产生的强劲冲击波让牧场中的铁幕兄弟与鬼师爷等人惊恐地捂住耳朵,不知罗慎行现在显露的是什么功夫。

就在夜狼牧场南方三里远的地方,大联盟的队伍听到这个声音之后震惊地停了下来,程诺惊魂未定地道:"这是什么野兽的吼声?竟然如此恐怖。难道夜狼牧场打算用野兽来对付我们?"

罗慎行长啸之后奔跑停了下来,舒畅地自言自语道:"真舒服。"刚才的急速奔跑让元气自动地贯穿到全身的经脉,《玄天诀》的元气现在才真正为他所用,只是罗慎行还不明所以而已。

鬼师爷和铁幕兄弟恭恭敬敬地走出来,来到罗慎行面前齐声道:"夜狼老大。"

管事也跑出来凑热闹道:"场主大人,您刚才的那一吼真是地动山摇、风云变色,让我佩服得五体投地。"

罗慎行惊讶地看着他们道:"一大清早的,你们是不是吃错药了?"

鬼师爷对其他人使个眼色道:"大家都觉得与你在一起信心十足,觉得夜狼牧场

振兴之日不远了,所以……"

罗慎行不屑地道:"少来这套,你说程诺今天一定会来攻打夜狼牧场,到底准不准?"

鬼师爷傲然道:"百分之百准确,程诺这个人心胸狭窄得很,而且你昨天杀了他们那么多的人,如果程诺不为他们出头的话他这个大联盟当时就会发生内讧。"

罗慎行狠狠地道:"我要一见面就给他一箭,让他尝尝背信弃义的苦果。"

鬼师爷道:"不仅仅是他,对其他的玩家也决不能手软,只要他们大联盟的玩家被消灭了,部队自然就垮了。"

铁幕一雄道:"我们兄弟几个就负责把守大门,只要我们兄弟在就决不会让他们踏进一步。"其他的铁幕兄弟齐声附和,看过罗慎行的惊人之举后,现在他们的信心已经盲目地膨胀起来。

鬼师爷命令道:"管事,你去把牧场西门的护卫调两个过来加强这方面的防御。"

管事这次没有倚仗场主印在自己手中而违抗命令,痛快地把两个护卫调了过来,然后又把风神弓给罗慎行取了过来。

当夜狼牧场做好了战斗的准备时,大联盟的部队已经来到了牧场的附近。罗慎行站在瞭望塔上准备在程诺进入射程之后便先发制人时,大联盟的队伍中纵马驰出一人来到牧场的东门前大声道:"哪位是夜狼场主?"

罗慎行冷冷地道:"我就是,你给我滚下马来,那匹马是我们夜狼牧场的。"说着把弓箭瞄准了他,准备在他反对时便一箭射死他。

那个人低声道:"别误会,我是天蝎的朋友,要不然程诺会让我来送死吗?"然后高声道:"夜狼场主,我们程盟主想和你谈谈。"

罗慎行见他举止反常,这才仔细地看了下他的资料,这个人的名字竟然是与狼共武,罗慎行低声念了一遍,忍俊不禁地笑道:"你怎么起了这么个名字?"

与狼共武没想到罗慎行会知道自己的名字,以为罗慎行以前就听到过自己的大名,颇为自豪地道:"我觉得这个名字比较潇洒,没想到与夜狼场主倒有几分联系,看来咱们是有点儿缘分。"

罗慎行脸一沉道:"你回去告诉程诺,没什么好谈的,让他放马过来吧!"

与狼共武高声道:"程盟主说了,只要大家谈判成功的话,你们的马会还给你们,夜狼牧场的损失也会酌量赔偿。"然后又是低声道:"这是副盟主花狐给他出的主意,你要小心点儿,程诺打算在谈判时突然下手先把你除掉夺得你的那张弓。"

罗慎行倒吸了一口冷气,如果不是与狼共武暗中通知自己的话,自己说不定会上了程诺的当,这个家伙简直卑鄙到了极点,除了会耍阴谋诡计之外就没有别的可取之处了。

鬼师爷低声道:"与狼共武,我们为什么要相信你?"

与狼共武高声道:"鬼师爷,你们最好想明白,我们大联盟已经出动了全部的兵力,想要攻下你们的小小牧场易如反掌,程盟主不想两败俱伤才会勉强与你们谈判,别不识好歹。"

第三十三章 意外之套

然后低声道:"你和天蝎是好朋友的事我都知道,其实程诺也怀疑你们认识,所以才会在阚饵村把天蝎杀死,我们有一帮兄弟早就对程诺看不顺眼了,只要夜狼牧场收留的话我们就会投奔过来。"

鬼师爷道:"你们当初加入大联盟的时候不是交过一笔会费吗?你离开的话那笔钱不是白交了?"

与狼共武愤怒地道:"别他妈的提了,程诺那个狗杂种把钱都私吞了,以后我再和你仔细说,痛快点儿!你们答不答应?"

此时从幽州城的方向来了一批看热闹的玩家,他们听说大联盟的人要攻打夜狼牧场,这样大场面的战斗没有人想错过,尤其是听说昨夜月夜之狼大闹大联盟的根据地,杀死了几十个人。所以一传十,十传百地来了一大批人。

罗慎行点头道:"如果你说的是真的,那就过来吧,我们这边正缺人手呢。"

与狼共武兴奋地道:"成了。"然后扭头高声道:"你们过来吧,夜狼场主同意了。"

就在程诺以为自己的计策得逞了的时候,从他的身边冲出了十几个人向夜狼牧场的方向奔去。

程诺厉声道:"你们干什么?现在还不是动手的时候。"

那十几个人头也不回地继续飞奔,与狼共武嘲弄道:"程诺,你的计划留着慢慢使用吧,我们不伺候了。"

大联盟内部和围观的人都被与狼共武他们阵前弃暗投明的举动弄得目瞪口呆,不知道这是什么原因。程诺愤怒地骂道:"你们他妈的竟敢背叛大联盟,我饶不了你们。"

与狼共武不屑地道:"程诺,你别以为大家都是傻子,你干的那些缺德事等着慢慢的受报应吧!"

鬼师爷谨慎地道:"你这样贸然就答应了,万一这些人使用的是假投降的手段怎么办?那就真成了引狼入室了。"

罗慎行指着自己的鼻子道:"狼祖宗在这里,还怕他们几个狼崽子翻天?"

程诺高声道:"夜狼场主,你的马我还给你,只要你把这些人交出来,昨天你杀死我手下的旧账咱们就一笔勾销。他们既然能背叛我,将来也会同样地背叛你。"

与狼共武厉声道:"去你妈的,你是什么东西?如果我们心不软的话早就杀了你再投奔夜狼牧场了。"

罗慎行冷笑道:"程诺,即使你交出马咱们之间的账也不会就此了结,你已经众叛亲离,等着我慢慢地收拾你吧。"然后命令道:"打开门让他们进来。"

程诺勉强保持镇定道:"夜狼场主,你这样做就太不讲道义了,你收留我的手下就是对我们大联盟公然的挑衅,我要和你决斗。"

罗慎行举起自己的风神弓道:"你傻呀?我用风神弓和你决斗你会同意吗?"铁幕兄弟齐声起哄,他们可不会认为罗慎行是怕了程诺,因为罗慎行现在在他们心目中的地位已经攀升到了一个难以企及的高度。

程诺举起手中的双戟道:"大家看到了没有?夜狼牧场都是这样的缩头乌龟,

186

我可是光明正大地向他挑战,是他不敢应战,由此可以得知他们都是一群婊子养的。"

他刚说到这里,围观的人群中有人厉声喝道:"闭嘴!"

第三十四章
智者千虑

程诺惊讶地转头往人群看去，人群中一个身穿盔甲的壮汉扛着一柄双刃重剑昂然走出来道："我代表夜狼牧场和你决斗。"

鬼师爷愕然地看着那个人道："他是谁？"他除了知道罗慎行曾经在龙门镇救过铁幕兄弟外，据他所知月夜之狼只和冰雪凝儿关系比较亲密，却没听说月夜之狼还交有别的朋友。

罗慎行惊喜地挥手道："轩辕，我在这儿！"来的人竟然是好久不见的轩辕，自从上次分别后罗慎行还是头一次见到逍遥帮的成员。

轩辕微笑着对瞭望塔上的罗慎行点头示意之后，冷声道："你叫程诺？"

程诺谨慎地点点头道："你是哪位？"现在他几乎成了惊弓之鸟，经历了昨夜月夜之狼的残酷杀戮，今天自己手下又当众叛变，这样沉重的打击几乎让程诺喘不过气来了。

轩辕举起手中的重剑道："我是夜狼牧场的人，你不是要挑战吗？我来陪你。如果我输了的话夜狼牧场任你宰割，但是你要是输了就老老实实地答应我们场主的要求。"

程诺不屑地道："你说了算数？"

罗慎行大声道："轩辕可以代表我的一切，他若输了的话我绝不反悔。"虽然罗慎行对轩辕究竟是不是程诺的对手心中也没底，但是轩辕仗义地为自己出头这份情谊就值得自己把身家性命赌上去了。

鬼师爷心惊胆战地道："他行不行啊？我看还是你上吧！"这场决斗关系到夜狼牧场和大联盟的命运，如果轩辕输了的话程诺绝对提得出来最卑鄙的要求。

程诺跳下马道："你就等死吧！"说着双戟交叉，缓步向轩辕逼去。程诺有信心可以在几招之内便把轩辕干掉，这双短戟是他在生活中下过苦功夫练习的，在武魂中还没遇到过对手，他也是仗着这一点才能建立起大联盟，并压迫手下不敢对他反抗。

他对罗慎行最瞧不起的一点就是依仗弓箭来偷袭，如果罗慎行敢和自己当面较量的话，他甚至敢绑起一只手来。

轩辕漠然地看着程诺的步伐，在武学中素来有单刀看手、双刀看走的说法，使用双兵器的人一般来说都有一套完整的步法来配合攻势，而且双兵器不像单兵器一样随便任何人都可以胡乱地比画两下，使用双兵器要经过多年的苦功才能运用自如，否则胡乱挥舞的话反而会伤害到使用者本人。

现在程诺不仅使用双戟而且脚下沉稳，每一步都踏出相同的距离，这样的对手已经很少能遇到了。轩辕的双眼逐渐炽热起来，好战的血液开始沸腾。他双肩微耸，大喝一声道："来了！"双刃重剑闪电般劈向程诺的头顶。

188

程诺双戟交叉原势不变地向上迎去,剑戟相交时发出"轰"的一声巨响,轩辕手腕一翻重剑画个小弧形斜削向程诺的左颈。

程诺的双手被轩辕刚才的一剑震得麻木不堪,只好向后一退步避开轩辕的这一剑,轩辕向前大踏一步,手中的重剑又举过头顶道:"再来!"凌厉的重剑再次劈向程诺的头顶。

程诺没想到轩辕的臂力竟然如此雄浑,自己有很多精妙的招数在他的大刀巨斧般的猛劈之下根本施展不出来,并且轩辕的攻势实在太迅猛了,让他避无可避,只好咬牙再次迎上轩辕的重剑。

轩辕得势不饶人,重剑一下接一下地狠狠砸去,到第五下时程诺的双臂已经麻木了,条件反射地举起双戟迎向轩辕迎面劈来的一剑。但是轩辕这次却是虚招,在程诺举起双戟的时候重剑横斩过去。

程诺此时已经全身都麻木了,眼睁睁地看着轩辕的重剑横着砍在自己的双戟上,程诺闷哼一声被重剑上强劲的力道击得向后飞跌,双戟脱手而出,如果轩辕这一剑选的是他的胸前或小腹的话,程诺就已经一命呜呼了。

罗慎行拍手高呼道:"好!"夜狼牧场的人这才醒悟过来,围观的人群也同时发出如潮的喝彩声。

轩辕傲然地举步往夜狼牧场的大门走去,经过程诺的身边时冷冷地道:"看你也练过几天功夫,今天我不杀你,但是从今以后不要惹我的朋友。"

罗慎行三步并做两步地急忙冲下瞭望塔,欣喜地拉住轩辕道:"你这个家伙,怎么今天才见到你?阿婉和红尘刀客呢?"

轩辕耸耸肩道:"我还想问你呢?我也很久没见到他们了。"然后微笑道:"你该去索要自己的彩头了。"

鬼师爷急忙道:"你们两个闲聊着,这些琐碎的事情我去办就可以了。"然后招呼铁幕兄弟找程诺算账去了。

与狼共武追上去道:"等等我,我们现在也是夜狼牧场的一份子,再说我们和程诺也有账要算。"领着刚投奔过来的那些人一起涌了出去。

轩辕见他们走远了,开心地道:"你行啊!竟然弄出了一个牧场。"他是听到夜狼牧场与大联盟开战的消息才联想到罗慎行的,本来是抱着试试看的目的,没想到罗慎行真的就在牧场中,所以才凑巧地帮罗慎行一个大忙。

罗慎行得意地道:"武魂第一家牧场,加入吧。"

轩辕故意皱眉道:"这可不好,在咱们逍遥帮里面我可是帮主。"

罗慎行大方地道:"这没什么,你来当牧场主好了,大家是兄弟嘛,这点儿小事不是问题。"当初轩辕他们仗义地把风神弓送给了自己,让自己可以大出风头,可以说罗慎行在武魂中的所有危急关头都是依仗着风神弓才度过的,现在轩辕不想屈居自己的下面,那场主的位子让给他好了。

轩辕大笑着在罗慎行的肩膀上狠狠地拍了一掌道:"傻兄弟,你还当真了!"

罗慎行笑道:"你可别后悔啊!我可不给你下一次的机会。"然后两个人坐在大门

第三十四章 智者千虑

口促膝而谈。

罗慎行把自己的经历讲述了一遍之后问道:"你的遭遇怎么样?"

轩辕道:"这一段时间我比较忙,所以我刚闯关成功才一天左右,我听说阿婉和红尘刀客他们前几天就已经来到真武大陆了,我看要不了多久他们就会找到你这里。"

罗慎行搓着双手道:"大家都来了就好了,我现在最想要人来帮我,你不知道这段时间我就和丧家之犬差不多,到处受人欺负。"

轩辕沉声道:"有账不怕算,以后慢慢地收拾他们。"

他们刚说到这里,牧场外一阵哗然,罗慎行和轩辕立即从地上站起来,铁幕七雄飞奔而来道:"夜狼老大,大联盟解散了。"

罗慎行惊讶地道:"鬼师爷的要求也太狠了吧!竟然要大联盟解散了。"

铁幕七雄兴奋地道:"不是鬼师爷要求的,反正大联盟已经众叛亲离了,再不解散人都走光了,是程诺自己主动提出的。牧场的马全还给咱们,而且还赔偿了五十万个金币。"然后道:"你猜还有什么?"

罗慎行摇头道:"这可不好猜,难道程诺要加入牧场?"

铁幕七雄吐舌做个鬼脸道:"他想加入?谁能同意呀。"

此时鬼师爷领着众人趾高气扬地走了回来,每个人的脸上都是抑制不住的开心笑容。铁幕七雄无奈地道:"还是我来告诉你好了,大联盟把永安村给了咱们。"

罗慎行惊叹道:"这是谁提的条件?真是谈判高手,以后有什么谈判的事就让他出面好了。"大联盟能够把马交出来,又给了五十万个金币的赔偿金,罗慎行就已经心满意足了,没想到竟然要来了一个村子,这可是意外之喜。

轩辕道:"对程诺这个人以后得加点儿小心,我看他的眼神极为凶恶,而且拿得起放得下,这样的人决不会心甘情愿地放弃对夜狼牧场的报复。"

铁幕七雄满不在乎地道:"剩下他一个人了,再闹能闹到哪去?现在的夜狼牧场可不是以前的局面了。再说有夜狼老大在,我们谁也不怕。"

轩辕好奇地望向罗慎行,不明白铁幕七雄的信心是从何而来的,如果说他对自己有信心的话还可以理解,难道是依仗罗慎行的风神弓?

罗慎行见鬼师爷他们过来了,急忙岔开话题道:"我来给你们介绍。"把轩辕拉到自己的身前道:"我们逍遥帮的帮主轩辕,这位是鬼师爷,这位是铁幕一雄……"

罗慎行把认识的几个人介绍完之后,与狼共武开始介绍与自己一同来投奔的同伴,这十几个人都是以往对程诺积怨甚深,所以才冒险投靠夜狼牧场的,没想到夜狼牧场出现了轩辕这样的高手一对一地把程诺打败了,这让与狼共武等人暗自庆幸自己的选择是极为明智的,因为刚才程诺宣布解散大联盟的时候,大联盟中有几个人想加入夜狼牧场都被鬼师爷拒绝了,这种见风使舵的人鬼师爷可有点儿信不过。

鬼师爷对轩辕伸出大拇指道:"场主的朋友就是不一般,轻轻松松地就打败了程诺,让我们夜狼牧场大有面子,不知您以后有何打算呢?"

他看得出罗慎行和轩辕的关系很亲密,而且轩辕还是逍遥帮的帮主,有了这样的关系,轩辕的来历当然很让人放心,但是他若加入夜狼牧场的话就大大的不妙了。毕

190

竟罗慎行是夜狼牧场的场主,但是在逍遥帮却是个普通的成员,如果轩辕加入牧场的话他和罗慎行之间到底是谁指挥谁呢?

罗慎行不等轩辕答话自作主张地道:"当然是留在牧场,他怎么可以到别的地方去?这里就是他的家。"

罗慎行虽然没听出鬼师爷话中的含义,轩辕可听得出来,他淡淡笑道:"我也没有别的打算,就留在牧场当个免费的保镖好了,有什么事情直接安排我去做就可以了。"

鬼师爷放下心道:"您放心,皇帝不差饿兵,何况您还是场主的朋友,您的待遇绝对是最优厚的。"他正想接着安排与狼共武等人的事情时,罗慎行打个哈欠道:"你们慢慢处理吧,我可要下线了,要不然明天就没法上课了。"

鬼师爷急忙道:"你别走啊,永安村的事情还等着你去接收哪!"

罗慎行道:"你自己看着办吧。"挥手与轩辕等人打个招呼回到房间下线了。

他上线的时间是昨夜的六点,在武魂中度过了将近八个小时后现在已经是凌晨四点了,罗慎行半睡半醒地睡到七点三十分,急急忙忙地收拾一下上课去了。

当他来到教室的时候,其他的同学早已经到齐了,见他进来后几十双异样的目光立刻向他投来,然后窃窃私语就像蜜蜂群飞动时的嗡嗡声一般在整个教室响起。

沈梁招呼他坐到自己旁边的座位上,艳羡地道:"真有你的,昨天竟然夜不归宿,是不是和冷凝儿再次约会去了?"旁边的几个人立刻竖起了耳朵聆听着。

罗慎行佯怒道:"你怎么和女人一样多嘴多舌的?"罗慎行身边的一个女生立刻酸溜溜地道:"女人怎么了?难道那个冷凝儿就不多嘴多舌吗?"

罗慎行苦笑着摇摇头,看来自己以后不能说话了,没来由地竟然惹来不相干的飞醋。沈梁心痒难耐地道:"看你的眼睛就知道昨夜一定没睡好。"说到这里他自己竟然紧张起来,低呼道:"你不是已经采取实际行动了吧?"

罗慎行恨不能找一堆马粪把他的嘴给塞上,左肘狠狠地在他肋下撞了一记道:"别胡说八道,要是有什么流言蜚语传出去的话我把你的牙掰下来。"

沈梁痛苦地趴在桌子上惨叫道:"你下手太狠了,哎哟我的娘啊!疼死我了。"罗慎行的这一肘没蕴含元气,但是罗慎行练了十几年的行意门拳法,虽然没有行意门的真气配合也足够沈梁缓上半天的了。

上午的课是枯燥的哲学和历史,罗慎行端坐在椅子上装作认真听讲的样子,实际上偷偷地运用元气冲击被师傅封闭的穴道。他们上的课是九十分钟一节的大课,一上午只有两节课,课间休息十分钟,课间休息的时候罗慎行也懒得动弹自顾自地冲击穴道,经过一上午的努力,腰间的几个穴道已经开始露出打开的迹象。

罗慎行打算放弃下午的选修课,回到自己的房间继续努力,当他和朱子杰等几个室友走出教室的时候,沈梁惊喜地道:"谭博士!"

罗慎行等人向右望去,一身淡黄色休闲装的谭博士正迈着优雅的步伐向他们走来,走到他们近前时才若无其事地道:"原来你们在这里上课。"

沈梁冲到前边道:"您好谭博士,您今天不是没有课吗?"他把谭博士的课程安排打听得一清二楚,谭静雅每周只有周一和周三的下午才有课程安排,而今天是周二,按理说谭静雅应该是在自己的工作室进行研究才对。

谭静雅指着罗慎行道:"我找这位同学请教几个问题,是特地来的。"

沈梁、朱子杰和程可威的眼神立刻死死地盯着罗慎行,不知道罗慎行是什么时候把谭博士也勾搭上手的。

罗慎行只觉得头皮发麻,不自然地道:"谭博士,您别难为我,我什么都不懂。"因为冷凝儿的事自己已经惹得群情激奋了,如果再和谭博士走得太近的话,自己跳进黄河也洗不清了。

沈梁愤愤地道:"欲擒故纵,这一招太老套了。"

谭博士笑盈盈地道:"别人不懂,但是我懂,赏个脸一起吃饭吧,我请客。"

看着谭静雅妩媚的笑靥,罗慎行的意志又不坚定起来,脸上的表情开始显得犹豫不决。谭静雅趁热打铁道:"我那里还有一件艺术品,你见了一定会惊讶的。"

沈梁涎着脸道:"谭博士,我们是不是也有份? 我对艺术很有研究。"

谭静雅淡淡地道:"改天吧,我今天只想请这位同学。"然后对罗慎行道:"你是不是怕我? 如果不是这样的话我们走吧。"

罗慎行装作看不见其他人暧昧的眼神,昂首挺胸地跟在谭博士的身后,心中有点儿美滋滋的感觉,毕竟被美女导师主动邀请的荣誉不是每个人都有的,现在罗慎行甚至自我感觉良好地开始幻想着接下来会发生什么香艳的事。

一路上谭静雅都没有说话,只是默默地领着罗慎行前行,离开了罗慎行上课的那幢教学楼之后,来到了位于校园东北角的一幢高楼,这附近的几幢楼里面都是资深的科学家进行研究的工作室,谭静雅的工作室就在这幢楼的三十六层。

罗慎行走进了谭静雅的工作室之后,正想仔细打量谭静雅的工作环境时,就被会客室中的正对着房门的一幅装饰作品惊呆了。

谭静雅似笑非笑地指着那幅装饰作品道:"有了伯乐之后才会有千里马,一个伟大的艺术家需要高明的鉴赏者才能发现他的非凡之处。"

罗慎行只觉得冷汗从自己的脊梁上流了下来,结结巴巴地道:"博……博士,我……我不……不太明白。"正对着房门的是一幅精美的油画框中镶嵌着的一张课桌面,课桌的表面上横七竖八的都是粘接的痕迹,但是最显眼的却是课桌表面上深陷着的一个清晰的手掌印,这让整幅作品有点儿写实主义的风格。

谭静雅嘴角带着一丝高深莫测的微笑道:"我对印象派和超现实主义的作品都有点儿研究,不过我还是认为这幅作品有创意。"她说话的同时眼睛不时地瞟一下罗慎行,观察他的反应。

罗慎行的额头都冒出了冷汗,干笑道:"很有趣的作品。"说着慢慢地移动脚步企图冲上前去毁尸灭迹,昨天他本以为冷凝儿毁掉桌面之后就万事大吉了,但是没想到谭博士把这一切都瞧在了眼里,在他们离开教室后把破碎的桌面都捡了回来,然后精心地粘接在了一起,就等着罗慎行坦白交待了。

谭静雅在罗慎行走到了只要一伸手就能够到那幅作品的时候,才慢条斯理地道:"咱们谈谈吧。"

192

第三十五章
灵魂力量

　　罗慎行仿佛是被抓住的小偷般，急忙停住脚步道："你是在威胁我？"现在他的语气已经开始不客气起来。别人把美女导师看得比什么都重要，但是罗慎行的眼里只有冷凝儿一个人，其他的人对于他来说无论是谁都不重要，更何况谭静雅竟然想要挟自己，这让罗慎行对她原有的一点儿好印象荡然无存了。

　　谭静雅避开罗慎行愤怒的眼神道："别忘了我是来请你吃饭的，别把正事忘了。"说完施施然地走进了小餐厅中。

　　罗慎行见她根本不在乎自己是否想要毁掉证据，他反倒犹豫起来，不明白谭静雅的葫芦里究竟卖的是什么药，不过现在继续动手的话有点儿太没风度了，只好阴沉着脸随谭静雅走进了小巧精致的小餐厅中。

　　小餐厅以乳白色调为主，屋角的上方镶嵌着石膏的花纹线，墙脚板是一米高的本色花梨木板。一张四人座的茶色餐桌上摆着两份陶瓷的餐具，光可鉴人的不锈钢西餐刀叉按照西方的习惯摆放在餐具的两旁。

　　罗慎行也不用谭静雅相让，主动坐在靠窗的位置上看着谭静雅。

　　谭静雅一边把切好的面包和煎肉往桌子上摆，一边随口说道："我的工作室中只有餐厅才拿得出手，其他的房间我根本就没心思收拾。我总觉得人总得对得起自己的胃口，优雅的环境是佐餐的必备条件。"

　　谭静雅把奶油等调味品放在餐桌上后，取过一条餐巾很自然地把一角塞进罗慎行的领口回到自己的座位上道："希望合你的胃口。"然后专心地把奶油涂到面包上轻轻地张开嘴唇用晶莹洁白的牙齿咬住一块慢慢地品尝着。

　　罗慎行头一次发觉女人吃东西时也这么优雅，不由得出神地盯着谭静雅娇艳的双唇，谭静雅嫣然一笑用下颌指着罗慎行的餐具示意他别客气。罗慎行的火气慢慢地平息下去，把煎肉切成小块夹在面包中狠狠地咬着，虽然煎肉的味道很诱人，但是罗慎行的心里仿佛被一块巨石压着，自制的三明治到他的嘴里已经索然无味。

　　谭静雅吃过两片面包之后冲了两杯咖啡道："我的饭量小，你慢慢吃。"

　　罗慎行沉默一会儿道："为什么？"虽然他问得无头无脑，但是他知道谭静雅一定会明白自己的意思。

　　谭静雅放下咖啡举起右手道："就是这个原因。"

　　罗慎行惊讶地看着她修长纤细的手指，不明白谭静雅为什么这样说，但是马上他就发现桌面上的叉子凌空飞了起来往谭静雅伸出的手飞去。罗慎行惊恐得站起来，嘴里的面包一下子噎到了嗓子，他"呃……呃……"地伸了半天脖子才辛苦地道："魔术！"

谭静雅五指微拢把叉子握到了手中道:"如果你把课桌拍出一个手掌印的方法是魔术的话,我这一手也可以这么称呼。"

罗慎行当时就哑口无言了,变魔术起码也要有道具和环境的配合,而刚才那把叉子是在自己眼睁睁的注视下飞到谭静雅手中的,难道谭静雅也是个深藏不露的高手?罗慎行用怀疑的眼光望向谭静雅。

谭静雅放下叉子道:"这就是平常人所说的特异功能,也是来自灵魂的力量。"

罗慎行迟疑了半天才问道:"灵魂的力量?"这可是个新名词,罗慎行对灵魂只有个模糊的概念而已,现在谭静雅竟然提出研究灵魂的力量,罗慎行的兴趣立刻上来了。

谭静雅身体向后靠坐在高背椅上悠然道:"经过多年的研究,我初步认定特异功能与中国武学中的真气都属于灵魂的力量的外在表现形式,只是特异功能是先天的,只有极少的一部分人才具有的能力,而真气则是经过后天的努力逐步开发出来的。"说到这里看看罗慎行茫然的神色道:"你不明白?"

罗慎行喃喃道:"灵魂!灵魂到底是什么?"

谭静雅淡淡地道:"你可以把人看做是一台超级电脑,而灵魂则是驱动这台电脑运行的程序。虽然程序不是肉眼可以看到的,但是谁也无法否认电脑的运行是靠程序带动的。"

罗慎行打断她的话道:"但是灵魂也有可能是一组电波,而人的大脑则是接收系统,人的肉体死亡后这组电波就会离开身体的控制,当电波遇到合适的载体也就是接收系统与原来的本体相近时就会依附到上面,传说中的鬼上身应该就是这个道理。"他没有系统研究过灵魂,但是中国古代神话典籍中对于鬼神的介绍却是系统而详尽的,所以罗慎行根本不需思考便熟极而流。

谭静雅赞许地道:"我就知道我们会有共同语言的,现代人拼命地锻炼自己的身体,从而使得很多的运动项目达到了速度的极至,灵魂的力量却是没有止境的,正如现代医学虽然发达,但是人的大脑的真正功能还是没有研究明白。"

罗慎行被谭静雅的话引起兴致,兴奋地道:"传说佛教中有许多高僧可以通过修炼达到天眼通、天耳通的境界,那一定是因为他们发现了开发利用大脑的秘密。"

谭静雅道:"我怀疑我的特异功能就是大脑的某个部位发生异变而导致的,只是发生异变的部位无法得知而已。于是我拜访过很多医生,但是他们检查之后都认为我的身体很正常,所以我坚信我的特异功能是属于灵魂力量的一部分,只有这样才能使得在常规的检查时没有办法验证。"

罗慎行失望地道:"那与大脑没有关系了。"

谭静雅手托下颌若有所思地道:"也不能这样说,我怀疑灵魂是隐藏在大脑中的,他们之间是相互作用的,身体的修炼可以影响灵魂,同时灵魂也反作用于大脑,从而让人拥有特别的能力,例如你可以无声无息地把课桌的表面拍出一个手掌印,而我却可以让小型的物体受我的控制。"

罗慎行摇头道:"我的力量来源于丹田,与大脑并没有很大的关系,这样看来和灵魂的关系也不大。"

谭静雅轻声道:"真的吗？那我问你,你们修炼真气的时候是怎么开始的？"她虽然不明白具体的修行方法,但是她把书面上的资料都掌握得滚瓜烂熟,所有的介绍真气的书籍中都毫无例外地提到修炼者要先冥想打坐。

果然罗慎行回答道:"先冥想打坐,把意念集中到丹田感应⋯⋯"

谭静雅微笑着摆手道:"这就足够了,意念！意念是什么？"

罗慎行还是首次被问到这个问题,颇有些惊讶地道:"对呀！按照你的说法意念就应该是灵魂力量的一部分。"说到这里他突然沉默起来,在以前罗慎行一直以为自己修炼的是行意门的真气,那时他最大的心愿就是可以自由地运用真气,来配合武功上的招式。但是清阳道长告诉自己学习的是自家祖传的《玄天诀》后,罗慎行依然没有认真地想过真气与元气的区别。

罗慎行神色怪异地回忆着师傅讲过的话,记得师傅曾经说过自己学习的根本就不是武功而是道家的绝学《玄天诀》,不是武功⋯⋯不是武功那是什么？难道是⋯⋯

谭静雅默默地看着陷入沉思中的罗慎行,她知道罗慎行已经开始认真思考自己说过的话了。在她来到中国之前,她曾经对印度的瑜伽功、美洲土著的祭祀仪式、欧洲的巫师都产生过兴趣,但是最吸引她的还是神秘的中国武功。

因为中国的武功与医学、玄学形成了一个完整的博大精深的体系,当然她不相信神话,她认为那是古人对超自然能力的一种崇拜而已。

罗慎行突然低声喃喃道:"难道元气到最后还是要返回到意念的根源上吗？"《玄天诀》中开篇的话便是练精化气、练气还神、练神还虚,当罗慎行第一天开始打坐调息时清阳道长就把这句话教给了他。

谭静雅不明白他说的元气是什么,想当然地道:"当然是回到意念上来,你通过意念来修炼真气的最终目的就是壮大意念的力量,也就是灵魂的力量。"

罗慎行激动地道:"那你是如何锻炼特异功能的？"如果谭静雅知道这种方法的话自己照方抓药说不定修炼元气时就会事半功倍。

谭静雅美丽的大眼睛瞟了他一眼道:"记得明天来听我的课,否则不告诉你。"

罗慎行几乎是逃出谭静雅的工作室的,风情万种的谭静雅让从没经历过和美女打交道的罗慎行既心痒难耐又胆战心惊,如果不及时离开的话难免坠入她的温柔陷阱中。

罗慎行走出了谭静雅工作室的大楼时才长出一口气,放松之余心中还有点儿沾沾自喜,毕竟被美女导师垂青是件很值得骄傲的事,男人的虚荣心不可避免地发作了。就在他心不在焉地一边回忆谭静雅动人的风情一边往外走的时候,坐在大楼前的石阶上的一个人突然右手撑地,双腿旋风般踢向罗慎行的小腹。

罗慎行下意识地一侧身双手下垂护住了要害,那人立即改变招式,右脚向下踏地为轴上半身下仰,左腿凌厉地踢向罗慎行的面门,这几招突如其来又犹如行云流水丝毫不给罗慎行喘息的机会。

罗慎行左臂竖起挡住了这一脚然后迅速地向后退去,当那个人一击落空之后右手撮掌为刀斩向罗慎行的咽喉时,罗慎行才惊呼道:"凝儿！"袭击他的人正是穿着一

195　　第三十五章　灵魂力量

身休闲装的冷凝儿。

冷凝儿红着双眼道:"不许叫我的名字,你这个下流的小淫贼、现代的陈世美。"手上的攻势却丝毫未减,一副与罗慎行拼命的架势,仿佛一头被人惹怒的美丽雌豹。

罗慎行慌了手脚,不知道冷凝儿怎么会给自己安上这么大的罪名,但既然袭击自己的是冷凝儿,罗慎行知道她不会对自己下杀手所以站在那里放弃了反抗,果然冷凝儿的手在触及罗慎行的咽喉时停了下来,厉声道:"你怎么不还手?"

罗慎行颇感委屈地道:"我怎么敢反抗?你要是对我有什么不开心的事的话就打我两下好了。"他自认为行得正坐得端,没有什么让人怀疑的地方,而且冷凝儿有可能是在和自己闹着玩儿,但是他可没看到冷凝儿的眼睛已经红红的,很明显是哭过的后遗症。

冷凝儿咬牙道:"这可是你说的。"说完右手一挥狠狠地打了罗慎行一记耳光。

罗慎行的半边脸都麻木了,眼前无数的金星乱舞,他没想到冷凝儿真的会打自己,而且下手又是如此之重,立刻傻呆呆地站在那里看着余怒未消的冷凝儿。

冷凝儿看着罗慎行的左脸突然一白,然后出现了五个清晰的手掌印,接着半边脸都肿了起来。她也没想到自己这一巴掌打得这么结实,心中也有点儿后悔,但是马上又揪住罗慎行的衣襟咬牙切齿地道:"你这个王八蛋,想使用苦肉计来取得我的同情吗?"说着左膝重重地撞在罗慎行的双腿中央。

罗慎行感到自己仿佛是被一列高速行驶的列车撞上了,惨叫一声捂着裤裆蹲在地上痛苦地"咝咝"直吸冷气,冷凝儿的眼泪又流了下来,指着罗慎行的鼻子道:"我最讨厌你这种男人,你以为你做的事没人知道吗?你脚踏两只船还想博得别人的谅解?呸!"说完抬腿把罗慎行踢倒在地。

罗慎行冤得只想跳进黄河来表白自己,但是冷凝儿刚才那一膝让他连话都说不出来了,只能拼命地摇头来否认。现在他有点明白冷凝儿为何会生气了——自己刚从谭静雅的工作室走出来,而冷凝儿却在外面等候了,而且显然是等候半天了,看来一定是冷凝儿以为自己和谭静雅博士有什么见不得人的勾当,但是老天作证自己真是冤枉的。

冷凝儿一边哭一边狠狠地在罗慎行身上踢着,但是这次她选的部位是肉最厚的臀部,踢了两脚之后哽咽道:"我原本以为你是个老实人,没想到你也是这样的德行。"说完蹲在地上放声痛哭。

当初在武魂初遇罗慎行的时候,她并没有把罗慎行真正放在心里,只是把他当做一个有趣的游戏伙伴,但是爱情根本没有固定的模式,两个陌生的人在奇异的环境中开始产生了彼此没有挑明的恋情。

得知罗慎行接受了谭静雅的邀请,冷凝儿就一直坐在台阶上苦苦等候着,几次想要闯进谭静雅的工作室都勉强忍住了。她不断地告诫自己罗慎行很快就会出来的,而且就算不相信罗慎行也应该相信美女导师。

在谭静雅的学生中冷凝儿是真正对灵魂学而不是对谭博士本人感兴趣的,而且谭静雅博士也是冷凝儿最尊敬的导师之一。但是随着时间的推移,罗慎行还是没有踪影,冷凝儿的脑海开始浮现谭博士优雅迷人的风姿,罗慎行俊秀的脸庞和颀长的身材。她甚至开始联想到罗慎行与谭静雅已经发生了干柴烈火的男女关系,心中的妒火于是越烧越猛。

罗慎行知道自己勉强解释的话反而更会让冷凝儿看不起,而且冷凝儿既然说出了这样决绝的话就已经表示对自己死心了,乞求她的怜悯？这样不仅让冷凝儿瞧不起,就连自己也会瞧不起自己,于是强忍心中的酸楚道:"你多保重。"说着慢慢地站起来一步一挪地往前走着。

冷凝儿冷笑道:"我自己会保重,不用你假惺惺的。"

罗慎行失魂落魄地向家的方向走去,肉体和心灵上的双重折磨让他几乎麻木了,丝毫没有发觉泪流满面的冷凝儿亦步亦趋地跟在自己的身后。

两个人一前一后但是却形同路人地走出了大学校园,来到了罗慎行租的房子前的小花园中,午后的阳光温柔地散落在郁郁葱葱的丁香树上,罗慎行仿佛行尸走肉般地站在一株丁香树前喃喃地道:"凝儿,你真的这么狠心吗？"

冷凝儿刚想出言嘲讽时,罗慎行已经跪在地上右拳一下接一下地用力捶打着粗糙的树干来发泄自己内心的痛楚。

冷凝儿再也忍不住了,压抑的哭声再次响起,冲上去一边捶打罗慎行的脊背一边带着哭腔骂道:"你怎么这么不争气？你怎么这么不争气？"她既是骂罗慎行的薄情也是在骂自己意志的不坚定,刚才她已经下定了决心从此不再理会这个"花心"的骗子,但是还是忍不住悄悄地跟在他的身后。

从小生活的环境让她向来很谨慎地对待身边的人,不会对人产生真正的感情。但是罗慎行让她尝到了嫉妒的滋味也感受到了感情带来的真正痛苦,这才让她知道自己已经深深地喜欢上了罗慎行。

罗慎行迷茫地扭过头,背上传来的"擂鼓声"已经被巨大的惊喜抛在了脑后,他的脑海一阵眩晕之后才不敢置信地道:"凝儿,是你吗？"

冷凝儿看着罗慎行嘴唇上咬出的血迹"咯咯"笑了一声,然后搂着罗慎行的脖子再次放声嚎啕,又哭又笑。罗慎行紧紧地把冷凝儿抱在怀中,生怕这是个不真实的梦境,当梦醒的时候怀中的玉人会再次消失。

罗慎行眨巴着眼睛说道:"凝儿,相信我,我与谭博士真的没有什么别的事情,我修炼的功夫不能破身,必须童身修炼。"

冷凝儿大眼睛闪烁着喜悦的光芒却沉默下来,闭着眼睛享受罗慎行温柔的拥抱,良久才低声道:"昨天我和潘继伦翻脸了。"

罗慎行漫不经心地道:"哦,他是谁？"

冷凝儿冷笑道:"就是你见过的那个大梵天。"

罗慎行无声地沉默着,冷凝儿低声道:"其实我一直很厌恶潘继伦,可是我要在那个家里生存下去就不得不违心地把他当做男朋友,至少在表面上我得摆出孤苦无依的样子,必须依靠潘继伦,来让别人不再刁难我、打击我。"

罗慎行惊讶地盯着冷凝儿,不知道她为什么会这样说。冷凝儿不屑地笑道:"可笑潘继伦真的以为我离开他就活不了呢,昨天我当面告诉他我一直在利用他的时候,他那副表情真的很精彩。"

罗慎行逐渐感到冷凝儿家里的关系好像很复杂,冷凝儿望着窗外夕阳的余辉淡淡地道:"你知不知道我一个朋友都没有?"

罗慎行取笑道:"你不是有我吗。"

冷凝儿摇摇头道:"我在很小的时候还不明白人心的险恶,可是到了十五岁的时候,我突然发觉以前的朋友们都陆续地因故离开了我,我一直以为是我做错了什么伤害了他们,可是一个偶然的机会我才知道是潘继伦在捣鬼,他逼迫我的朋友离开我,先是用钱收买,后来用武力威胁,就这样我的朋友都离开了我。从此我也不敢再交朋友了,我真的好孤独。"

说到这里冷凝儿淡淡地道:"昨天你见到的和我在一起的那个女人就是潘继伦派在我身边的奸细,专门报告我在学校里每天的行动,昨天潘继伦就是知道了我当众维护你才指责我的,可是他没想到我竟然与他彻底决裂了。"

罗慎行的心一下子冰冷起来然后怒火抑制不住地涌上心头,潘继伦竟然如此阴险,冷凝儿与这样的人渣在一起心中的郁闷可想而知了。

冷凝儿看着罗慎行愤怒的眼神,温柔地吻他一下道:"那次在武魂中你见到大梵天的时候我还以为你会武功的事是吹牛呢,所以我才当众羞辱你,就是不想让潘继伦找你的麻烦,但是现在我不怕了。"

罗慎行紧紧地拥抱着冷凝儿道:"从今以后我不会让你受任何委屈,既然潘继伦这样可恶,你家里人都不出面帮助你,那就让我来照顾你。"

冷凝儿凄然地笑道:"家里人?我是个私生女,能在那个家里混口饭吃就不错了,哪还敢指望他们帮我?潘继伦使出这样缺德的招数来对付我,就是我的那个姐姐帮他出的主意。"

罗慎行温柔地道:"原来你的身世这样可怜。"

冷凝儿神色黯然地道:"我说我妈妈的事,你想听吗?"这么多年来冷凝儿连个倾诉心事的伙伴都没有,心中的委屈与痛苦一直深深地埋藏在心里,多少次午夜梦中惊醒的时候都发现自己的枕巾被泪水浸湿了。

罗慎行沉声道:"我听着,只要你愿意说,我愿做你一辈子的忠实听众。"

冷凝儿的泪珠在眼眶中打转,急忙仰头向上把即将滑落的泪水收了回去道:"我妈妈是个出色的电脑工程师,大学毕业后来到了昊天集团工作,那时的董事长是我爷爷那个自私的老头子,我爸爸在昊天集团出任副总经理。

"那时昊天集团还没有现在的规模,只是一家从事电脑经销与网络游戏开发的普通公司,是几个股东联合投资开办的,冷家是最大的股东,所以我爷爷才会出任董事长。我妈妈到了昊天集团后开发了当时最轰动的一款游戏,让昊天集团的业绩开始飞速地增长,第二大股东王维贤见到这种情况后便暗中联合其他的股东企图控制董事会。

"在股东中我爷爷有两个交情比较好的,但是他们的股份加起来也达不到45%,

也就是说只要王维贤成功地拉拢到其他的股东就有可能控制昊天集团。当时潘家占有7%的股份，在集团里本来只是个小股东，但是他的股份在董事会控制权的争夺战中开始变得至关重要起来。"

罗慎行隐约明白起来，潘继伦可能是潘家的后人，因为当时最简单的办法就是联姻，这种方法是最简单又最有效的，只要双方有合适的新人就可以了。

冷凝儿鄙夷地道："当时潘家有一男一女两个孩子，我爷爷便开始打算让我爸爸娶潘家的女儿，谁想到潘家竟然提出在双方结成姻亲之后冷家要送给潘家10%的股份作聘礼。而且最重要的是我爸爸和我妈妈两情相悦，已经要谈婚论嫁了，我爸爸提出放弃在昊天集团的争斗，全家人另立门户重新开始，但是我爷爷却舍不得董事长的地位。"

罗慎行叹息道："到后来你爸爸一定是投降了，当了潘家的女婿。"

冷凝儿恨恨地道："我没见过那么没用的男人，我爷爷更窝囊，自以为机关算尽到后来却让自己的儿媳妇把自己气死了。"

罗慎行若有所思地道："在这场争斗中潘家一定是最后的胜利者，他们要10%的股份作聘礼之后肯定是自己企图控制昊天集团，我都怀疑这场争斗是他们挑起来的。潘家当时不安于现状却没有实力发展，所以才采取这样的方法搅乱局面来达到最终的目的。"

冷凝儿惊讶地看着他道："你不傻呀！经过这么多年的'不懈努力'现在潘家已经快成为第一大股东了。"

罗慎行得意地道："我一直很聪明的，只是你没发现而已。"

冷凝儿忧心忡忡地道："太聪明了可不好，让人不放心。"

罗慎行急忙避开这个话题问道："你爸爸娶了潘家的女儿，你妈妈怎么办了？难道一直留在昊天集团？"

冷凝儿泄气地点点头，叹息道："妈妈好傻。"

罗慎行现在才体会到冷凝儿为什么会因为自己到谭静雅的工作室而大动肝火，妈妈的遭遇让她脆弱的感情经不起自己爱人的背叛，如果自己当时真的做出什么事而且被冷凝儿抓住的话，只怕冷凝儿杀自己的心都有了。

罗慎行轻轻舔去冷凝儿脸上的泪珠道："一切都过去了，从今以后没有人可以再用阴谋诡计来对付你了。"

第三十六章
成双结队

带着冷凝儿回到自己的家中,罗慎行讨好地道:"你一定累坏了吧?我给你按摩。"殷勤地揉捏着冷凝儿的肩膀,同时让元气从双手慢慢地释放出来,冷凝儿呢喃一声闭眼享受着罗慎行的双手带来的舒适感觉。

罗慎行耐心地从肩膀按摩到后腰,卖力工作的同时假公济私地享受双手在冷凝儿滑若凝脂的肌肤拂过带来的快感,罗慎行正想问冷凝儿满不满意时,冷凝儿已经发出细微的鼾声沉睡了过去。

罗慎行没想到自己的按摩会有催眠的功效,看来以后冷凝儿不听话的时候就可以用这招对付她了,既然冷凝儿已经睡着了,现在自己可以进入武魂视察自己的牧场了。罗慎行轻手轻脚地把电脑的导线接上,然后兴奋地低呼一声进入了武魂。

罗慎行走出房间的时候,夕阳发出淡金色的光芒,此刻牧场中的人正聚在仓库的门前,鬼师爷神气活现地道:"大家安静,这些丹药都是夜狼场主自己合成的,你们要用的时候自然不会吝啬,但是现在库存不多了,而且现在牧场的资金如此紧张,我想大家也不好意思白拿,这样吧,我就收你们个成本价。这样我在场主面前也好交……场主!"

罗慎行黑着脸道:"你是不是在打我的丹药的主意?"

鬼师爷叫屈道:"你这么说是什么意思?你的不就是牧场的吗,牧场的不就是大家的吗,既然是大家的,我也应该有份的。"

与狼共武抢白道:"场主,你别听他的,你不在的这几天他想方设法地搜刮我们身上的钱,就差没有明抢了。"

自从知道新投靠的这些人手头都有一笔不少的资金之后,鬼师爷便开始打他们的主意,就连铁幕兄弟也被他敲诈过。本来是罗慎行送给铁幕兄弟的马,但是鬼师爷做主的这几天竟然厚着脸皮向他们收了一点儿成本价,还婉转地说这是夜狼场主的意思,只不过没人相信他的话而已。

接着他又向新投靠的这些人推销自家牧场的马,美其名曰肥水不流外人田,最终让他们人手一马,今天又把算盘打到了罗慎行合成的那些丹药头上。

铁幕六雄懒洋洋地道:"夜狼大哥,鬼师爷很有经济头脑,我看他留在这里真是委屈他了。"

罗慎行听完之后冷笑道:"你越来越有出息了,你就是打算这么实现自己的宏伟大业?夜狼牧场的脸都让你丢光了。"

鬼师爷神情自若地道:"亲兄弟明算账,我想他们也不好意思白拿牧场的东西,收他们一点成本费也不算什么,而且这样一来大家心理都很平衡,这有什么不好?"

罗慎行沉吟一下道："是不是牧场的资金短缺了？"

铁幕一雄道："其实鬼师爷做得也不算过分，现在牧场的马根本就卖不出去，我们刚想卖马，同心帮就开始降价，他们有阚洱村做后盾，就算平卖平买他们也不在乎，但是夜狼牧场仅有几十匹马，卖一匹就损失一大笔资金，咱们玩不起。

"而且幽州城马上就要收这个月的税了，永安村的税也要咱们拿，交易额20%的税是个很大的缺口，如果鬼师爷不想办法积攒点儿资金的话牧场很难维持下去。"

他比较体谅鬼师爷的状况，现在夜狼牧场的资金除了鬼师爷原有的那一点儿之外，就剩下大联盟赔偿的五十五万个金币了，但是大联盟赔偿给他们的那个村子和牧场需要资金的地方太多了，几乎是无底洞，当初大家听到多了一个村子之后的喜悦现在都变成沮丧了。

罗慎行以手抚额道："20%的税！那要多少钱啊？"还有一句话他没说出来，鬼师爷当初答应幽州城主的那一部分贿赂也是一大笔开支。

鬼师爷淡淡地道："不算太多，也就三四十万个金币，暂时还应付得起。"

与狼共武犹豫一下道："场主，有句话我不知道该不该说。"

罗慎行笑道："不至于吧！大家都是朋友，有什么想说的就说好了，你这么吞吞吐吐的好像你比我矮半截似的。"

与狼共武嘿嘿笑道："我是担心大家揍我，我倒有个赚钱的好办法，就是太缺德点儿。"说完一脸坏笑地贼笑起来。

鬼师爷紧张地道："言者无罪，就算不行的话也可以作为参考嘛。"他表面上镇静自若，但是资金的短缺让他一筹莫展，牧场现在的经济状况只能勉强维持，不要说发展，只要有别的玩家攻打几次，现有的艰难局面就会立即崩溃，打仗是要资金做后盾的，没钱就别想混下去。

与狼共武指着众人道："咱们牧场这么多的玩家，如果在没人看见的时候请落单的人赞助一点儿不就可以了吗。"他说得很婉转，但是他刚说完罗慎行抬腿就踢了过去。

与狼共武急忙避开道："本来我不想说的，但是鬼师爷说言者无罪，其实我就是胡思乱想，不是真的打算这么做。"

鬼师爷用欣赏的目光看着他道："好样的，起码是为牧场尽了一份心，其实这个提议也不是不好，英雄莫问出处嘛，喂！别打，我就是随便说说。"

罗慎行苦恼地道："我可警告你们，你们的思想很不对头，这样下去夜狼牧场非变成土匪窝不可。"

铁幕七雄道："夜狼老大，我赞成他的观点，真武大陆现在已经出现第二张弓了，我们连买弓的钱都不够，这样下去迟早让人吞并了，还不如放手大干一场。"

罗慎行挠头道："怎么这么快就出现了，真是一点儿机会都不给我留。"现在他开始感到事情的紧迫了，弓箭的威力他是深受其惠的，如果哪个有钱的玩家组建一支弓箭手部队的话，别的玩家包括自己的牧场都只有干瞪眼的份。

鬼师爷见他心动了，鼓励道："只要有了钱，我们可以组建弓骑兵，当然我们还要组建刀盾手的部队,由铁幕兄弟率领,到时攻守兼备还有谁是我们的对手?"铁幕兄弟是罗慎行够交情的朋友,把部队交给他们还是比较放心的,而且这样一来不愁铁幕兄弟不尽心地帮助自己。

果然铁幕兄弟都露出了心动的神情,罗慎行手下的那夜狼十八骑让他们羡慕得不得了,但是凭他们自己的资金想要组建部队的话还差得太远,即使勉强招募几十个士兵也难以维持日常的开销。

罗慎行狠狠心道:"要干就干大的,直接把同心帮干掉算了,一本万利。"

他本以为自己的伟大构想会得到大家的热烈支持,但是众人用看疯子的眼神怜悯地注视着他,过了好半天鬼师爷才叹息道:"这几天同心帮卖马赚的钱都用来招募士兵了,现在他们有四百多个部下,你拿什么对付他们?现在他们是没时间,否则他们就会来攻打我们了。"

罗慎行被他当头打了一闷棍,泄气地道:"发展得够快的,他们赚的可都是咱们应该赚的钱,这些狗杂碎。"本来同心帮和大联盟实力相当,一直僵持不下,但是没想到自己把大联盟搞垮了之后反倒把他们成全了。

与狼共武见大家基本上都默认了自己的提议,再接再厉道:"夜狼老大,现在哪个玩家的身上没有几件好装备,虽然得不到他们账户上的钱,但是他们随身的金币和武器装备就值得抢一次了,当初程诺就干过这样的事儿,只是后来手下多了他不好意思再干了。"

罗慎行反复地踱步道:"看来当强盗是很有发展的行业,轩辕这几天没来吗?"

鬼师爷不满地道:"他和你一样,说不来就不来,如果大家都和你们一样我看夜狼牧场迟早得完蛋。"

罗慎行也不理会他的牢骚,自言自语地道:"这样说来强盗都是大富翁了。"

与狼共武见他动心了,兴奋地道:"这还用说吗,哪个强盗没有小宝库,他们财发大了,这年头只有老实人吃亏。"

罗慎行咬牙切齿地道:"那就这么定了,咱们就来黑吃黑。"

鬼师爷立刻醒悟道:"抢那些强盗,好主意,黑吃黑是最过瘾的,既然他们有钱,咱们就不能放过这个好机会,我看就以上次攻打牧场的那些家伙为目标。"

与狼共武惊讶地道:"风险太大了吧?咱们的实力很一般的,不要占不到便宜却被强盗给吃了。"

罗慎行敲着他的额头道:"富贵险中求,你要是害怕就留在牧场好了。"

与狼共武龇牙咧嘴地道:"我怎么会怕?要是怕的话我会提议当强盗吗?"

铁幕一雄道:"我赞成,让我当强盗的确有点儿不甘心,但是抢劫强盗就没有这个心理障碍了,这事儿干得。"

罗慎行打蛇随棍上,见铁幕一雄同意了,丝毫不给与狼共武他们发言权,欣然道:"既然大家都同意了,我来布置一下行动的计划。"但说完之后才尴尬地道:"首先……这个……首先我们要找到他们在哪里。"

鬼师爷打断他的话道:"上次他们来袭击牧场的时候都是步行的,据我估计他们的老窝离这里不会太远。"

罗慎行连声道："对、对，我的意思是说他们的老窝离牧场不会太远，只要找到他们的具体位置就可以了，这样一来就简单了，只要我们顺着山往北找就可以，他们一定是隐藏在某个山洞中。只是同心帮的牧场离我们太近了，大家一拥而出的话会让他们发现我们的动向……"

当夕阳落山之后，夜狼牧场的大门悄悄地打开，三三两两的骑兵沿着山脚慢慢地向北行去，最后是罗慎行率领着夜狼十八骑在夜色的掩护下驰向北方。

罗慎行向东望去，距离夜狼牧场只有一里之遥的同心帮牧场灯火通明，瞭望塔上全副武装的护卫忠实地把守着，如果不是他们抢了自己的生意的话，夜狼牧场根本就不用冒着巨大的风险打强盗的主意。

罗慎行把愤怒的目光收了回来，低斥一声率领夜狼十八骑疾驰，在路上把先出发的手下逐一地收了回来。

走了十几里之后，鬼师爷吩咐众人点燃手中的火把道："现在前面有一条上山的小路，如果我没有猜错的话，那些强盗的大本营就应在那里面。"

与狼共武打岔道："万一猜错了呢？"他对这个黑心的鬼师爷可没有好感，当初他们想加入夜狼牧场的时候就是鬼师爷阻拦的，幸好罗慎行胆子比较大收留了自己，而且前几天鬼师爷花样百出地找借口搜刮自己的财物，这让他对鬼师爷的积怨更深了。

鬼师爷冷冷地道："你有什么根据这样说？这附近的地理情况我在很久以前就考察过，只有这条小路是最可疑的，所以我没有冒险进去，而且就算我猜错了也不会造成损失，最多大家白跑一趟而已。"

他自己也知道大家的意见很大，但是自己可是夜狼牧场的创始人，如果每个人都这样对自己讲话，时间一长就没人真正尊重首领的权威了，人少的时候大家还可以凭借兄弟的感情来维持，但是今后人多的时候怎么办？那时再想要树立权威就晚了，既然与狼共武给了这个机会，就抓他倒霉吧。

与狼共武没想到一向嬉皮笑脸的鬼师爷会突然翻脸，自知理亏地道："我就是随口说说而已，请原谅。"

罗慎行见众人都有点儿尴尬，急忙岔开话题道："既然已经来了，我就不打算空手而归，今天我说什么也要找到强盗的老窝，找不到我就不回去了。"

铁幕六雄道："夜狼大哥是想钱想疯了，我就不一样，我心里急得要死但是我就是不说，反正有你们吃的就饿不着我。"

突然罗慎行厉喝道："站住。"策马向前冲去。

众人顺着他的方向看去，黑暗中有两个人匆忙地往小路的另一方逃去，铁幕一雄把刀往盾牌上重重一拍道："兄弟们，发财的时机来了。"

第三十七章
盗中之盗

　　黑暗中的那两个人见到自己被发现之后，呼喊一声发力狂奔，罗慎行抽出一支箭道："他们的老窝就在附近，追！"几十个人在他的率领下不急不徐地策马跟在那两个人的背后。

　　山间的小路只容两匹马并行，但是这段时间罗慎行的骑术已经得到了飞快的提高，他和鬼师爷并肩追在前面。与狼共武等新加入的人想要在场主面前表现一下紧随其后，夜狼十八骑在队伍的后面殿后，铁幕兄弟反倒夹在了队伍的中间。

　　前面的那两人在身后数十个骑兵的威胁下连滚带爬地沿着山路一直向前跑，当山路突然变宽，由只容两匹马并行的小路变成一个开阔的平地，同时前方出现一面截断山路的寨门时，那两人终于开口喊道："有敌人，有敌……"

　　罗慎行见这两个人历史使命已经完成了，立刻张弓射去，利箭准确地贯穿了那两个人的身体，山寨的人听到报警声和见到数十个手持火把的骑兵时已经明白了事情的严峻，在那两个人的惨叫声响起的时候，刺耳的报警锣声已经在黑夜中回荡，紧接着瞭望塔上点燃了火把。

　　罗慎行意气风发地道："兄弟们，看我的。"风神弓接连射出三支利箭，同时寨门上响起了三声惨叫，与狼共武等人和铁幕兄弟齐声叫好，罗慎行看着寨门上的人都隐藏到了防护墙之下，悻悻地把第四支箭又放回了箭壶，高声道："滚出来，上次你们攻打我的牧场，这次轮到我来抄你的老家了。"虽然他不确定这个强盗的老窝里的人是不是上次攻打自己牧场的那伙人，但是这样说感觉比较理直气壮点儿。

　　山寨中一个大嗓门反问道："你们是什么人？为什么要来攻打我们？赶快滚回去，要不然我就要冲出去了。"然后一个留着络腮胡子的人在山寨上把头露了出来，挑衅地看着罗慎行。

　　罗慎行大喜道："就是他，这下可是冤有头、债有主了。"他认出那个人就是上次攻打牧场的盗贼首领，原本罗慎行还担心自己会找错敌人，虽然自己的目的就是黑吃黑，但是真要找上一伙无辜的"盗贼"的话，自己总感觉不仗义，毕竟自己的出发点也不光彩，不过现在一切心理障碍都没有了。

　　与狼共武大叫道："夜狼老大，射死他。"他现在对罗慎行的箭法佩服得五体投地，有这样强有力的场主撑腰，今后有许多事都好办了。

　　罗慎行摇头道："这家伙能挡住我的箭，还是别浪费力气了。"

　　除了鬼师爷之外所有的人都目瞪口呆地看着罗慎行，尤其是铁幕兄弟，当初罗慎行能够射死行动如风的血豹王，可是竟然会被一个强盗头子把箭挡住，这样的对手看来不好对付。

鬼师爷见众人都不吭声,冷笑道:"我们又不是来当说客的,和他们讲那么多干什么?用火烧。"

铁幕兄弟立刻纵马冲了上去,在距离山寨的木质寨墙十几步的时候抡起手中的火把投了过去,六支火把划出六道火光砸在了寨墙上又落到了地上,但是火把上涂的助燃树脂粘在了上面,微弱地燃烧起来。

与狼共武等人学着他们的样子十几支火把又投了过去,火势立刻旺盛起来,强盗首领喝道:"救火。"手下的盗贼立刻开始取水准备救火,但是端着水桶的盗贼们在寨墙上刚一露面,罗慎行的箭便准确地找上了他们,这些盗贼可没有他们首领的本事,一个接一个地在罗慎行的箭下做了亡魂。

盗贼首领厉声道:"我要杀了你们。"很快寨门打开了,五十几个盗贼在首领的带领下气势汹汹冲了出来。

罗慎行大喝道:"杀!"铁幕兄弟、与狼共武等人和夜狼十八骑立刻挥舞着兵器迎了上去,罗慎行把风神弓抛给鬼师爷,举起轮回剑直接冲向了盗贼首领,元气灌注双臂,冲到盗贼首领面前狠狠地劈了下去。

随着"砰"的一声闷响,盗贼首领被罗慎行强劲的一击震得向后飞跌,罗慎行借着马的冲力和打通了全身经脉的元气之力本想给他来个下马威,没想到取得这样优异的成果,不敢置信地愣在那里。上次在牧场盗贼首领险些杀了自己,自己还一直对他存有恐惧的感觉,没想到自己的实力提高了这么多。

铁幕兄弟见盗贼首领被罗慎行劈倒在地,呼喊一声冲了上去,兄弟六人默契十足地分成两排在盗贼首领的身旁驰过,六把刀连续地劈出,盗贼首领躺在地上舞动大刀左格右挡,当最后的铁幕七雄的刀劈来时再也挡不住了,被铁幕七雄狠狠地砍在了左肩上。

盗贼首领一个驴打滚从地上爬起来,踉踉跄跄地往山寨逃去,回过神的罗慎行一夹马腹高举轮回剑厉喝道:"杀!"

这一声呐喊灌注了元气,战场上的喊杀声立刻被他压住了,在火把的照耀下身穿银熊铠甲的罗慎行犹如战神重生,威风八面策马疾驰,轮回剑划破夜空劈在了盗贼首领的背上,把盗贼首领斜劈成两半。

夜狼牧场的人狂呼道:"杀!"罗慎行的举动虽然有点儿打落水狗的意思,但是那威势十足的一击把他们的斗志都激发了出来。

本来因首领被杀就胆战心惊的盗贼们在士气如虹的夜狼牧场骑兵的攻击下,再也没有勇气战斗,慌乱地往山寨溃逃,但是夜狼牧场都是骑兵,在他们到达山寨大门的时候,已经被斩杀殆尽了。

见到没有生命危险了,鬼师爷神气活现地冲上来,指着几个人道:"你、你、你,还有你把守寨门,其余的人分成三人一队继续寻找敌人,一个盗贼也不要留下,从此以后这里就是我们夜狼牧场的地盘了。"

铁幕六雄赞叹道:"真是聪明人动嘴,傻子跑断腿,鬼师爷……。"

铁幕一雄瞪了他一眼,铁幕六雄才把接下来的话咽了回去,但是众人对鬼师爷只

第三十七章 盗中之盗

动嘴不动手的行为的不满已经溢于言表,在众人看来夜狼牧场的场主是罗慎行,鬼师爷人品既不好,打仗的时候又龟缩在后面,有这样的同伴简直就是耻辱,真不知道罗慎行为什么会把他留下来。

罗慎行把轮回剑挽个剑花道:"大家寻找敌人的时候,别忘了寻找盗贼的藏宝库,咱们可不要把正经事耽误了。"众人听到藏宝库精神大振,再也没人计较鬼师爷临阵脱逃的事。

在他们分头行动之后,罗慎行留了下来,为难地道:"大家对你有很大的意见,但你根本不是这样的人,为什么不和他们解释一下?"

鬼师爷淡淡地道:"和他们解释?有这个必要吗?夜狼牧场是你我千辛万苦创建的,我们担了多大的风险才勉强走到今天的这一步,他们懂吗?除了铁幕兄弟之外,这些新投靠的人只想有个强硬的靠山,又可以拿到丰厚的报酬,这样的人根本就没放到我眼里。"

罗慎行辩解道:"也不全是这样,他们可是在战场上投靠咱们的,从这点上来说他们是我们的救命恩人,如果没有他们临阵脱逃的话,大联盟也不会垮得这样快。"

鬼师爷意兴索然地道:"有很多事情不能感情用事的,谁也不敢保证他们不会在下一次的战斗中再次阵前叛变,你说对不对?只有钱才是最重要的,我把他们手中的金币都搜刮来了,他们想叛变咱们的损失也不会太大。"

罗慎行皱眉道:"你不是这样的人,你这样的举动很反常,你心里是不是有什么事瞒着我?咱们可是朋友,就算你心里也瞧不起我,但是把心事说出来总会好过点儿。"

当初他见到鬼师爷的时候,鬼师爷豪情万丈,一副胸怀大志的野心家模样,而且出手慷慨绝不是斤斤计较的吝啬鬼。可是现在鬼师爷哪有一点儿原来的风采?除了依旧狡猾之外,又新添了贪婪的毛病,这与原来的差距也太大了。

鬼师爷冷冷地道:"咱们也只是合作伙伴的关系,我借助你的运气,我奉献我的智慧,如此而已,其他的事情你没必要知道,我也不需要向别人说。"

罗慎行愤愤地道:"不说就算了,留在肚子里憋死你。"说完打马领着夜狼十八骑冲了出去,他把鬼师爷和轩辕等人都当做了自己的真正朋友,但是鬼师爷的话仿佛给他泼了一盆冷水——原来他根本就没把自己当朋友,自己却自作多情地拿热脸贴人家的冷屁股。这样的打击让罗慎行一下子愤怒起来。

山寨里除了几间简陋的房间之外,没有什么值得留意的地方,罗慎行沿着崎岖不平的山路走了几百米之后发现有几个人围在一个山洞口,再往前走不远就是山寨的另一道寨门了。铁幕七雄见罗慎行过来了,高声道:"夜狼大哥,盗贼的藏宝库。"

罗慎行勉强打起精神凑了过去,铁幕七雄指着山洞口道:"我大哥他们已经进去了,说不定会有什么好东西。"

罗慎行没精打采地道:"根本就没有几个玩家到这个穷地方来,这些强盗说不定比我们都穷,咱们能找出几个辛苦钱不让大家白忙一场就不错了。"

山洞中突然传来铁幕一雄的声音道:"谁说的?这里有很多好东西。"说着捧着一堆东西弯腰从里面走了出来,在他身后其他的人也陆续地走了出来,每个人的手中都不是空的,但是罗慎行看到他们手中的物品时险些气晕过去。

铁幕一雄手中捧着几套粗布衣服,铁幕三雄拎着几把最普通的剑,与狼共武拿着两个马鞍,铁幕四雄……他们手中拿着的东西没有一样是值钱的。

罗慎行哀叹道:"这就是我们的战利品?我一个人袭击大联盟的时候得到的东西都比这值钱,看来我比较适合当独行大盗,最起码饿不死自己。"

铁幕一雄把手中的衣服交给铁幕七雄,然后开心地笑道:"金币在里面哪,我看至少有三十万个,大家终于没有白辛苦。"

不知何时来到众人身后的鬼师爷一声不响地钻入了山洞中,罗慎行耸耸肩跟了进去,经过了矮小的洞口后,罗慎行发现山洞里面颇为宽敞,人可以在里面挺直了身体走路而不用担心碰到脑袋,继续向前走了几十米之后山洞豁然开朗,一个长宽达到百米的巨大广场展示在他面前。

鬼师爷正蹲在广场中央的一大堆杂物前仔细地翻动着,鬼师爷听到罗慎行的脚步声,扭过头道:"不管怎么样,我们还是彼此真诚信赖的合作伙伴,对不对?"

罗慎行犹豫了一下伸出手道:"当然,虽然我们做不了朋友,但是我依然相信你。"

鬼师爷欣然地伸出手与罗慎行紧紧地握了一下,然后指着这些杂物道:"看来这些强盗工作得很努力,虽然没有值钱的东西,但是这些杂物也可以换点儿金币,最重要的是我们有了一个安全的大仓库。"

罗慎行道:"这里做仓库的话的确很安全,但是那样的话我们要在这里留下很多人保护,牧场那方面难免就会显得实力单薄。"

鬼师爷避而不答道:"铁幕一雄做人很圆滑,他们发现这里的东西后只拿出了不值钱的一些破烂,金币和其他比较贵重的都没有动,专门留给你我来处理。"然后突然问道:"你看让铁幕兄弟留在这里当强盗怎么样?"

罗慎行吃惊地道:"你真打算当强盗?"

鬼师爷恶狠狠地道:"撑死胆大的、饿死胆小的,同心帮断了咱们的财路,你甘心放过他们吗?我们当强盗也是他们逼的,再说我们只针对他们,其他的玩家我们不动手。"

罗慎行低声道:"那还用说吗?但是铁幕兄弟都是好手,让他们当强盗的话太委屈了,不如在新投靠的人中挑。"

铁幕兄弟联手的威力绝对不是一加一等于二这么简单,今天他们默契地攻击盗贼首领的时候罗慎行就发现他们有一套有效的联合攻击的方法,让他们做强盗太浪费人才了。

鬼师爷摇头道:"当强盗的事必须守口如瓶,千万不能让人知道我们在同心帮的背后捅刀子,万一让人知道了,幽州城主肯定会派军队来围剿我们,包括同心帮和大联盟的残余势力更会趁机报复我们。

"这些新来的人不值得信赖,前几天你不在的时候我在他们中间选了一个人负责新安村的管理,而没有选用铁幕兄弟,就是防备他们闹内乱,因为当初程诺补偿给我们新安村实际上是因为与狼共武他们向大联盟交了一笔会费,但是程诺没有足够的资金还给他们才把新安村给我们,所以新来的人心里总认为新安村是他们的,这样的人我怎么会信任他们？"

罗慎行皱眉道："他们认为新安村是他们的,就把村子还给他们让他们滚蛋好了,我不希望夜狼牧场内部勾心斗角的。"

鬼师爷叹息道："其实他们中间也有真心投靠的,但是没有真正考验过他们之前是不能信任的,而且我们夜狼牧场也不能平白无故地赶走自己的人,那样的话今后还会有谁来投奔我们？"

罗慎行坐在地上道："只要他们中间能够有五六个真心协助咱们,夜狼牧场就可以慢慢地壮大了,如果他们都不可靠我就把师兄弟找来,夜狼牧场绝对不会垮的。"

鬼师爷激动地道："你还有师兄弟？你早说啊！"

罗慎行一时大意把师兄弟的事说了出来,但是话已出口也不好反悔,而且看到鬼师爷激动的样子也不忍心打消他的积极性,只好点头道："我不知道他们现在哪里？有时间的时候我把他们全叫来,那时夜狼牧场将会是高手云集的地方。"

鬼师爷兴奋地与他并肩而坐道："你是高手,你的师兄弟当然不会太差,现在我们的计划还应该往长远打算一下……"

山洞外的人等得不耐烦的时候,鬼师爷和罗慎行才信心十足地走了出来,铁幕六雄抱怨道："检查那堆破烂也值得费这么大的工夫,看来你是穷疯了。"

鬼师爷厉声道："你有多少这样的破烂都拿来,我不嫌弃,装什么大方。"

铁幕六雄不悦地道："我就是开个玩笑,你这是什么态度？我又不是看你的面子才来的,如果不是夜狼老大在这里的话你跪着请我都不来。"

铁幕一雄低喝道："老六,你好好管管你的嘴,不要到处惹麻烦。"

鬼师爷瞪眼道："你要是嫌我说话难听就直说,不用拐弯抹角的,你这种做法是我玩过的,别在我面前来这套。"

众人都静了下来,今天鬼师爷好像是吃错了药,看谁不顺眼就冲谁来,铁幕一雄明明是斥责自己的弟兄却被他曲解为讥讽自己,铁幕兄弟的脸色立刻沉了下来。

罗慎行拍拍铁幕一雄的肩膀道："兄弟,看我的面子别认真。"然后对鬼师爷道："铁幕兄弟是我的朋友,就算你不给我面子也要掂量一下他们在牧场最艰难的时候出手相助的情谊,给铁幕兄弟道歉吧！"

鬼师爷指着罗慎行的鼻子道："夜狼牧场不是你一个人的,也有我的一份,你把自己的心腹都安插进来,我的地位怎么办？想让我道歉？呸！"

罗慎行勉强笑道："就当我什么都没说。"然后对与狼共武道："兄弟,你们陪鬼师爷先回牧场吧,那里现在实力空虚,不要被人趁机下手。我和铁幕兄弟谈谈,误会解开就好了。"

与狼共武冷笑道："场主,不是我小气,我和鬼师爷这样的人走不到一起去,万一走到半路上我忍不住偷着给他一刀不是让你难做人吗？"他把自己的心里话说得光明正大,但是没人怀疑他不敢真的做出来。

鬼师爷气得浑身发抖,恶狠狠地道："小子,想动手就来,老子不在乎这个。"说完跳上一匹马往山寨外跑去,一副色厉内荏的胆小鬼姿态。

罗慎行急忙让其余的那些人追上去保护他,与狼共武低声骂了一句粗话,铁幕五雄把手指的关节捏得"噼啪"做响,铁幕六雄知道自己的玩笑开大了躲在一旁不做声。

铁幕七雄看看铁幕一雄,又看看罗慎行道:"其实六哥没有恶意,六哥与夜狼大哥开过那么多次玩笑,夜狼大哥也没翻脸过。"

罗慎行看看一脸凶戾之色,不知打着什么主意的与狼共武道:"老六只和瞧得起的人开玩笑,我和鬼师爷当然不会生气。与狼共武,我能相信你吗?"既然与狼共武死心塌地地要跟在自己身边,现在只能冒险相信他一次了。

第三十八章
偷梁换柱

　　与狼共武和铁幕兄弟交换了一个眼神,知道罗慎行这样说肯定是话里有话,与狼共武立刻知道自己无疑混进了夜狼牧场的核心层,鬼师爷与罗慎行在仓库中一定是早就合计好了这样的计划,而且这个计划肯定是高度机密的,否则不会把不信任的人都赶走了。

　　与狼共武用手中的剑敲敲自己的脑袋道:"给我和铁幕兄弟一样的待遇,我就会对您唯命是从。"

　　铁幕一雄淡淡地道:"我们哥几个可是给夜狼牧场当免费劳工的,你不要以为是什么便宜事。"虽然自认是免费的劳工,但是铁幕兄弟脸上的表情却仿佛这是很难得的美差,丝毫不觉得有什么不公平的地方。

　　与狼共武哈哈一笑道:"那是夜狼老大把你们当兄弟,我只要夜狼老大一句话,钱我有,能进入武魂的玩家有几个是穷光蛋?我只希望在武魂玩得开心,如果能交到几个好朋友就是我最大的便宜。"

　　罗慎行伸出手道:"免费的劳工我不嫌多,我交了你这个朋友。"与狼共武立刻把手伸出与罗慎行对击了一掌。

　　罗慎行松口气道:"这样我就放心了,要不然真的很难办,因为我要说的事是见不得人的,只能由我们自己的人来完成。"然后罗慎行把自己与鬼师爷相遇,到开办夜狼牧场以及与大联盟合作共同打击同心帮又被大联盟反咬一口的事详细地说了一遍。

　　铁幕一雄道:"既然贩卖马匹的生意是夜狼牧场创办的,同心帮依仗实力雄厚断了夜狼牧场的财路,这已经是不讲道义了,上次鬼师爷联络他们共同对付大联盟的时候,他们也拒绝出面,摆明就是坐山观虎斗。"

　　铁幕五雄接口道:"咱们也不用客气了,直接把他们的牧场端了。"

　　与狼共武道:"同心帮现在实力扩张得很厉害,他们的人手分布在同心牧场和幽州城两个地方,就算我们把牧场给毁了,他们也有足够的实力报复我们,再说我们现在的实力根本就不可能摧毁他们的牧场。"同心帮与大联盟征战了很久,与狼共武在大联盟的时候就多次参加过和同心帮的战斗,所以对同心帮的实力了解颇多。

　　罗慎行道:"所以鬼师爷和我研究决定让诸位留守在这里,名义上是保护仓库,暗地里你们就是强盗,专门袭击同心牧场从阚洱村买马的商队,只要他们的这条生财之道断了,他们几百人的部队就很难维持下去。"

　　铁幕六雄道:"鬼师爷出的都是馊点子,这摆明了就是把我们流放了嘛,不过这样做一定很过瘾,就是我们的人手少了点儿。"

　　罗慎行指着夜狼十八骑道:"这些士兵都是经过几次战斗之后活下来的,他们的攻击力比刚招募的士兵要高出许多,普通的玩家也不是他们的对手,我把他们也留给你们。"夜狼十八骑的战斗力众人是有目共睹的,在攻打盗贼的时候他们最严重的只受了点儿轻伤,虽然这与他们是骑兵的优势有很大的关系,但是他们自身的攻击力确实不容置疑。

与狼共武道:"把他们留下?那牧场的人肯定会怀疑是咱们暗地里对付同心帮的人,虽然以前他们与我都是大联盟的人,但是除了几个比较谈得来的人外,我对他们也不是很了解,难保他们不会把这个消息透露出去。"

罗慎行微笑道:"这就要玩点儿小手段了,这些骑兵都换上强盗的衣服,然后我们到幽州城再招募十八个士兵来,有谁会看出我们偷梁换柱了呢?"

铁幕一雄叫好道:"明修栈道、暗度陈仓,这样的鬼主意除了鬼师爷之外没人想得出来。"

罗慎行指着自己的鼻子道:"不好意思,这个鬼主意是小弟我出的。"

铁幕六雄赞叹道:"人才啊!像我这样的老实人怎么也想不出这么阴险的花招。"罗慎行早就料到他狗嘴里吐不出象牙,挥拳向他的肩膀打去。

铁幕六雄脸都吓白了,仓皇地往后退道:"上次你把我打飞起来的事我还没和你算账呢,别动手哦!君子动口不动手。"上次罗慎行在武魂中把全身的穴道贯穿之后不经意地一肘把铁幕六雄打得飞了起来,这样深刻的教训让铁幕六雄对罗慎行恐怖力量的认知提升到了一个绝对的高度,那就是绝对不给罗慎行动手的机会。

铁幕七雄大叫道:"你不要欺负人,哥几个上啊!"

罗慎行本来打算找轩辕较量一下,但是他既然不在,铁幕兄弟也是不错的对手,他大喝道:"来啊!我一个打你们六个。"他的话刚说完,铁幕兄弟迅速地把他围在中间,在盾牌的掩护下,六把刀从四周劈向罗慎行。罗慎行没想到他们反应这么灵敏,而且自己说的一对六是让他们一个一个地来,绝没有一个人同时对付他们六个的意思。

铁幕六雄得意扬扬地道:"你不是能打吗,今天让你见识一下铁幕兄弟联手的威力。"

罗慎行胡乱地挥舞着轮回剑格挡着,他的剑法根本就是没有章法的乱砍,很快他就被铁幕三雄在背上劈了一刀,幸好他穿着银熊铠甲没有受伤,但是铁幕一雄的刀又砍在了他的肩上。

罗慎行恼火地把轮回剑抛了出去,轮回剑在他手中不但发挥不了作用,反而妨碍了他施展拳法。铁幕一雄用刀在盾牌上敲了一下让众人停手道:"兄弟,你根本就不会用剑,这么好的剑在你手中和切菜刀差不多。"

罗慎行摆出行意门拳法的起手式道:"我是怕伤到你们,这回我可不客气了。"说着挥拳砸向铁幕一雄的盾牌。

铁幕一雄沉声道:"别吹牛。"他存心试探一下罗慎行这一拳有多大的力量,左臂微曲同时稳稳地扎住马步,但是罗慎行的这一拳灌注了《玄天诀》的元气,当罗慎行的拳头还没打到盾牌上时,强劲的拳风已经逼得铁幕一雄呼吸困难。

铁幕一雄骇然地往后退去，罗慎行脚下一错步如影随形地追了上来，重重的一拳砸在盾牌上，铁幕一雄闷哼一声向后接连倒退了七八步才勉强站住，严密的包围圈立刻露出了破绽。

铁幕四雄趁罗慎行出拳的空隙挥刀横斩，但长刀即将斩在罗慎行的腰间时罗慎行旋风般地急转身，左手的血铁爪牢牢地抓住他的刀，右手五指成钩抓向铁幕四雄的咽喉，在铁幕四雄挥盾护向咽喉时罗慎行左手往回一带，左脚绊住了铁幕四雄的双腿，铁幕四雄立足不稳"扑通"一声趴在地上。

铁幕五雄和铁幕七雄同时举刀下劈，一刀奔向罗慎行的左肩、另一刀劈向罗慎行的右肩，罗慎行大喝道："来得好。"左手在空中左右连击，在刀锋即将砍在自己身上的时候把铁幕五雄和铁幕七雄的刀荡开，然后冲进了他们两人中间，左膝撞上铁幕五雄的盾牌，右拳变成鹤啄，在惊慌的铁幕七雄的额头轻轻地点一下道："对你照顾一点儿。"

铁幕三雄见铁幕五雄也被罗慎行撞了出去，微微一愣道："好大的力气。"同时把盾牌收到背后，手中的长刀斜指地面摆出了一个奇怪的姿势。刚才围攻时最活跃的铁幕六雄见到兄弟几个都被罗慎行打败了，急忙默不作声地溜到一旁看铁幕三雄单独对付罗慎行。

罗慎行满不在乎地向铁幕三雄直接走去，铁幕三雄在罗慎行走进自己长刀攻击的范围之内时却把刀收了回去，把盾牌倚在左肩上向罗慎行冲去。

罗慎行以为他想和自己较量一下力气，就在罗慎行灌注元气的拳头迎着盾牌打出去时，铁幕三雄的长刀从盾牌下毒蛇般刺出，罗慎行没想到他有这一手，急忙往后退，铁幕三雄长笑一声长刀斜劈罗慎行的脖颈。

铁幕兄弟见铁幕三雄发威，齐声为他叫好，罗慎行故伎重施用血铁爪抓向铁幕三雄的刀，但是铁幕三雄长刀一转削向罗慎行的手腕。

罗慎行兴奋地道："好刀法。"左手五指连弹，手指与铁幕三雄的刀面相击发出"叮、叮、叮"的几声脆响，在别人看来是轻轻的几声脆响，但是铁幕三雄握刀的手如被雷击，罗慎行的手指在刀面上每弹一次自己的手臂便仿佛被大锤重击一次，铁幕三雄身不由己地连退三步才化去了罗慎行攻击过来的力量。

罗慎行兴奋得在原地翻了一个跟头道："潇湘夜雨！我做到了！"刚才他在铁木三雄的刀上连弹的手法就是行意门拳法中的潇湘夜雨，以五指分别弹出五种不同的力道来打击敌人，方才罗慎行只弹出了三指元气就连接不上了，另外的两指若是弹出的话，铁木三雄手中的刀就应该脱手而出了，但是这已经让罗慎行喜出望外，若非今天被铁幕三雄逼迫，不知何时才能掌握潇湘夜雨的精妙之处。

铁幕三雄长呼一口气道："好功夫。"

铁幕六雄看不出其中的微妙，以为铁幕三雄是故意放罗慎行一马，不高兴地道："三哥,你做戏也太假了吧？我们还等着你给大家争口气呢。"

铁幕一雄看着老三的手不断地发抖，知道罗慎行刚才那一击一定大有名堂，否则罗慎行不会兴奋成那个样子，正想斥责铁幕六雄时，铁幕三雄阴险地笑道："老六，你自己试验一下，我看只有你没有真正与夜狼老大交手了，这样的好机会不应该错过。"

铁幕六雄狐疑地道:"我可不会上当,咱们兄弟里面你最狡猾了,我可不会相信你。"

罗慎行亲热地搂住铁幕三雄的肩膀道:"刀法不错,有时间咱们再切磋一下。"铁幕兄弟中只有铁幕三雄在动手时能够做到攻守兼备,这样的对手虽然不算太强,但是这样才有胜利的快感,罗慎行除了小时候与洛阳老君观小道士们较量时互有胜败之外,长大后与人比武基本上都是挨打的角色,与人切磋时获得胜利的滋味已经很久没有享受到了。

虽然罗慎行的剑法实在拿不出手,但是他精妙的行意门拳法却让铁幕三雄留下深刻印象,铁幕三雄欣然道:"有夜狼老大这样的对手我的功夫才能进步得更快,这样的要求我求之不得。"

铁幕一雄活动了一下左肩道:"刚才你是不是用了全力?"刚才他被罗慎行一拳打退了七八步,而且盾牌上已经出现了裂痕,这样威猛的一拳如果没有亲身体会他绝对不会相信这是真的。

罗慎行低声道:"想听真话?"见铁幕一雄点点头,坦白道:"七成。"

铁幕一雄惊呼道:"只是七成的力量?"

罗慎行道:"闹着玩儿嘛,真要把谁打伤了大家的面子都不好看。"

铁幕一雄立刻大声道:"兄弟们,立即练习我们的刀法,再不努力我们迟早要被淘汰了。"他第二次见到罗慎行的时候就见到罗慎行被大联盟的人追杀,是自己兄弟几个联手才把敌人打退的,他本以为自己兄弟几人已经是不错的好手了,但是前几天罗慎行突然莫名其妙的施展出超乎想象的力量,而且又亲眼目睹了轩辕单挑程诺的场面,今天罗慎行以一敌六把自己的几个兄弟都打败了,这让他终于领悟到自己的实力真的很一般。

与狼共武满脸崇拜的神色凑到罗慎行身旁道:"夜狼老大,您是真人不露相,有您这样的实力我们夜狼牧场称霸真武大陆只是迟早的事儿,收个徒弟怎么样?"

罗慎行愕然道:"收你?"

与狼共武挺胸抬头道:"师傅!"

罗慎行险些摔个跟头,低声道:"你开什么玩笑?我练了十几年的拳法才勉强混个小成,你总不能拿出十几年的时间和我学习拳法然后再来对付这里的玩家吧?"然后把自己抛到一旁的轮回剑捡了回来,对不死心的跟在自己身后的与狼共武道:"想想实际点儿的吧,那天轩辕打败程诺的剑法怎么样?"

与狼共武不屑地道:"没看出怎么好,我看他就是一下接一下地劈了过去,只要力气够大的人都能做到。"

罗慎行知道他对武术一点儿也不了解,所以才说出这样外行的话,当时轩辕的剑法虽然只是简单的劈砍而已,在外行人看来的确很简单,但是罗慎行明白那是轩辕凭借自己的多年修为才营造出来的局面,每一剑都逼迫程诺不得不防,使得程诺根本就无法变招,只能被动地硬挺,程诺自然也明白自己遇到了真正的高手,所以才痛快地答应夜狼牧场的条件,并主动解散众叛亲离的大联盟。

第三十八章 偷梁换柱

与狼共武见罗慎行脸上带着高深莫测的笑容,疑惑地道:"是不是我说错了?"

罗慎行模仿当日轩辕挥剑的姿势道:"我的力量也很大,就算和轩辕较量我也不见得输,但是我的剑在铁幕兄弟的围攻之下竟然不如我的拳头有用,现在你明白了?"

与狼共武想起刚才罗慎行在铁幕兄弟的围攻中胡乱舞剑的狼狈样子,若有所思地道:"这么说来轩辕一定是用剑的高手。"

罗慎行笑道:"我还打算和轩辕学剑法呢,你有没有兴趣?"

与狼共武兴奋地道:"这事儿可说准了,到时候你别把我抛下。"然后抛下手中刀道:"从今天起我要改用剑了。"

黎明时分,罗慎行和与狼共武领着新招募的十八个士兵从幽州城走了出来,这个时候路上静悄悄的,玩家们还没有大量出现,为罗慎行的偷梁换柱计划提供了良好的条件。

这十八个新招募的士兵换上皮铠甲骑上马之后,与原来的夜狼十八骑从外表上几乎分辨不出来,而且也没有人会对士兵感兴趣,至少当他们赶回夜狼牧场时,牧场的人没有发觉到这中间的奥秘。

回到牧场后,鬼师爷依然阴沉着脸,罗慎行看看其他的人道:"铁幕兄弟想要留在那里看守仓库,虽然没什么值钱的东西,但是那里毕竟是我们的地盘了,而且这样对大家都好。"众人都露出果然如此的神情——看来铁幕兄弟与鬼师爷不想再见面了,所以才会留在那里避免矛盾。

鬼师爷阴阳怪气地道:"眼不见心不烦,这样最好。对了场主,我们以前得到的那些铠甲和兵器是不是看看谁能用得上就分给大家,库存的有些装备比他们身上的装备要好许多。"牧场仓库中的装备都是罗慎行攻击大联盟的人时得到的,都是那些玩家花高价或在新手村杀死兽王时得到的,鬼师爷在这个时候提出这样的要求摆明就是收买人心。

牧场中的人都露出了心动的神色,罗慎行淡淡地道:"就按你的意思办吧,既然你都答应了,我怎么好反对。"

包括与狼共武在内的人听到罗慎行答应了,一窝蜂地直奔仓库而去,唯恐下手晚了吃亏,不过这也难怪,他们被鬼师爷盘剥之后终于有了捞本的机会自然不会放过。

管事翻翻眼道:"场主,那些铠甲值很多钱,把它们卖掉可以维持牧场很长时间的开销。"

罗慎行心痛地道:"我也知道,但是现在我们需要大家的忠诚,如果一点儿好处也不给他们,迟早会让他们另投别人。"

管事不满地道:"我也需要铠甲,再说我可是牧场的元老,有别人的就应该有我的。"

鬼师爷与罗慎行大眼瞪小眼地同时叹口气,罗慎行道:"你也去选一套吧,送给你我一点儿也不心疼。"

管事也不客气,听到罗慎行答应之后掉头就直奔仓库而去,罗慎行哑然失笑道:"看来你收买人心的做法是正确的,至少管事的表现就可以证明这个方法有效。"

214

鬼师爷低声道:"如果他们都抱着这样的态度,夜狼牧场就是一群乌合之众,得好好想个方法有效地利用他们,要不然亏了。"

　　罗慎行打着呵欠道:"那你就慢慢想吧,我先下了。"

　　鬼师爷抓住他的胳膊道:"你还是不是人？每次都是来得晚走得早,而且想来就来、想走就走,这个牧场你还想不想维持下去了？你可是场主,应该为大家做出榜样。"

　　罗慎行支吾道:"哦！对、对,不过我今天真的有事儿,我怎么会舍得离开牧场呢,这里可是我心血的结晶。"然后用力地挣脱鬼师爷的手往房间跑去道:"下次我一定改正,下不为例。"

第三十九章
未雨绸缪

罗慎行离开武魂后，冷凝儿依然香甜地酣睡着，罗慎行轻手轻脚地搂着冷凝儿温软的娇躯进入了梦乡，就在他睡得正香的时候，屁股上被人狠狠地打了一掌，然后肚子上又挨了一脚，罗慎行迷迷糊糊地就被踢到了地上。

罗慎行被这突然的袭击搞得晕头转向，从地上爬起来往床上爬去时，冷凝儿凤眼圆睁厉声道："你怎么睡到了我的床上？有没有做什么不该做的事？"

罗慎行"唔"了一声趴在床上搂着枕头道："你睡的是我的床，再说我怎么知道什么是不该做的？"

冷凝儿想起自己不知如何在罗慎行的床上睡着了，她检查一下自己的身体，没发现异常之处，而且罗慎行穿的虽然少了点儿，但是毕竟还有一条短裤，再说他的神态也不像是做了坏事的样子，这才放下心，一副语重心长的样子道："我这样做只是提醒你，不要做出后悔莫及的事情。"

罗慎行已经习惯了她打人之后又给自己的举动找理由的做法，不屑地道："我真要做出什么坏事的话你就不会是这样的态度和我说话了，那时你要哭着求我别抛弃你。"

冷凝儿笑吟吟地道："那你要不要试试看？"

罗慎行的汗毛"刷"的一声就竖起来了，冷凝儿的声音虽然带着笑意，但是语气却让人不寒而栗。罗慎行在床上扭过身，枕在冷凝儿的腿上发贱道："我说反了，是我哭着求你别抛弃我。"

冷凝儿轻轻地在他脸上拧着道："从今天起我就住在你这里，让你养着我。"

罗慎行双眼放光地说道："此话当真？"

冷凝儿扑到罗慎行怀里呢喃说道："嗯，只要你不嫌弃我。"说着在罗慎行胸口轻轻咬着。

罗慎行立刻开始反击，手脚齐施把冷凝儿紧紧地缠住，大嘴贪婪地在冷凝儿脸上亲吻着，冷凝儿"嘤咛"一声，浑身酥软地任由罗慎行摆布。罗慎行正想豁出去进行下一步的行动时，冷凝儿气喘吁吁地道："你说过你练的功夫是不能失去童身的，你当时是不是撒谎？"说话时语气开始转冷了，本来已经迷乱的大眼睛也恢复了清冷。

罗慎行仿佛被当头浇了一桶冷水，如果自己承认撒谎，那么冷凝儿百分之百会把谭博士的旧账翻起来，自己想解释也解释不清，以前说过的话冷凝儿也会全部推翻重新审问，那样的后果绝对是很可怕的。

冷凝儿感到罗慎行的身体逐渐僵硬起来，主动亲了他一下道："怎么了？你以前是不是撒谎了？没关系的，只要你承认了我会原谅你的。"

罗慎行暗道:"我要是相信你就是天下最大的傻瓜了,到时就算不死也要脱层皮。"所以他坚决地道:"没有,我从来不撒谎。"

冷凝儿将信将疑地道:"现在说实话还来得及,可不要被我找出证据,那时你连后悔的机会都没有了,后果你可要想清楚。"说着在罗慎行的嘴唇上蜻蜓点水地亲了一下道:"说吧,就算再大的事我也会原谅你的,毕竟那是以前发生的,只要从今以后你不再犯错误就好了。"

罗慎行望着冷凝儿的眼睛道:"凝儿,我现在还是纯正的处男,你说我能做出什么越轨的事?"虽然这样说比较丢脸,但是这样一来就把自己的麻烦全解决了,而且自己的确没撒谎。

冷凝儿"咯咯"的笑道:"畜男?是不是畜生一样的男人,所以简称处男。"说话时双肩不住地抖动着,显然开心之极。

罗慎行弯腰用手遮掩自己的腿中央边走边道:"洗冷水澡去,省得忍不住做坏事。"今天虽然没有做到心里想做的事,但是能让冷凝儿不再计较以前的事,也算是不小的收获,罗慎行开心地哼着歌曲让冰冷的水把身上的欲火慢慢消去了。

罗慎行洗完冷水澡之后,冷凝儿已经换好了衣服正在打电话,打完电话对罗慎行道:"快把衣服穿上,一会儿胖叔叔要来,他来的时候你可不许胡说八道。"

罗慎行知趣地连连点头,冷凝儿叹息着说道:"我在武魂里的荆州,我永远也不想见到潘继伦,你去接我,我要和你在一起,顺便帮你照顾武魂里的财产,从今以后我就是你的管家婆。"

罗慎行拥抱了一下冷凝儿,翻出自己干瘪的钱包到超级市场买了两盒鲜奶又买了两个面包,虽然没花去几个钱,而且自己的银行账户里还有几千元钱,但是罗慎行却忧心忡忡地想到日后的生活——未雨绸缪总比临时抱佛脚强。

父母上大学也只给了罗慎行一个学期的生活费,虽然还算宽裕,但是现在凝儿和自己一起生活花费自然也要高出一倍,家里给的生活费未免就显得不够了。

罗慎行在公用电话亭前转了半天,终于下定决心拨通了母亲的电话,当电话被接起的时候,罗慎行亲热地道:"妈,是我。"

电话另一端的母亲惊喜地道:"乖儿子,你怎么才想起给家里打电话?是不是在学校玩野了,所以把家都忘了?"

罗慎行皱眉道:"我打电话不得花钱嘛,你和爸爸怎么不给我打电话?我还以为你们不要我了呢。我在学校等啊等,就是听不到你们打给我的电话。我爸在不在?让我来问问他为什么不给我打电话?"

母亲见罗慎行的语气强硬起来,急忙软下来道:"你师傅不是去了嘛,我们委托他老人家照顾你,所以就没给你打电话,再说你爸爸说了,你都上大学了,我们就不能再婆婆妈妈的唠叨了。"

罗慎行抱怨道:"我师傅住了几天就走了,现在我在这里很孤单。"然后唉声叹气地道:"尤其这里的消费又高,我什么地方都去不了,穷啊!我现在才发现我在同学中是最穷的一个。"

母亲疑惑地道："不可能啊,你们那里的物价我计算过了,你现在的生活费应该可以保持中等消费水平,你是不是又乱花钱了？"她是会计师出身,对于罗慎行日常应该支出的生活费都精确地计算过了,唯一的原因就是罗慎行头一次出门在外所以把钱都胡花了。

她这样怀疑是有根据的,罗慎行从小就爱花钱,老君观的小道士们见到罗慎行比谁都亲,因为罗慎行每次到那里去都会给他们带一大堆的零食,所以罗慎行每个月的零用钱都是提前花光。

罗慎行上小学之后依然保持这个优良的习惯,也正因为这个原因罗慎行总觉得自己的零用钱太少,但是高中的时候,出手大方的罗慎行被地痞敲诈发生打架事件之后,他父母为了避免同样的事情发生,便开始大幅减少他的零用钱额度。

罗慎行不悦地道："什么乱花钱？我每一分钱都花在刀刃上了,实在是用钱的地方太多了,老妈,我可警告你,你们再不给我寄钱我就要饿死了,快给我寄钱,直接打到我的账上。"

母亲厉声道："你和妈妈说说到底把钱干什么了？要不然一分钱也不给你。而且你别想到你爸爸那里骗钱,他的零用钱现在也归我保管。"

罗慎行打的就是这个主意,从妈妈这里要一点儿,然后从爸爸那里再要一点儿,加起来就是可观的数目了,就像小时候经常做的那样,没想到这条发财的渠道让母亲无情地破坏了,他长叹一声道："不给拉倒,让我饿死好了。"

母亲见他说得可怜,心中一软道："你都这么大了,不能再和小时候一样任性了,需要钱也应该有正当的理由,你要买多少零食才能把那么多的钱花光？"

罗慎行被母亲的话噎得连咳好几声,母亲竟然以为自己还和小时候一样爱吃零食,简直是岂有此理,母亲听罗慎行不说话却咳嗽起来,连声问道："你是不是病了？你小时候可从来不生病的,一定要到医院检查一下,现在就去。"

罗慎行愤愤地道："我是让你气病的,我现在认识了一个女朋友,所以花钱的地方多,以后用钱的地方更多。"

母亲惊呼道："什么？"

罗慎行既然已经说出口了,索性痛快地道："我们现在住在一起,就住在我师傅给我租的那间房子,你看着办吧。"然后把电话挂了,挂断电话之后罗慎行开心地想："这下家里人一定吓坏了,看你们给不给我寄钱？"

罗慎行心满意足地拎着牛奶和面包回到了家里,冷凝儿正在门口张望,见到罗慎行回来皱眉道："你出去怎么不和我说一声？让我担心死了。"

罗慎行笑嘻嘻地道："我怕饿坏你,给你老人家准备早点去了。"

冷凝儿白了他一眼道："表现不错,以后就按照这个标准努力。"拿起一盒牛奶慢慢地啜吸道："星期一到星期日每天的早餐要不重样,知道没有？"

罗慎行道："没问题,一定不重样。"

冷凝儿满意地递给他一张银行卡,罗慎行愕然道："干什么？"

冷凝儿道："一会儿你到银行先取出这个月的生活费,不许多取,够一个月花的就

218

可以,我们以后要发扬艰苦奋斗的精神,这些钱我们省点儿花可以坚持到毕业。"她在罗慎行洗澡的时候已经检查过他干瘪的钱包了,虽然看到了里面的银行卡,但是估计里面也不会有多少钱。

罗慎行耸耸肩道:"你早说啊,我刚给家里打过电话,早知道我就不打了,靠你养活多好。"然后自豪地道:"到时我就和我老妈说我还没毕业就找到了一个好职业——专职的小白脸,说不定我在这个行业会很有发展。"

冷凝儿喷出嘴里的牛奶道:"你能不能有点儿出息?"气愤之下把银行卡又抢了回去。两人正在说笑时,楼梯的脚步声响起,然后有人敲门道:"凝儿,胖叔叔来了。"

冷凝儿兴奋的欢呼一声把门打开,腆着大肚子的卫康安笑眯眯地站在门口,上次与他同来的那两个人依旧捧着两个大箱子,原来早上冷凝儿说的那个胖叔叔就是卫康安。

卫康安冲罗慎行眨眨眼睛道:"小伙子,我们这么快就又见面了,有两下子。"

冷凝儿瞪眼道:"你说什么?你信不信我一脚把你的大肚子踢爆?"与卫康安同来的那两人想笑又不敢笑,憋得脸红脖子粗。

卫康安夸张地捂住肚子道:"好凝儿,胖叔叔的肚子可是精心培养起来的,你婶子最欣赏我的大肚子,你要是把它踢爆了我非让你婶子赶出家门不可。"然后对那两个人道:"你们先进来,看看把电脑安装在哪个房间比较合适。"

罗慎行殷勤地道:"卫叔,我的厨房有个铁锅,扣在你的肚子上当防弹衣正合适,一般来说轻微的撞击时没有危险的。"

卫康安大笑道:"我现在才明白为什么凝儿这丫头会和你混在一起,你们两个小鬼没一个好东西。"

罗慎行道:"我是为了卫叔的肚子着想,您可冤枉我的一番好心了。"

冷凝儿毫不避嫌地拍拍卫康安的大肚子道:"你不用羡慕,以后我就按照胖叔叔的体型来培养你,我看以后你还怎么当小白脸?"

卫康安惊讶地道:"小伙子,你的志向很远大啊!当年我就有过这样的宏伟目标,只可惜一不小心就遇到个合适的女人,一不小心就与她住在一起了,后来一不小心就与她结婚了,最后来一不小心就变成这个样子了。"他说的虽然是自己,但是暧昧的眼神却在冷凝儿和罗慎行之间来回地徘徊。

冷凝儿羞红了脸道:"胡说什么呀,我们就是同住在一间房子里,不是你想的那样。"但是脸上的红晕却越来越浓,毕竟昨夜他们两人可是同床共枕的,虽然别人不知道,但是自己的心里却无法否定这个事实。

卫康安欣赏着冷凝儿羞涩的神态惊叹道:"真是不得了,凝儿小姐竟然脸红了,小伙子,我越来越佩服你了,有什么秘诀教教我怎么样?"

冷凝儿"啐"道:"越老越疯。"

卫康安得意地道:"那当然,你胖叔叔现在开心得不得了,潘继伦他老子现在对我又客气起来了,以前他总以为凝儿迟早是他们潘家的人,现在他的如意算盘终于打不响了,看着他那张晦气的脸我做梦都能笑出声来。"

219　第三十九章　未雨绸缪

"凝儿,你这个丫头可把他坑苦了,要不是你这几年做出来的姿态让他们潘家以为冷家的股份是他们的囊中之物,使得他们放松了警惕,说不定潘家已经夺取了昊天集团董事长的地位。"

然后真诚地道:"凝儿,你能找到自己的幸福胖叔叔真为你开心,你那个混蛋老子昨天夜里给我打电话让我劝你回家,你说我开心都来不及怎么会帮他的忙?他就不想想你在冷家过的是什么日子。"

冷凝儿黯然道:"胖叔叔,其实我要多谢你这么多年的照顾,除了妈妈就是你对我最好了。"

卫康安摇头道:"假话!我一看就知道凝儿又在哄胖叔叔开心,你看你现在的幸福样子,我看对你最好的不是你母亲,而是这个小子。胖叔叔只教了你一点儿小小的诡计让你能够保护自己而已,除了这个我也做不到别的事情。"

冷凝儿低声道:"已经足够了,'想当好人就要聪明一点儿、狡猾一点儿,要不然就会被人欺负。'胖叔叔的话我一直记得。"

罗慎行真没想到看起来整天笑眯眯的卫康安竟然会教导冷凝儿这样的理论,怪不得凝儿会想出那样的方法来对付潘继伦,有很大的可能是卫康安指导她这样做的。

卫康安似乎看出了罗慎行的心事,叹息道:"你是不是觉得我这样教导凝儿不合适?但是在那样的环境下,不狡猾一点儿,一个女孩子怎么保护自己呢?穷人家里有难处,有钱人家里同样也有难处。"

在他们交谈时,那两个人已经把电脑安装在了原来的那个房间中,冷凝儿见卫康安的脸上露出了嘲弄的笑意,尴尬地斥责道:"你们怎么把两台电脑安装到一个房间了,谁让你们这样安装的?"

一个人道:"凝儿小姐,安装在同一个房间会免去另外接通光缆的步骤。"说完抬头看看卫康安道:"再说一家人何必分开,在一起比较亲热。"

冷凝儿正想发怒时,卫康安已经首先呵斥道:"你们这是怎么说话呢?你们和我在一起这么长时间了,说话的技巧一点儿也没进步,过两天惩罚你们到国外去,反省清楚再回来。"也不给冷凝儿找麻烦的机会,带着两个喜出望外的员工施施然地离开了。

第四十章
前生今世

　　罗慎行回到武魂时，只有与狼共武在那里，其他的人都下线休息去了。与狼共武见到罗慎行这么快就重新回来了，好奇地问道："鬼师爷说你有事先离开了，事情办完了吗？"

　　罗慎行拉过两匹马道："办完了，不过我还得离开这里到荆州城去，鬼师爷来的时候就告诉他这里由他全权负责。"

　　与狼共武惊讶地道："你一个人？"荆州城从这里徒步的话，要走上武魂历好几天的时间，即使骑马也要二十几个时辰，罗慎行竟然要一个人到那么远的地方，这样的风险也太大了。

　　罗慎行往马鞍上挂了两壶箭，拍拍风神弓信心十足地道："我到那里接一个人就回来，绝对没问题的。"抛下一头雾水的与狼共武向着西南方疾驰而去。

　　他与冷凝儿约好了，罗慎行到荆州城北方的织女河的渡口，冷凝儿将在那里等候他，从此以后他们将要真正地双宿双栖了。

　　罗慎行一路上策马狂奔，引得路人频频注目，但是罗慎行已经顾不了那么多了，他轮流换乘两匹马，终于在二十一个时辰后赶到了织女河的渡口。

　　辽阔的织女河仿佛一个温柔的少女静静地流淌着，渡口的位置在织女河最狭窄的地方，但是就算这样，这段河面也有三百米宽，在河的对岸，雄伟的荆州城已经遥遥在望。一艘十二人划桨的大木船来回运载过河的乘客，罗慎行付了船钱与两匹马一齐踏上了渡船。

　　在罗慎行上船后不久，陆续又有十几个人登上了船，在等待开船的时候，船上的人因为有缘同船而行，三三两两地交谈起来。

　　罗慎行独自一人坐在船头，出神地凝望着一路向东奔腾的织女河，心中默默思念着冷凝儿，虽然他们现在已经住在了一起，但是在武魂里的月夜之狼已经失去冰雪凝儿很长时间了，从今天起，罗慎行要带走她，让她彻底远离潘继伦。

　　就在罗慎行默默地回忆着自己遇到冰雪凝儿之后发生的一切，嘴角不知不觉地露出甜蜜的笑容时，忽然他身后有人"嗯！嗯！"的用力干咳两声，声音清脆悦耳，似乎是一个少女的声音。

　　罗慎行好奇地扭回头去，就见到自己的身后俏生生地站着两个少女，其中一个大约十七八岁，另一个的年纪在二十岁左右，两个少女手拉着手脸上布满了红晕，其中年纪较小的一个少女见到罗慎行回头了，调皮地把另一个少女向前一推，自己却躲在了她的身后。

　　罗慎行看着她们羞答答的样子，自己还是头一次遇到这样害羞的女孩，以前自己认识的女人没有一个这样脸皮薄的,不由得露出微笑并点头示意。

那个被推到前面的少女咬着嘴唇,好半天才鼓起勇气用蚊子般的声音道:"你好。"

罗慎行大笑道:"不敢高声语,恐惊天上人。我叫月夜之狼。"他真怀疑刚才在自己身后用干咳引起自己注意的人是不是她们两个,这样细声细气的如果不是当面讲话的话,自己绝对听不到她的声音。

躲在身后的那个少女抱怨道:"你害什么羞啊！"然后挺胸抬头地道:"我叫海明珠。"她的话一出口,罗慎行就知道刚才就是她在背后用声音提醒自己的,因为她的声音清脆而明快,与另一个少女的娇柔声音截然不同。

罗慎行随口道:"沧海月明珠有泪、蓝天日暖玉生烟,好名字。"他也不知道自己今天为什么会这么喜欢读诗,不自觉地就把心中想起的古人诗句给套用了。

海明珠欣然道:"我就知道自己的名字起得好,我姐姐的名字是梧桐雨,也不错吧。"

罗慎行刚才已经打量过她们的资料,但是自己总不能没事炫耀自己的魔眼戒指,拍手赞道:"这个名字更好,让人一听便想起烟雨江南的美景。"

海明珠噘嘴道:"你这个人满嘴奉承话却一点儿礼貌也没有,竟然坐着和我说话,一看就是口是心非的大骗子。"

罗慎行哂道:"我骑马跑了二十几个时辰,全身都要散架子了,您就大人不计小人过,原谅我一回吧。"

梧桐雨惊讶地看了罗慎行一眼,当发现罗慎行正在看向自己的时候,急忙把头又避开了,大方地坐到罗慎行的旁边道:"我们姐妹也赶了很长时间的路,正好休息一下。"

梧桐雨在一上船的时候就首先注意到了傲然独坐船头的罗慎行,当海明珠提议主动和他聊天时,她半推半就的答应了。但是她见到罗慎行俊秀的脸庞便没来由地脸红心跳,直到罗慎行开口讲话她才发觉罗慎行是个很会讲话的人,而且很容易相处,心中的压力便减轻了。

海明珠悠然地坐到罗慎行对面皱眉道:"你到底会什么功夫？又背弓又带剑的,不知道的人还以为你是卖武器的呢？我看看你的弓。"

罗慎行把弓递给她,本以为她拉不开这张弓,但是海明珠缓缓地把弓拉开然后松开手惊讶地道:"好弓,武器店卖的弓绝对没有这么好的。"

罗慎行微笑道:"这是我在新手村时朋友送给我的。"虽然杀死狼王主要依靠罗慎行,但是轩辕他们的慷慨却让罗慎行念念不忘,所以他总觉得风神弓是轩辕他们送给自己的。

梧桐雨看着罗慎行的那两匹马的马臀上夜狼的印记,若有所思地道:"夜狼！听说幽州城附近有一家夜狼牧场,你是不是夜狼牧场的人？"

罗慎行指着自己的鼻子道:"夜狼牧场正是鄙人开的,夜狼是大家对我的简称。"

海明珠惊呼道:"哇！你就是夜狼,那这张弓就是武魂第一弓了！"在罗慎行和冷凝儿闯关成功后,罗慎行的风神弓引起了铁血盟的觊觎,从而惹得夜狼与冰雪凝儿大开杀戒,现在沧州城还流传雌雄双煞的恶名。

在罗慎行逃离沧州城后众人本以为夜狼从此销声匿迹了,但是谁也没想到他竟然创立了武魂第一家牧场,使得夜狼的名声传遍了真武大陆,风神弓也被人称为武魂第一弓。但是众人都知道夜狼,却很少有人知道夜狼的全称是月夜之狼。

梧桐雨露出苦涩的笑意道:"看来我们姐妹是遇到名人了,冰雪凝儿怎么没和你在一起?"在沧州城大战之后,罗慎行与冰雪凝儿的心狠手辣与他们出色的容貌同样引起众人的兴趣,尤其是夜狼牧场出名之后,好事之徒更是大肆渲染夜狼与冰雪凝儿的亲密关系,现在每个人提起夜狼的时候都要不自觉地把冰雪凝儿和他连在一起。

罗慎行双目射出迷恋的神色道:"她现在不在我身边,不过很快我就要见到她了,我们约好了在渡口见面。"

海明珠失望的"噢"了一声道:"听说冰雪凝儿很漂亮,我倒想见识一下她有多漂亮,我就不信她是武魂第一美女。"

罗慎行迷醉地道:"那不重要,重要的是她是我最爱的人。"眼神中不经意流露出来的温柔让海明珠的心一阵冰冷,因为那是月夜之狼在思念冰雪凝儿。

渡船在难堪的沉默中终于起航了。

梧桐雨偷偷摆手示意海明珠不要再说话,自己从侧面静静地欣赏着罗慎行被风吹拂着黑发而时掩时露的俊秀脸庞,罗慎行双手抱膝,下颌枕在手背上眺望着对岸的渡口道:"你们来到这里做什么?"

海明珠酸溜溜地道:"我们来这里找人,找一个大帅哥。哎!冰雪凝儿怎么不在河的这边等你?"

罗慎行苦恼地道:"我们只说好了在渡口见面,没说在哪边,我看这边没有人所以才决定过去找她。"临上线时罗慎行只和冷凝儿兴高采烈地约定在织女河渡口会面,两人都以为这是很简单的事,根本就没仔细的商定。

渡船在平静的河面顺利地到达了对岸,罗慎行牵马下了渡船道:"我们要说再见了,希望你们有时间到夜狼牧场去做客。"

梧桐雨漫不经心地答应一声,然后在渡口等候乘船的人群中寻觅着道:"冰雪凝儿好像不在这里。"

罗慎行愕然道:"你认识她?"

梧桐雨赧然道:"不认识,但是既然她是你的心上人容貌自然不会太差,可是渡口的人群中没有一个出色的,想必她一定不在这里。"

罗慎行调笑道:"谁说没有出色的?在我身边就有两位。"同时眼睛四下观瞧着,寻找冷凝儿的踪影。

梧桐雨垂下头道:"我们姐妹怎么能算数,您太抬举了。"

罗慎行正想奉承两句,但是看了半天冷凝儿的确不在这里,罗慎行有点儿心慌道:"凝儿真的不在这里。"

海明珠泼冷水道:"冰雪凝儿不要你啦,她一定是骗你的,让你傻乎乎地来到这里白跑一趟。"刚开始交谈的时候罗慎行谈吐风雅,加上容貌又惹人喜欢,海明珠的心里已经不自觉地萌发了爱慕的念头,但是提起冰雪凝儿之后罗慎行就仿佛换了一个人,他的眼神中因为思念冷凝儿流露的温柔无情地击破了海明珠心里的幻想。

梧桐雨斥道:"明珠,不要乱说,冰雪凝儿一定是因为临时有事儿才爽约的。夜狼,明珠的话你不要往心里去。"

罗慎行自然知道冷凝儿不会骗自己,但是梧桐雨的话却提醒了他,自己走了二十几个时辰才到达这里,换成实际生活中的时间已经是十几个小时了,冷凝儿一定是已经下线,自己只要下线问一问就知道她具体的位置了,而且自己现在也需要休息。

想到这里罗慎行耸耸肩道:"我要找一间客栈休息,看来我们还要同行一段路。"

海明珠冷冷地道:"我们还是分开走的好,不要让你的情人见到我们走在一起产生什么误会。"她的话虽然说得硬气,但是心中却希望罗慎行坚持一下,只要他再开口的话自己就勉强与他再同行一段路,哪怕是多看他几眼也是好的。

谁知她的话正好打中了罗慎行的命脉,罗慎行突然想起,若是冷凝儿见到自己与两个女子走在一起,不知要打翻多少个醋坛子,那时自己可有得罪受了,所以罗慎行仓皇地跳上马道:"那就这样好了,再见。"

海明珠目瞪口呆地看着匆忙逃走的罗慎行,恨恨地骂道:"无耻的臭男人,你以为你是谁呀?呸!"

梧桐雨轻声叹息道:"好了,我怎么没看出他哪里无耻?就当我们从来没有见过他,以后我也不想见了。"神情的落寞已经溢于言表。

海明珠低声道:"姐姐,这种男人不值得喜欢。"但是自己也感到言不由衷,急忙改口道:"正事要紧,我们快点儿赶到荆州城才对,走吧!说不定在前面还能再见到他……唔,我可是为你着想。"

罗慎行刚下线,就听到厨房里传来"叮叮当当"的巨响,然后才发现床上的枕头、被子都被扔到了地上,罗慎行不知道冷凝儿在干什么,但是有一点是可以肯定的——冷凝儿在发脾气。

罗慎行打开厨房的门就见到冷凝儿挥舞着菜刀狠狠地剁着案板上的一堆看不出是什么动物的肉,嘴里还低声地道:"剁、剁,剁死你这个王八蛋。"

罗慎行从身后揽住冷凝儿的腰柔声问道:"谁惹我的凝儿生气了?"

冷凝儿狠狠地又剁了一刀道:"我自己愿意生气,你管不着。"但是身体却靠在了罗慎行的怀里。

罗慎行看着案板上的碎肉道:"是不是今天打算包饺子?我来帮你。"案板上的碎肉看来是经过冷凝儿精心处理过的,即使绞肉机绞出来的肉馅也不见得比她剁得更精细。

冷凝儿转过身抱着罗慎行"咯咯"笑道:"我用它来包饺子你吃啊?傻瓜,那是甲鱼。"

罗慎行仿佛发现了新大陆一样,用菜刀在碎肉中拨拉一下,果然肉中有许多细碎的甲壳,惊叹道:"真有你的,不过你打算用它做什么?"

冷凝儿噘嘴道:"本来打算做一个清蒸大梵天,但是我一来气就把它剁碎了。不过可以拿它来做汤,反正味道都是一样的。"罗慎行不知道大梵天如果听到自己的名字与甲鱼成了同义词的时候,心中会有什么感想。

冷凝儿买来甲鱼之后的确是想做清蒸甲鱼,但是心中烦躁索性拿甲鱼来出气,一刀接一刀地把甲鱼剁成了肉馅,而且她弄出的声音搅得四邻不安,楼下的邻居上来找,结果被她凶巴巴地挥舞菜刀给吓回去了。

罗慎行附和道:"做汤好,喝汤有利于消化,我从小就愿意喝汤。"现在是过年死头驴——不好也得说好,先把冷凝儿的气消了再说。

冷凝儿娇媚地瞪了他一眼,"扑哧"笑道:"滚!我要做菜了。"

罗慎行直到吃过了饭才试探着问道:"凝儿,是不是遇到麻烦了?"

冷凝儿阴沉着脸道:"你现在到哪里了?"

罗慎行道:"我住在荆州城西北的一个小村子,那里离渡口很近的,你到渡口之后我们就可以会合了。"

冷凝儿"哼"了一声道:"我被关在荆州城西南的镇子里,现在根本就出不去。"以前冷凝儿一直住在大梵天控制的君安镇中,在冷凝儿想要离开的时候卧龙居士已经率人把她拦住了,然后强行软禁到了客栈中。

冷凝儿知道这是大梵天想出的卑鄙主意,但是大梵天拒绝与她见面,任凭她喊破喉咙也无济于事,现在冷凝儿只有依靠罗慎行把她救出来了,但是他们两个人都明白,大梵天绝不是简单地软禁冷凝儿,他是要以冷凝儿为诱饵铲除月夜之狼。

罗慎行沉吟道:"君安镇有多少大梵天的手下?"

冷凝儿捏着他的鼻子道:"你想攻打君安镇吧,你是不是活腻歪了?那里光大梵天的盟友就有上百人,如果加上招募的士兵六七百人总是有的。其实大梵天把我关在那里根本就是没出息的做法,你何必与他一般见识,他要是男人的话直接到夜狼牧场找你单挑不就可以了吗,竟然想出这种卑鄙的手段。"

罗慎行坚定地道:"再难我也要把你救出来,你是我的,我不会让你受到半点儿委屈,要不然我宁可离开武魂。"

冷凝儿捧着他的脸道:"傻瓜,既然他不嫌费事地软禁我,顶多我不上线就全解决了,你老老实实地回你的牧场,有机会我就逃出去找你,何必冒险呢?实在不行我就死在那里,然后在新手村重新练级闯关。

前几天我问过妈妈了,你杀死金色熊王得到的那个令牌在程序中是没有的,也就是说那是意外的产物,绝对很有价值,你说你多幸运,那么难得的宝贝都到手了,如果你不好好珍惜这个机会的话多可惜。"

罗慎行在冷凝儿的手指上轻轻地咬了一口道:"我最幸运的是遇到了你,没有什么可以代替你在我心中的地位,要是我失败了,我们就从此离开武魂再也不管那里的事,你说好不好?"

冷凝儿幸福地靠在罗慎行怀里道:"那就听你的好了,只要我们两个能在一起,其他的什么事情我都无所谓的。"

罗慎行头一次听到冷凝儿放弃自己的主张听从自己的意愿,夸张地道:"今天一定是老天爷显灵,凝儿竟然肯听我的话了。"

　　冷凝儿撇嘴道:"我听人说夫妻是前世的冤孽,上辈子不是你欠我的情就是我欠你的债,所以老天爷让他们在今生做夫妻来偿还。经过仔细的思考我终于想明白了,上辈子一定是你做了很多对不起我的事,老天爷才决定要你在这一生对我做出补偿。所以我决定一定要好好利用这个机会——天塌下来我用你来顶上去,地陷下去我就把你塞进去。"

第四十一章
屠狼行动

清晨的君安镇有许多玩家陆续进进出出，罗慎行低着头跟在三个行人的身后混进了镇中，他与那三个人的距离靠得很近，在旁人看来就像是一路同行的一群人。

混进镇子后罗慎行的心踏实了一点儿，看来大梵天没有预料到自己这么快就赶来，所以他们的防范还不严，罗慎行不由得暗自庆幸自己的英明决定，如果不是自己马不停蹄地一路狂奔的话，再过一段时间君安镇就要变成龙潭虎穴了。

君安镇里人来人往很是热闹，罗慎行在人群中迈着悠闲的步伐冷静地思索着行动的步骤。冷凝儿告诉他现在自己被关在镇中心的君安客栈中，罗慎行一边眼珠乱转地打量四周的情况，一边往镇中心走去。

来到君安客栈的附近，罗慎行发现客栈的门口有几个小贩的神情有点儿不自然，罗慎行急忙打量他们的资料，发现他们的资料里果然显示他们是天武堂的人——也就是大梵天组建的那个帮派的人。

罗慎行急忙低下头以免被人认出来，在沧州城的时候大梵天与他手下的卧龙居士等人见过自己，如果被他们发现之后，不要说救人，只怕自己也要被别人救了。

罗慎行勉强压下冲上去杀死几个人然后救出冷凝儿的念头，这几个人只是监视客栈的情况的，如果发现自己之后隐藏在周围的人立刻就会出现，而且现在自己手中还没有武器，除了手上带着的血铁爪之外什么武器都没有，风神弓、轮回剑和那两匹马都被他寄存在附近的一个小村庄的客栈中，现在他身上穿着新手玩家的那种普通武士服，就是不想引起别人注意。

罗慎行绕个弯转向客栈的后面，想寻找可以偷偷爬进客栈的机会，但是他刚走到客栈的后院墙就听到身后有人冷笑道："你他妈的胆子不小啊！"

罗慎行的身体当时就僵硬了，因为身后的声音有点儿耳熟，看来一定是见过自己的人，要不然不会如此肯定地知道自己就是月夜之狼。自己刚才只顾着往客栈的院墙方向看了，没有注意到左侧的那条小巷，看来这个人就是躲藏在小巷中的。

身后的那个人阴森森地道："你原来不是很嚣张吗？怎么哑巴啦？"

罗慎行慢慢地转过身道："有屁就……你！"出现在他眼前的竟然是与自己在新手村结怨的霄龙，真是冤家路窄，看来今天的麻烦大了。

霄龙斜靠在小巷的墙壁上不屑地道："你他妈的脑子进水了怎么的，一个人就敢闯进君安镇，你以为你是谁呀？"

罗慎行看他没有召唤同伴的意思，稍稍放下点儿心道："你有什么目的就直说吧！你总不至于想一个人就把我抓住吧？"如果霄龙真要这样做的话，自己有十分的把握可以摆平他。

霄龙避而不答道："我和别人打了赌,我押你会来到君安镇,赔率是一赔三,现在看来我赢了,你说我怎么会放过你?"

罗慎行掏出自己的钱袋道："你赢了多少我双倍的给你,不就是钱嘛!身外之物,我不在乎的。"当初罗慎行与霄龙结怨就因为罗慎行把霄龙打出的金币给捡走了,后来罗慎行杀死头羊得到的魔眼戒指却引起霄龙的嫉妒,现在罗慎行宁可破财免灾,如果霄龙的要价不太高,自己情愿多给他点儿。

霄龙伸出食指道："我押了十万个金币,应该赢来三十万个金币。"

罗慎行倒吸一口冷气道："你倒是瞧得起我,竟然在我身上押了这么多的钱。"罗慎行的钱袋中只有三万多个金币,只够零头而已。而且现在夜狼牧场的资金也就几十万个金币,如果答应霄龙的敲诈的话,夜狼牧场只有破产了。

霄龙见罗慎行把钱袋收了回去,淡淡地道："这才多少钱?我押的另一个赌注更大,赔率是一赔十,我用二十万个金币赌你三天之内会把冰雪凝儿救走。"

罗慎行愕然地看着霄龙,不明白他的意思。霄龙伸个懒腰道："看什么看?想保住狗命就跟我来,你不是想让我赔钱吧?"

霄龙的家就在那条小巷的中间,精巧的三间瓦房,罗慎行羡慕地道："真看不出来你还是个大财主,这样的房子要不少钱吧?"

霄龙冷冷地道："我他妈的一看见你财迷的样子就来气,你还是不是男人?把钱看得这么重。"

罗慎行愤愤地道："废话!没钱怎么活?我就不信你的房子是大风刮来的。"霄龙得意地道："和大风刮来的差不多,是我打赌赢来的。"然后往床上一躺道："聪明人赚钱都是用智力,我可不像某些专门捡垃圾的无耻小人那样愚蠢。"当初罗慎行跟在自己的屁股后捡自己不要的那些零碎的金币,那样的场面让霄龙想起来就觉得开心。

罗慎行沉下脸道："你说话客气点儿,我再无耻也没有抢夺别人的东西,你那已经不是无耻了,而是真正的不要脸。"霄龙虽然算是帮助了自己,但是他说话的语气却让罗慎行感到不舒服,分明是没有忘记当初自己当众打败他的事儿。既然他这样不客气,自己也就没什么好顾虑的了,遇文王施礼乐,逢桀纣动干戈,向来是罗慎行做人的原则。

霄龙"腾"的从床上坐起来道："你有完没完?当初那事儿让我的兄弟笑话我多长时间你知道吗?一样都是玩游戏的,凭什么你可以打爆头羊?再说当初是我先杀羊的,那个头羊说不定是因为我才出现,所以头羊爆出的宝物应该有我的一份。"

罗慎行见自己把霄龙激怒了,心中不由得感到一阵快意,得意地道："头羊不算,我还杀死过狼王,金色熊王和血豹王,你杀过什么?这就是运气,你嫉妒也没用,该是你的就是你的,不是你的永远也得不到。"

霄龙惊讶得张大了嘴,过了好半天才悻悻地道："你他妈的一定是属狗的,所以走狗屎运。"罗慎行在新手村杀死血豹王的事他也有所耳闻,但是杀死狼王和金色熊王的事他可不知道。

罗慎行惬意地躺在另一张床上，陶醉地道："人比人得死，货比货得扔，幸福啊！"

霄龙恨恨地道："运气有个屁用，现在你该想办法研究如何救出冰雪凝儿，我的两百万个金币可全指望你哪。"

罗慎行懒洋洋地道："既然你下了这么大的赌注，总不至于一点办法也没有吧？从你的话来看好像你打赌经常赢，一点儿小小的手段总应该有的，这件事就交由你处理吧。"罗慎行知道十赌九骗，老实人赌钱是没办法赢的，赌鬼、赌鬼——赌钱的时候不闹鬼就是傻瓜了，从霄龙的样子来看他就是标准的赌鬼，想必一定有作弊的手段。

霄龙愕然道："你这是什么意思？想要救人的是你而不是我，你是不是拿我当冤大头？你自己要是没办法就一头撞死得了。"

罗慎行伸出两根手指道："两百万个金币，我把人救走之后你就可以赢到两百万个金币，我没要求分成已经算是大方了。你可要想明白，你我现在是一条绳上的蚂蚱，和则两利，这点你不会不明白吧。"罗慎行现在不得不相信自己的好运气，明明是死对头的霄龙竟然会因为在自己身上下了赌注而不得不帮助自己，这样的好事打着灯笼都没地方找。

霄龙低声地咒骂一句，然后泄气地道："大梵天已经下了死命令，一定要把你杀死在君安镇，还制订了一个见鬼的屠狼计划，他妈的就等着你上钩呢，这种情况下我能有什么好办法。"

大梵天让卧龙居士把冷凝儿囚禁起来之后便筹划如何利用这个机会把罗慎行除掉，但是谁也没想到罗慎行竟然这么快就赶来了，导致大梵天安排与罗慎行见过面的人监视君安镇门口的行动计划还没有实施，就让罗慎行顺利地混进了君安镇。

大梵天也不敢确认罗慎行会来，但是嗜赌成性的霄龙见别人都看好罗慎行不敢来，一时心动便以巨额金币押罗慎行会把人救走，毕竟一赔十的盘口不是经常有的，输了顶多损失二十万个金币，但是赢了就可以一夜暴富。

罗慎行晒道："大梵天还真瞧得起我，屠狼计划！我看他是引狼入室。对了，客栈中警戒得严不严？"

霄龙皱眉道："我负责监督的是客栈的后面，客栈里面的警戒情况我可不熟悉。不过我没赢到这栋房子之前在客栈中住过，里面的情况我大致了解一点儿。"

罗慎行摆手道："客栈里面的格局我已经知道了，现在你……"他刚说到这里，外面有人喊道："霄龙，你他妈的还能不能干点儿正经事儿？我一不注意你就溜回家了。"

霄龙高声道："我他妈的腿都站直了，歇一会儿还不行啊？大梵天跟夜狼那小子有仇，我他妈的不也和他有仇吗，现在他根本就混不进来，你瞎担心什么？"说着往外走去。

霄龙不骂人就不会说话，外面他的同伴看来也是这个毛病，"他妈的"已经成了他们说话时的口头禅。过了一个多时辰，霄龙又溜了回来，进门后紧张地道："这下不好办了，大梵天又往客栈中派了十个人，而且大梵天也来到这里亲自坐镇。"

罗慎行闭目养神道："那又怎么样？他们不都是玩家嘛，是玩家就有下线休息的时候,等到他们熬不住的时候就是我动手的时候了。"他说这话的时候心里面也是七上八下的,生怕霄龙被眼前的紧张局面吓住,以至于出卖自己。

霄龙看着罗慎行信心十足的样子,疑惑地道:"你是不是还有同伙一起来了?"他可不相信罗慎行一个人就敢闯到君安镇来,说不定他的夜狼牧场已经倾巢出动了,那样说不定还有一线生机。

罗慎行淡淡地道:"秘密,你只要给我准备一根长绳子就可以,然后你就等着赢来两百万个金币吧。"

对于霄龙罗慎行还是有点儿信不过,尤其霄龙还是个赌徒,天知道他会不会在知道自己孤身一人前来没有成功的机会而出卖自己,只要自己摆出胸有成竹的样子,至少可以让他安心地盼望那两百万个金币。

黎明时分,罗慎行打坐完之后把霄龙准备的绳子别在腰带上,仿佛偷东西的小老鼠一样东张西望地离开霄龙的家。

小巷口的霄龙见到他出来了,急忙拉着那个与自己一起负责监视动静的同伴道:"往那边走走,等了一夜也没个鬼动静,说不定夜狼那个龟孙子没胆量来了。"说着还示威性地朝罗慎行眨眨眼睛。

那个同伴幸灾乐祸地道:"夜狼那小子不来,你的那十万个金币不就泡汤了?对了,你后来又押了二十万个金币赌夜狼会把冰雪凝儿救走,你他妈的是不是中邪了?"

霄龙打个呵欠道:"富贵险中求,不冒点儿风险怎么赢钱。"边说边与同伴往客栈前面的方向走。

罗慎行就在他们走远之后蹑手蹑脚地窜到客栈的后院墙,紧跑两步然后往上一跃。在他的预计中,自己这一跃,正好可以让双手抓到墙头,但是他刚跃起元气立刻灌注双腿,罗慎行的身体仿佛离膛的炮弹一样冲天而起。

罗慎行几乎惊呼出声,他急忙把手掩在嘴上,但是元气一泄身体已经落了下来,罗慎行顺手攀住墙头,然后一扭腰骑在了墙头上。幸好此时客栈的后院一个人也没有,要不然罗慎行刚才那一跳顿时就会被人发现。

罗慎行又惊又喜地跳下来,在后花园的花草的掩护下往客房走去。以前他也练过轻功,但是弹跳力只比普通人强那么一点点而已,没有真气的辅助无论怎么苦练也达不到师傅所要求的那样,现在倒好,突然显灵的元气几乎让自己的救人大计泡汤,这件事要是说出去只怕师傅的大牙都要笑掉了。

客栈是四合院的结构,四面都是青砖瓦房,中央是天井,只有通过客栈的门口才可以进入客栈,这一点冷凝儿已经提前告诉过他,大梵天的手下都集中在客栈的入口处,只要把守住那里就没人可以闯进来。只要罗慎行在客栈门口一露面,大梵天的手下将从四面八方把他包围。

罗慎行本来已经准备好了一把匕首,预备用匕首和血铁爪来达到自己的目的,但是方才的事让罗慎行心中更加有底,他来到客房前一跃而起,左手刚好抓到房檐,然后一个鹞子翻身来到了客房的屋顶上。

罗慎行伏在屋脊上小心地往天井张望过去,只见小小的天井里密密麻麻地都是人,至少有一百多个招募的士兵和二十几个玩家,如果自己敢从前面硬闯肯定会死得很惨,因为那将是乱刀分尸的结果。

　　罗慎行在屋顶上慢慢地往东侧爬,冷凝儿就被关在东南方的第二间客房里,罗慎行谨慎地爬到预定的位置然后轻轻地揭下来一片瓦,让屋顶开出了一个小天窗,冷凝儿正焦躁地在房间中踱来踱去。

　　罗慎行捏着嗓子道:"老婆,我来救你了。"

　　冷凝儿惊喜地抬头向上张望,见到上面正在挤眉弄眼的罗慎行后指了指外面,然后高声骂道:"你们让大梵天那个婊子养的滚来见我,卧龙居士你他妈的是不是龟缩到你娘的裤裆里去了?你们看什么看?想看女人的话回家看你娘去。"同时把房间里的摆设品往门窗上胡乱地砸去。

　　罗慎行惊骇地吐吐舌头,没想到冷凝儿骂人会这么狠毒,不过冷凝儿这一招的确有效,盯着房间的那几个家伙立刻尴尬地扭过头去,罗慎行大喜,急忙把绳子从天窗放了下去。

　　冷凝儿双手摆出胜利的姿势抓住绳子爬了上来,来到屋顶后两人好像是久别重逢一样紧紧地抱在一起,冷凝儿在罗慎行脸上狠狠地亲了一口道:"乖孩子,我就知道你不会让我失望。"

　　罗慎行把食指竖在唇边道:"嘘!小声点儿。"然后把瓦片又摆回原位,这样大梵天的人会以为冷凝儿发完脾气后就下线了,就让他们在这里傻乎乎地实施他们的屠狼计划吧,时间越长越好玩。

　　罗慎行和冷凝儿下了屋顶之后,罗慎行伏在院墙上往外张望了一下,霄龙和他的同伴还没有回来,罗慎行上了墙头道:"来吧!"

　　冷凝儿跳起来抓住罗慎行的手,罗慎行往上一提冷凝儿也来到了墙头上,冷凝儿低声笑道:"看来你很有做贼的天赋,以后就往这方面发展好了。"

　　罗慎行得意地道:"这叫偷香窃玉,如果你不介意的话我可不反……"他刚说到这里,冷凝儿一脚把他踹下了墙头,罗慎行痛呼一声仰面朝天地摔倒在地上。

　　冷凝儿也跳了下来,一脚踏在他胸口,恶狠狠地道:"你是不是有什么不该有的想法了?嗯!你要是敢做出对不起我的事我就让你断子绝孙。"眼睛还不怀好意地瞄向了罗慎行的下体,显然是想起了当初自己教训过罗慎行的事。

　　罗慎行暗骂自己多嘴,什么玩笑不好开非得触犯冷凝儿的忌讳?罗慎行轻轻地在自己的嘴上打一巴掌道:"歪嘴骡子卖个驴价——都贱在嘴上了,其实我很本分的,最多也就是嘴上说说而已,一点儿也不花心的。"

　　冷凝儿皱起娇俏的鼻子道:"你要记住,今后不许说这种让我生气的话,听到没有?你要是让我心里不舒服,我就让你身上受罪。"

　　罗慎行笑嘻嘻地站起来道:"我知道,我就喜欢看你生气的样子,你生气的样子都比别人笑起来好看。"亲热地揽住了冷凝儿的纤腰,冷凝儿忿忿地在他肋下轻轻撞了一记,然后柔顺地靠在他怀里。

　　突然,小巷的方向传来惊骇的喊叫声:"冰雪凝儿逃出来了!"

罗慎行和冷凝儿惊慌地往喊声的方向看去,霄龙和他的同伴已经转了回来,正好看到了他们两个人亲昵的样子,霄龙看看自己的同伴然后冲罗慎行露出一个无奈的表情。

罗慎行与冷凝儿对视一眼,冷凝儿仿佛被踩到了尾巴的小猫尖叫道:"杀了他们。"现在不是争论被人发现的事该由谁负责的问题,而是尽量在周围的人没赶到之前杀人灭口,说不定还会有一线生机。

罗慎行掏出匕首快步向那个人扑去,霄龙伸出中指对罗慎行狠狠地比了一下,然后与同伴撒腿就跑,他没见过这么蠢的人——既然已经逃出来了就应该有多远就逃多远才对,但是这两个狗男女竟然在危急关头卿卿我我,哪怕是换一个比较偏僻的角落也不至于被人发现啊!虽然他们被发现是自作自受,但是如果他们逃不出君安镇的话,自己即将到手的两百万个金币马上就会长出翅膀飞走了。

罗慎行见路口已经有人听到了声音,大梵天的手下很快就会蜂拥而来,他正想拉着冷凝儿逃进霄龙的家暂时躲避风头时,冷凝儿已经咬牙切齿地道:"冲出去,今天我就是死了也不想留在君安镇。"

罗慎行只觉得头皮发麻,但是冷凝儿的决定也不是没有道理,大梵天既然已经知道自己和冷凝儿在君安镇中,大梵天决不会放弃这个好机会,就算自己不拼一下以后也没机会逃离君安镇了。

罗慎行与冷凝儿齐声高呼道:"冲啊!"迈开大步冲到了大街上,此时埋伏在客栈中的大梵天手下听到喊声后已经冲出了客栈,见到罗慎行与冷凝儿正往镇北的方向狂奔,立刻高呼着追了上去。

罗慎行边跑边回头张望道:"凝儿,后面有一大群野狗在追我们,你一定要坚持住。"他现在奔跑的速度根本没有施展自己的元气,就算这样他已经与冷凝儿轻松地保持一样的速度了。

冷凝儿穿着沉重的盔甲,再加上女子的体力本来就比男子弱,当镇北门在望的时候,冷凝儿已经娇喘嘘嘘地道:"你慢……慢点儿跑,我……我跑不动了。"

罗慎行看到后面的追兵越来越多,已经形成了滚滚的人流——听到冰雪凝儿被救走之后,所有听到消息的人都追在了他们身后,不过这中间有许多看热闹的人是想见识一下夜狼到底是个什么样的人,竟然在重围中把冰雪凝儿救出来。他们虽然抱着这样的目的,但是在罗慎行的眼里他们都变成了大梵天的帮凶。

罗慎行情急之下大喝道:"搂紧我。"然后抓着冷凝儿的胳膊把她背到了背上,冷凝儿回想起闯关的时候罗慎行背着自己过铁索桥的往事,心中一甜道:"夜狼,我重不重?"

罗慎行在她屁股上轻轻拍一巴掌道:"我上次就告诉你减肥,你总也不听,今天罚你不许吃晚饭。"然后把元气灌注双腿,旋风般急冲而出,在把守镇门口的人没有反应过来之前已经逃出了君安镇。

追在后面的人见到冷凝儿跑不动了正在大喜的时候,就见到罗慎行背着冷凝儿之后,速度反而加快到了让人难以置信的地步。罗慎行只听到后面有人狂呼:"快派骑兵,这小子比狼的速度都快。"

罗慎行听到后面的人吵嚷着派骑兵,他知道自己这样的速度只能维持很短的一段时间,当元气耗尽的时候就是兵刃相见的时刻,但是前面不远就是织女河的渡口了,只要赶上船过了河就可以暂时喘口气了。

罗慎行连寄存在那个村庄中的马匹和兵器都顾不得取,因为那样会绕一弯子,罗慎行担心自己没跑到那个村庄就会被追兵赶上,所以他直接往织女河的方向奔去。

冷凝儿双手紧紧地搂着罗慎行的脖子低声道:"夜狼,我要你一辈子都这样背着我,你会不会讨厌?"

罗慎行喘息道:"这样的好机会除了我还有谁能得到?我高兴还来不及呢,这是我的荣幸,唔!荣幸之至。"

当罗慎行赶到渡口的时候,渡船还没有开走,渡口处正有几个人在上船。罗慎行长出一口气道:"凝儿,我们赢了。"此时,后面的追兵还有一段距离,只要渡船能够及时开走的话,他们将赢得很充裕的时间来逃亡。

冷凝儿恋恋不舍地从他背上下来道:"赢是自然的,我从来没想到过我们会输。"然后排在人群后准备登船,但是前面的人刚上船,就听到船夫的声音道:"人满了,可以开船了。"

冷凝儿大叫道:"等等!还有我们呢?"然后就听到船上有人冷笑道:"你就是冰雪凝儿啊!怎么上不来船了?"

罗慎行抬头望去,说话的人竟然是来的时候与自己一同乘船的海明珠,梧桐雨也在她身旁。罗慎行喜出望外连忙道:"两位,我们正在被人追杀,能不能让我们上船?"他们下来之后等到船回来时就可以过河了,但是自己和冷凝儿等到船回来的时候只怕已经尸骨无存了。

梧桐雨犹豫了一下道:"明珠,我们下去吧!"

海明珠冷冷地道:"要下你下好了,我可没这份好心。"

梧桐雨皱眉道:"大家相识一场总不至于见死不救吧?"然后对身边的一个男子道:"我们下去。"说着与那个男子往船下走来。

海明珠大声道:"南宫无敌,不许下。"说着拉住了那个男子的胳膊。此时追兵已经只有不到百米的距离了,二十余骑纵马疾驰而来,在他们的后面,数百个徒步的追兵正奋力地奔跑着。

梧桐雨狠狠地瞪了海明珠一眼,跳下船道:"你们先上去一个吧。"

冷凝儿淡淡地笑道:"多谢,我们已经领情了,虽然我不会接受你的好意,但是我还要谢谢你。"说着握住罗慎行的手道:"夜狼,我们又可以并肩作战了。"

海明珠幸灾乐祸地道:"你们还是上来一个吧,别浪费我姐姐的好意,死一个总比两个都死的好。"

罗慎行揽着冷凝儿的肩头道:"我们不会再分开的,来吧!看看我们能抓到几个垫背的?"与冷凝儿坚定地迎着追兵走去。

此时,船上的人见到罗慎行与冷凝儿孤单的样子,终于忍不住开始对海明珠喝骂起来,有人大声道:"两位,上船吧,我的位置让给你们。"其他的人也纷纷走下船。此时,渡口东南方的密林中实然窜出一支骑兵来,直接截断了大梵天手下骑兵的后路。

领头的人挥舞着双刃大剑,正是轩辕。而且除了奉命当贼的铁幕兄弟外,夜狼牧场已经全体出动了。

轩辕高声道:"夜狼牧场全体兄弟恭迎场主携美而归。"